莫失莫忘莫桑事

郭建玲　程郁华　编著

GUO JIANLING　CHENG YUHUA

江苏凤凰文艺出版社
JIANGSU PHOENIX LITERATURE AND ART PUBLISHING

序言(一) ························· 苏　健　1
序言(二) ························· 徐丽华　4
结缘非洲,结缘莫桑比克 ··············· 郭建玲　6
我与中国的缘分 ····················· 若昂·席尔瓦　11

感悟篇

一见如故识莫桑

志愿者原创蒙德拉内大学孔子学院院歌《快到蒙大孔院来》 ········· 3
马普托静立的记忆 ··················· 吴　颖　5
我在马普托探寻那些令人着迷的老房子 ······ 张星娥　11
马普托的道路名称 ··················· 张星娥　17
我心目中的莫桑比克蒙德拉内大学 ········· 宋战兵　21
回到非洲 ························· 陈　彪　33
贝拉往事 ························· 金　丹　37
未来就在眼前,我们出发吧 ············· 陈　远　44
一路走过"亚非拉"——我的汉语教学之路 ··· 王国庆　50
闲看庭前花开花落,静赏莫桑潮去潮来 ····· 宋战兵　55

跟我一起去看莫桑比克岛的美景	李夫俊	58
贝拉与郑和——从古至今的海上丝绸之路	刘星伯	64
莫桑买车记	毛 菂	69
这次,我来到了非洲	陈 欢	74
陪我到莫桑比克看一看海	张 爽	82

将心比心知莫桑

关于莫桑让你意想不到的几件事	林乐庆	87
头顶上的市场	张 艳	90
人在莫桑,衣衫随俗	童文心	92
走近"几乎无单车"国家	赵灶梅	97
幸福的人儿,像蜜糖啊	曾思倩	103
体验做一个脏辫女孩的感觉	陈小雅	109
我在马普托的音乐之旅	高 铮	112
打卡第734天:我与莫桑比克的不解情缘	段伊若	118
莫桑比克:这些人,这片海	罗 丹	122
盛夏无妨作新春	张 爽	125

夏风桃李忆莫桑

莫失莫忘莫桑事	吴 颖	130
莫桑比克本土汉语教师的逐梦历程	塞 尔	135
这些年"大马"和"小马"一起追着的汉语梦	何圆圆	140
脚踏实地,仰望星辰——我的学生罗梓辰	林诗茹	144
一位莫桑比克青年关于中国的梦想清单	刘鸣宇	148
"汉语桥",小平同学的"青春修炼手册"	杜彩兵	152
少年贝楞,未来可期	林诗茹	155
诗言印象	王 康	158
明月几时有,你想得第几?把酒问青天,你就是第一!	何圆圆	162
计划明确,步步为营	邢丛科	165

目 录

中学生"汉语桥"比赛非洲冠军炼成记	高 铮	168
本土教师培训中学生"汉语桥"选手连获佳绩的"秘笈"	塞 尔	173
我的第一堂汉语课	杜彩兵	176
"听、说、读、写"学新闻	冯思雨	180
你来或者不来,我都在这里等你	杨滨波	185
他们的生活如此美好	黄佳华	187
遇见——"你好"	冯亚飞	189
文化与教学,音乐与生活	李一帆	192
确认过眼神,我遇上"恶魔"的你们	林诗茹	196
教学相长	刘珍珍	201
道有夷险,履之者知	楼淑珍	205
莫岛教学记	马秀珍	209
我在莫桑比克教汉语	王 涵	211
我在莫桑比克教学的那些"第一次"	王 康	217
莫桑修炼手册:生活教学进阶指南	邢丛科	220
任岁月流转,爱你如初	杜彩兵	223
哦！莫桑	冯陈辉	230
我与学生的几件小事	李 楠	234
在莫桑比克的日子	李 冉	238
那些可爱的人	钱旖倩	243
你的学习热情是我的动力	吴钰婷	246
海的这边,凤凰花开	应果珍	249
我和非洲有一个约会	周 芬	253
Bom dia, tudo bem?	周海宁	256
马普托湾的雨下了一整季	高 铮	260
为这个非洲小城,我写了一首歌	冯陈辉	263
汉语如何改变莫桑比克学生的命运	程郁华	267
为了教非洲学生写汉字,我使出了洪荒之力	程郁华	272
有一个男孩叫奇迹——记蒙大孔院冉冉升起的"汉语之星"	罗 丹	277

十二生肖上学啦!	刘鸣宇	281
教学相长,是最好的"跨文化交际"	宋战兵	286
送你一个中文名	袁方	289
我眼中最明亮的少年	段伊若	292
一封从春写到夏的情书	李宁宁	296

研究篇

学术棱镜看莫桑

莫桑比克华文教育的历史、现状与挑战	郭建玲	302
莫桑比克语言政策变革与汉语传播的机遇	程郁华 张星娥	316
莫桑比克历史上的华人形象	郭建玲	324
解读历史批判视野下莉莉娅·蒙葡莱的《邻居》	张爽	328
莫桑比克,诗和诗人的国度	郭建玲 塞尔	340
依托孔子学院建设汉语专业的经验与挑战 ——以莫桑比克蒙德拉内大学为个案	刘鸣宇	363
莫桑比克电影发展史初探	陈远 杨帆	382

附录

童言童语话莫桑

非洲上学记	郭建玲	392
我和书的故事	程果	396
瓜瓜语录	郭建玲	398

序言(一)

苏 健

说到莫桑比克,大家可能并不陌生。多位应邀来莫桑比克访问的国内知名人士告诉我,他们早在中学时代就阅读过有关莫桑比克人民争取民族解放斗争的故事。记得中莫建交后的一段时间里,莫桑比克国名的中译文是"莫三鼻给",后来不断有人给国内主管部门写信,认为中莫两国人民亲如兄弟,上述译名似不够"严肃"和书面化,建议修改为"莫桑比克"。而莫桑比克独立后,该国政府则把首都马普托市的主要大街命名为"毛泽东大道",以感谢中国政府和人民对其民族解放斗争的宝贵支持。时至今日,还有不少莫桑比克年长者可以用中文哼唱《东方红》等中国歌曲。这些渐渐淡去的历史记忆和细节仍时常被人们提起,足以印证中莫两国和两国人民之间保持的特殊友好关系。

当今,中莫两国是全面战略合作伙伴,莫桑比克是21世纪海上丝绸之路在非洲大陆历史、地理的自然延伸以及我国开展国际产能合作的重点国家。当我们描述我国与莫桑比克的关系时,习惯用"传统友好、政治互信、经济互补、民心相通"来定位,但相对而言,两国的人文交流与合作尚有较大可以开拓的空间,而这正是孔子学院可以大有作为的领域。可以说正是在中非、中莫关系大发展的重要时刻,在国家汉语国际推广领导小组办公室(以下简称"汉办")及孔子学院总部、浙江师范大学的全力支持下,一批批勇于担当、专业精湛,善于以文化、语言为媒向世界、向非洲讲述中国故事的浙江师范大学的师生们踏上了赴莫桑比克之旅,成为新时期中非文化交流的使者。

莫桑比克蒙德拉内大学孔子学院创建于2012年10月,其中方院长、教师和志愿者均由浙江师范大学选派。前不久,我的几位同事赴莫桑比克中部楠普拉省开展领事巡视工作,在莫桑比克岛意外地遇到孔子学院的一位中方志愿者,他只身一人在岛上的教学点教授汉语,谈起工作和生活,他兴致很高,乐观而热情。我的同事后来对我说,当时他们在那么偏远的孤岛上偶遇这位来自浙江师范大学的"文化使者"时,真的感觉恍如历史的"穿越",因为巧合的是,中

国明代的航海家和商船就曾选择此岛停靠、登岛、贸易,开启了两国人民交往、通商的历史。21世纪初,外国潜水员在这个小岛附近的海域打捞出1500多件明朝万历年间的青花瓷器和少量金条,重新唤醒了人们对那段历史的记忆和兴趣。

在中非文化交流互鉴和务实合作不断深化的大背景下,以深入研究非洲问题著称的浙江师范大学的师生们在遥远的莫桑比克继承传统,延续历史,开拓进取,成绩斐然。多年来,蒙德拉内大学孔子学院中方教师和志愿者克服困难,勇于开拓,努力提升教学质量,扩大教学覆盖范围,逐步构建起从中小学基础培训到大学专业课程在内的多层次办学体系,成功推动汉语纳入莫桑比克国民教育体系,并引入HSK(汉语水平考试),目前已在莫桑比克全国建立起10多个教学点,累计招生6000余人,由此带动近万名当地人学习汉语。莫桑比克青年学子还荣获中学生"汉语桥"大赛非洲组冠军、全球5强及最佳风采奖。

特别值得一提的是,在蒙德拉内大学孔子学院的推动下,全非洲孔子学院联席会议在莫桑比克成功召开,全国人大常委会委员长栗战书和莫桑比克议长马卡莫出席会议并致辞,对学院的工作给予充分的肯定。

蒙德拉内大学孔子学院还开展各类常态化语言文化交流活动,成功举办中文歌曲大赛、诗歌朗诵比赛、新春庙会、中秋晚会等活动。中文走进公园、城市广场,走上当地电视台、广播电台、舞台,当地民众通过中华武术、乐器、书法、剪纸、书籍等对汉语和中华文化有了更直观的了解,对学习汉语有了更大兴趣,在莫桑比克,"汉语热"持续升温。孔子学院的知名度日益提高,已经成为推动莫桑比克汉语教学的主要平台、增进双边友好与合作的催进剂、联结中莫人民心灵的重要纽带。

"国之交贵在民相亲。"本书真实记录了以郭建玲院长为首的浙江师范大学年轻团队在莫桑比克艰苦奋斗、默默奉献、不辱使命的历程,记录了中莫民心相亲、文化共享、平凡中见真情的精彩时刻,同时还填补了国内对莫桑比克文化,特别是对其文学、艺术等研究和推介方面的空白,具有很大的阅读、研究和参考价值。

本书的主要作者郭建玲教授于2016年初担任莫桑比克蒙德拉内大学孔子学院中方院长,程郁华教授一直相伴左右,共同开展教学和研究工作。在郭院长及其教学团队的共同努力下,孔子学院办学规模持续扩大,招生人数不断刷新历史纪录,教学点拓展至当地多个重要城市,教学质量稳步提升,汉语水平考试的报考人数不断增加,通过率不断提高。郭院长除了推动蒙大开设汉语本科专业,汉语正式纳入莫桑比克国民高等教育体系外,还就汉语教学纳入莫桑比克中小学课程体系主动与当地教育部门进行沟通、洽谈,并提出工作建议。在汉语教学上,蒙德拉内大学孔子学院注重"接地气"办学,将汉语教学与两国务实合作及当地特殊职业的实际需求相结合,增强教学针对性,推出多个"汉语+"项目,比如举办当地文化管理、税务官员、警察汉语班,与南京农业大学、莫万宝非洲农业基地合作,举办农业技术培训班,使汉语教学更好地服务不同职业和人群。郭院长还全力以赴推动中莫文化交流和民间友好,多次在中外刊物上发文,接受当地媒体采访,组织开展歌咏、诗歌朗诵比赛等多样文化活动,向国内推介莫桑比克文化艺术。她为浙江师范大学与蒙大校际交流合作牵线搭桥,促成两校汉语专业合作办学,多次推动浙江师范大学艺术团赴莫桑比克演出交流,受到当地民众的热烈欢迎。郭建玲院长为此被评为"孔子学院优秀中方院长",蒙德拉内大学孔子学院被国家汉办/孔子学院总部评为"全球先进孔子学院"。

记得20世纪70至80年代,以莫桑比克开国领导人名字命名的蒙德拉内大学曾为我国培养了多批优秀葡萄牙语人才,后来,这批学子陆续成长为部长、大使、教授、企业家等。如今,蒙德拉内大学孔子学院培养的汉语人才活跃在莫桑比克各行业,担任大学教师、官方翻译、政府官员、企业人员等。"汉语热"还带动莫桑比克青年人赴华"留学热",其优秀毕业生回国后成为当地各大机构争相聘用的人才。

孔子学院既属于中国,也属于非洲,属于世界。蒙德拉内大学孔子学院新教学楼已经建成,将为学院改善办学条件、更好地发挥文化交流桥梁作用创造良好的条件。我相信,在各方的共同努力下,蒙德拉内大学孔子学院一定会越办越好,为传承中莫传统友谊、促进中非文化互鉴、加强我国与"一带一路"国家之间民心相通、构建人类命运共同体做出重要贡献。

驻莫桑比克大使　苏健
二〇二〇年二月

序言(二)

徐丽华

翻阅郭建玲、程郁华两位同事编著的《莫失莫忘莫桑事》书稿,莫桑比克蒙德拉内大学孔子学院(以下简称"蒙大孔院")从揭牌成立到今天,8年间一个个重要节点渐次在眼前浮现:2012年10月的揭牌仪式,2016年2月开设汉语专业,2017年11月成立五周年庆典,2018年5月举办非洲孔子学院联席会,2018年12月荣获全球先进孔院……这些代表性事件背后是蒙大孔院8年来的稳步发展、逐渐壮大。

蒙大孔院是浙江师范大学的第3所孔子学院,和其他几所师大承办的孔子学院一样,这所孔子学院很幸运地拥有以郭建玲院长、程郁华教授为代表的一批兢兢业业的中外方院长、教师和志愿者,同时,浙江师范大学和蒙德拉内大学也一直互相毫无保留地支持孔院的发展。8年来,在中莫双方共同的关心和支持下,蒙大孔院努力提高办学质量,寻求与多方合作,将汉语教学、文化活动成功推广至莫桑比克各个地方、各类人群以及社会的各个层面。

孔子学院的主业是做好汉语教学,这也是蒙大孔院一以贯之的发展目标。目前,孔子学院汉语教学已基本辐射莫桑比克全境,孔子学院的学员涵盖了莫桑比克社会各界,他们中有莫桑比克政府官员,有高校教师,有与中资企业合作的商人,当然更多的则是对中国充满向往、希望通过学习汉语为中莫友谊做出贡献的年轻学子们;蒙德拉内大学汉语专业发展顺利,即将迎来首批毕业生;在"考教结合"的模式下,参加汉语水平考试的人数也大幅攀升。

在向非洲民众教授汉语的同时,我以为孔子学院还有一个作用,那就是向国内民众呈现一个真实的非洲。希腊有一句流传甚广的有关非洲的谚语,"非洲总有新奇的事情发生",这说明了非洲文化的独特性,莫桑比克亦是如此。在过去几十年大众传媒飞速发展的过程中,一些关于非洲的标签被固化下来,比如"原始的""野性的""落后的",等等,这无疑是人们对非洲刻板印象的一种体现。当各所孔子学院、孔子课堂的中方教师们真正走进非洲、走进非洲的学校、

序言(二)

走入非洲社会时,才能了解到真正的非洲社情和民众生活。令人欣喜的是,透过书稿,我看到了孔子学院教师们文字背后努力工作的点点滴滴,看到了一个真实展现的莫桑比克汉语教学课堂、莫桑比克交际环境和文化习俗,这种文化交流的双向呈现是非常有意义的。

事实上,中国和莫桑比克有悠久的交往史。17世纪,中国明代航海家郑和就率船队在莫桑比克留下了中国人的足迹,一代代华人也从那时候起就在莫桑比克定居、创业。1975年,中莫两国正式建交以后,两国成了"全天候"朋友,是战友加兄弟的亲密关系。孔子学院作为中莫两国友好的见证和中文教育、人文交流的平台,相信也必将在未来中莫两国的交流中发挥更加重要的作用。

浙江师范大学作为蒙德拉内大学孔子学院的中方合作院校,始终高度重视孔子学院工作。学校6次被孔子学院总部/国家汉办授予"全球孔子学院先进中方合作机构",并设有孔子学院总部/国家汉办孔子学院非洲研修中心和浙江省孔子学院教师选拔培训中心,在中国对非孔子学院的工作中成绩斐然。同时,学校也非常重视非洲研究工作,在中国外交部、教育部、商务部的支持下,主动服务国家外交战略,积极致力中非交流合作,形成了非洲学术研究、对非洲的汉语教育、涉非人才培养、对非校际交流四大领域良性互动、整体推进的工作格局。未来,浙江师范大学将依托上述优势,继续与蒙德拉内大学和莫桑比克有关方面、非洲相关国家共同努力,推动莫桑比克乃至全非洲中文教育发展,推进中莫、中非人文交流。

"合抱之木,生于毫末",相信在一批批中莫教师的努力下,在中莫友谊之光的照耀下,在中莫双方共同的精心照料下,孔子学院这棵小树一定会越来越茁壮,成长为见证中莫友谊的参天大树。近期,关于孔子学院的作用在国内引起了一些争议,但事实永远是最有说服力的。在本书中,孔子学院是如何改变普通莫桑比克青年命运、如何促进两国民心相通的作用都是实实在在的,也希望有更多人士能够读到此书,破除偏见,参与到孔子学院建设、中文教育发展中来。

最后,我也借此机会,代表浙江师范大学向关心、帮助、支持孔子学院建设与发展的莫桑比克蒙德拉内大学及各界人士表示衷心的感谢!向一直以来支持蒙大孔院和浙江师范大学各项工作的孔子学院总部、中国驻莫桑比克大使馆、中资企业和中国同胞表示衷心的感谢!祝愿蒙德拉内大学孔子学院和国际中文教育的明天更美好!

徐丽华

浙江师范大学国际处处长

二〇二〇年五月

结缘非洲,结缘莫桑比克

郭建玲

从小,我的梦想就是当一名教师。从中师到本科,到硕士、博士,我读了13年的师范学校,2007年,我终于如愿以偿,成为浙江师范大学国际学院的一名教师。

我的学生大部分来自非洲,他们在学习汉语、了解中国文化的同时,也不止一次地向我介绍他们自己的国家,邀请我有机会一定要到非洲看一看。2016年1月16日,经过近20个小时的长途飞行,我来到了离祖国万里之遥的莫桑比克,担任蒙德拉内大学孔子学院中方院长。我的先生程郁华是中国近现代史的博士,通过国家汉办/孔子学院总部的选拔培训,一同赴任,到莫桑孔院担任公派教师。儿子果果和瓜瓜也先后到莫桑比克,在当地学校学习。就这样,我们一家与非洲结下了缘分,与莫桑比克结下了一辈子难以忘记的缘分。

虽然做过功课,也做了充分的心理准备,但是踏上莫桑比克的土地,我还是真切地感受到了这个国家的落后,低矮破旧的房屋、坑坑洼洼的土路,停水断电更是家常便饭。尽管常有一些不适应的地方,一边工作,一边还要与生活斗智斗勇,但在莫桑比克工作越久,就越会慢慢地喜欢上这个美丽的国家:绽放大街小巷的凤凰木、马普托湾湛蓝的海水和天空、行走街头的噶布拉纳、能歌善舞的男女老幼、在沙地上奔跑的足球少年,以及米亚·科托魔幻的文学世界,还有街头陌生人热情地招呼"amigo"(朋友),构成了莫桑比克最富情怀的自然与人文风情。

蒙德拉内大学是莫桑比克第一高等学府,其地位类似中国的北大、清华。但学校的办学条件有限,进学校的主路也是坑坑洼洼的,早、中、晚三班倒上学的小学生进进出出,抄近路从蒙德拉内大学侧门回家去。孔子学院坐落在蒙德拉内大学橙色的主教学楼内,只有两间办公室、两间教室,教师们都租房子住在学校附近。莫桑比克是一个对知识充满了渴望、对学习充满了热情的国家,世界上没有哪个国家像莫桑比克那样,把翻开的书本绣上国旗和国徽,鼓励国民

努力学习知识。孔子是中国伟大的教育家和哲学家，他说，"有教无类"，意思是任何人不论是富有还是贫穷，是聪慧还是愚笨，是哪种肤色哪种语言的，都可以通过教育消除差别，达到平等。我想，这也是莫桑比克国旗上打开的那本书的含义。来孔子学院学习汉语的学生，各种身份、各个年龄的都有，有大学教授、政府官员、大学生、中小学生和社会人士，有父母和孩子先后来学习汉语的，也有兄弟姐妹在同一个班级学习的。2016年2月，我们迎来了蒙德拉内大学汉语本科专业的一年级新生。跟中国的大学生都是高中毕业的十七八岁青年不同，蒙大汉语专业的30名学生中，年龄最大的40多岁，不少人已经有了家庭、孩子，还要上班，有的学生住在郊区农村，要挤两三个小时的"夏巴车"赶来上课。上午班的课7点开始，12点结束，中间没有课间休息，有的学生凌晨4点就要起床赶车，这样才能不迟到，遇到雨季，上学就更加艰难。晚班的课5点开始，10点结束，有的学生放学回到家都已经半夜了。

学生们克服困难学习汉语的热情和韧劲令教师们非常感动，而他们通过努力不断成长的经历也令教师们倍感欣慰。汉语专业的欧佳是班里仅有的两位女生之一，她个子不高，学习特别认真，孔子学院组织的中文歌曲大赛、诗歌朗诵赛、汉字大赛、趣味运动会等各项文化活动都有她活跃的身影。2016年7月，欧佳凭借优异的成绩获得了到中国参加夏令营的机会。2017年8月，她代表莫桑比克参加了在中国举办的第十六届世界大学生"汉语桥"比赛，并取得了优异的成绩。9月，她获得孔子学院奖学金，到浙江师范大学留学一年。2020年，她成为莫桑比克第一届汉语专业毕业生，毕业后将到中国攻读汉语国际教育专业硕士，希望未来成为莫桑比克第一位女性本土汉语教师。像欧佳这样的学生，在孔子学院还有很多很多，会唱中文歌的欧静雅、会打太极拳的王飞虎、会画中国画的马忠、会写中文诗的乔峰……从一句汉语不会说、一个汉字不会写到能用汉语主持晚会、采访大使、主持广播节目，获得孔子学院奖学金留学中国，每一位莫桑学子的进步与成长，对所有孔院教师来说，都是最有成就感的回报。

在莫桑比克最辛苦也是最有价值感的时刻，是2018年5月14—15日承办非洲孔子学院联席会议。因为住宿条件极其有限，孔子学院没有从外省市教学点调用教师和志愿者，不到20个人手，要在不到两个月的时间里组织承办300多人的大型国际会议，还要迎接访问非洲的人大常委会委员长栗战书参加孔子学院大会的开幕式，当时真是压力巨大。曾经记得，当时舞台背景要用LED屏，但全莫桑比克符合舞台规格的LED屏只有一块，还要从北部的楠普拉市千里迢迢运过来。承接公司直到大会开幕式当天凌晨4点多，才把屏幕安装调试到位，音响和PPT组的教师试音配合一遍，离大会开始就只剩两个小时了。我们孔子学院的学生朗诵了中文诗歌《走向远方》，获得中学生"汉语桥"非洲组冠军的两位莫桑小姑娘演唱了新京剧《新贵妃醉酒》，教学点蒙德拉内大学合唱团的师生无伴奏多声部演唱了中文歌曲《半个月亮爬上来》和《我和我的祖国》,赢得所有参会者的热烈掌声,栗战书委员长幽默地称赞非洲学生的汉语说得好,歌唱得好,诗歌也朗诵得好。2018年,蒙德拉内大学孔子学院获得"全球先进孔子学院"称号,蒙德拉内大学校长奥兰多·吉朗博先生在颁奖典礼结束后,激动地表达了对孔子学院工作的感谢和认可。

距离蒙德拉内大学孔子学院十分钟步行距离的列宁路与卡翁达大街交界的妇女广场有一座雕像,身披噶布拉纳的妈妈一手拿着课本,一手背着孩子,在蓝天的映衬下,这位母亲的形象显得格外温柔而有力量。在莫桑比克,我曾经度过了一个难忘的妇女节。4月7日是莫桑比克的妇女节。2017年的妇女节,我受邀参加了汉语专业一年级学生自发组织的班级派对。刚走进教室,学生们给我围上了鲜艳的噶布拉纳,齐声用汉语唱起了"祝你生日快乐"。是的,这是莫桑比克妇女的节日,何尝不是我的节日呢?我们互相拥抱,一起跳舞,一起分享莫桑比克的美食,那一刻的惊喜与感动至今历历在目。而这样的感动和激动时刻,在莫桑比克工作的1305个日子里,还有很多,它们成了我一生的珍贵记忆。

与蒙德拉内大学汉语专业的学生共庆莫桑比克"妇女节"

2019年8月14日,我结束在蒙德拉内大学孔子学院的任期,离任回国。在欢送会上,回顾工作生活的点点滴滴,感慨万千。就像一个孩子的成长,蒙德拉内大学孔子学院从蹒跚学步到奔跑跳跃，每一步的发展都得到了中莫各方的支持与指导，而我也在国家和学校赋予我的这个工作岗位上，更深地理解了使命担当和为人师表的意义。2019 年 12 月，孔子学院总部授予我"孔子学院优秀中方院长"称号。我在朋友圈写道："对莫桑比克 3 年零 7 个月时光的美好纪念！谢谢孔子学院总部，和一起并肩同行的每一个'您'！"这个"您"包括中国驻莫桑比克大使馆的苏健大使，感谢您一直以来对孔院师生的关心，对孔院工作的指导，感谢您百忙之中为此书撰写序言；感谢何源参赞、张祥焱参赞以及使馆的全体外交官，每次经过尼雷尔大街，看到使馆飘扬的五星红旗，我的内心都无比激动，使馆仿佛是孔子学院的娘家，孔子学院有困难，有需要，第一时间想到并

蒙德拉内大学孔子学院教师庆祝中国新年的到来

寻求帮助的就是使馆；这个"您"是蒙德拉内大学各位领导和同事，吉朗博校长是一位彬彬有礼的绅士，植物学博士，每年 12 月与您一同参加孔子学院大会的行程都是一段温馨的记忆；这个"您"是与我合作的孔子学院莫方院长若昂·席尔瓦教授，感谢您像兄长一样，当我遇到困难和问题时，总是给我中肯的意见和建议；这个"您"是孔院的司机"一米六"（名字 Emilio 的谐音）和外方员工萨拉蒙、卢萨留；这个"您"是国家汉办/孔子学院总部以及总部的官员们，感谢你们在工作中给我以及所有同事的指导、支持和保障；这个"您"更是浙江师范大学的领导和同事们，感谢学校将在莫桑比克教授汉语、传播中国文化的光荣使命交给我和我的同事们；感谢蒋国俊书记亲自到莫桑比克来指导孔子学院联席会议的组织；感谢郑孟状校长不远万里来参加孔子学院五周年的庆典，慰问孔子学院全体师生；感谢国际处徐丽华处长对孔子学院工作的悉心指导；感谢我所在的国际文化与教育学院的王辉院长、陈青松书记等各位领导和教师们时刻牵

挂我们在莫教师和志愿者的工作与生活。这个"您"还是孔子学院并肩战斗的每一位同事,"铁打的孔院,流水的兵",感谢你们的辛勤付出,你们曾经洒过的汗水、泪水,曾经倒过的苦水、酸水;这个"您"是来孔院学习的每一位莫桑学子,感谢你们选择汉语,追逐梦想。当然,这个"您"还是我最亲爱的家人,感谢我的母亲克服语言和生活的困难,帮我辛劳地操持家务,成为我最坚实的后盾;感谢我的先生程郁华博士,与我并肩同行,互相扶持鼓励;感谢我的儿子果果和瓜瓜,因为有你们,我的生活充满了"痛并快乐着"的笑声。

结缘非洲,结缘莫桑比克,感谢一路有您!谨以此书纪念莫桑岁月,莫失莫忘莫桑事。

我与中国的缘分①

若昂·席尔瓦

作者简介

若昂·席尔瓦（João Manuel Carrilho Gomes da Silva，1962—），莫桑比克蒙德拉内大学文学院语言系主任，法国语言与文学专业副教授，法国 Grenoble 大学语言学专业学士、硕士。2012 年至今任蒙德拉内大学孔子学院莫方院长。

我的人生轨迹曾与中国有过多次交叉。其实我自己有时候也很吃惊，不经意间，慢慢地，我与中国建立了如此亲密的一种关系。今天，我的工作与中国的语言、文化和历史有关，我几乎每天都会跟中国与中国文化相关的事务打交道。

【我的中国学生】

1979 年，我刚满 18 岁，考上了莫桑比克蒙德拉内大学文学院当代文学本科专业，攻读日耳曼语和德国文学。那时候我很年轻，毫无经验，充满活力，全身心投入了新的生活。当时，我们学院专门为外国学生开设了"外国学生翻译专业"。那个时候的莫桑比克正处于改革时期，在蒙德拉内大学学习这个专业的学生都来自跟莫桑比克关系很好的社会主义国家，主要就业方向是国际关系。就在那时候，我接触到了一群"很不一样"的同学。他们来自中华人民共和国，不仅人很热情，而且非常乐于了解莫桑比克当地的文化。他们总是一群群地走在路上，说着汉语。为了练习葡萄牙语，他们每天早上买当

---

① 原文为英语，由郭建玲翻译为中文。代为序。

地最有名的报纸《消息报》。读报纸就是他们练习语言的方法。他们经常找我，问"amigo是什么意思"等类似的问题。我很耐心地一一回答。就这样，我们慢慢地变成了amigo（朋友）。

三年后，蒙德拉内大学文学院派我教授语言学、语音学和音韵学。但我的学生不是莫桑比克人，而是中国人。这是我第一次当教师。在这个过程中，我学会了很多，教这些"完全不一样的人"，使我开始更想了解世界，了解别的文化。

【我的中国朋友】

几年后，我以蒙德拉内大学教师的身份赴法国攻读研究生学位。难以想象的是，我在法国无意中跟中国人有了更多的亲密接触。我的同学中有一些来法攻读外交方向的中国人。我跟他们有着共同的目标，住着同样的学校宿舍，我跟中国人的关系翻开了新的篇章。我和他们的交流涉及方方面面，年轻人的想法、文化、美食，等等，我还学会了不少跟中国人打交道的方式。我开始看中国电影，了解中国的国情。跟20世纪70年代在蒙大认识的那一批中国人相比，在法国认识的中国人，他们的想法很不一样，更开放，有更多新的想法与观点。

回到莫桑比克后，我很意外地遇到了二十年前教过的一个学生，他已经成为中国驻莫桑比克大使馆的秘书，同时也担任翻译工作。

2008年，我以蒙德拉内大学文学院语言学系主任的身份会见了一位来自中国的女士。她来莫桑比克商谈开设孔子学院的事情，表示她所在的机构愿意与蒙德拉内大学合作。这就是我跟中国关系的开始。

【我的中国之行】

2009年8月，受中国国家汉语国际推广领导小组办公室的邀请，我与蒙德拉内大学校长、文学院院长一行到中国访问，参观了孔子学院总部以及北京的一些风景名胜，还访问了浙江师范大学。后来，浙江师范大学成了我们的合作院校。

中国之行的感受远远超出了我的想象。中国是一个有着几千年历史的国家，目前还是一个发展超级快的国家。在我的印象中，中国是一个靠着自行车出行的国家，而到了中国，我却发现那里到处是摩天大楼，宽敞的马路上汽车川流不息，整个国家的交通系统四通八达。最让人吃惊的是，今天的中国已经具备世界主要强国的力量，但中国在发展过程中并没有失去自己的文化。

身为莫桑比克蒙德拉内大学孔子学院的莫方院长，我很荣幸。我希望继续帮助更多的莫桑比克人了解中国，学习汉语，了解中国的历史和文化，因为谈到当代世界，中国是不可缺少的一个国家。

感悟篇

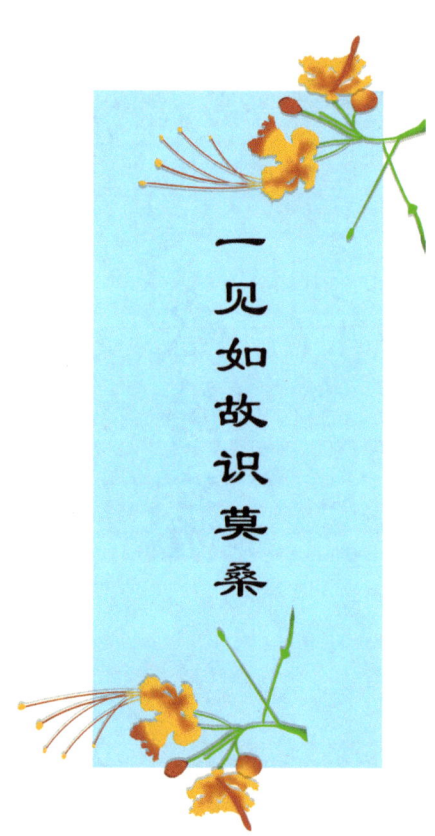

一见如故识莫桑

志愿者原创蒙德拉内大学孔子学院院歌

《快到蒙大孔院来》

作词/作曲：高铮
编曲：关钰堃
监制：郭建玲
葡语指导：Menete Sérgio Namburete
特别献声：蒙大孔院（有容 莫谦 李源 同文 俊杰 新鸿 汪啊敏）

微信扫一扫
直接听音乐

　　我要你站在这蒙大孔院的舞台
　　跟我来，踩着蹦蹦恰恰的节拍
　　爱，才让你我相聚在 Mondlane
　　汉语在蒙大每个角落盛开
　　马普托湾的雨下了一整季
　　腰果在享受新鲜空气
　　我已经等不及，无惧这距离
　　跨过万水千山星河漫漫找寻到你
　　此刻晨曦已经照亮起跑线
　　眼前看得见终点
　　所有情绪汇聚成一种语言
　　这语言让我们携手并肩一起改变

　　我要你站在这蒙大孔院的舞台
　　跟我来，踩着蹦蹦恰恰的节拍
　　爱，才让你我相聚在 Mozambique
　　汉语在莫桑每个角落盛开

Hey，跟着这个节奏，跟我一起左右
白天唱到黑夜，我们从不停休
汉语的魅力要用心去感受
学会了汉语，天下都是朋友
从丝绸刺绣到基建层楼
中国和非洲肝胆相照的朋友
"一带一路"的风吹阿非利加东
孔夫子的话越来越成为国际化的内容
汉语桥HSK，还有YCT
谁来试试拿第一
诗词、剪纸、书法、武术和象棋
中华的才艺都在这里，在等着你

我要你站在这蒙大孔院的舞台
跟我来，踩着蹦蹦恰恰的节拍
爱，才让你我相聚在 Africa
汉语在非洲每个角落盛开
Vem aprender Chinês conosco.
（快来学习汉语吧）
O Instituto de Confúcius esta a sua espera.
（孔子学院在等着你）
Nós preocupamo_ nos com o seu futuro.
（我们在意您的未来）
汉语在世界每个角落盛开

马普托静立的记忆

吴 颖

作者简介

吴颖,浙江师范大学国际文化与教育学院汉语国际教育硕士。2017年7月至2018年7月任教蒙德拉内大学孔子学院,志愿者教师。

没有身穿草裙的妇女,也没有诡异体绘的面庞,更没有改造身体的荒蛮;看不到无尽无垠的草原,也遇不到奔走追赶的斑马,更不会有终年炙热的日光。

马普托有的是凌晨时分来势汹汹的雷雨,是渔人出海留下的船的印记,是满城竞放妖艳的凤凰花,以及闹市中偶现的历史见证者——马普托各色建筑,它们是马普托静立的记忆。

莫桑比克曾作为葡萄牙殖民地近五百年,至今仍是世界十大贫穷国家之一,自给自足的东西秀少,主要依赖进口。如果莫桑比克刚独立的时候,新政府没有以严苛的政策驱赶外国人,这个国家的历史是否会有所不一样?人去楼立,存留至今的是那些巍然屹立的建筑。我问当地人,你们不恨吗?有些建筑是殖民时期的痛,你们为何还派人好生看护?他说,如果说恨,岂不是要恨整个国家?历史是有教养的记忆,残存下来的伤不该被遗落在角落,如果没有选择,那么就从容地接受吧。

我曾经路过几个与周围环境气质不符的建筑,因为好奇而希望进一步了解。以下便是我眼中的它们。

【马普托堡垒】

乍看马普托堡垒,外形一般,但据说是葡萄牙人来到马普托圈建的第一个标志性建筑,可谓历史悠久。1787 年,它拥有的是木身,经过多次毁坏又多次重建后,20 世纪中期终于以坚固的石墙之躯扎根于此。它占据极佳的地理位置,可以抵御来自海洋的入侵者,一方面是殖民马普托的武器;另一方面又是捍卫马普托的骑士(当时西欧列强不断挑战葡萄牙对莫桑比克的占领地位)。

马普托堡垒

它是这个城市历史发展的见证者,它的多次被毁灭见证了这个国家人民奋不顾身的反抗,它的重生意味着革命尚未成功。而今,这是一个保存完好的历史片段,现由蒙德拉内大学管理和维护。有人说它是隐藏在马普托闹市中的一颗宝石,炮弹陈列,锈迹斑斑。立于城墙之上,俯瞰这个城市的街景和灯火(当时周围建筑不高),会引发人们深深的思考。黑人的反抗历史是挣脱奴性冲破铜墙铁壁的壮烈篇章,在那个命既是钱,却又不值钱的时代,反抗就是唯一的使命和唯一迫切的事情。

【马普托火车站】

马普托火车站由法国著名建筑师埃菲尔设计(但实际上他只参与设计了部分,且本人并没有亲临马普托),火车站于 1904 年开工,历时 6 年建成,投入使用至今。

来莫桑比克之前,我就对这座哥特式建筑略有耳闻。这座世界十大最美火车站之一的车站,绿白相间的配色十分和谐,白色使清新的薄荷绿更加年轻且具有朝气（现在已被刷新为墨绿色，对比更为鲜明），而青铜拱顶如同加冕的王冠，多了一分老者的稳重和庄严，中间突起的主建筑似要打破对称，却使得整个建筑显得更为对称，左右两边的拱门式走廊仿佛等待着火车探出头来，不愧为殖民时期蒸汽时代建筑艺术的瑰宝。

如今的马普托火车站

　　车站带有古老的欧风，如一段静止的历史，是我最喜欢的马普托地标建筑。一到星期天，它便暂停运行，成了乘客不来、火车不跑的火车站。空空荡荡没有焦急候车的乘客，有的只是闲坐看看报纸或上网的人，这里寂寞得像个开放式咖啡馆。进门的瞬间，时光慌乱地后退，仿佛跨入了一个旧世纪。悬挂中央的大时钟前后脚地赶着行程，古老的摇铃收起它低沉的呻吟，破旧疲惫的老火车正停下脚步微弱地喘息，每一个小型博物馆里的通信设备都呆呆地看着为它驻足的过客。1880、1887、1895、1992……一步、两步、三步、四步……来，带你来一场时空旅行。

火车站上方悬挂着历史老照片

【圣安东尼奥大教堂】

圣安东尼奥大教堂（1962）——这样的外形你能联想到什么？柠檬榨汁器，对了，它正因此而闻名于世。作为城市地标性建筑之一，它是该地区设计得最孤傲大胆的现代建筑之一。

圣安东尼奥大教堂

如你所见，它以16个"脚趾"支撑着一个孤立的身躯，形成一个钢筋混凝土材质的褶皱形金字塔结构，像一朵倒悬的花朵落在地面而不倒。因此，可以说，这个教堂是没有墙的，锥形的顶延伸下来连接着斑斓的玻璃，就形成了独特的墙。外形独特有趣，却同时又是一个庄严的存在。其明显特征在于混凝土的强烈视觉冲击，它采用最原始简单的建筑材料——纯粹混凝土，表面形成抹灰和涂漆白的粗糙感。然而，内侧别有洞天，通过看似不起眼的玻璃将光线引进，给予空间以明亮感，同时玻璃内侧因阳光而色彩斑斓，一定程度上又削弱了混凝土的存在感，这是一种恰到好处的共存。

它的内部相当于一个单一的圆形空间，头顶上方正中央的玻璃呈太阳状辐射开来，仿佛上帝之眼，审视着你的一举一动。不论你是否信教，在这里，你都可以得到安宁和宽慰。愿和平不改，人情不散，愿如歌中所唱"Hosi katekisa Afrika"（上帝保佑非洲）。

教堂内部

整个教堂可容纳600人，祷告的椅子摆放齐整，起初我以为椅子下方悬着的一块方木是为了搁脚方便而设计的，但当看到人们祷告时——跪下，方明白其作用。墙角周边有7个祭坛和1个洗礼的圣杯，占据16恒定间隔区的一半，万花筒般缭乱的玻璃窗上却是一个个生动的关于耶稣的故事。这个作品概念上的统一性超越了它本身的建筑维度，它融入了家具设计（玻璃窗及祷告椅的运用）和宗教象征元素，从而实现了艺术整合的现代追求。

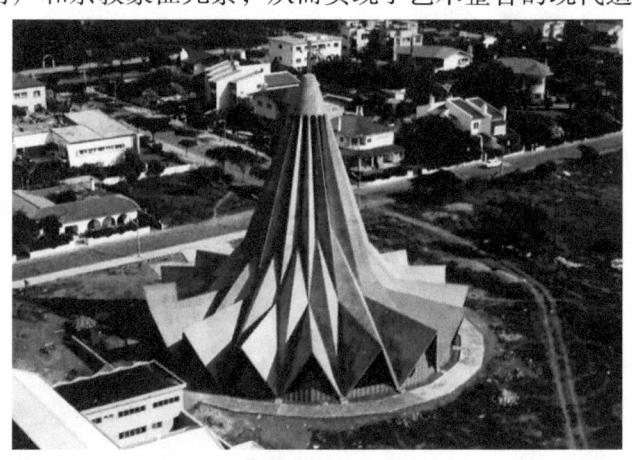

教堂外景

在这样独具一格的教堂里举办婚礼应该更加神圣吧。也许你会觉得这里不够灯火通明，但昏暗之下更增添了几分神秘与肃穆。

【莫桑比克自然历史博物馆】

莫桑比克自然历史博物馆建于1913年，拥有100多年的历史。我喜欢它的颜色，不争不闹，温和典雅（刷新之前为纯白色，无缘目睹）。展翅欲飞的老鹰和两旁安静的羚羊守护着属于它们的历史。在卡多佐酒店和教师花园的附近，其庄严的曼努埃尔式建筑置身现代主义风格的环境中，看似孤立，却又妥帖精致。它们努力还原着每种珍稀动物的身形，甚至包括神情。博物馆一楼密集地复原着各种处在生命最后一刻但仍垂死战斗的野生动物，大象、犀牛、河马、羚羊、长颈鹿……姿态各异，空间有限，拥挤一堂，但也能由此窥见非洲大草原一斑。而二楼则陈列着许多动物的标本，旁边配有电脑解说。当我看到大象还是个宝宝的时候，才发现其竟像一块精心雕琢的白玉，丰盈而脆弱，不由心生疼惜之情。该博物馆是一个小型的民族志展览馆，还可能是该地区唯一收藏大象胎儿的地方，现今也由蒙德拉内大学维护并管理。

莫桑比克自然历史博物馆

这座博物馆将葡萄牙的大海风格留给了依海而存的莫桑比克，是历史的印迹，也是过去的见证。

【国家地质博物馆】

国家地质博物馆小而巧。如果你想通过不同的角度了解莫桑比克，那么，可以和这里的石头"说话"，他们会告诉你这个城市的沧海桑田、物换星移。

使我驻足的是建筑顶部的"石头环"，仿佛衣裙美丽的花边，也好似当地人卷翘的头发。可惜我不过是它眼前的过客，至今未去仔细参观。又有多少行人如我一般，从它跟前匆匆而过，却没有近前细观？

国家地质博物馆

其实马普托一直未曾被人遗忘，而今街道拥挤，城市面孔斑驳，零星散落的历史遗留建筑倒是为这一座城市保留了些许美好和沉稳的气质。

我在马普托探寻那些令人着迷的老房子

张星娥

作者简介

张星娥，澳门科技大学汉语国际教育硕士，2017年7月至2019年7月任教蒙德拉内大学孔子学院，志愿者教师。

在马普托生活已经快一年半了，在这不长不短的时间里发生了很多事，也认识了很多人。虽然总觉得自己有很多东西可以写，但我那苍白无力的文字可能并不能很好地表达我想表达的内容。既然写不了生动的故事，所以我决定简单介绍一下这座城市的几栋建筑。

从2017年8月第一次踏上这片土地的时候起，我便对马普托那些风格独特、色彩绚丽的建筑产生了浓厚的兴趣。作为葡萄牙曾经的殖民地，这里保留了很多葡式风格建筑，当然也不乏其他建筑样式。其实，我对建筑并不了解，虽然曾经在厦门当导游时为了讲解鼓浪屿的建筑群而恶补了很多关于建筑风格的知识，但是我感兴趣的只是那些房子的历史和房子里的故事。

之后，我多次看到那些零散分布在市区历史悠久、设计精美的老房子，它们有的被维护得很好，有的却因常年无人居住而荒废。每次看到这样的房子，我的脑海中便会产生无数的疑问：这是什么时候建造的房子？房子的主人是谁？在这里曾经发生了什么故事？为什么现在没有人住了呢？我问开车的司机，他们知道的信息少得可怜；我上网查询，相关信息也不是很多。但我相信，每栋房子都承载了它的记忆，都浓缩了一段历史，对于这座每天生活的貌似熟悉的城市，我经常感慨对它知之甚少。

【中华协会大楼】

我在马普托的第一个教学点就是中华协会里面的中华国际学校,起初到这里时并没有在意这栋建筑,当知道这座不起眼又略显陈旧的大楼竟然就是我要上课的地方时,我心里不免有点失落。后来才知道,这栋大楼在莫桑比克有着一段非同寻常的历史,对莫桑比克的华人来说更是有着非凡的意义。

1903年,莫桑比克的华侨集资创建了中华会馆大楼作为华侨们的集会之地,后来将中华会馆大楼前面的走廊拆除后,又在前面新建了一栋大楼,并在里面办起了中华小学。这座新建的大楼就是我们现在看到的位于斐迪南·麦哲伦大道(Av. Fernão de Magalhães)上的莫桑比克中华协会(ACCM)。随着莫桑比克的独立,新政府将很多私人资产收为国有,中华协会大楼也被没收。很多华侨远走他乡。直到2015年4月,大楼才被新政府归还给中华协会,中华国际小学也于2017年开始复校,重新教授汉语。2018年,大楼被重新整修后,那耀眼的红色和黄色,还有那中国特有的花纹,无不向路人昭示着它的回归。

中华协会大楼

以前下课后,我经常站在二楼的阳台上,看着对面的建筑,还有远处街角穿梭的行人,自是一番别样的景色。

从二楼阳台看到的街景

【法莫文化中心大楼】

从中华协会出门右拐,就可以看到莫桑比克的独立广场,独立广场附近有很多富有特色的建筑,其中我最喜欢的是一栋绿色的两层建筑——法莫文化中心。法莫文化中心建筑始建于1896年,前身为一座俱乐部酒店(Hotel Club),后经过两年的恢复和建设,于1995年成为法国-莫桑比克文化中心(CCFM)。该中心致力传播法国、非洲法语区和莫桑比克文化,经常举办文化活动。目前建筑内的硬件设施在莫桑比克也是屈指可数的,有剧院、礼堂、教室、图书馆、露天舞台、自助餐厅和莫桑比克手工艺品商店等。我进去参观过几次,非常喜欢那里的环境,尤其是举办的一些小型展览活动非常有意思。

【巴西-莫桑比克文化中心大楼】

在马普托,这样的文化中心有很多,比如同样离中华协会很近的巴西-莫桑比克文化中心也拥有一栋很漂亮的黄色建筑。巴莫文化中心位于马克斯大街与九二五大街的十字路口,原为 Man Kay 兄弟的资产。

Man Kay 是1980年第一批来到洛伦索·马克斯(今天的马普托)的中国移民之一,有人说他是第一位到洛伦索·马克斯的中国人。他登上了一条连接东方和南部非洲港口的船。作为一名专业木匠,后来他成为大陆的民间建筑工人,也成了商人。再后来,他们一家成为 JA ASSAM 楼房的所有者。该楼房就是今天的巴莫文化中心,当时是一个很大的超市。附近还有一个名叫玛塔达克鲁兹的大超市，超市对面是一家 BNO 银行（今天的莫行）。在 JA AS-SAM 大楼旁边有他们的商店，主要卖运动服。他们的后代就是莫中的混血儿。作为成功商人，他们一般跟当时驻坡拉娜酒店和网球俱乐部的洛伦索·马克斯居民接触。20 世纪 40 年代，他们的孩子上了贸易学校，后来到葡萄牙留学。

巴莫文化中心

现在的巴莫文化中心是马普托最具影响力的文化中心之一，该中心不仅对外提供葡语课程和戏剧课程，而且频繁地举办各种演出活动、讲座、展览等。

【阿尔加维别墅】

2018 年上半年，我离开中华国际学校，开始在马普托国际学校（MIS）教学，因为学校离我所住的地方比较远，所以每天都有司机接送。每次去学校的路上，我都会经过一栋破旧不堪且无人居住的别墅——阿尔加维别墅（Vila Algarve）。

这栋别墅位于马沙瓦大街（Avenida Mártires da Machava）和艾哈迈德·塞古·杜尔大街（Avenida Ahmed Sékou Touré）的交界处，现已是一片断井颓垣的景象，但从那庞大的建筑结构群和精美的瓷砖壁画可以看出其往日的繁华。经过了解得知，原来这栋房子在殖民时期曾作为萨拉查（Salazar）政权时期的政治警察局，据说当时有不少莫桑比克人在此遇害，甚至一度传出

"闹鬼"传闻。现在这栋别墅作为政府资产，等待被修葺成为博物馆，期待在不久的将来能够看到它的新面貌。

阿尔加维别墅

【波特大楼】

像阿尔加维别墅这样的废弃建筑，在马普托还有很多，比如在市区 Baixa 的波特大楼（Avenida Buildings/Prédio Pott）。

我多次经过这栋建筑，那毁坏得只剩残留的支架结构的建筑尽显历史沧桑，但丝毫掩盖不了它过去的恢宏气势。这是一座大型古典建筑，在九月二十五大街（Av. 25 de Setembro）和马谢尔大街（Avenida Samora Machel）的交界处附近。该建筑建于 1903 年至 1905 年之间，之前由 Gerard Pott 拥有，Gerard Pott 是荷兰之家的所有者，南非波尔共和国的领事。1990 年的一场大火使它毁坏至此，残留至今，静静地等待着被修复或者被拆除。

【语言学院大楼】

最后想介绍另外一栋我经常光顾的建筑，那是我曾经学习葡语的地方，就是同样位于杜尔大街（Avenida Ahmed Sékou Touré）的语言学院。这栋蓝白相间的建筑在较为狭窄的杜尔大街上显得格外耀眼，现在作为政府资产成为莫桑比克的语言学院。这里提供英语、法语、汉语、葡语以及当地的 Xichangana 和 Xironga 等多种语言的教学，是莫桑比克较有影响力的语言培训机构。

　　这栋大楼属于曾经的安东尼奥·巴罗佐学院（Colégio D. António Barroso），一个天主教会学校。直到现在，语言学院旁边还保留着一个小教堂，在里面上课的时候不时能够听到隔壁教堂唱圣歌的声音。

　　在马普托，有特色或者有故事的房子很多很多，作为一个在这座城市短暂生活的边缘人，这是一座既熟悉，又陌生的城市。有时想融入，有时想逃离，但是有一点我很肯定，那就是当我离开时一定是深深地怀念着它的。

马普托的道路名称

张星娥

作者简介

张星娥，澳门科技大学汉语国际教育硕士。2017年7月至2019年7月任教蒙德拉内大学孔子学院，志愿者教师。

与莫桑比克结缘源自澳门的两年求学经历。莫桑比克和澳门同属葡萄牙前殖民地，所以初到莫桑比克时，我对这个遥远的非洲国度既感到陌生，又觉得似曾相识。这里同样有绚丽多彩的葡式建筑和富有特色的道路名称。

马普托是莫桑比克的首都，也是我工作、生活的地方。以往穿梭澳门街，今日游走马普托，可惜的是，出于治安问题考虑，所走的地方不是太多。总体来看，马普托的道路主要分为两种，较为宽阔的 Avenida（澳门译为"大马路"）和相对窄一些的 Rua（澳门译为"街"）。这里有名称的道路主要以人名、地名、日期等命名，其中尤以人名命名的居多。当然，也存在许多没有名称的小路，只以数字编号或用字母标记。

澳门的路牌

【以人名命名的道路】

莫桑比克独立前,马普托的道路名称主要是以葡萄牙人的名字命名的,独立后,道路名称发生了很大变化,主要以非洲民族解放运动领袖人物的名字和当时与莫桑比克友好的社会主义国家领导人的名字命名,葡萄牙人的名字在道路名称中较少出现。

马普托一些有名的大道,如萨莫拉·马谢尔大道(Avenida Samora Machel)以莫桑比克开国总统萨莫拉·马谢尔的名字命名;朱利叶斯·尼雷尔大道(Avenida Julius Nyerere)以坦桑尼亚国父暨第一任坦桑尼亚总统的名字命名;肯尼思·卡翁达大道(Avenida Kenneth Kaunda)用的是赞比亚首任总统的名字;还有以南非国父纳尔逊·曼德拉命名的纳尔逊·曼德拉大道(Avenida Nelson Mandela)。

使馆林立的肯尼思·卡翁达大道

此外,还有很多以当时社会主义友好国家的领导人命名的道路,如毛泽东大道(Avenida Mao Tsé Tung)、马克思大道(Avenida Karl Marx)、列宁大道(Avenida Vladimir Lenine)、胡志明大道(Avenida Ho Chi Minh)、金日成大道(Avenida Kim Ⅱ Sung)等。像费南多·德·麦哲伦大道(Avenida Fernão de Magalhães)这种以葡萄牙人名字命名的道路已不多见。

【以地名命名的道路】

以地名命名的道路主要采用国家名称和城市名称,例如,莫桑比克大道(Avenida de Moçambique)、赞比亚大道(Avenida da Zâmbia)、安哥拉大道

（Avenida de Angola）、坦桑尼亚大道（Avenida de Tanzânia）、津巴布韦大道（Avenida do Zimbabwe）、法国路（Rua de França）、几内亚路（Rua de Guiné）、贝拉路（Rua da Beira）、卡腾贝路（Rua da Catembe）、科英布拉路（Rua de Coimbra），等等。还有一些道路以莫桑比克境内一些著名的河流命名，如林波波河大道（Avenida do Rio Limpopo）。

美丽静谧的法国路

法国路路牌

【以日期命名的道路】

风光秀丽的十一月十日大道

　　以日期命名的道路主要取自某些具有重大纪念意义的日期。七月二十四日大道（Avenida 24 de Julho）与独立后的国有化政策有关，1975年7月24日，莫桑比克政府宣布医疗、教育、司法的国有化；九月二十五日大道（Avenida 25 de Setembro）是为了纪念人民解放力量建军的日子，9月25日也是莫桑比克的军队日；十月四日大道（Avenida 4 de Outubro）是为了纪念1992年10月4日内战双方签署的停战协议，所以10月4日也是莫桑比克的和平日；十一月十日大道（Avenida 10 de Novembro）则是为了纪念马普托1887年11月10日的建城日。

　　不论是以人名、地名、日期，还是以其他事物命名，马普托的道路名称都带着浓厚的时代特色，这与莫桑比克特殊的政治历史密切相关。

我心目中的莫桑比克蒙德拉内大学

宋战兵

> **作者简介**
>
> 宋战兵，浙江师范大学体育与健康科学学院教师。2016年8月至2018年7月任莫桑比克蒙德拉内大学孔子学院公派教师，主要从事武术课教学。

时间能沉淀出许多美好。文化的交流和传播也是需要时间的，通过时间的发酵，我们会慢慢了解当地的文化和思想。虽身在蒙德拉内大学校园中，其实第一年我对其印象是朦胧的，连一知半解都说不上，更不要说了如指掌了。但是到了第三个学期，我突然发现整个校园在脑海里开始清晰起来，对校园文化也有了一些认识和了解。

2017年9月，我来到蒙德拉内大学，首先看到的是破旧的大门。我说的这个大门位于法国路上，不是正大门。正大门在中国大使馆前面的那条大道旁，离使馆二百米光景，正大门很小，不像中国高校的大门都是气势恢宏的，但是这个大门虽小，却蛮别致的。

蒙德拉内大学校门

其实,最初走进校园里,我记忆最深刻的是孔子学院的标牌。一路走进去,破破败败,不像校园,倒像是乡村小路旁的空地。但行进中,我突然看到蒙德拉内大学孔子学院的标牌,亲切感油然而生,再向前走就能看到一片教学区,环境优美,鲜花绿树,生机勃勃,和中国高校没什么两样。抑或可以说,这里比中国高校的绿化更有特色,四季都有绿植。

孔子学院的标志牌

在教学区，大片的教学楼中有一座非常显眼的橘黄色教学楼，孔子学院的办公室就坐落在三楼，大红灯笼是最明显的标志。另外，在众多的教学楼中间有一座很有特色的绿色教学楼，这是农学院的教学楼。我之所以对这座楼印象深刻，不单单是因为它特色鲜明，很重要的原因是其中一位研究草的教授是我的学生，我的儿子都能喊出他的名字——Santos，这个学生非常喜爱中国的武术。

农学院的办公楼

随行的张爽老师带着我走进孔子学院的办公室，我在蒙德拉内大学的工作、生活就正式开始了。在办公室里有位当地的中年男人，名字叫 Salamao，是我们的办公室主任，人很随和、热情，见了中国的教师们总是面带微笑，英语、葡语随意切换，偶尔也说一句汉语。我们教学和生活中的很多事情总要请他帮忙，这也是他的工作职责之一。

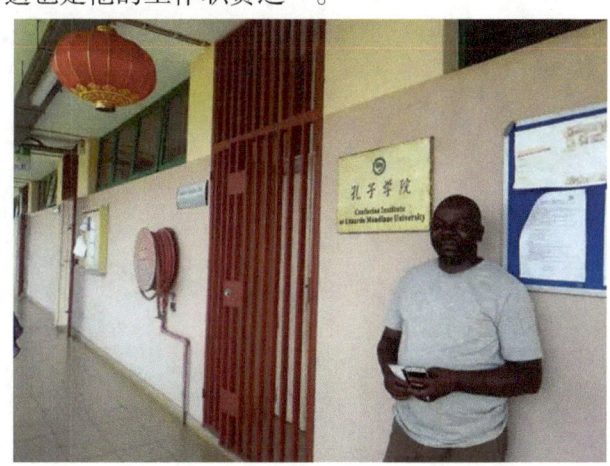

Salamao

在孔子学院，我的主要工作是武术教学。武术教学和语言教学不同，需要场地面积较大，所以就要联系场馆。蒙德拉内大学的教学场馆，我最先了解的就是体育馆和体育场。作为一个体育人，我也下意识地会多去了解一些体育场馆和体育教学。一年多来，上武术课所使用过的地方有馆内、馆外、草地上、草棚下、学生食堂外。只要你愿意去找场地，总是有场地可用的。另外，体育场馆也是我经常用来健身和休闲的好去处。

多功能体育馆

标准体育场

独具非洲特色的大草棚

工作和生活进入了常规之后,生活中我还是时常充满焦虑,毕竟非洲处于疟疾多发地区,这时我就想到了国内各个高校都有校医院。我在校园里咨询学生校医院的位置,然后去体验了一把,挂号费250MT(莫桑比克货币梅蒂卡尔的缩写),建立了健康档案,然后去看医生。一个白人医生问我:"什么病?"我本不是去看病的,仅仅是为了体验一下在校医院看病的程序,于是我就说:"验malaria。"第一次检测疟疾,阴性。然后医生又问:"还需要看其他病吗?"我说:"牙疼。"医生看了一下说:"我们没有牙科,但我可以给你开证明转到中心医院。"随后医生给我开了15MT的止疼药。其实这次体验的过程我只是想就近利用学院资源和了解海外就医的过程。我发现校医院非常干净,科室设置能够满足普通疾病的治疗,收费也合理。这样,我们在非洲生活中又多了一道保障。

校医院大门

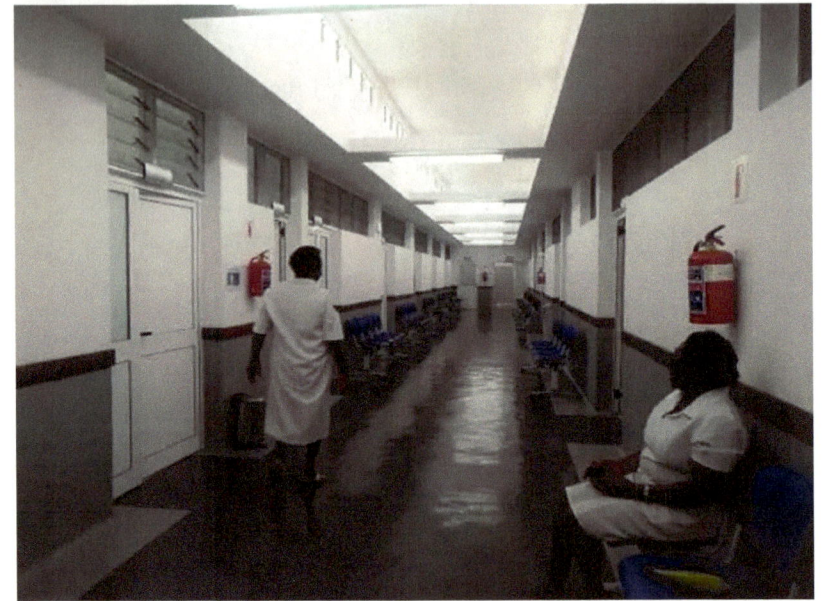

一尘不染的诊疗室

当我们走进新的国度,语言是一种重要的生存手段。虽然孔子学院的教学媒介语是英语,但是身在葡语国家,学院还是组织大家学习了葡语基础课,这使我对蒙德拉内大学又一个部门逐渐熟悉起来。

对我而言,语言中心是葡语学习的启蒙地,英语学习的加油站。语言中心就好比国内的大学外语教学部,但这里主要教学是英语、葡语和阿拉伯语。这里的语言中心不像国内的大学教学部仅针对大学在校生,而是校内校外只要愿意学习语言的,谁都可以报名。因为就在校园内,想学习语言确实很方便,但遗憾的是,这里的教师上课和不上课任由其随意决定,90小时的葡语课我们仅学了两课内容,可能这也是莫桑比克国家教学的一种独有现象吧。

蒙德拉内大学的语言中心

感悟篇

高尔基说:"书籍是人类进步的阶梯。"一个高校的藏书多少和藏书质量也能反映其办学水平。

漂亮的图书馆

在中国,图书馆也是教师和学生常常出入的地方,所以来到蒙德拉内大学不久,我就开始尝试去了解该校的图书馆。图书馆藏书不多,主要是葡语版和英文版的图书,作为孔院教师的我们,只能看和复印,不能借。有一次,我突然看到了一本中国的小册子《茶馆》,非常兴奋,但当地学生有多少人会读这本书就不甚了解了。我想,随着孔子学院培养的学生越来越多,有一天,图书馆不但会出现很多汉语书,而且会看到有更多的人在读汉语书。

因为图书馆的书我们不能借,只能复印,所以复印店也必须先了解一下。图书馆内和图书馆外一路之隔的地方是同一家复印店,价格不算高,但比起国内还是高出了好多,不过复印材料和书籍的学生还是蛮多的。莫桑比克的书像欧美国家一样价格高昂,买不起新书的人,只能复印。

生活是需要慢慢体悟的,了解学校也一样。国内暑假期间,我的家属来莫桑比克探亲,签证只有一个月,为了能多待些时日,必须续签。我到孔子学院办公室开证明,办公室告知我要到学校人事处统一办理,还需交20MT买一张统一格式的表格,这时就要先找到人事处的办公地点。人事处在学校行政大楼里办公,大楼设计得十分别致,一楼大厅辟有艺术长廊,虽然陈列的东西不多,但是文化特色鲜明。人事处也在一楼,偌大个大厅,管理着整个学校的人事工作,我们孔子学院的中方教师也在其管理范围之内。所以,这两年我也当了一次莫桑比克人,也做了一次蒙德拉内大学的教师,感觉很好。每次在校园里碰到警察搜身时,我就大声告诉他:我是蒙德拉内大学的教师。

学校行政楼一角

其实在蒙德拉内大学生活、工作、休闲也是很方便的。

学生食堂里，35MT一份餐食相当于国内的盖浇饭，只限学生吃，我有幸陪着儿子吃了一次，虽然不好吃，但是体验了一下吃食堂的感觉。另外，这里的食堂还兼运动场馆，以弥补运动场馆的不足；各个教学楼里的小吃店价格不高，谁都可以进去吃，种类也不少，很适合由于上课来不及在家里做饭的教师享用；银行和国内一样，不同的银行也都来占领高校这块"领地"，这里主要有BCI和BIM两家银行。之所以要介绍银行，是因为我们在莫桑比克没有收入，办理银行卡很不方便，需要各种证明，但是通过向BCI银行申请，不需要任何证明，就可以为你办理银行卡；网络中心、手机卡办理点这些地方，也许每个初来乍到者都会很快地光顾，位置就在复印店旁边；植物园是散步休闲的地方，偶尔还能看到猴子出没，我也仅看到一次，还拍了模模糊糊的照片。儿子看了照片后，一连去了三次都未见到猴子。又一次去植物园散步时，儿子说："爸爸，别去看猴子啦，还是到教学楼那里看变色龙吧。"可见儿子的失望。这些地方基本能满足生活在大学里不同人的不同需求。

感悟篇

学校食堂

教学楼下的小吃店

BIM 银行

网络中心

感悟篇

校园里漂亮的植物园

最后再介绍一个我偶遇的地方——莫桑比克国家档案馆，就坐落在蒙德拉内大学校园内。

因为我爱人在浙江师范大学档案馆工作，她想了解一下莫桑比克或者马普托市的档案馆，就到办公室Salamao处咨询，被告知学校有一座档案馆，但他也不甚了解，于是我就和爱人一同过去。一进门管理员主动和我打招呼，说经常看到我在对面的场馆里教武术，双方的距离一下子就拉近了。当我爱人问及该馆是什么名称时，听到回答是"国家档案馆"，虽然破旧，但是档次很高。在中国的话，不可能把国家档案馆设在一所高校里，但认真思考就会发现，如果国家档案馆放在高校里的话，或许利用率会更高。

国家档案馆的门口

档案馆内部的陈列情况

回到非洲

陈 彪

作者简介

陈彪,浙江师范大学非洲研究院硕士研究生。2018年1月至2019年1月任教莫桑比克蒙德拉内大学孔子学院乌鲁姆大学教学点,志愿者教师。

对于曾在非洲工作过的我而言,非洲并不陌生,我也一直渴望以不同的身份回到非洲大陆。这一次,借着孔子学院的平台,以汉语教师志愿者的身份,我回到了非洲。

【全新体验】

踏上莫桑比克的大地,车窗外的街景熟悉又陌生。在马普托短暂停留之后,我被派往莫桑比克北部楠普拉省的莫桑比克岛(Ilha de Moçambique),接替陈欢老师担任乌鲁姆大学(Universidade Lúrio)的汉语教师。

莫桑比克岛日出

莫桑比克岛是一个以珊瑚岛为主的海岛，由一座长约3.8千米的跨海大桥与大陆连接。作为前葡萄牙殖民时期的旧都，莫桑比克岛因其建筑融合了阿拉伯、葡萄牙、印度及非洲本土特色，而被评为世界文化遗产。行走在莫桑比克岛上，就像在阅读非洲的近现代史。而每次从海岛南端的住处行至海岛北端的教学点，就像体验非洲当代史一般。废旧中心医院旁的街道将岛屿分为两个世界，一边是石头城（Stone Town），一边是芦苇镇（Macuti Town，又叫草棚区）。石头城安静，芦苇镇喧哗；石头城宽阔，芦苇镇拥挤；石头城教堂密集，而芦苇镇多清真寺。海岛虽小，却包容了基督教、伊斯兰教、印度教、非洲本土宗教，海岛上约90%的人口为穆斯林。20世纪90年代，因内战逃亡至此的难民也成了莫桑比克岛的居民。

一位老莫桑人说，莫桑比克岛是莫桑比克最安全的地方。我赴任至今已经两个多月，感觉莫桑比克岛确实很安全。从大陆看海岛，小小的海岛就像是上帝的摇篮，在海浪的拍打中摇摇晃晃，岛上的人们在这里过着安宁的生活。莫桑比克岛的本土居民以马库瓦人为主，人们主要以打鱼为生。每天下午四五点，岛上的鱼市热闹非凡，夜市的人流更是比肩接踵。如今的莫桑比克岛除却历史的沧桑，更多地散发着浓浓的生活气息。不少古老建筑虽难逃破败命运，但随处可见的新建筑也正在拔地而起。

【莫桑比克岛教学】

上完第一堂课，就有学生告诉我，他想学好中文，他对汉语很感兴趣。第一次这么听说，我心中自然是暗喜。不过随着教学工作的开展，发现学生的努力并没有跟上他们的兴趣，这让我多少有些头痛。

乌鲁姆大学的教学环境比较简陋，教室里除了桌椅和一块白板之外，并没有多媒体设备。每次汉语教学主要以板书为主。每次上课前进行简短的复习，然后学习生词，讲解课文及语言点，并进行练习。每一次上课我都感觉时间过得很快，而教学进度却难以加快。虽然经过汉语教师志愿者岗前培训，掌握了一些将汉语作为第二语言进行教学的知识，但我依然有许多需要提升的地方。

平时授课以英语作为教学语言，但是很多学生的英语基础也很糟糕。比如，问学生是否听明白了，学生回答听明白了，但是真正到了做练习或者考试的时候，我却发现学生并没有真的懂。要解决这个问题，对于教学"菜鸟"的我，并非易事，只能多反思，多和学生沟通，并不断改进自己的教学方法，同时主动学习葡语来作为课堂用语，以此来寻求教学上的突破。

感悟篇

正在考试的学生

【观摩学习】

借着去市区采购生活物资的机会，我有幸旁听了楠普拉师范大学陈欢老师的课。陈欢老师整堂课内容翔实，学生积极热情，令我深受感动，也备受鼓舞，得到很多启发。

陈欢老师的课堂

| 35 |

本次观摩的课堂主要是评讲试卷和讲授新课两部分。评讲试卷用时约占整堂课的1/4。在试卷评讲中，陈欢教师将语音、词义、句型等知识点很好地融合在一起。通过一次试卷评讲，学生对所学的基础知识又进行了一次巩固加深。最有趣的是陈欢教师的新课教学，从发音到词义，从笔画练习到生词讲解，引导学生举一反三（温故＋练习），在"精讲多练"（口语练习＋笔头练习）的模式中，进行相关的拓展，课堂教学显得十分流畅。

在课堂上，陈欢老师和平日里的高冷完全不同，与学生的互动效果很好，而且学生会根据所学的汉语知识进行主动提问，让人印象深刻。师生之间配合默契，学习效率自然较高。通过边讲边练，进行扎实的基础学习（将生词学习、句子学习、口语练习、对话练习等有机地结合在一起）之后，课文学习就变得更加容易。在严格的课堂管理体系下，这种教学模式成功地调动了学生学习汉语的积极性。其他诸如下课前收作业、在课堂最后用几分钟通过视频学习中文歌等环节，让整堂课的内容非常丰满而有趣。当教室里"好一朵美丽的茉莉花……"的歌声响起时，对异乡人而言，那歌声是催泪的，更是开心的，是鼓舞人心的。

莫桑比克岛夕阳

贝拉往事

金 丹

作者简介

金丹,浙江师范大学国际文化与教育学院汉语国际教育专业硕士。2015年8月至2016年7月任教莫桑比克蒙德拉内大学孔子学院贝拉赞比西大学教学点,志愿者教师。

我在莫桑比克的教学工作从2015年8月开始至2016年7月结束,只有短短的一年时间。"莫桑比克蒙德拉内大学孔子学院赞比西大学教学点",这个在各种材料和文件中反复书写的名字,这个在无数次打车、迷路的旅途中反复询问的地点,将会成为我一辈子刻骨铭心的记忆。

【贝拉初体验】

2015年8月10日,所有志愿者们齐刷刷地降落在一个名为"马普托"的城市。大家脸上的兴奋劲儿还没褪去,就马上要面临离别。我和另一名志愿者要去一个中北部的教学点——贝拉(Beira)。

这是2015年新设的教学点,需要两名志愿者和一名专职教师前去"开疆扩土"。听到这个消息,当时我心里颇为忐忑。当我们抵达贝拉,入住公寓时,目力所及只有一个"空壳",灶台、家具都没有。学校内没有食堂,也没有招待所。我们几人即使万般疲倦、饥饿,也不得不自己出去找饭吃。在这人生地不熟的贝拉,我们就这样开始了生存之旅。

我们在贝拉的住处

顶着非洲南部的烈日奔波了一天之后,我又累又渴,脸上新长的痤疮还隐隐作痛,正想洗个热水澡,然后上床睡觉,却发现停水了。我们无奈地躺在床上,夜晚的风摇曳窗外的枝丫,窸窣作响的院子和轰鸣的大街像在演奏一首交响曲。"热闹是他们的",于我们,则充满了未知的恐惧和彷徨。外方承诺的"一切完备"竟是如此景象,让我们初次体会到了当地人的办事效率。到了第二天,公寓陆续有人过来装家具,却还是没有水。洗脸、刷牙、吃饭,甚至上厕所……都成了问题。我们不得不又顶着非洲的大太阳出门觅食、买水。晚些时候来水了,可惜是绿豆汤的颜色。

"绿豆汤"一般的水

感悟篇

　　至少此时我们是开心的，因为起码还可以冲厕所。我们接了一桶又一桶"绿豆汤"，却毫无清澈起来的迹象，只能无奈地认命：晚上洗澡、洗脸真的没有清水了！此后，我们连用"绿豆汤"多日，白衣服都被洗得又黄又旧不说，人也成了"泥浆人"。

　　至今我仍然清晰地记得在贝拉的前几个月，那无比艰辛又看不到头的日子。当地人办事拖沓和随意的态度几度让我们陷入崩溃。所幸，我们的院长一直都在关心着我们的生活，马普托的志愿者教师们也时常寄过来一些必要物资，解决了不少燃眉之急。想到这么多人和我们站在同一条战线上，我们心里是感动的，也充满力量继续和简陋的生存条件抗争！

【上课和生存两手抓】

　　很快，我们开始上课了。公寓里没有安装网络，教学资料的搜索很不方便。于是我们便开始催促学校办公室尽快解决网络问题，我们全力以赴地备课、上课。生存大计和事业发展兼顾，我想这可能是许多来非洲的教师最寻常也最普遍的生活状态。不过，上课是非常幸福的。班上的非洲学生很热情，发言积极，乐于表现，课堂上笑声、欢呼声不断，这给了我极大的信心和成就感。每次课前，我都会预设学生可能遇到的问题，并根据学生的反馈情况认认真真备课。每节课，我全程站在讲台上领读、操练，却毫无疲惫之感。看到学生们那一双双求知的眼睛，那一刻，我真的希望自己能把所学的知识毫无保留地以最快的速度教给他们。我想，这就是我们每位汉语教师最"甜"的时刻。

学做中国结

39

通过我们的不断努力，网络问题终于解决了。可是身处非洲大陆，用水问题依然棘手，校方拖拖沓沓地办了三个月，一直说会解决，会想办法，但动工之前要请示，要做预算，要铺另一条水管，要改管道……说了千百遍，却依然只是"说说"而已，说完便没了下文。平时基本上都是来两天水，停四五天。最严重的时候，停了八天水之后，只来水两天，又停了一周。这样的状况不免让我们有些尴尬，毕竟作为一名教师，别的方面即使不在意，也还是需要注意自身形象的，没有水洗漱的我们，每天脏兮兮地去上课也不是办法。

日常授课　　　　　　　　　　扛水回家

就这样，我们不断和校方、总部反复沟通协商用水方案。每天除了想办法解决没有水造成的生活不便等问题之外，还要做好自己的本职工作，备课、授课不能受到影响。这样"三头六臂"的日子，一开始令人叫苦不迭，然而，慢慢地我们竟也体味出了美好。我们开始学会怎样和对方沟通，学会找合适的时间和地点提我们的要求，学会在不同的小店寻找便宜又大桶的纯净水，学会怎样扛水更加轻松省力……更学会了在逆境中平复自己的心态，在痛苦里磨炼自己的意志。

学校圣诞放假前的最后一周，我们争取了三个月的送水工程终于动工了。想想大家几个月来的奋斗，一切都如梦一般。正当我们感慨好日子即将到来之时，公寓又由于欠费而断网了。我们几人相视一笑，再一次遇到新问题的时候，彼此都默契地没了抱怨。因为在非洲，生活的酸甜苦辣总在不断地循环着。每每解决了一个问题，就会出现另一个问题，永远都在你的意料之外，同时，解决问题的效率总是"明日复明日"。你听到人们口中无数个明天，你却不知道明天究竟是哪天。既然不知道，那就过好每个今天吧！

【"汉语热"在贝拉】

对于贝拉人来说，汉语是一门非常神秘的语言。在贝拉，没有任何语言机构能培训汉语，当地人也不会说汉语。但是中国商人却随处可见。贝拉人对于中国人的感觉就是勤奋刻苦、高知富有。看到中国人，贝拉人会竖起大拇指说"你好"。在他们的印象里，中国人很聪明，可以很快地学会几句简单葡语。而贝拉人却觉得汉语"难到根本不知道怎么发音"，以及"汉字复杂到根本没办法下手写"。因此，这来自遥远国度的语言充满了未知的神秘感。

赞比西大学汉语课报名现场

当赞比西大学首次开设汉语课时，报名的人很多。因为好奇，因为看到了无数中国商人所带来的商机，然而学着学着，坚持下来的人却越来越少。抱着"试水"心态的一部分人最终被畏难情绪打倒。但即便如此，依然有很多学生坚持了下来。新学期开学的时候，不断有学生报名学习汉语，甚至在课程上到快一半了，还会有学生来询问能否中途"插班"。我们走在路上，也时常有人过来询问汉语课如何报名、如何注册。汉语之火在这个新的教学点越燃越旺。赞比西大学教学点的汉语教学工作已经无法满足当地学习者逐步高涨的热情了。慢慢地，当地最大的语言机构（隶属政府）也强烈要求开设汉语课，具体事宜已经在洽谈之中。当地公立高中也和赞比西大学合作开了一个汉语班，学习者年纪小，语言能力强，未来的成就不可估量。此外，我们还提交了赞比西大学选修课开课申请，校方承诺不久即可成功将汉语课纳入大学教学体系之中。

语言学院教学点洽谈

语言学院教学点宣传

贝拉教学点开班仪式

感悟篇

至我离任前,我们已经有一名学生成功申请了来华夏令营项目,有十一名学生顺利参加了汉语水平一级考试。我们见证了汉语在贝拉从无到有,心里是满满的幸福,期待未来一任又一任的志愿者继续在这片苍茫壮阔的土地上创造辉煌。

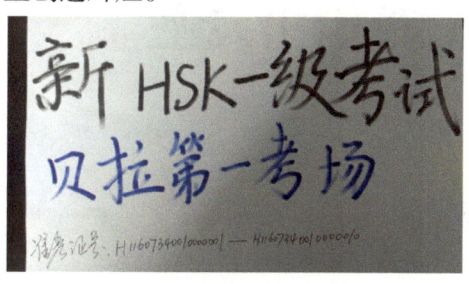

贝拉教学点成功举办汉语水平考试

汉语水平考试后合影纪念

【心路小结】

曾经无数次说后悔来到贝拉,曾经无数次发誓再也不愿背井离乡,曾经无数次躺在床上夜不能寐,黯然神伤……也许我有过无尽的迷茫,但时光没有辜负我。原本难以忍受的生活,在我们的手中一点一点变得明朗起来。多少次石沉大海的请求和谈判换来了今天的从容和淡定;多少次顶着烈日的奔走和抗争换来了现在的有序发展。

虽然我们并没有完成什么惊天动地的壮举,但是我们竭尽全力地为之努力过。离任时的自己也从一句葡语都不会说的在读研究生变成了能用蹩脚葡语进行聊天和砍价的接地气中国"menina"(女孩),从上课战战兢兢、生怕出一点意外的汉教"菜鸟"变成了至少可以在课堂上熟练举例并拓展的活泼的汉语教师。

最后离开这个地方时,才发现回忆是个奇妙的筛子,只留下了熠熠闪光的部分,滤掉了那些痛苦和挣扎。在此刻,所有的艰难困苦换来的美好好像金子一样闪着光芒。贝拉带给了我无穷的力量,那是处于艰苦环境下的自我提升、自我修养、自我学习的动力,没有什么是比它更宝贵的财富。回想看到的一个个可爱的学生和一张张求知的脸庞,我为我当初做的决定感到由衷自豪。如果有一天他们能学有所成,希望他们还能记得,曾经有位金老师苦口婆心地劝诫他们要勤学,曾经有位金老师是他们的汉语启蒙教师。

未来就在眼前，我们出发吧

陈　远

作者简介

陈远，浙江师范大学非洲研究院硕士研究生。2019年2月至2020年1月任教莫桑比克蒙德拉内大学孔子学院希布托教学点，志愿者教师。

"O futuro e tuobom. Vamos?"（未来就在眼前，我们出发吧）

这是我2019年2月12日学会的第一句葡萄牙语。12日，飞机在莫桑比克首都马普托着陆，蒙德拉内大学孔子学院的罗丹老师早早在机场等待我们，接到我们之后，第一时间去办了手机卡，在莫桑比克收到的第一条短信就是运营商发送的这句"未来就在眼前，我们出发吧"。来到一个陌生的国家，带着一腔孤勇的浪漫，作为整个加扎省第一个汉语教师，我来到了草原小镇希布托（Chibuto）。

3月是我担任汉语教师志愿者开展教学工作的第一个月，感念孔子学院的前期筹备，能让我来到这个草原小镇为汉教事业开疆拓土，感慨这里民风淳朴，学生扎实肯学，更要感谢命运安排了我与非洲的一次次邂逅。

在非洲大草原拍摄野生动物

感悟篇

【结缘】

我与孔子学院的第一次结缘是在坦桑尼亚。2017年末，我应中国大使馆邀请前往坦桑尼亚和赞比亚两国拍摄纪录片，跟随摄制组走访了多所孔子学院的教学点。我听到小孩子在操场上合唱中文歌曲《甜蜜蜜》；我看到大学生在汉语教师的带领下学习中坦两国共同修建坦赞铁路的历史；我看到第一批赴中国留学并为毛主席与坦桑尼亚开国总统尼雷尔担任翻译的老人约瑟夫，对着孔子学院教学点的师生念起："东风吹，战鼓擂，这个世界上谁怕谁？不是人民怕美帝，而是美帝怕人民。"

约瑟夫老人向教学点的师生讲述历史

第一次非洲之行结束后，我回到国内，告诉我的朋友们：你们可曾想过，在世界的某一个角落，因为孔子学院汉语教师的出现，让一群人爱上了一门美丽的语言，爱上了一个有着悠久历史的国家？2018年末，我申请了莫桑比克蒙德拉内大学孔子学院志愿者，如愿以偿地再次回到非洲，来到这个非洲东南部的美丽国家。

【邂逅】

从飘着大雪的故乡来到温热的南半球，我在二十四小时内从冬季来到了夏季，温暖干燥的南半球点燃了我的热情。从首都出发，用四个小时穿越草原，我抵达了希布托蒙德拉内大学经济学院教学点。这是蒙德拉内大学孔子学院今年新开设的教学点，我是这个教学点第一任汉语教师。

一望无际的草原

| 45 |

外方为我提供的住宿条件超出了我的预期，我住在一所葡萄牙殖民时期修建的酒店里。这里是我接下来一年工作和生活的地方，酒店年头比较长，但是干净舒适。酒店的一楼是学校的各种行政办公室，我的教室也被安排在了酒店一楼。出酒店走1公里就是当地的市场，日用品丰富，水果物美价廉，走5公里就是华人超市。当地人对中国人比较友好，我每天出门一路上都能遇到主动打招呼的人。

教学点的住宿环境

作为此处第一任汉语教师，我独自开展工作面临的第一个难题就是招生。在蒙德拉内大学孔子学院前期的沟通下，招生工作在我赴任之前就已经开始，但是报名人数不甚理想。我挑出两幅汉语教学挂图，跟外方沟通后，把挂图贴在他们的学生办公室门口，有学生问起，办公室的工作人员就会告诉他们汉语课正在招生。

我主动走进校园，学生们一般都会好奇：小镇上为什么来了一个中国人？我利用他们的好奇和他们交流，向他们推荐汉语兴趣班。渐渐地，我有了第一个班和第二个班，也交到了当地的朋友。

招生完毕，我开始布置我的汉语教室。我的当地朋友主动过来帮忙，我们在没有空调的教室里忙了四个小时，大汗淋漓后大功告成，加扎省第一个充满浓郁中国风格的汉语教室出现了！墙上挂起汉语教学挂图、大小各异的中国结，贴上中国十二生肖剪纸，门口挂上了绣着"出入平安"的香囊。看着这个自己亲手布置的汉语教室，我想，我和莫桑比克，和希布托的缘分就此开始。

感悟篇

学生们的合影

装饰完毕的汉语教室

【探索】

我的学生全部在零基础的一级班，教学刚开始的前两周，我就遇到了教学上的难题。我的两个班级里都有社会人士和在校学生，我发现这样的分班方式并不科学，原因在于大学生能够保证全勤，而且学习速度较快，但是社会人士因为工作原因，经常缺课。为了保证所有人都能跟上进度，我只能每节课为上次没有来上课的学员重新回顾和讲解已学内容，这严重影响了我的教学进度。

于是，开课第三周后，我重新分班。新的1班是兴趣班模式，全部由社会人士和学校教工组成，他们只能每天下午4点到6点来上课，每周并不能全勤，而且学习速度偏慢。对于这个班，我的授课进度慢，授课难度低，以确保每个学员都能赶上进度；新的2班是选修课模式，所有学员都是在校大学生，他们加入汉语课较早且能保证全勤，学习进度较快。在开课后，新加入的学员我也统一安排到1班，如果有进度较快的，可以申请加入2班。

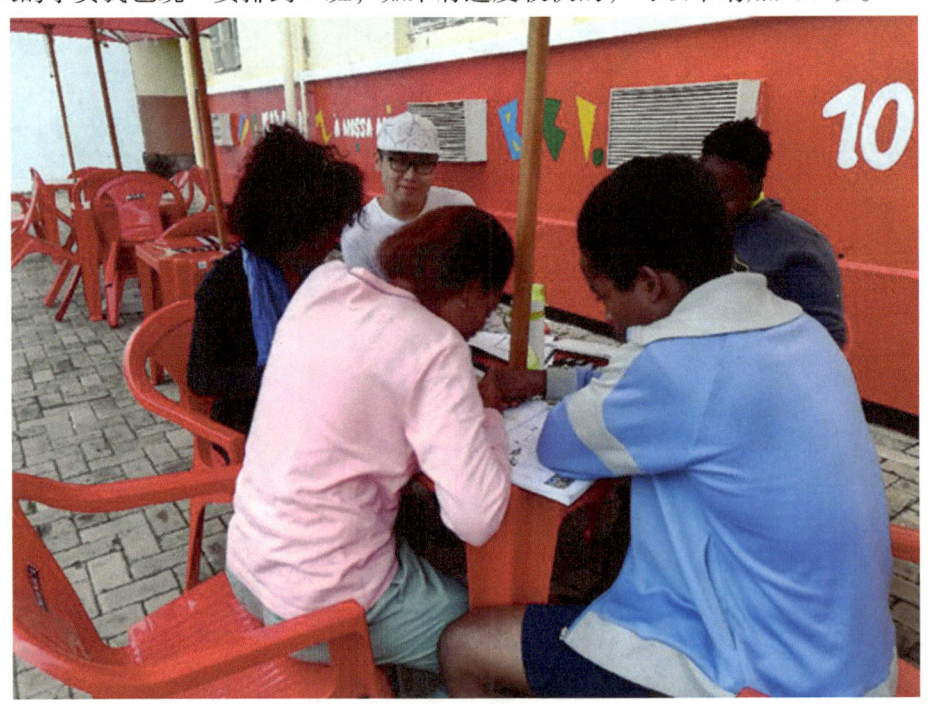

与学生们一起学习汉语

由于部分学生对汉语和中国十分感兴趣，我们每周特设一节讨论课，邀请学生在我的客厅或者楼下酒吧一起对话交流，内容主要以汉语知识和中国文化为主。

在讨论课上，学生提出的问题五花八门。有一次，我的一个学生对我说，他在一本书中看到了一句话:"如果你觉得你有钱,那么你应该去中国山西看看。"

我解释道:"你们都知道,在最近几十年间,中国的经济得到了很大发展,但是中国不同的区域经济发展是不平衡的,东部区域主要依靠工业和贸易,而你提到的山西是因为矿产资源丰富,所以短时间内产生了大量富翁。但是中国正在努力减小贫富差距,现在中国的城市也都在思考未来如何发展。"

有的学生提问:"中国人什么都吃吗?"对于这种问题,一方面不能回避;另一方面又要介绍中国的美食,于是我告诉学生:"中国人善于用各种食材做出美味的饭菜,但是中国人也并非什么都吃,你的观念来源于两个方面,一方面是因为我们的国家烹饪文化悠久,食材非常丰富;另一方面可能是来源于有些媒体奇怪的报道。"一节讨论课下来,我这个汉语教师有一种新闻发言人的既视感,但我确实真切地感受到了每一位汉语教师在汉语教学之外的使命——让学生客观地了解中国。

希布托草原日落

【热爱】

4月,我来到这个草原小镇已经两个月了,工作和生活都已步入正轨,小镇上的居民也渐渐都认识了我这个汉语教师。虽然接下来的生活肯定还会有诸多考验,但"一切都在变好"也是真实的。现在,我会用简单的葡语跟当地人打招呼和买东西,会用标准的葡语来一句"我葡语说得很不好",然后看着对方一脸不相信的表情。每天美到令人窒息的日出日落,每个周六清晨的草原徒步10公里,每个周末跟当地教师的酒吧闲聊,每节课学生们越来越好的汉语都变成我热爱这份工作和生活的理由。即将停笔时,我又想起了第一天来莫桑比克时看到的那句话:"未来就在眼前,我们出发吧。"我想,当这一年结束,我会给下一任汉语教师留下一封信,信的开头一定是:"恭喜你,因为你来到了希布托。未来就在眼前,大胆出发吧!"

一路走过"亚非拉"
——我的汉语教学之路

王国庆

作者简介

王国庆,广西师范大学汉语国际教育硕士。先后任教泰国和厄瓜多尔,2018年1月至2020年1月任教于莫桑比克蒙德拉内大学孔子学院,专职教师。

从2014年5月在泰国清莱攀县中学教授汉语开始,到2015年去厄瓜多尔圣弗朗西斯科大学孔子学院做汉语志愿者教师,再到如今成为莫桑比克蒙德拉内大学的汉语教师,四年的教师生涯里,我的足迹踏遍了"亚非拉",不变的是我对汉教事业的追求和热爱。

泰国、厄瓜多尔和莫桑比克同属第三世界国家,都有着优美的风景、善良的人民以及一群热爱汉语的学生,也有着各自不同的风情和特点,但是都给我留下了深刻的印象。

【工作在亚洲的泰国】

2014年5月,还在读研究生一年级的我抵达了泰国的清莱,开始在攀县中学教汉语。泰国不愧是微笑国度,从我到的第一天起,一个个双手合十、面带微笑的身影就印在了我的脑海里。第一天,因为有些生活用品没有准备好,加上学校没有开学,负责教师怕我不适应,就把我带去了学校一位教师家里借宿。我吹着空调,睡着舒服的床,一路的疲惫仿佛都消失了。第二天,另一位实习教师还在家里做好了饭菜给我送来。那些普通的泰国人民对中国人也非常友好。在我们学校旁边有一家当地餐厅,做的饭菜非常美味,我经常光顾,但是我读不懂泰语,就选择了一个笨办法:依次尝试菜单上的菜,好在做得都不错。

有一天，老板娘看到我来了，专门拿了一张菜单给我，我这才知道老板娘查了汉语的意思，用并不方正的汉字手工"制作"了一张菜单。这些善意让我这个经常在海外工作的人从一开始就没有陌生感。

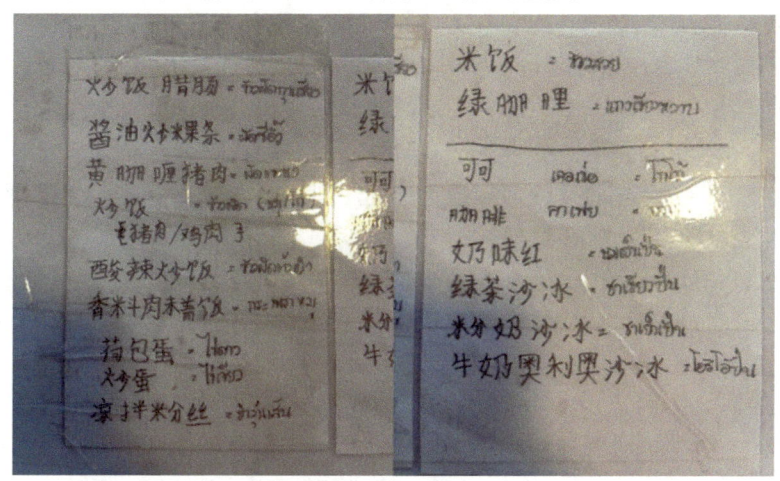

饭店老板娘手写的汉语菜单

汉语是泰国政府要求每个学校都开设的选修课，不过泰国学生的性格自由活泼，所以汉语教学虽在泰国广泛地开展，但教学效果普遍不理想。学生们虽然汉语学得不太好，却非常喜欢中国教师，课堂上的氛围也很欢乐，走在路上，见到中国教师也会热情地打招呼。也许正是因为泰国人民自由的天性没有被束缚，他们的创造力和艺术感就被很好地激发了出来。清莱的白庙就是一个很好的例子，身临其境，游人的眼睛一次次被那些灵动飘逸的飞檐和精美绝伦的雕刻所震撼。

攀县中学特殊的地方在于它的高中部一到三年级都有一个汉语专业班，我在对专业班的教学中发现，很多学生是真心喜欢学汉语，并且想去中国学习汉语的。现在他们当中有很多人正在中国读汉语国际教育的本科，汉语越来越好，作为他们的汉语教师，我感到非常自豪。

2015年3月，我结束了在泰国的实习，回国后，马不停蹄地考志愿者、修改论文、参加志愿者培训、答辩、毕业、办签证，到真正闲下来时，出国的日子又近了……

【在拉丁美洲的厄瓜多尔工作】

2015年8月，我来到了汉教生涯的第二站——厄瓜多尔圣弗朗西斯科大学孔子学院。厄瓜多尔地处南美洲，从北京坐飞机要26个小时才能到达，这里的安第斯山脉纵贯南北，多火山，地震频发。

　　我在这里经历了6.9级的大地震。2016年4月的一个晚上，我坐出租车回居住地，突然感觉到剧烈的晃动。我的第一感觉是汽车正在经过非常崎岖的道路，但是司机指向窗外，我看见高大的椰子树和电线杆都在摇晃，连路上的汽车都像喝醉酒一样走不了直线了，接着就看到从建筑物中跑出来的人们惊魂未定，许多人抱在一起痛哭。我所在的瓜亚基尔因为离震中较远，建筑物损坏不是很严重，我在通信恢复后，马上向家人和汉办的教师报了平安。我们孔子学院的另外两个教学点所在的城市波多韦耶霍和曼塔是当时受灾最严重的地区，所幸我们的教师们没有伤亡，但是在交通恢复前，那里的教师们也一度面临着断水断粮甚至被抢劫的危险，幸好最终所有人员全部安全撤离到了基多和瓜亚基尔。灾难过后不久，这两个教学点的教学就慢慢恢复了。现在想来，真的是身为汉语教师的责任感和使命感支撑着大家度过了那段艰难的时期。

　　厄瓜多尔的意思就是"赤道"，因为气候炎热，许多主要城市都建在海拔2000多米的山区，首都基多海拔2800多米，历史文化名城昆卡海拔2600多米。基多附近的最高峰皮钦查火山海拔将近5000米，2017新年前夕，历时三个多小时，一路坚持，我终于登上了4696米的Rucu峰。我觉得做其他的事情也一样，成功的关键在于咬牙坚持。

我在海拔4696米的Rucu峰顶

　　跟泰国将汉语纳入国民教育体系不同，厄瓜多尔的汉语教学主要采用培训班的形式，由学生自愿报名学习，不同年龄、不同种族、不同职业的人都会来学习汉语。学生学习汉语的目的也不尽相同,有的是被家长要求学的;有的是想去中国留学;有的是想找到更好的工作;也有很多学生就是因为喜欢汉语和中国文化而来学习。很多学生的学习热情很高,上课也非常配合教师。现在,厄瓜多尔学习汉语的人越来越多,我们播下的种子正在开出一朵朵美丽的花儿。

【来到非洲的莫桑比克】

2018年1月,我来到了莫桑比克,开始在蒙德拉内大学孔子学院教汉语。至此,我的脚步实实在在地踏过了"亚非拉"三块大陆。

来非洲之前,我对这里的印象是自然和野性,还有非洲苦难和抗争的历史。来到这里后,我果然看到了奔跑在原野上的动物,以及美丽得仿佛不真实的碧海蓝天。

路边自由的野猪一家

黄金角美丽的海天一色

莫桑比克的大菠萝

莫桑比克在20世纪70年代刚刚摆脱殖民统治，独立之后又爆发了持久的内战，直到20世纪90年代才停止，现在仍然属于世界上最不发达的国家之一。莫桑比克人的月收入大概只有300元人民币，基础设施建设也不是很完善。这里的公共交通很不发达，很多学生说，每天来上课，用在路上的时间就有三四个小时，甚至有很多学生会走三个多小时的路来上课。

来到这里之后，我发现，艰苦的条件并没有消磨掉人们对美好生活的向往，路途的遥远也没有熄灭学生们学习汉语的热情。走在路上，我总是能看到身着五颜六色印花布服装的非洲女性，她们脸上洋溢着灿烂的笑容。学生们在课堂上总能非常配合教师的授课，总能让教师看到他们的进步，而且时不时地还会让你惊讶于他们接受新知识和推理演绎的能力。

我来到莫桑比克已经三个多月了，从开始的新鲜惊奇到现在的慢慢适应，对非洲也从开始时零碎的印象变成了具体的景色、生活，还有人和事。而我的任期其实刚刚开始，相信在非洲、在莫桑比克还有更多事情等着我去经历，还有更多人等着我去认识，还有更多故事将会发生。

来非洲前，和别人说起我的去向，我总是能看到大家脸上复杂的表情。确实，非洲并不发达，甚至有些地方非常贫穷和混乱，但是这并不妨碍我们汉语教师去传播汉语和中国文化。人们向往美好，但是汉语的传播不会挑剔土壤的好坏。"泰山不让土壤，故能成其大；河海不择细流，故能就其深。"我们的汉语之花正渐渐盛开在世界的每一个角落，而我的故事还远远没有讲完。

闲看庭前花开花落，静赏莫桑潮去潮来

宋战兵

作者简介

宋战兵，浙江师范大学体育与健康科学学院教师。2016年8月至2018年7月任教于莫桑比克蒙德拉内大学孔子学院，公派教师，主要从事武术课教学。

来莫桑比克已经有一年半光景了，我对这里的了解逐渐清晰起来，这次主要写一点关于在莫桑如何欣赏风景的感想。

位于莫桑比克与马普托边境的黄金角

莫桑比克位于非洲东南,毗邻印度洋,隔着莫桑比克海峡与马达加斯加相望。这里气候适宜,天气并不如想象中的那么热,虽然在海边,空气的湿润度也不是很高,每年分为雨季和旱季。一年中的自然环境都很美丽,但是经济欠发达,导致我外出旅游时觉得只有大海、森林和草地,人文的感受就相对较差。在这样的国度生活,你不能选择旅游方式,但是可以改变自己的旅游心态,做到"闲看庭前花开花落"的自在自然,然后用这样的心态去欣赏海洋、森林和大海,就会欣赏到莫桑的美,排解在莫桑的孤独和寂寞。

首先说一说海。莫桑比克的海用"碧海蓝天"来形容一点儿都不为过,海边的沙是洁白的,浪花也是洁白的。与国内的海边相比,这里的海边人很少。莫桑比克缺少基础的服务性设施,但是莫桑比克的海边几乎是纯天然的环境,人造垃圾几乎没有,不像国内的海边人多,食品垃圾也多,使人很难体验和感受到大海的美。有幸生活和工作在马普托这样的海边城市的我,渐渐学会欣赏大海的自然之美,当工作累了或者孤独时,十分钟时间到达海边,在防浪墙上找块石头坐下来,大海一望无际,看那潮起潮落,用一种放空的心态感受和享受大海的浩瀚和浪花的美妙,这滋味,妙不可言。

再说一说草原。莫桑比克这个国度,草原和森林覆盖率很高。我去过的草原不多,仅去过两个地方,马拉夸内的草原较好,黄金角旁边的草原也有其独有的特点。马拉夸内的草原有水有芦苇,草长得比较茂盛,鸟也多,成群结队,大鸟小鸟都有,虽然叫不上名字,但是看着就舒服,牛羊更是大大小小、形形色色的一群一群,有时逗留在大路上,任你去拍照。对于喜爱自然的我来说,这里是绝佳的去处。

最后说一下森林,我在这里看过两处森林,一处是在大象自然保护区,另一处是在伊尼亚卡岛上。这里的森林也十分有特点。由于人类破坏得很少,所以森林非常繁茂,除了森林里的一些小路之外,很难有空隙自如地穿梭其中,作为一个外国人,不熟悉环境,更不敢随便深入其中。这里的森林和国内电视台经常播放的《动物世界》里大象与长颈鹿出入的地方十分相似。莫桑比克不是大象的主要分布区域,很少听到非法猎象活动的新闻,所以在工作之余,组织大家一起去森林里寻找大象和长颈鹿也是很好的旅游方式。

马拉夸内的草原

感悟篇

莫桑比克的森林

　　莫桑比克的旅游业和中国相比，显然没有中国的旅游业安全、成熟。在莫桑比克旅游时，安全方面是必须考虑的第一个因素，但可以用一种恬淡闲适的心态去享受自然，通过旅游来净化心灵，强健体魄，为更好地在海外工作创造良好的身体和心理条件。

跟我一起去看莫桑比克岛的美景

李夫俊

作者简介

李夫俊，四川师范大学汉语国际教育硕士。2016年8月至2018年8月任教于莫桑比克蒙德拉内大学孔子学院本部，2017年调任为莫桑比克岛乌鲁姆大学教学点负责人，专职教师。

我任教的地方是莫桑比克岛，今天就带大家领略一下这里的美景。

莫桑比克岛（Ilha de Mozambique）位于莫桑比克北部，在莫桑比克海峡和莫苏里尔湾之间，是楠普拉省的一部分。1898年之前，它是葡萄牙东非殖民地的首都。莫桑比克岛拥有悠久的历史和美丽的沙滩，是联合国教科文组织评定的世界文化遗产，也是莫桑比克最著名的旅游景点之一。它拥有大约1.7万永久居民，附近有楠普拉省的鲁博机场。

圣塞瓦斯蒂安城堡附近海湾的单桅帆船

感悟篇

　　它是莫桑比克北部少数几个旅游景点之一，被称为莫桑比克版本的桑给巴尔岛。岛上到处是欧洲风情的历史建筑，也有不少阿拉伯风格的建筑。人们在这里能够随时欣赏到美丽的海滩，见到碧蓝大海下航行的传统单桅帆船。

　　莫桑比克岛常被认为是莫桑比克国家的发源地，尽管这可能不完全正确，因为在这之前，"莫桑比克人"就已经在这里居住了，但是就这个国家的名字而言，这种看法肯定是正确的。当很多游客走进莫桑比克岛时会感到很奇怪，因为这里的建筑风格、人文氛围与在莫桑比克大陆的感觉迥然不同，这里风格十分古老，到处渗透着欧洲风格的影响。许多慕名而至的欧洲游客在岛上游玩时，他们感觉好像到了古老的里斯本（葡萄牙首都）——狭窄的街道、高大的拱门和大门上华丽的铁饰品。

古老的莫桑比克医院位于莫桑比克岛三镇之间（即石头城、石灰城和芦苇城）

圣塞瓦斯蒂安城堡的入口处

南半球最古老的欧洲建筑——1522年建造的巴卢阿特圣母教堂

石头城大门

游人漫步在莫桑比克岛的大街上，到处可以体会到古老建筑物的浓重历史气息，当地人也对莫桑比克岛悠久的历史如数家珍。当地朋友告诉我，莫桑比克这个国家的名字就是由该岛而来。这个岛一直都是葡萄牙在 19 世纪前的非洲殖民地首都（葡属东非首都）。莫桑比克岛的名字起源于一个名字叫穆萨艾比（Musa Al Big）的当地苏丹。这个人是葡萄牙航海家达伽马抵达该岛时见到的一个部落首领。如果你快速地读这个人的名字，你就会发现这个人的名字很容易被读成"莫桑比克"。此后，葡萄牙人就把这个岛叫作莫桑比克岛。这位朋友也告诉我一些关于在莫桑比克岛博物馆前面兜售的珠子串串的故事。其实最早这些珠子是用在奴隶贸易中，那时欧洲的殖民商人用这些彩色玻璃串来换取非洲人的生命。有时，来自欧洲的商船会在岛上的珊瑚礁上搁浅，船上的货物被倾倒在海里。从那以后，有些珠子会被海浪冲到岸边，岛上的居民可以在海滩捡到很多这种珠子。有时候，游客也会在海滩发现一些别的有趣的东西。

莫桑比克岛的南北部风格差异极大。在南部的芦苇城，我们可以发现非洲当地的椰子树叶和芦苇屋顶；在北部，石头城和石灰城的小屋都是古老的葡萄牙风格的建筑物。在殖民地时代，石头城和石灰城是由葡萄牙统治者建造的，主要采用石头和石灰，两城因此而得名。而芦苇城是莫桑比克当地人在殖民者建造北部城取土所留下的低洼之地上采用芦苇等材料建造起来的，芦苇城据此而得名。现在大多数居民仍然住在低洼的芦苇城，生活方式与大陆上的莫桑比克居民没有多大差异。

莫桑比克岛芦苇城妇女足球比赛

芦苇城的圣安东尼奥教堂（据说这个教堂是这个岛的最高点）

欣赏完岛内的风景，我们也可以领略一下莫桑比克岛周围海上的风景。在天气好的时候，可以租坐当地的单桅帆船，不过更多的时候，游客还是喜欢坐这种加了马达的帆船，以便更安全和平稳地游览海上美景。

莫桑比克岛博物馆珍藏的中国明代瓷器残片

感悟篇

  莫桑比克岛的风光远比我说的更精彩。这里是欧亚非各种文明的交汇之地，在这里，你可以发现欧洲、中东阿拉伯、印度、非洲当地风格的建筑。同时，这里也是各大宗教文明的汇集之地，在这里，你可以看到基督教堂、伊斯兰清真寺，领略印度神庙文化和非洲当地原始宗教仪式。当地学者告诉我，这里的神奇之处在于各大宗教汇集在区区一两平方公里的小岛上，却从来没有发生过大的宗教冲突，当地人一直以此为豪。

  其实，大中华文明也在这里一直绽放。仅莫桑比克岛博物馆就收藏有一千多件中国瓷器残片。据当地博物馆记载，这些瓷器残片大多都有近五百年的历史。当地居民至今依然特别喜欢中式的白瓷和蓝色花纹的盘子作为餐具。

贝拉与郑和
——从古至今的海上丝绸之路

刘星伯

作者简介

刘星伯,重庆师范大学汉语国际教育硕士。2017年7月至2019年7月任教莫桑比克蒙德拉内大学孔子学院,贝拉教学点负责人,专职教师。

明宣德六年(1431年)二月二十六日,地处福建闽江口的小城长乐热闹非凡,一支两百多只船、两万七千多人的庞大船队,从太仓刘家港南下,泊在县城西边的太平港。

这种场景于长乐来说并不新鲜。自永乐三年(1405年),明成祖朱棣命郑和首航以来,船队每次下西洋,都要在此等待东北季风的来临。

九个月后,60岁的郑和第七次率领浩浩荡荡的船队出海了。此时的他们或许没有想到,这样的壮观景象是最后一次出现在印度洋海面上。

据《明史·郑和传》载,郑和七下西洋所经国家与地区如下:

和经事三朝,先后七奉使,所历占城、爪哇、真腊、旧港、暹罗、古里、满剌加、渤泥、苏门答腊、阿鲁、柯枝、大葛兰、小葛兰、西洋琐里、琐里、加异勒、阿拨把丹、南巫里、甘把里、锡兰山、喃渤利、彭亨、急兰丹、忽鲁谟斯、比剌、溜山、孙剌、木骨都束、麻林、剌撒、祖法儿、沙里湾泥、竹步、榜葛剌、天方、黎伐、那孤儿,凡三十余国。

——《明史·郑和传》

而比剌和孙剌与今天的贝拉(Beira)有着莫大的关联。贝拉位于莫桑比克索法拉省(Província de Sofala)。当时,非洲南部存在着一个庞大的王国

感悟篇

——穆胡姆塔巴帝国（Kingdom of Mutapa），大致范围位于今津巴布韦、南非、莱索托、斯威士兰、莫桑比克、纳米比亚和博茨瓦纳所处的区域。自11世纪起，来自阿拉伯、波斯和索马里的商人就在莫桑比克沿海建立港口，交易黄金、矿石和其他商品。

今索法拉省贝拉市（出处：国家地理信息公共服务平台"天地图"）

公元1635年的贝拉–穆胡姆塔巴帝国

| 65 |

目前，对于郑和航行到达的最远地点尚无定论，主要是两个地名至今尚待考证。《明史》称："又有国曰比剌，曰孙剌。郑和亦尝赍敕往赐。以去中华绝远，二国贡使竟不至。"因此，"比剌"与"孙剌"到底是指哪里至关重要。

让我们来看一看明朝茅元仪所辑之《武备志》中载有的《自宝船厂开船从龙江关出水直抵外国诸番图》，即后人所称之《郑和航海图》。此图记录了郑和下西洋所取之航道及有关国名、地名。在其中的非洲大陆东、南海岸标注着 15 个地名。其原文自北至南分别为：葛儿得风、哈甫泥、木儿立哈必儿、黑儿、剌思那呵、抹儿幹别、木骨都束、木鲁旺、十剌哇、慢八撒、起若儿、者剌则即哈剌、门肥赤、葛荅幹、麻林地。

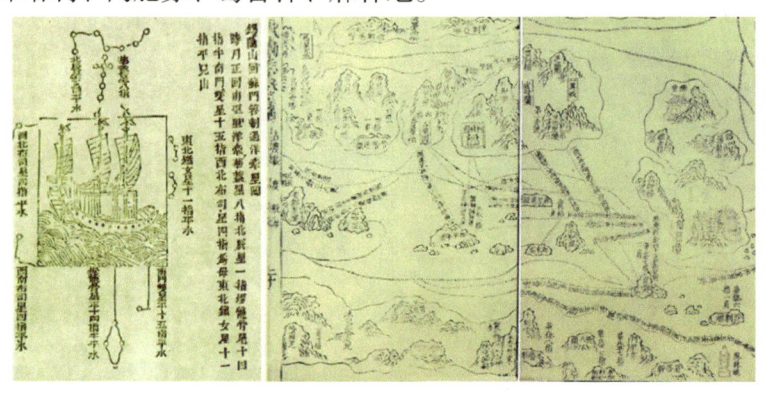

明朝茅元仪所辑之《武备志》中
《自宝船厂开船从龙江关出水直抵外国诸番图》部分

其中，"者剌则即哈剌"与前文提到的比剌和孙剌异曲同工。"即"字，据张治强在《〈郑和航海图〉并非〈郑和船队航海全图〉》中所讲，即应当是"所"字，"所哈剌"即今译之索法拉。"者剌则"就是现今所谓"设拉子"（Shirazi）。这六个字便是"设拉子人的索法拉"之意。不过，这种解释还有待史实进一步考证（设拉子人声称为波斯设拉子商人的后裔，居住在斯瓦希里海岸和附近的印度洋岛屿）。

根据吴志良、金国平在《郑和航海的终极点——比剌及孙剌考》中的观点，"比剌"是"Bilād‑al‑Sufāla"中"Bilād"的对音，"Bilād‑al‑Sufāla"就是现今莫桑比克岛的最早的名字。al 是冠词，Sufāla 就是索发拉。Bilād 是个普通名词，即国家。据此，《明史》中的"比剌"是"（索发拉）国"的简略音译。

从《明史》可知，"比剌"与"孙剌"二地相邻近，根据吴志良、金国平二人在一份 15 世纪末阿拉伯航行指南中找到的有关记录："向大陆方向航行，抵达大陆线，同伴啊，直至有名的 Sūnla，这是 Sofāla 以南的一处浅滩。

我的领航员,到处是沙子!"① 其认为,Sūnla 与 Sunla(孙剌)音值最近似,且符合"去中华绝远"的条件,故孙剌是 Sūnla 的译音,其地位于"索法拉以南"。综上所述,"比剌"是"Bilād"的对音,实指莫桑比克岛,"孙剌"是"Sunla"浅滩的对音,代指索法拉,它们是郑和下西洋的极点。②

莫桑比克打捞出的中国瓷器

虽然由于《郑和出使水程》等档案的遗失,给研究郑和带来很大的困难和限制。但如今在莫桑比克,曾经与中国贸易的痕迹就在我们眼前。

如今的贝拉正值中国与莫桑比克建设新的"海上丝绸之路"之时,丰富的海产品每天都从贝拉运往各地。郑和船队曾在五百多年前造访过这个国家,如今,新一代的中国人将在贝拉传承历史的友谊。

---

① 《达伽马的阿拉伯领航员马吉德的三份新见航程志(Três roteiros desconhecidos de Ahmad Ibn – Madjid opilotoárabe de Vasco da Gama)》,第40页,转引自吴志良,金国平:《郑和航海的终极点——比剌及孙剌考》,《澳门研究》2003年第18期,第184–185页。

② 吴志良,金国平:《郑和航海的终极点——比剌及孙剌考》,《澳门研究》2003年第18期,第190页。

如今的贝拉

感悟篇

莫桑买车记

毛 苟

作者简介

毛苟，贵州大学汉语国际教育硕士。曾任教泰国、苏丹和韩国。2018年9月至今任教莫桑比克蒙德拉内大学孔子学院，专职教师。

在国内不喜欢开车的我怎么也没想到，自己会主动在国外买车。因为在莫桑比克，公共交通设施不完善，出租车又贵又少，大超市、餐厅也比较远，没有车实在太不方便了。我了解到马普托的车主要是从日本进口的二手车，价格不是很高，买了之后，回国之前再卖掉就行了。于是我和同屋的李宁宁老师开始筹划着买车的事情了。在漫长的看车、选车、买车，最终独自开车上路的过程中，我们得到了莫桑学生迟同的很多帮助，是一次非常难忘的经历。

【选车如选婿，慢慢来】

迟同非常热心，一开始，我也只是无意中对他说过这件事，没想到他知道后，就放在心上了。我们只是想买车，但是对怎么买一点儿头绪都没有，他则考虑很周全，先是问了我们想买什么样的车、什么牌子、什么颜色、什么价位，然后他自己去各个车场找适合我们的车，提供车的价格、照片给我们选，接着才带我们去看。每次都是他开车接我们一起去看车。经历了几次看中的车要么就是性能不好，要么就是很快被卖掉了之后，我们对于买车都很灰心了。迟同安慰我："老师，别担心，可能这些都不是适合你们的车，我们慢慢来，因为我不想你随便买一辆车，哪天开着开着突然停在路上。我们会买到你们喜欢的并且适合你们的车的。"

学生迟同与他的妻女

果不其然，过了些时日，我们就选到了现在的车。那天，我们在一个卖场遇到了一位中国人，他刚买了一辆丰田车。他告诉我们这已经是他在这家车场买的第三辆车，不仅性能好、价格公道，而且老板 Ali 是一个实诚善良的人。我们几乎走遍了马普托的二手车卖场，对马普托的二手车卖场也有了一些了解。

这些卖场的老板几乎都是巴基斯坦人。他们的产业链也很成熟，每个卖场的巴基斯坦人都是由一个大家庭一起经营。一部分家人在莫桑比克卖车，一部分家人在日本收车。

我遇到过形形色色的巴基斯坦人，但只有这个 Ali 让我觉得眼神温和且面善。Ali 很耐心给我们推荐，让我们慢慢看，给我们介绍适合我开的车。很快，我们就相中了现在买到的这辆车。但是迟同依然很谨慎，他想带我们再到其他卖场看一看同款车的价格，担心我们会买贵了。于是我们又去看了一圈，发现确实是 Ali 的车又好又便宜，所以就很安心地买下了我们现在的车——黑色小丰田。

帮我们过塑驾驶证的 Ali

【私人订制的专属小车】

买完车那天，Ali 先给了我一个临时车辆行驶证，因为车还没有过户，他担心如果被警察拦截检查，我们会被收罚金。迟同连过户也要帮我们货比三家，最终还是选了 Ali 帮我们办理过户，Ali 依然是最便宜且最快的。两天后，迟同陪我们一起去拿过户好的资料。Ali 先帮我复印了几份复印件，然后仔细帮我过塑，同时告诉我，一定要保管好，复印件可以放家里，但是行驶证一定要带在身上，这样就不怕警察查车了。

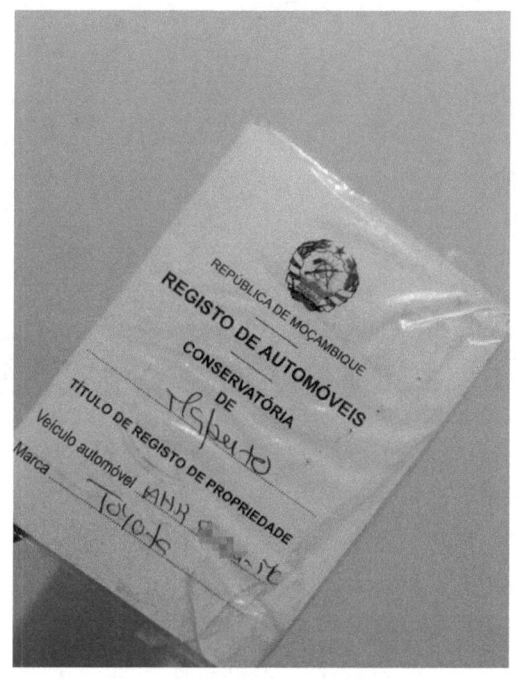

莫桑比克行驶证

迟同很赞许地看了看 Ali，接着提醒我除了要买车的保险，还需要安一个防盗警报器，并且给前后车灯、两个后视镜、车标、车窗、车把手等一切可能会被撬动的地方都上螺丝钉。迟同说："这就是马普托，老师，我担心哪天你把车停在路边，去买一个冰激凌，回来会发现少了一个车灯或是雨刮器。"Ali 那里有一条龙的服务，我们顺便在他那里把这些都装了：先是安了防盗警报器，然后 Ali 拿着电钻给我们的车每一个可能会被撬动的地方打上钉子，最后还在车的每扇窗户上刻下了车牌号和我的名字。我看到的时候惊讶不已，这是私人定制的车辆吧！

迟同这时候才让我坐到驾驶位开车，他则坐在副驾驶上感叹："现在我终于感到安全了！"

我们的专属OMEGA

【重学一次开车】

一切手续就绪，可以上路了吗？不，还有一个大问题：车是右舵，靠左行驶，正好和国内相反。我第一次试车时，Ali坐副驾驶，迟同和宁宁坐在后排。他们一上车，就都不约而同系上了安全带，Ali还一再向我确认是否会开车。大概很久没开车了，也因为从没开过右舵的车，我一上车，连刹车在哪里都不知道，完完全全像一个不会开车的人，把大家吓出一身冷汗，其实我也只是开出十米远而已。所以提车回家那天，Ali还嘱咐迟同不能让我开车，让迟同有时间带一带我。Ali很担心，所以他一直在门口确定是迟同开车并且我们的车走远之后，他才放下心回到卖场。

之后的一周，迟同几乎每天都会来带我开车。从刹车、油门、换挡等一点一点地教我，甚至比我刚学车时的教练还要仔细和耐心。在练车的同时，迟同也告诉我莫桑比克的交规，他还嘱咐我："宁等三分钟，也不要抢一秒钟。"练了两天，等我稍微熟悉了一些之后，迟同带着我跑了一次长途，来回大概40公里。一是为了检查车有没有什么毛病，二是检验我这两天的学习成果。

迟同带了我一周之后，我第一次自己上路，因为紧张和不熟悉车里新装的防盗警报，在下班高峰期，车在红绿灯路口熄火了。我怎么也发动不了车子。只一小会儿的时间，我的后面就排了长长一队车。当时我想到的人只有迟同，于是我马上给他打电话，他安慰我别着急，一步步检查，还是不行之后，让我求助交警。这时，由于我造成了交通堵塞，好几个交警也都围了过来。他们过来一看，原来是我没有把车换到停车挡，行车挡是无法发动车子的。在迟同和交警的共同帮助下，我找到了原因，紧张的心情也平复了下来，顺利把车开走了。

我的这个好教练还再三交代我：每次开车前，绕车一周看一看车有什么问题没有，每周打开一次引擎盖检查是不是需要加水。因为我们要进行一次长途旅行，临行前，迟同也有点儿担心，还特意打电话告诉我开车只要累了就停在路边休息，一定不能疲劳驾驶，最好两小时休息一次。虽然我是他的汉语老师，但他给了我无微不至的关心。

路人踌躇不知怎么过马路，迟同携路人手过马路

现在回想起从买车到开车上路的经历，除了感恩便觉得好笑。明明是我们自己买车，而带我们买车的迟同和卖车的 Ali 都比我们操心得多。还记得有一天，我们自己去找 Ali 拿一个没有完成的手续时，他对我们说："第一次看到一个全心全意不收取回扣而帮外国人买车的莫桑人，我很奇怪为什么迟同会这样帮你们。"我笑着说："我是他的汉语老师啊！"Ali 一副原来如此的表情，还说："我也很喜欢中国，所以也卖给你们最好的车啊。"我直笑着点头。

迟同还给我们的小车取了一个名字——OMEGA，意思是开始，也是结束。他希望我们在莫桑比克的生活和工作能够善始善终。

我真的感到非常幸运，总是能遇到这么好的人。就像迟同说的："你心里是什么，眼里便是什么。"我心里的莫桑比克是可爱的，所以我遇到的、看到的也是最可爱的莫桑人。

这次,我来到了非洲

陈 欢

作者简介

陈欢,兰州大学汉语国际教育硕士。曾任教俄罗斯和斯里兰卡。2018年9月至今任教莫桑比克蒙德拉内大学孔子学院,楠普拉教学点负责人,专职教师。

"又要出去了,这次去哪里?"
"非洲。"
"贝宁吗?"
"莫桑比克。"
"哦……"

球迷姑夫对于非洲的认知还停留在足球阶段,即使是我的父母,也对非洲知之甚少,他们在我赴任之后买了一张世界地图,拿着放大镜琢磨了半晌才找到这个国家。对于非洲的国家,我姑夫只知道贝宁,我妈只知道肯尼亚,而在我爸眼中,非洲就是一个国家。

离境的那天,明知我已经是"老油条"的媳妇儿还是没忍住眼泪,她说毕竟这次太远了。问我在哪里转机,我说亚的斯亚贝巴,她以为这是哪座希腊神庙。是的,身经百战、叱咤风云的教书匠陈某人在白云机场就怂了,淹没在黑压压的人群和廉价的刺鼻香水味中,我感到前所未有的恐惧——遥远、贫穷、抢劫、疟疾、艾滋……不敢继续再想下去,只能默默安慰自己:我要去的是大学,跟贫民窟有着1.5公里的距离,害怕不是我应有的态度,焦虑一向不是我的风格。

感悟篇

然而我对于非洲的幻象很快便被冰冷的现实打破，我在飞机上看见下方星星点点的小楼和并不规整的街道，这就是大首都，全国第一大城市——马普托（Maputo），然而我要去的地方离首都还有2000公里，是北部的一座小岛。如果享受不到城市的便利，那么就放逐自我，回归本然，彻底来一场"闭关修行"吧。

降低到谷底的期望值并没有带来真实的安宁，事实告诉我，你永远不知道下一颗巧克力糖是什么滋味，你也永远无法预料明天哪扇门会挤爆你干瘪的脑瓜。如果说，从我来就已经干涸的水龙头是一片沙漠的话，那么暴风雨时从门窗挤进来的跨越橱柜、流到椅子底下的雨水就是这片荒漠的一丝清凉，还有房东隔三差五的"问候"："你又把水泵搞坏了，这次就5000吧！"

我的工作地——莫桑比克岛（Ilha de Mozambique）

在莫桑比克，我一共在两个地方工作过。这两个地方均位于北部的楠普拉省，一个是莫桑比克岛（Ilha de Mozambique）的乌鲁姆大学（Universidade de Lúrio），另一个则是楠普拉省的省会楠普拉市的师范大学（Universidade Pedagógica de Nampula）。后者是2019年新开设的教学点，也是我开展工作才一个月的地方。

记得10月份的第一个周五上第一节课，就像牛顿力学，老油条也有油条的混迹区隔，可能在别处很高效的规则，在这里就会变得一文不值。学生有学到汉语水平考试（HSK）通过3级的，也有零基础的，但是即使是学了一定时间的学生，实际上跟他们所应具备的水平还差得很远。小镇地处偏远，是非洲落后的偏远村落，你不可能指望这里的孩子能有多么明确的学习目标和多么强烈的学习动机，他们并不知道遥远的中国已经发展到什么地步，也很难将自己的命运轨迹与中国挂钩。对于他们来说，中国无非就是一个遥远的名词和身边的海鲜生意人。

楠普拉师范大学（Universidade Pedagógica de Nampula）

即使家中使用的物品多数来自中国，身边的中文标识越来越多，这些中国元素的烙印对他们来说也是可以忽略的，未经学习，没有人知道那些奇怪的文字代表日本还是中国。终于有一次，在课堂上因为某位学生抱着得过且过的态度不交作业而让我爆发了。想一想也是挺神奇的，做对外汉语教师这么多年，很少有哪个学生能刺激到我，印象当中的学生都是乖宝宝，起码是表面的乖宝宝，教师的话会听，布置的作业会按时完成，考试会紧张复习。然而这一切在我的学校失去了作用，仿佛进入了宇宙黑洞，不管教师多么认真努力，学生都是不会买账的，依旧我行我素。对于消极懈怠有没有什么"灵丹妙药"达到覆杯即愈的效果？有，那就是让学生把自己将来的人生规划

感悟篇

与中国画上或粗或浅的连线，没有人会为了一件与自己不相干的事情而努力。为此，我会在课堂上隔三差五向学生展示中国的自然风光以及经济发展的宣传短片，光是宣传片还不够，实物的感官体验或许能给学生留下更深的印象。

"你们看，这部手机是中国的华为手机哦！它有指纹解锁功能，1，2，3，哇，是不是一点儿都不输给 iPhone 啊？你再看一看华为手机拍出的照片，a-mazing。"

"喏，这个地方呢，叫作小北，不是非洲哦，是中国南方的一座大城市，叫广州。这里居住着 20 多万非洲居民，他们在这里工作、生活和学习，中国欢迎一切善良的非洲朋友来中国发展。"

"我有一个俄罗斯学生，大学毕业后去中国读了硕士学位，汉语说得跟老师我一样好，毕业后回国在他们当地省级电视台工作，收入很高呢！"

"中国啊，十几块钱二十块钱就能吃到很好的一顿饭了，外国学生去留学还有奖学金和生活费，如果你们好好学习，完全不用为了钱而操心啊！"

"嗨，明天周末，到老师家去一起吃饭吧，我做宫保鸡丁和西红柿炒鸡蛋。"

希望老师滔滔不绝的"引诱"能在学生们学习汉语的生涯中起到一点小小的作用，也愿这三脚猫厨艺能勾起学生们对中国美食的向往，进而去中国寻找它的发源地。

学生（警察局长）在我家吃中餐，瞧，吃得多香！

然而我也有深入骨髓的处事偏好。在学习初期，教师与学生就应当进行双向选择，真正愿意学的留下，而态度不端正，仅仅希望获得学分的，就可以离开了。这样，学生不恨教师，教师也不会因为几个捣蛋鬼而影响全班的教学进度，互不纠缠，皆大欢喜。可问题偏偏出在这里，这不是在国内，这里不是社会兴趣班，而是扎扎实实大学本科的学分班，你怎么可能有选择的余地？但凡进入教室的每一位学生，都需要老师像妈妈对待孩子一样细心呵护、无微不至。非洲学生除了不勤奋，没有时间观念也是我在来非洲之前就早有耳闻的。按照他们自己的话说，"One hour is two hours, morning is afternoon, tomorrow is impossible."。迟到？正常！缺席？有何不可！放鸽子？莫生气。针对迟到这一问题，我是零容忍的。有的本地教师规定迟到15分钟以上不允许进入教室，而我觉得大家有这个兴趣能来学汉语是一件很不容易的事情，不要在初期打击人家的积极性，于是规定迟到的学生在大家面前唱歌跳舞就可以。是啊，非洲人民能歌善舞，他们居然爱上了这项活动，搞得陈老师措手不及，原本的惩罚措施会不会让大家爱上迟到？哈哈哈哈。一周之后我赶紧修改规定："同学们啊，迟到唱歌感觉有点浪费时间，一位同学唱1分钟，5位同学迟到就要浪费5分钟，我看我们还是这样好了，迟到几分钟，就站着上课几分钟吧，如果老师迟到了，也站几分钟。"学生们一致表示同意，然而我即使从未迟到过，又有哪节课不是站着表演两个小时？海外推广汉语的委屈有时候就体现在这里，你不能像在国内一样由着自己的风格来办事，很多时候，对学生要惯着、哄着、顺着，如果我曾经高冷过，那么这里已经将我雕琢成一个慈祥的老祖母。

老祖母哄孩子日常

感悟篇

  我的教学生涯中有苦有乐，我经常需要挖空心思提高学生的兴趣，但也有一部分学生会自觉学习，他们往往家境不是很丰裕，更加懂得珍惜来之不易的学习机会，毕竟这里可能几百年来才出现一位汉语教师。代希尧就是这样一名爱学习的学生。来到师范大学的那个晚上，他坐在了第一排，出色的英语口语水平让我注意到了他，并选他做我们晚班的班长。来晚班学习的学生普遍是因为白天工作繁忙抽不开身，不得不将汉语学习安排到晚上，所以这个班的学生总体学习动机要比白班来得更强烈。代希尧是一个女孩的爸爸，今年31岁，在一所私立中学做英语教师。他告诉我他很想去中国读硕士，可是现在是零基础，希望通过汉语水平考试六级之后直接到中国，节省一年学习语言的时间，可是同时他又担心自己通过汉语水平考试之后，因为年龄超过规定而无法成行。在班上，我对学生要求严格，告诉他们，站在你们面前的是一位严厉的教师，对学习的要求近乎苛刻。代希尧说："老师你是对的，我们不可能轻轻松松就学会汉语。"课上他是最认真的那个，课下找我请教最多的也是他。也正是这些勤奋刻苦的学生那眼中的星辰给了我巨大的动力坚持好好教下去。

我的课堂

陆思是晨班里面最低调的一位学生，永远迟到，永远坐在角落，永远一言不发。但是每当我提问他的时候，他却回答得极为出彩，让我怀疑他曾经学过汉语。果不其然，他告诉我他的本科是在华中农业大学读的，在中国待了五年，2016年因为妻儿的缘故返回莫桑比克。他说他很后悔回国，希望能继续到中国完成硕士学业。鉴于他较高的汉语水平，我建议他这种零基础的课就不要来了，有点浪费时间。他却说："老师我要来，我已经两年没上汉语课了，我怕自己会忘记。"我问他是不是交钱进来的，他说是，跟别人一样。我问他这不是有点浪费钱，他挥一挥手，说："老师，现在我给中国商人做翻译，他们一个月给我6万梅蒂卡尔，这点学费不算什么。"惊得我下巴都要掉地上，要知道，这个收入是该国普通上班族的数倍甚至十倍，果真知识就是力量啊。

学生练习口语表达

大学将汉语课程纳入学分体系，希望学生在经过三个学期的学习之后，达到汉语水平考试三级的水平。然而在我从李老师那里接手这个班不久之后，通知大家报名参加汉语水平考试，在极力劝说下，终于有5名学生报考一级和二级，这几名学生也是班上成绩较好，学习比较用功的，我挺喜欢他们。然而在最终缴费的时候，5名学生像商量好了的一样，告诉我他们身上没有钱。我叫他们找家人朋友想一想办法,看能不能借来一点,最终,他们又像商量好了的一样告诉我借不来。他们眼中的失落和遗憾仅仅是几十元人民币的报名费,这个钱,我可以借给他们,甚至可以给他们垫付,但是以非洲人的性格,以后所有人的报名费都将全部由我来支付,陈老师又有几个"几十元"。现实的遗憾只能让我鼓励他们好好学习,下学期报名三级考试。钱在哪里都是好东西,只要有钱,你能得到很多你想要的东西,然而很多人也因为没有钱,放弃了梦想,错失了很多机会,甚至把自己送上了不归路。我在这里被偷走了半年的生活费。

可怕的贫穷和疾病仍然在这片人类的发源地上蔓延,一切黑暗和痛苦的根源是贫穷和无知,贫穷和无知的根源是教育的缺席。中国企业来到这里的目的是在发展自己国力的同时,帮助非洲人民一同走向富裕的道路。孔子学院来到这里的目的是希望有更多的非洲人通过学习汉语过上更好的生活。从某种意义来说,进入孔子学院学习汉语是当地人"改变命运"的一条途径,这不是官方的颂歌和文章的赞美,而是非常接地气的真实写照。岛上的博物馆里陈列着几百年前郑和带来的丝绸和瓷器,商店里卖的是中国瓷器碎片做成的饰品。六百年前建立的纽带,如今依然璀璨夺目,这头是载歌载舞的莫桑比克,那头是盛世华章的千年华夏。

博物馆里面陈列着明朝郑和带来的宝贝

陪我到莫桑比克看一看海

张 爽

作者简介

张爽，浙江师范大学汉语国际教育专业毕业。2013 年 8 月至 2015 年 8 月任教蒙德拉内大学孔子学院，志愿者教师；2016 年 9 月至 2019 年 7 月任教蒙德拉内大学孔子学院，汉语教师。

  我所任教的国家——莫桑比克位于非洲东南部，东濒印度洋，隔着莫桑比克海峡与马达加斯加相望。我所任教的城市——马普托是一座海滨城市，是莫桑比克的首都。作为生活在北方的姑娘，"水清沙白，椰林树影"是我初来莫桑比克最想感受的海边风光，于是写下"慢跑于细软沙滩，或迎东升朝阳，或赏西下落日"这样的诗句。

  马普托市临着马普托湾，有一条沿海修建的滨海大道。来马普托的第一年，我时常同小伙伴在清早时，沿着海滨大道散步到海边。那时"无论是看到海鸟从沙滩飞起再落到海面上，看到小狗与听音乐的主人一起慢跑，还是看到向大海倾诉的祷告者"，我都觉得是这里人们的生活之美。沿着海滨大道，还有一处阳光海岸，是路程最短的马普托民众周末休闲娱乐的海滩。当潮水退去时，显露出一大片白色洁净的沙滩，让这个城市看起来更加迷人。但城市里的海永远没有外海看起来美，生活在这里的人们总喜欢去看一看别的海滩。

【伊尼亚卡岛】

  伊尼亚卡岛位于马普托湾最东端，是我在莫桑比克体验到的第一处小岛海滩。我曾这样记录自己第一次赴岛的心情:"乘大船来回在印度洋上漂泊近七个小时,灰色的天看不到海水的蓝,而一路海风凌厉,海色变化,浪花翻腾,水母海鸥一路相随。所有所有,不得不让人心生敬畏。"

而后三次乘快艇赴岛游玩,每一次都带给我不同的惊喜。白色的沙滩、美丽的岛屿风光、五颜六色的珊瑚礁、海底欢快畅游的三五成群的鱼儿,还有最让人难忘的海星。初到此地的游客,总会为岸边清澈见底的海水里布满的五彩斑斓的海星而惊叹不已,有的还会在海水里摸一两个起来,真是充满童趣。

伊尼亚卡海滩上的海星

【平静的比莱尼泻湖(Bilene)】

比莱尼是我在莫桑比克体验到的第二处海滩,也是在这边第一次见到大海波涛汹涌的一面。而后经历五次的游玩,才得知比莱尼是一处泻湖。湖海之间只有一片沙丘相隔。一边静如止水,一边波浪滔天。天空晴朗时,湖水清澈见底,湖岸白沙绵延,是天然的游泳池。乘船穿越泻湖,便可以抵达神奇的"印度洋之门"(即泻湖与海相连的一处窄渠),观看风景如画的海浪。

平静的比莱尼泻湖

值得一提的是,开车前往比莱尼的途中,一路畅通无阻,笔直的公路好像延伸到了世界尽头,路两边广阔的非洲草原和沼泽让人心旷神怡。

【神秘的马卡内塔(Macaneta)】

马卡内塔有一处海滩,还有一处小岛。远近闻名的是离马普托市最近的一处风景优美的马卡内塔海滩。而那处小岛就鲜少人知了。小岛同其他海岛相比,并没有什么特色。但我最常与人说起的却是那处小岛。

那时我在莫桑比克的生活不尽如人意,于是决定同要好的学生出去散散心。三位老人与我、一位船夫驾一艘小船便出发了,颇有一种海上流浪的感觉。小岛位于马卡内塔什么地方,我已记不清了。只记得岛的1/3属于学生的朋友——一位同行的葡国老人,2/3属于一位南非人和土著居民。到了夜晚,整个小岛静谧得似乎只有我们四人。那天是圣诞节,我们在海滩上摆放了一张桌子、几盘海鲜,伴着落日,听着海浪,欣赏着对面马普托市夜空的烟花,彼此祝福。

时至今日,每每回味那一次旅行,总感觉意味无穷又特别神秘。所以,我一直期待有机会再去那里过一次圣诞节。

在海边庆祝圣诞节

【黄金角(Ponta do Ouro)】

黄金角位于莫桑比克与南非东海岸的交界处,有着蓝绿两色不同的海水和绝美的海洋风光,是很多南非人中意的旅游胜地。这里名为黄金角,却看不到洒满沙滩的黄金。但据朋友说这里能看到金色的沙滩和成群的海豚。去黄金角的那一次是与几个小伙伴临时起意去那里度元旦的。这次旅行我们只用了一天的时间,却有八个小时花在了路上。时间太短,所以我们没有看到金色的沙滩和海豚,但那里却是我在莫桑比克见到的最热闹的沙滩。在海水里游泳和冲浪,在海滩上嬉闹、打球和晒太阳的人们不计其数。还有人在海岸上被海水冲蚀成的小湖中泡澡聊天，更有海边酒馆的现场音乐会让你心潮澎湃。

黄金角海岸

人热闹，海也热闹。银白的海浪一个紧接着一个向岸这边涌来。海浪撞击在海边的礁石上，迸出碎玉般的浪花。

莫桑比克岛上的贝壳

我所到的海边，让人难忘的还有位于莫桑比克岛的藏着硕大的贝壳的迷人沙滩，以及位于加扎省的夜晚可以抓到成群螃蟹的趣味赛赛（Xaixai）海滩。似乎我所游览过的每一片海滩都与我有着不一样的故事，每个故事都值得被珍藏。

莫桑比克的海同我家乡北方的那片苍茫的土地一样，凝聚着一种无法言说的神秘的生命力，给人一种超越自然的深刻。

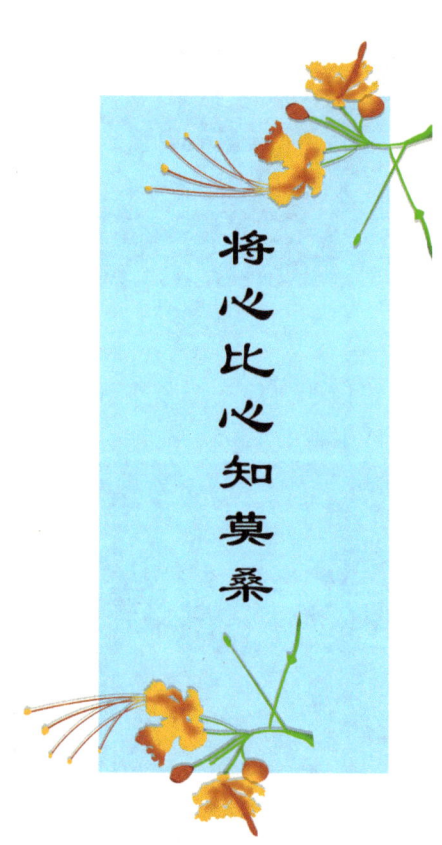

将心比心知莫桑

上篇　感悟篇

关于莫桑让你意想不到的几件事

林乐庆

作者简介

林乐庆，浙江师范大学国际文化与教育学院汉语国际教育硕士。2017年8月至2018年7月任教蒙德拉内大学孔子学院，志愿者教师。

【热带气候，终年炎热？】

从中学开始上世界地理课起，我们印象中的非洲就是一块气候炎热的大陆。那么作为撒哈拉沙漠以南的非洲国家，莫桑比克也必定是一个终年炎热的国家。而当我们真正到达马普托的时候，才发现这里的天气异常凉爽，甚至风吹过来的时候，还会感觉有些冷。而再从地球仪上看，就会发现，原来莫桑比克的纬度与中国广东省相当。只不过一个在南半球，一个在北半球。所以广东省冬天的气温与莫桑比克4月到10月的气温相当，可以说是令人非常舒适的温度。

到达马普托后身穿长袖的我们

【沿海国家，海鲜产量大？】

说莫桑比克海鲜丰富不假，毕竟是濒临印度洋的国家。但问题来了，虽然海产蕴藏量大，但是要能够把它们打捞上岸，才能算是真正的海鲜产量丰富。就我们平时的观察来看，超市里的肉品区摆放海鲜的货架并不大，反倒是牛羊肉的货架很大。因此，想要买到品种相对丰富的海鲜，就一定要到离市区有一定距离的海鲜市场，而且这里海鲜的价格并不便宜。后来我问过一位渔夫关于海鲜产量低的原因，渔夫的回答是莫桑比克海域风浪大，再加上捕捞船较小、捕捞技术差等原因，使得这里的海鲜产量并不大。

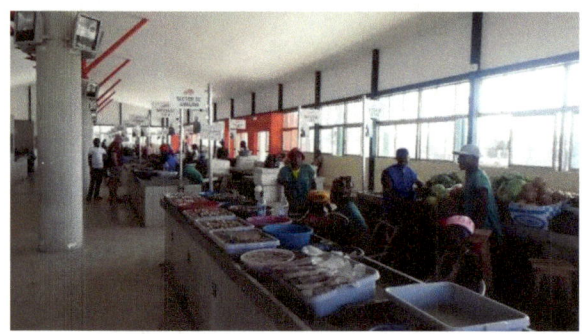

鱼市里的海鲜摊位

【物价便宜，生活花费少？】

来莫桑比克之前，同行的小伙伴们都没有带太多生活费过来，大家都认为这边的物价不会高到哪里去。来了之后我们才发现，人均收入水平低是真的，但物价真不便宜。因为莫桑比克工业门类不齐全，商品主要依靠进口，所以各种商品价格并不便宜，一个月下来，你会发现在这里并不比国内花得少，甚至还超过国内。

130 莫币（人民币 14 元）两盒的鸡蛋

比如一盒六颗装的鸡蛋要卖到 65MT，相当于人民币 7 块钱；另外，日用化工产品也要比国内贵上一倍左右。出租车一公里要约合人民币 20 块钱，去普通的餐馆点两道菜也要合人民币将近 70 块钱。由于城市供水系统老化，自来水水质差，即使烧开后也无法饮用，所以每月购买桶装饮用水也是一笔不算小的开销。

头顶上的市场

张 艳

作者简介

张艳，浙江师范大学国际文化与教育学院汉语国际教育硕士。2017年8月至2018年7月任教蒙德拉内大学孔子学院，志愿者教师。

2017年8月1日，我踏上了莫桑比克这片土地。以前从未想过，将来我会来到这么遥远的一个地方，可当我真真切切地站在马普托的机场时，这里的一切都给了我新鲜感。公路旁蔚蓝的大海，街边随处可见的教堂，建筑精致的博物馆，环境优美的咖啡馆、餐厅……

卖香蕉的妇女

但是最让我感到好奇的是这里的人，以及他们的生活方式。这里居民的生活方式和中国完全不同，相比中国出门不用带钱、到处都是商店的商业模式，这里的销售方式要原始得多。街边商店很少，买东西要看运气。

当你走在大街上或者汽车开到红绿灯路口停下时，你经常会遇到头顶大包小包的人，她们把商品、货物顶在头上，穿街走巷进行销售。

时间久了，我发现，在马普托，好像只有女性会把东西顶在头顶，却从未见过男性这样做。于是，我去问了我们班上的学生。

上篇 感悟篇

他们告诉我，这样的做法源于农村，现在这种现象在城市已经比较少见了，除了兜售商品，已经很少有人把东西顶在头顶上了，但在农村却还是非常普遍。在农村，一般男性负责建造房屋、守卫家园以及出去打猎，而女性负责做家务活和农活、照顾孩子。男性一般会选择扛或背重物，因为这样可以搬运更大重量的东西，而女性由于常常需要背着孩子或者抱着孩子，无法使用双手，便渐渐开始用头来搬运东西。

农村头顶货物的妇女们

这里的女性从很小的时候（刚学会走路）就开始训练这一技能，一开始可能只是一块小小的木板，然后慢慢加大重量和难度，如果你做不好，会招来一些小小的惩罚来激励你加强这一技能。所以你可以看到很多小女孩也是头上顶着东西行走，不过她们顶着的东西会比较轻，而且时常需要用手扶，大人们则要熟练得多。我还曾问过一个人她最多可以顶多重的东西，她告诉我"25公斤"，这让我感到非常震惊和佩服。

因为中莫两国各方面的差异，我越来越觉得这是一个非常有意思的城市，这也让我更加想去深入探索、了解这座城市，体验他们的文化。

人在莫桑，衣衫随俗

童文心

作者简介

童文心，浙江师范大学国际文化与教育学院汉语国际教育硕士。2017年8月至2018年7月任教蒙德拉内大学孔子学院，志愿者教师。

【人在莫桑】

2017年8月，我调整好身体和心情，踏上了曾经只在地图上见过的东非国家——莫桑比克。出行前，我的行李箱里准备的衣服大多非黑即白，觉得只有穿着这样的衣服上课才不会有失庄严。当然，偶尔的几件略带色彩的T恤和长裤也只打算在家里穿一穿。那时觉得，除了上课，我大概不会出门玩吧。直到飞机落地，满目充斥的是真真正正的莫桑比克风情，我才发现自己的想法有些过于"刻板"，在这里，"花哨"从来都不是个略带贬义的词。因为这里有一种无所不能的布——"噶布拉纳"（Capulana）。

Capulana 商店

Capulana 是莫桑比克妇女必不可少的花布。腰间随意一系,就是充满风情的长裙,配上她们的翘臀,就连我们女生看了,也觉得美不胜收。每次在路上瞧见了,都会忍不住多看两眼。虽然我们也尝试过用 Capulana 围成长裙,却始终穿不出她们那样的迷人风韵。

当然,这块布不仅仅为了衬托她们的身姿,更多的是为了她们生活的便利。在这里,可以四处看到为了释放双手而头顶"千斤"的人,她们可能是兜售物品的小贩,也可能是步履缓慢的行人。头顶上除了盆,还会有从腰间取下的 Capulana。它包得住瓜果蔬菜、面包木薯,也能裹得住婴儿;它做得了礼服,时常有当地人穿着它参加婚礼派对,也顶得住一时狂风暴雨,给不习惯带伞的人提供遮挡。这块花布就这样包裹起了莫桑比克人民的生活。

莫桑女人腰间那块布

当地婚礼上偶遇身着红色花裙的伴娘

【衣衫随俗】

本着入乡随俗的心态,我也曾去过马普托最著名的销售 Capulana 的市场。店里陈设各式花布,小碎花、大菠萝、各式棱角几何、不同野生动物,甚至总统名人头像都能印在 Capulana 上。它的价格也是从二百莫币到五六百莫币不等。店里人头攒动,店员忙着取布,赶着打烊前,所有顾客都在热火朝天地选布掏钱。出门就能看见三三两两的缝纫机,现场定制衣服也不成问题,虽然当地人的手艺不能和国内相比,但这种奇妙体验我自然是不会轻易错过的。

印有总统头像和莫桑比克解阵党图案的 Capulana

印有野生动物图案的 Capulana

上篇　感悟篇

现场定制衣服

街边裁缝大叔在画草图

半年过去了，我的 Capulana 小裙子也有三四条了。其中有我自己挑选的符合我审美的花色，也有大部分莫桑人眼中"最美"的图案。教过的学生也常常会把 Capulana 当成礼物送给老师们，我的室友就收到过不少。自然，其他人也不会放过衣衫随俗的机会。

学生给老师送上的 Capulana 头巾

学生给老师披上 Capulana

莫桑比克的交通工具

赵灶梅

> **作者简介**
>
> 赵灶梅，浙江师范大学国际文化与教育学院汉语国际教育硕士。2017年8月至2018年7月任教蒙德拉内大学孔子学院，志愿者教师。

在莫桑比克生活了大半年，我发现了一个奇怪的现象：在莫桑比克的街头基本看不到自行车。在中国大小城市，从东南沿海到西北内陆，自行车是非常常见的交通工具。近几年，共享单车占了大城市绝对的江山。但是在莫桑比克基本看不到自行车，偶尔有的几辆车也是非常稀奇且老旧的款式。在莫桑比克的中国人告诉我，这里基本没有自行车，偶尔谁家有辆

去蒙大孔院必经之路

自行车，也会扛上楼去拿大链子锁起来，就算这样，还经常被偷。莫桑比克很少有自行车，除了经济不发达，能买得起自行车的都是富贵人家这个原因之外，还因为偷盗现象比较严重。学生告诉我，如果你买了自行车，很有可能会被偷，或者被抢劫。莫桑比克当地人一天大多数时间都花在出行上。就整个马普托市来说，出行基本要靠走路。很多学生告诉我，他们每次来上课甚至需要花费三四个小时在路上。上完课，再花差不多的时间回去，一天大半的时间都在路上，真的都在路上，所以经常会有学生迟到或者不来。

莫桑比克人几乎不骑自行车，那么，他们主要的交通工具是什么呢？就马普托市及周边地区而言，这里居住着总统及各类要员，还有平民，贫富差距十分明显，尤其体现在出行方面。听当地人说，只要有钱，他们首先要做的就是买一辆汽车。对于那些有车族而言，车也分好坏，有人开着高档名车，有专门的司机，专门的人护理车，专门的人看车。富人区有自己独栋的小别墅，有保姆、保安和司机。保安的主要职责除了24小时看守家门，还有一个职责就是看守车辆安全。因为当地偷盗情况较为严重。据说，你的车可能哪天一不小心就没了一个镜子、轮胎或者其他，再或者你可以在二手市场看到原本属于自己车体的一部分。在这个城市，各个停车的地方都会有当地黑人看守车辆，车主开走车时需要付一定的小费给他们。

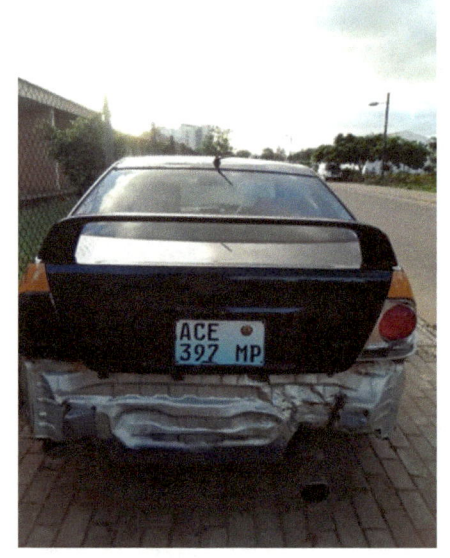

不健全的车辆

对于平民来说，他们依赖的交通工具首先是"沙巴"（Chapa），这是当地的一种公交车，在中国，我们一般叫它"面包车"。按正常情况来看，一辆车里算上司机，最多可以容纳10个人。但是在这里，一辆当地的公交车运载人数往往在20人左右或者更多，空间里是容纳不了那么多人的，怎么办呢？一个人坐另一个人腿上或者就站着、蹲着、半趴着，再或者半个身体在外面兜着。很多时候可以看到坐车的地方，许多人一起挤上去，有的人半个身体或者腿还在车外面，车就那么开走了，看起来不是一般的不安全。

这种车用于较为长途的出行，比如两三个小时的路程。之前我因为外出需要和学生一起坐当地的这种公交车，格外拥挤的车里夹杂着各种体味和香水味，对于我这种本来就容易晕车的人，这次坐车真的是一次难忘的特殊体验。

蒙德拉内大学附近的交通枢纽

当地公交车"沙巴"(Chapa)

除了 Chapa 还有一种大运载量的车,当地人叫它"MY-LOVE"。这个名字听起来和这种车格格不入,学生告诉我,因为对于那些家在远方,又交通不方便的人来说,"MY-LOVE"是带他们回家的希望,车上的每个人紧紧相拥,互相扶持,所以它是"MY-LOVE"。

MY-LOVE

　　这种车类似小卡车，车身带着很大的车斗，相比上面讲的公交车，这种车更厉害，车斗里站几十号人，挤挤挨挨，满满当当，非常壮观。每次当车辆过来，还未停下，就有人跑去爬车，我总觉得很危险，可是坐在车上的人却脸上带着笑容，说说笑笑，看到外国人也会热情地打招呼，挥挥手说着蹩脚的外文。他们的快乐很简单：有车坐，有饭吃，有家回。

候客中的出租车

当然，除了上述拥挤的交通工具以外，还有不太拥挤的。比如出租车和三轮摩托（Tchopela）。这些都是用于短途出行的工具，价格也会相对高一些。

出租车较为正规，对我们来说也是较为安全的一种出行方式，一般200MT起价，但是中间不能停留，停留需要付额外的钱。出租车也有固定的聚集停车点。

还有一种交通工具叫作Tchopela，类似国内的三轮摩托，算上司机，里面最多容纳四个人。车费100MT起步，看距离加价。

三轮摩托（Tchopela）

交通不发达一定程度上制约了当地的社会发展，影响了当地人的生活。人们大多数时间都花在路上，每日的舟车劳顿让他们还未开始工作学习，就"精疲力竭"。就拿上课来说，有的学生需要先走路、坐船，再坐公交来，或者直接花三四个小时坐火车来，然后上完课再回去。目前莫桑比克的最高学府蒙德拉内大学，也就是孔子学院所在的大学，只针对外省或者外国的学生提供简单的住宿，学生宿舍数量有限，大多数学生是走读。

现在，中国援建莫桑比克的大型工程，比如中国路桥工程有限责任公司援建的马普托大桥和公路，既解决了马普托湾两个地区交通困难的问题，又让马普托直通南非，加强了莫桑比克与南非的联系。南非是非洲地区相对发达的国家，可以带动莫桑比克的发展。"要想富，先修路"，希望莫桑比克基础交通设施的改善，能够大大推动当地和周边经济的迅速发展。

马普托大桥

对我们来讲，来莫桑比克大半年，出门基本靠两条腿。没有搬家以前去学校靠走，搬家以后还是靠两条腿，去一趟学校需要走40分钟左右，阴天还好，天热时苦不堪言。非洲"四季如夏"之名不是白来的。好在这个城市不算太大，太远的地方我们也去不了，就靠着两条腿也把马普托走了个差不多，看过了马普托静谧的海、琳琅满目的木雕市场、大大小小的教堂公园，吃过了中式早餐，逛过很多家店铺，去了每一条皂角花开的街道，认认真真看过莫桑比克的土地和鲜活的莫桑人民。这片土地亲切又神秘，生活在这里的人们简单真诚，还能收获学生最美的笑脸和最暖的问候，做教师的不就是为了这些吗？

幸福的人儿，像蜜糖啊

曾思倩

作者简介

曾思倩，浙江师范大学国际文化与教育学院汉语国际教育硕士。2017年8月至2018年7月任教蒙德拉内大学孔子学院，志愿者教师。

2017年8月1日，我怀着忐忑与激动的心情开始了莫桑比克的征程，直到踏上莫桑比克这块非洲大陆时才有了真实感。我们的非洲故事一直在上演，大半年的时光里，我慢慢地感受这座城市，体验不一样的风情。

幸福没有国度，每个姑娘都有一个婚礼的梦想。漂亮的伴娘和英俊的伴郎跳着舞，唱着歌，莫桑比克新娘和她的良人，幸福的人儿，像蜜糖啊！沿着当地人婚礼的足迹，我开始探索莫桑比克当地的婚礼习俗。

莫桑比克当地人婚礼的第一站是教堂，这一站我称作"神圣式婚礼"。

教堂内传来歌声，新婚夫妇接受神父的祝福，在上帝的见证下，立下了一辈子的契约，一生相伴。

举办婚礼的教堂

教堂内景

教堂外加长林肯汽车,在国内婚礼上常见的用车,在莫桑比克却是金字塔顶端人士婚礼的象征。花篮、小花童、婚车、教堂,给婚礼增添了神圣的色彩。

婚车与花童

莫桑比克当地人婚礼的第二站是公园，教堂附近有一个大公园，这一站我称作"草坪式婚礼"。

公园草坪婚礼

人潮拥挤的公园，各个角落都有新郎新娘在接受亲朋好友的祝福。

新郎和新娘在花童的簇拥下，先走进公园，后面依次是伴娘、伴郎，然后是参加婚礼的宾客们，大家一起唱着祝歌，缓缓进入提前选好的草坪。

婚礼主角依次进场

到了场地，宾客们围在一起，新人开始接受众人的祝福。莫桑比克没有收"份子钱"的习俗，都是送礼物以表心意。男士穿西装，女士穿正式的连衣裙或者套装，还有晚礼服。伴娘伴郎开始唱歌跳舞，以活跃气氛。

参加草坪婚礼的宾客

拍照的传统经久不衰，国内外皆宜。新娘新郎合照，与父母亲合照，与伴娘伴郎合照，与宾客们合照，新郎新娘真忙！

婚礼中的宾客与新人合影留念

"Bonita(漂亮)！Feliz Casamento(新婚快乐)！"这是最真诚的赞美！

Feliz Casamento(新婚快乐)

莫桑比克婚礼三部曲最后一部——宴请嘉宾。

手舞足蹈的嘉宾

新郎新娘在众人的簇拥下，从公园离开，坐上婚车回到男方家中。

晚宴一般是自助的方式，然后就开始了彻夜的狂欢，派对时间到！

不同于中式的婚礼，莫桑比克当地人的婚礼开放自由，我用一个词来形容，那就是"田园式"。很可惜我只感受了婚礼的前两站，真希望以后有机会我能作为宾客，真正体验一次莫桑比克式婚礼。

上篇　感悟篇

体验做一个脏辫女孩的感觉

陈小雅

作者简介

陈小雅，毕业于浙江师范大学音乐学院音乐教育专业。2017年8月至2018年7月任教蒙德拉内大学孔子学院，志愿者教师。

我想要的脏辫样式

某天，我在浙江师范大学非洲研究院的公众号里查找资料时，看到了去年某位志愿者写的一篇文章，讲她在坦桑尼亚期间找当地人编脏辫的经历。拜读了文章以后，想想自己搁置已久的脏辫计划也是时候要提上日程了。

我开始在健身房里一边健身，一边观察健身房里其他女孩子们的头发，休息的时候就去和她们聊天。一位很喜欢换发型的女教练告诉我，她一般是在周末请人去家里编头发，做一次发型花费几百莫币（几十人民币）。

观察了许久，我也从网上搜索了好多图片，终于在一个周六决定执行计划。我们去的是一家位于白人区的理发店，价格会稍微贵一点。其实我的第一想法是做上图这种雷鬼式的脏辫（圆柱状的），但是理发师看到图片以后，和我讲了一堆，其实我也没听懂，大概意思就是我的头发没办法做成那样的效果，所以最后我还是选择了编发。

选好了假发的颜色以后,我就坐下来让理发师们开始编发了。理发师先把我底部的头发分出一部分来,然后从一束假发里分出一小撮,再把这一小撮分成两股,接着也不知道怎么就拧起来,在发根的位置编得紧紧的,和真发编成三股辫,从发根编到发尾,这样,一条小辫子就完成了。

三个多小时里,我发现自己的承受能力增强了许多,也发现自己头顶左侧的那一块头皮是最怕痛的。默默承受的过程中我也一直在期待,不知道自己的新发型会不会好看。

我的脏辫终于编好了,最后,理发师用很热的水在发尾的位置冲洗以固定假发不会轻易散开,这样就算最终完成了。

我的脏辫展示

头发编完以后,头两天还在适应期,不拉扯它就不会感觉到疼,但是因为编得紧,所以扎头发的时候还是挺有挑战的。到后来我适应了,它也慢慢松开一些的时候,就没什么负担了,睡觉的时候也不会因为这个而不敢动弹。

编着脏辫走在街上,难免受到很多关注。当地人都很喜欢我这个新造型,也经常会有路人说好看。有意思的是,中国人对于我的新发型的评价非常两极化,一部分人很喜欢,另一部分人则认为不好看。但不管怎么样,我本人对这个新发型还是挺满意的。有一次出门,我顶着这个发型,围着当地彩布 Capulana 做的裙子,走在街上觉得自己俨然就是一个莫桑比克人了(当时没有拍照,后悔万分)。

我原本的计划是希望把这个发型保持两个星期,但是因为我的头发是油性的,每天都要洗,而且自己的头发混在辫子里,到后面几天就会有发丝散出来,所以到第九天的时候,我觉得有点乱,是时候要拆掉了。闲着无聊,一边看着综艺,

编发过程

我一边开始拆头发。对于后面的头发,我先用剪刀减掉发尾的假发小辫子,接近真发的地方用手拆;头顶的辫子因为比较松,真假发也都混合在一起,只能手拆。我把所有剪下来的小辫子用皮筋扎起来,头顶成条的假发也收集了起来。最后数了数,我的脏辫大概是由九十几条小辫子组成的。

剪下脏辫

下图是我拆掉脏辫以后当场梳下来的掉发(后来洗头发时还掉了很多)。我相信:人生得意须尽欢,千"发"散尽还复来!

惊人的掉发量

我在马普托的音乐之旅

高 铮

作者简介

高铮,浙江师范大学国际文化与教育学院汉语国际教育硕士。2017年8月至2018年7月任教蒙德拉内大学孔子学院,志愿者教师。

  乘坐过很多次当地的车,路过鳞次栉比的当地酒馆,听过很多次热情的电台音乐,品尝过香浓淳郁的卡布奇诺,在一张张幻光般的浮生景象中,音乐成了这座魔幻城市不可多得的调味品和七色板。这一年来,我参加了许多大大小小的音乐会,如今就要离去,是时候写一写这些美妙的经历了,也算是给自己留下一点点总结和念想。

——题记

偶然看到钢琴,忍不住上前弹奏

市政厅前面的萨莫拉·马歇尔路上坐落着很多大大小小的酒馆和商店。各色各样的葡式建筑中写满了这座城市的历史底蕴和沧桑。这条路我走过很多次,然而很多次都只是经过、走过、路过,却总是错过。直到有一次,学生李娜邀请我参加 Gil Vicente 酒馆的一个小型演唱会,为她担任吉他伴奏,形式类似国内的 live house(现场演出)。我们赶到时已经稍晚,本来空旷的酒屋因为拥挤的人群显得逼仄而躁动,节目已经开始"你方唱罢我登场"了。一会儿是一个小乐队的抒情爵士,一会儿变成了基督徒带领大家一起大声祷告,一会儿又是两个兄弟分声部的民谣二重唱。在我还陶醉在这种三度和声带来的和谐中时,下一位即兴说唱的说唱歌手已经闪亮登场……英语的说唱我都不怎么能听得懂,更不要说葡语的了。但是我一直在数他的节拍,我能听出来,他一开口,我就知道他是老江湖了,我觉得他是完全能够取代我制作人位置的这样一个选手。在等到花儿快要凋谢的时候,终于轮到我们上场。王力宏《你不知道的事》的音乐缓缓响起,来自遥远东方的旋律让现场的观众如痴如醉,也希望他们能够在这痴醉之间忘记我因为过度紧张而偶尔弹错的一两个和弦。好在曲终,他们报以了热烈的掌声和欢呼。待我要下场时,人群中不停地叫喊着"Chines,cante outro!"这显然正中我下怀,于是我再次坐回椅子上,拨弄琴弦,唱起了朴树的《那些花儿》。这股来自东方的神秘民谣力量让所有人都安静了下来,所有人都安安静静坐在椅子上听我唱着这首歌。让我感动的是,在我重复了几遍副歌之后,已经有观众可以跟着我一起哼唱了,我放下吉他,开始清唱,手里打着拍子,他们也给予了我热情的回应,我几乎要热泪盈眶了。演唱结束后,我没有忘记为孔子学院打广告,我用尽我的毕生葡语所学,对着观众大喊道:"Vem aprender Chinês conosco, Instituto Confúcius esta a sua espera. Nós preocupamo_ nos com o seu futuro!"在场观众无不感叹我的葡语之流利。可惜的是,我那讲一口流利葡语的光辉伟岸形象,在一个观众问了我一个简单的问题而我听不懂之后的尴尬而不失礼貌的笑声中消失殆尽。这次下台时,发现人群已经开始散场,原来,我一不小心成了最后一个表演嘉宾,当了一回大轴,心中甚是自豪,于是背起吉他,欣然离去。

还有一次则是受邀去参加一个名叫 FICA 的音乐节,演出前,主办方向我索要一张照片,我以为是要给我打印下来作为签名照什么的,就把手头上有的一张自拍照发给了他们。后来万万没想到,他们给设计到了宣传海报上,而令我感到无奈的是,可能是他们考虑到我的脸又白又大,这样设计必然能够吸引眼球,于是把我的脸填满了整个圆框,使得我一个人的"表面积"碾压剩余三位歌手的"表面积"之和……亲爱的美工,下次能不能把比例调得正常一些,为什么别的歌手都留了半身甚至是全身,就把我只切得剩了一张脸……虽然我们没有进行过亲切友好的沟通,但是你也应该能够想象得到,我也是一个要面子的人儿呀！

学生玛莉亚曾邀请我去参加过一个名叫 Xiquitsi 的社团组织的音乐会。Xiquitsi 成立于 2005 年，重点研究和表演古典音乐和爵士音乐，至今已经组织了八次马普托国际音乐节，为莫桑比克国内外的音乐家提供了无数个交流碰撞的机会。

因为我们从培训班下课后才出发，入场时已经有些迟到了，和我们一同迟到的还有一对日本夫妻和他们的孩子。看来不论是哪里人，到了这里之后，都会入乡随俗，我很欣慰。我们坐在二楼的看台上，但并没有因为距离的原因而产生疏离感，反而觉得隔着一段距离去欣赏更有情趣。台上摆放着一架钢琴，钢琴家正在忘情地弹奏着一首

在 FICA 音乐节上，我的脸"制霸"整张海报

我不知名的曲子，旁边的小提琴在轻轻地和着。一会儿小提琴演奏主旋律，钢琴伴奏，一会儿钢琴演奏主旋律，小提琴则在主旋律的上三度或者五度左右徘徊。这种不停的跳跃和切换让我觉得小提琴手和钢琴手的合作严丝合缝，默契非常。

随着演奏的推进，慢慢地加入了另外一把二提、一把中提和一个单簧管。同一首曲子，在不同的乐章却呈现出完全不同的感觉来，我陶醉在这方寸之间。二提是一位亚裔面孔，我猜测是日本人或者越南人，后来通过交谈得知，她正是旁边日本夫妻的同胞和朋友。于是我不失时机地向那对夫妻说着蹩脚的日语，打着手语，告诉他们，如果他们回日本之后有机会见到新垣结衣，一定要帮我转达我对她的爱意。不过说起来，这次演唱会的惊喜不是音乐，而是玛莉亚告诉我，前排第一个穿白衣服的优雅女士正是葡萄牙共和国驻莫桑比克共和国的大使 Maria Amélia Paiva 女士。自诩善于跨文化交际且善于自来熟的我便像一位老朋友一般，向她伸出了中国人民的友谊之手，大使女士优雅的风范给我留下了非常深刻的印象。我跟她大谈我对葡萄牙政治、经济、美景、足球的印象，全然不顾其实自己根本就没有专门了解过葡萄牙这个国家的事实，现在想起来实在有些汗颜。

乐手们在演奏

我与葡萄牙驻莫桑比克大使的合影

  莫桑比克当地的演唱会我也是看过的。怎么说呢，就是我的老朋友曼尼卡举办的啦！那还是在 2017 年 11 月，合唱团的汉语歌曲教学已经接近尾声，曼尼卡和他的夫人邀请我去参加蒙德拉内大学在文化中心举办的演奏会。台上的乐手正在演奏时，一群身着白大褂的人突兀地登台，粗暴地将舞台中间的乐手们赶到一旁，而奇怪的是，他们居然毫不反抗。我还在疑惑之间，却听到了旁边观众的笑声，我便明白了这是一种特殊的表演形式。他们高声叫嚷着我听不懂的葡语，效果逼真得让我以为他们是隔壁医院派过来砸场子的。后来我问塞尔老师他们这么做是什么意思，他告诉我他们在以舞台剧的形式针砭时弊，批评时政，应该是与主办方商量之后的结果。那次的音乐没有给我留下很深的印象，倒是这个意外的"变奏曲"让我久久难忘。

  在非洲孔子学院联席会议期间，我有幸认识了一位当地小哥。那是会议日程渐次结束的一个中午，我累得趴在操作台上打算小憩一阵。可是半梦半醒之间，我忽然听见了强有力的鼓点声，睡梦中被敲醒，我还是不确定，怎会有如此动人的旋律？于是抬起头顺着声音望过去，原来却是手指与桌子敲击发出的声音，是旁边负责录像设备的当地小哥在玩手拍。随着电脑中播放的音乐，他的两只手潇洒自如地在桌上敲击着，还不时地变换着节奏和加花。我一看见生活中的美就走不动道，于是在征得了他的同意后，拿起手机，便开始录像。我粗略数了一下，他播放的背景音乐的 BPM 大概在 130 左右，但是他的手指和节奏却并没有因为这样快的速度而出现任何错误或瑕疵，当然也可能有瑕疵，但对我这样的"节奏不稳大师"来说已然是非常完美。其实世上所有的打击乐，其原理都是相通的，不过是 kick、snare、hi-hat 等几个音色的组合，用手指和手背或手掌，击打下去的接触面是不同的，因而也就能碰撞出不同的音色，再把这种音色按照强弱的有机规律排列，便可形成悦耳的节奏（比如前一段时间网上很火的杯子歌便是相同的原理）。可是这位小哥也并非专业的音乐人，他只是一个普普通通的管理录像设备的工作人员，也许和我一样为明天的午餐担忧着，也许他也需要缴纳五险一金，也许他也有一名锱铢必较的房东，也许他也有让别人无法理解的苦衷，可是在他敲击出这样美妙节奏的时候，我觉得他已经不啻为一位生活的艺术家。

  最近的一次奇遇便是在莫桑比克葡语学校，那是一年一度的葡萄牙日，依然是我的学生玛莉亚带我参加的。作为这个学校的任课教师以及已经在马普托居住了六年之久的老莫桑，她洞悉着这座城市每一次心脏和脉搏的跳动，以及音乐与宴会的迸发。锣鼓喧天，鞭炮齐鸣，红旗招展，人山人海，场面的火爆程度仅次于白云大妈签字售书的盛况。乐队除了配备了正常的"四大件"，还添了一把小提、一把巴扬手风琴，还有一把木吉他，不同的乐器组合在一起，别有一番葡萄牙风味。让我感到惊叹的是，在唱某一首歌时，乐队在带了一遍节拍之后,全场上下居然马上可以一拍不错地进行回应,我几乎又要热泪盈眶了。在场的不论是葡萄牙人、非洲人、中国人、英国人,还是法国人,全部都成了音乐的俘虏,平日里端庄内敛的中国人开始和葡萄牙大叔翩翩起舞,几个法国人在疯狂地扭动身躯,一个漂亮的莫桑小妹妹伸手去抓渐渐飘离的氢气球……

此外还有在 Polana 酒店举行的西班牙音乐会,在 STV 上表演我的原创歌曲……所有的这些都是我在这片土地上最珍贵的回忆,是以后的漫漫长夜里引我无限遐想和深思的一泓清泉,是我回想起这一年时光时必然无法回避的精彩亮色。我想起李斯特说过的话,"音乐是不假任何外力而直接沁人心脾的最纯感情的火焰,它是从口中吸入的空气,它是生命的血管中流通着的血液"。我想这片土地从来未曾被遗忘或是忽略,即使它依然被贫困和饥饿所笼罩,即使它依然承担不起全麦面包和干净的水,却依然可以拥有这样的音乐,在无数个寒冷或是炎热的夜晚,给予人们无穷的鼓舞和慰藉。

我和我的学生以及我的学生的学生们

打卡第 734 天：我与莫桑比克的不解情缘

段伊若

作者简介

段伊若，浙江师范大学国际文化与教育学院汉语国际教育硕士。曾任教喀麦隆雅温得第二大学孔子学院；2016 年 1 月至 2019 年 6 月任教蒙德拉内大学孔子学院，专职教师。

　　非洲，大概，可能，也许，一定是来了就会爱上的一块神奇大陆。2016 年 1 月，我离开阴冷潮湿的上海，飞往春暖花开的莫桑比克，在对外汉语的道路上继续前行。临行前，朋友特意送来了饺子，说"送行饺子接风面"，这是习俗，希望我一路平安。于是，我带着亲人的叮嘱和友人的心意，就这样第二次踏上了非洲这块土地。

马普托现代化的建筑

【印象马普托——反正有大把时光】

午后阳光下,我极力想透过机窗去窥探这座陌生的城市。马普托是莫桑比克的首都,也是莫桑比克第一大城市,色彩斑斓的房屋、纵横交错的石板路,昔日殖民地留下的痕迹依然随处可见,保存完好的葡式建筑似乎依然在诉说着昔日的荣耀,市中心新矗立起的大楼也在见证着这个国家的进步和富强。我所工作的孔子学院就位于城市的东北角,远离热闹的市中心,独享一份宁静。莫桑比克位于非洲东海岸,毗邻印度洋,降水丰富,海洋性气候,一年四季没有酷暑,气候宜人。每到三四月,马普托满城的凤凰花飘落,这就是我对马普托的初步印象。来了非洲就得入乡随俗——适应这里的"慢"生活,还得学会遵守"非洲时间"。"慢的攀登者不会掉下来""拖延不碍事,只会让事情变得更好",这两句非洲谚语道出了非洲人的时间观。在马普托,粗线条的时间只有雨季和旱季之分,似乎完全不用精确到分、秒。雨季意味着在地里干活、播种、除草、收获,旱季意味着快乐、舞蹈、追女孩。在这里,"一寸光阴一寸金"的说法似乎是行不通的,路边的咖啡店里,随处可见悠闲的身影,或是手捧一本书,惬意地"消磨"一个下午,或是三三两两的友人高谈阔论,不时迸发出欢快的笑声。时间不再是跳动的数字。

和蒙德拉内大学汉语专业第一批学生合影

【祝福——愿心中永远留着你的笑容】

在适应了慢节奏的非洲生活后,我就投入了紧张又快节奏的汉语教学工作中。蒙德拉内大学孔子学院位于莫桑比克第一高等学府蒙德拉内大学内,是莫桑学子梦寐以求的学府殿堂。2019年是我在蒙德拉内大学孔子学院工作

的第三年，也是担任蒙德拉内大学汉语专业教师的第三个春秋。2016 年 2 月，蒙大汉语专业正式开班，全班 30 名学生是从 200 多名报考汉语专业的学生中层层选拔出来的，1∶7 的报录比与国内"万人过独木桥"的高考有一拼。这 30 名学生来自全国各地，最远的离马普托有 2000 多公里，为了同一个梦想，这群年轻的学子带着行囊和执着，相聚在了孔子学院。在这两年里，这群年轻的人儿第一次体验了用筷子吃饭，第一次用毛笔写汉字，第一次走上舞台朗诵中文诗歌，第一次拿起话筒用中文主持节目……我们一起用镜头记录了这些难忘的"第一次"。如今，这些珍贵的照片就像一把打开过往时光的钥匙，诉说着那一段一起成长的岁月。他们从最初的"a, o, e"到如今去中国留学，继续追逐自己的汉语梦，每一次的蜕变都让我动容，其中最让我印象深刻的莫过于两个充满朝气的大男孩。

　　喜欢跳舞的王浩擅长写歌，偶尔还获邀到电视台录制节目宣传自己的新歌。在学习汉语三个月以后，他就把课文内容变成了说唱词，这种独特的汉语学习方法着实让我这个中国教师耳目一新。现在王浩最喜欢的中国节目是《我是歌手》，他跟教师们说道："以前我只是听得懂中文歌的旋律，现在我又明白了歌词的意思，听中文歌常常会让我感动、流泪。" 2016 年，王浩在中莫建交 40 周年优秀征文比赛中荣获了一等奖，他的作品和其他获奖选手的作品一起被编辑成册并赠送给到场的嘉宾。他在文章的结尾这样写道："我的心脏和头颅已到了中国，留下的身体仍在此学习汉语，吞咽咀嚼教师传授的所有知识，心灵由此而格外欣然与喜乐。" 他在 2019 年赴中国留学，希望在未来能听到他更多的中文歌曲，也祝福他的汉语之路越走越远。

王浩手捧《中莫建交 40 周年优秀征文作品集》

清瘦的面容，颀长的身材，这位自带诗人气质的男孩叫乔峰，他说自己小时候对李小龙非常崇拜，长大后也要做功夫明星，在学习汉语以后，他还特意给自己改名叫乔峰，梦想着有一天成为"一代大侠"。不过后来他对中文诗歌产生了兴趣，由于莫桑比克当地有关中文诗歌的书籍太少，于是他就自己尝试把一些唐诗翻译成葡语，还坚持自己创作中文诗，现在的他已经是汉语专业班小有名气的原创诗人了。

当夜幕降临时，
我把我的脸藏在黑暗中，
寻找你的双眸；
我闭上了眼睛，
想象着你在我心中走过。

这是乔峰的新作——《吻月》，他说汉语让这种思念、想家的感觉更浓烈，也让他更加坚定地走向中文诗歌的创作之路。2019年，他到中国留学，他说自己的梦想就是把中文诗歌翻译成葡语，让身边和他一样喜爱诗歌的朋友能够欣赏到中文诗歌的美。

乔峰在孔院5周年庆典上朗诵《走向远方》（右一）

不知不觉我已经在非洲生活了两年多，在这座自带慵懒属性的城市里，脚步和思绪也不自觉放慢了许多。如今随意翻看着手机里的照片，回忆依然是那么清晰而深刻。在接下来的日子里，我会将时光写在胶片上，将这座城市和这些可爱的人儿一起留在我的心里。

莫桑比克：这些人，这片海

罗 丹

作者简介

罗丹，浙江师范大学国际文化与教育学院汉语国际教育硕士。2013 年 8 月至 2015 年 8 月任教蒙德拉内大学孔子学院，志愿者教师；2016 年 9 月至 2019 年 11 月任教蒙德拉内大学孔子学院，专职教师。

转眼间，我已经在莫桑比克这个东非沿海国家待了三个年头。从刚开始以志愿者的身份来到这里，到今天以专职教师的身份即将开始第四年的工作，可以说，我最美好的青春年华都是在这里度过的。

在蒙德拉内大学孔子学院 2016 届志愿者欢送会上，一位志愿者动情地说，在马普托，她拥有了很多人生的"第一次"，说着说着，她就情不自禁地流下了不舍的眼泪。

想想我在这个国家已经待了将近三年的时间，自己又何尝不是在这里经历了诸多的"第一次"：第一次上讲台，第一次上舞台表演，第一次做主持人，第一次教学龄前小朋友武术操，第一次去电台录节目，甚至第一次上电视做广告……太多太多的"第一次"都是我人生的珍贵体验，何其美好。

和马普托国际学校的孩子们

有人问我，如果你离开马普托，再也不回来了，你最舍不得什么？是新鲜美味的海鲜，是美丽宜人的海滩美景，还是……我说都不是。爱上一个人，爱上一座城。人们往往舍不得离开一座城市，就是因为这里的一些人和发生的一些事。让我对莫桑比克这个国家留恋的这些人不是别人，而是我的学生们。

回想自己在莫桑比克第一次登上讲台，是在孔子学院的中华协会教学点上汉语课。尽管班里只有8个中小学生，但是第一次正式走上讲台，我还是紧张得声音颤抖，词不达意，逻辑混乱，手心冒汗。这时，讲台下一个可爱的女孩用英语对我说："Don't be so nervous!"然后给了我一个甜蜜的微笑。我内心的恐惧与紧张瞬间消失了一大半，自然地按照原来的思路，有条不紊地上完了第一课，也克服了初为人师的恐惧与担心。

随着记忆大门的敞开，我又想起一个女学生。她是一个跟我个子一般高的小姑娘，特别有礼貌，见到每一个教师都会热情打招呼。我是他们班的口语教师，我们也一起搭档去电台录制中文广播节目。因为离家很远，每周六中午为了赶去录直播的中文节目，她必须早早从家里出来。因为马普托的路况不好，我怕她堵车，每次都提前提醒她早点出发。有一次，距离直播的时间还有一个小时，她告诉我还在路上，等到离直播只有五分钟的时候，她突然给我发了一张照片，照片里，她所在的公交车前面是一条长得看不到头的车队。看到这样的情景，我很生气，发短信责备她："不是让你早点出来吗？你看，又被堵在了车上，耽误了录音！"发完后，我就有点后悔了。她回复我："对不起，老师，我已经比以前早出来半个小时了，太不公平了……我都要快哭了。"看完短信，我很内疚。作为一个教师，我是不是太缺乏耐心与包容了？最后，她风尘仆仆地赶到广播电台。在推开门的一刹那，我听到了她的喘气声，看到她涨红的脸上充满无奈与悲伤，而她见到我的第一句话却是："对不起，老师！"她没有再抱怨任何事情。那天晚上，我越想越觉得自己做得不妥，于是给她发了一条短信："对不起，今天老师不应该跟你说那些话……"几分钟过后，这个古灵精怪的小个子回复我："还好我还不认识很多汉字，那些不好的，我都没看懂。"我既哭笑不得，也被她的通情达理深深打动。中国的典籍《礼记》中有一句话，"教学相长"，意思是教师和学生在教学过程中互相进步。从年龄上和专业上，我是她的教师，可是在为人处世上，有时候她却是我的教师。有一次，我和一个同事闹矛盾，情绪有点激动，这时她递给我一张纸条，上面写着："老师，我爱你。"方方正正的汉字如一个个惊雷，冲走了我脑子里的混沌，我瞬间清醒，同时也感到内疚。

在莫桑比克电台录制中文广播节目

蒙德拉内大学孔子学院已经走过了五个年头，每年都有教师结束任期回国，新的教师来到莫桑比克开始工作。但时间的流逝和人员的变动并不影响教师和学生之间深厚的情谊。很多教师尽管人在中国，与学生还是通过邮件和WhatsApp保持联系，中莫师生之间的珍贵情谊已经成为他们永远难忘的珍贵记忆。蒙德拉内大学孔子学院是传播中华语言与文化的桥梁，更是莫桑比克人民与中国人民的情谊之桥，它不仅在蒙德拉内大学校园里，也在每个教师和学生的心中。希望在今后的岁月里，有越来越多的人来到孔子学院学习汉语，来体验中国文化，未来都能化身为中莫友谊的使者，让中莫两国手牵手、肩并肩共绘新的发展宏图。

盛夏无妨作新春

张　爽

作者简介

张爽，浙江师范大学汉语国际教育专业毕业。2013年8月至2015年8月任教蒙德拉内大学孔子学院，志愿者教师；2016年9月至2019年7月任教蒙德拉内大学孔子学院，专职教师。

"滴滴、答答、哗哗……"又一个被雷雨吵醒的清晨，脑海里再次单曲循环蒙德拉内大学孔子学院的院歌："马普托的雨，下了一整季，腰果在享受新鲜空气……"

在家乡千里冰封、万里雪飘的时节，莫桑比克是一片暑日晚凉、疾风骤雨的景象。这里的雨说来也很奇怪，常常出现在夜晚到清晨时段，好像是有意避开人们白天的活动时间而悄悄下的。最希望这样的雨天持续整个早晨，然后便可以正大光明地赖在床上睡懒觉。突然想起昨晚在凯莱酒店新年答谢宴上中了大奖的事情，嘴角不禁一扬，我这棵在抽奖方面二十多年不开花不结果的老树，竟在莫国连续两年抽中奖品，也许莫国注定是我的福地。兴奋之时，立即拿起手机，为国内的父母送去一个喜悦的午后问候。

可爱的学生们

这是我在莫国庆祝的第四个新年。

很多人会问我,为什么选择来莫桑比克?又为什么在这里待了这么长时间?有时候,我也会这样问自己:是啊,为什么?如果说,命运里充满了偶然和必然,我来到这里有偶然的原因,那么又是什么让我来了以后能够坚持这么久呢?随着过往生活的影像在脑海中快速播放,有忧伤,有迷茫,有无奈,但我总是喜欢暂停在充满快乐和幸福的一段段记忆胶片上。

在四年之中,我做过12个班级的汉语教师。这些学生学习汉语的初衷和热情无不是我继续坚持的动力。在这其中,有一群活泼的孩子们,他们是蒙德拉内大学孔子学院招收的第二批汉语专业班的学生,平均年龄在20岁左右。当他们初入大学这座象牙塔,将自己的人生规划建立在中国语言文化的基础上时,我何其幸运,成了他们的班主任,帮助他们实现梦想。他们有时候很顽皮,作业错漏百出、上课精力分散的状况让我十分气恼;他们有时候很可爱,上课踊跃发言、课后认真练习口语的样子让我万分欢喜;他们有时候很忧郁,层出不穷的家庭问题、青春期的躁动让我极其担心;他们很热情,家里的婚丧嫁娶等重要仪式都是他们邀请你到家中做客的理由;他们很暖心,总会庆祝同学们的生辰,为即将离别的同学、教师举办欢送会;他们也很细心,每当我心情不好的时候,虽然装作若无其事,可还是总被他们的"火眼金睛"发现。如果把管理一个班级比作驾驶一艘迎浪行驶的小船,我希望我这个舵手能让这艘船行驶得更远。

四年之中,我认识了近40位同事,有的正在莫桑比克奋斗,有的已经离任。他们有的是我的同学,有的是我的学姐学妹,有的是我的师长。我和他们在同一片蓝天下呼吸过一尘不染的空气,聆听过动人心弦的雨声,眺望过浩瀚蔚蓝的印度洋,也都一样地在莫国挥洒了"汉"水。

孔院同事

上篇　感悟篇

　　还记得我的大学毕业宴，我以为我会是忍到最后不哭的那个，但是在看到班主任离别的背影时，一切情绪都随着泪水汹涌而至，人生最难是离别。时隔三年，我们在马普托重聚，心中雀跃不已。她就是现在的蒙德拉内大学孔子学院郭院长，我曾经的大学班主任，一位好姐姐。2017年，我在马普托有幸接待了我的师祖——班主任的班主任。我想，只有在莫国，才会让我们对这样的缘分格外珍重，倍感幸福。记得一位学姐曾称郭院长为"全能铁人郭"，真是再形象不过。感觉这个世界上，没有什么她不会的，更没有什么能难倒她的。她忙碌的身影总是随处可见，孔子学院的事业在她的带领下更是蒸蒸日上。有时候，我真的忍不住想和她说一声："老师，您辛苦了！"

教师节礼物

　　新来的志愿者们，是什么样的缘分让我成为你们的实习指导教师？2017年，孔子学院制定了一个新政策，所有专职教师需要带领两三位新来的志愿者教师，指导他们的实习工作。我有幸被两位美女妹妹选中，这也使我在莫国体验到新鲜的身份：实习指导教师。那一刻，我欣喜，因为得到了她们的信任；那一刻，我也紧张，因为担心自己能力不足而不能给予她们充分的帮助。从那一刻起，我决定更加努力地去完善自我，更加细心地去关心她们的工作和生活。我总希望，能让她们在莫桑比克任教的岁月感受到更多的幸福

| 127 |

和快乐。记得 2017 年教师节，收到两位妹妹送来的康乃馨和祝福，看到祝福卡片上清秀的字迹，我不禁鼻子一酸。那是我在莫国度过的最别样的教师节。

四年之中，在莫国，我还认识了很多华人朋友。不管他们从事何种职业，都是为了各自不同的梦想在这里打拼，能够有幸相遇、相识，都是缘分。他们热心、善良，无论你需要什么样的帮助，他们都会积极伸出援手，且不计回报。他们会是你的球友、饭友、"驴友"……有他们在，总会让你的生活增添更多色彩。

与驻莫 21 医疗队在莫桑比克岛

当回忆蔓延开来，在莫国生活的每个故事中的人便越来越清晰。不管时光如何流转，与这些可爱的人们在莫国产生的故事总是会保存在记忆深处，越久越香醇！

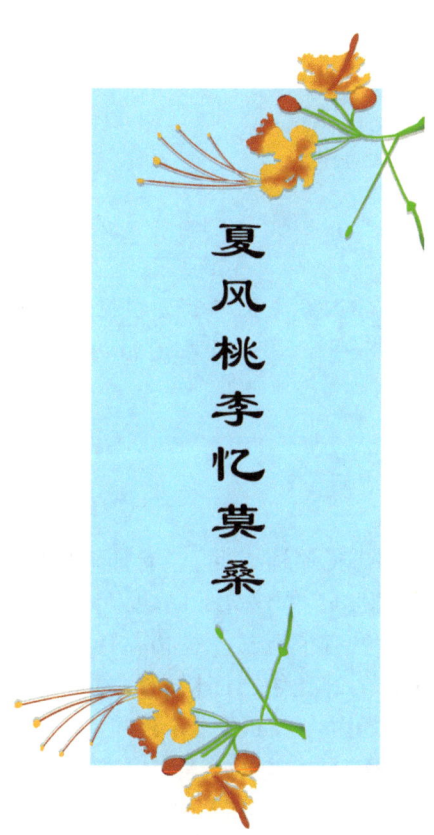

夏风桃李忆莫桑

莫失莫忘莫桑事

吴 颖

作者简介

吴颖，浙江师范大学国际文化与教育学院汉语国际教育硕士。2017年7月至2018年7月任教蒙德拉内大学孔子学院，志愿者教师。

云去星往，莫失莫忘。

深知离别有期，更知再见遥遥无期。"老师，您什么时候回中国呀？""老师，您还会回来吗？"学生总会问这样的问题，从开始到现在。我不知道为什么一定要来非洲，但来了就有了意义。我会离开，但不是现在。

我将自己搁置在记忆的蚌壳中，回忆越是温暖鲜艳，提笔越是酸涩难行。百叶窗外是木瓜私语和"玛丽亚cafe"（千足虫）破土的声音，还有一如既往蓝得绅士温柔的天空和缥缈易走失的云彩。头顶物品的当地妇女身穿各色艳丽的Capulana（当地服装）穿梭于街头巷尾。晨练的人们互相追赶，又或擦肩而过。公交售票员探出半个身体，一声声"Baixa Baixa"（终点站名）揭开一个个忙碌而平淡的一天。日复一日，我来这里已是半年。

我所知道的非洲有限，也许马普托的一撮沙、印度洋里的一个泡沫都比我了解这个地方，但我会说话，而它们向来静默。非洲，莫桑比克，一个似乎永远存在，却与我无关的地方，冥冥中却与我产生了联系，并得到发展。来之前，我所能想到用来解释非洲的词汇不过神秘与古老、酷热与隔绝、疾病与贫穷、苦难与绝望，以及翻滚无边的黄沙，等等；来之时，从机窗俯瞰，一边是湛蓝晶莹的印度洋，一边是千疮百孔的黄色大地，河流微弱地流淌着，在这块焦灼的躯体里夹带着海腥味；来之后，世界清亮明艳，莫桑的清风连同魔幻的日光和动感摇摆的雷鬼乐闯进我昏沉的世界。

我所在的教学点是位于莫桑比克首都马普托的蒙德拉内大学孔子学院。这里举头是天空,俯瞰是大海,好像躺在蓝色的水晶球里。天空蓝起来的时候不染纤尘,为所有的建筑都设置了最纯粹的背景。云起涌动的时候,天空特别低,仿佛天空之城伸手可触。目不能及的青天,共远归去的野云,天云相伴,云是清纯,天是青春。

莫桑比克安静的天空

无论是学校,还是我们居住的地方,都离海很近。绵长蜿蜒的海岸线是莫桑献给人们最妖娆的姿态。我总是忍不住和朋友们来到马普托的海边,坐在万能的Capulana上或礁石上,任风沙扑脸,静得只剩眼前的一天一地一海鸥。有时,虔诚的信徒面朝大海或跪地祷告(嘶喊着,仿佛要上帝听见),或集体走进海中进行着某种庄严的仪式;有时,孩子们破水而出后,黝黑的肤色在阳光下摇曳生光,累了便找个舒服的姿势瘫倒在沙滩上睡去。

黄金角纯净的海

马普托的海是有人情味的，只是见过黄金角的海后，再无心看其他的海，倒真如"除却巫山不是云"。任何浓墨重彩的听闻也比不上亲身感受，在自然面前，语言是寡淡的，图片是无能为力的。亲眼所见的黄金角刻骨铭心，海的颜色渐变得毫无破绽，由浅及深，此起彼伏。当我们飞走于涛浪的制高点再瞬间落下时，当我们不经意回望身后晶莹湛蓝的波浪时，当我们低头探寻斑斓宁静的海底时，才明白，所谓震撼，不过如此；所谓倾心，不过如是。闭上眼睛，满眼都是印度洋滔天的美，久久不肯褪去。

我当然见过天空，但我没有见过这样清澈干净的蓝；我当然见过大海，但我没有见过如此纯粹碧透的绿。忘记贫穷，忘记差异，忘记悲伤，这种忘记是自然的力量。

这里的人从不缺对生活的热爱，逢人都是亲切的长串问候，也会爱美，也重礼仪，有坚持，有向往，也有追求。也许是音乐拯救了他们，也许他们最懂音乐，用音乐控诉生活最具力量。无论何时何地何处境，只要音乐响起来，他们的血液就能接收空气里狂热躁动的因子。于他们而言，家具可少，音箱必备。音乐流淌在他们的骨子里，通过呼吸获得二次生命。而你，会不自觉地想要和他们一起扭动自己笨拙的身体。

上篇　感悟篇

海边的孩子们随意起舞

云的自由是天空给的，云是天空的故事，风是叶的故事，学生是我的故事，学生为我完成诗的韵脚。最温暖的故事便发生在和学生相处的日子里。

我带的班是培训早班，学生一般住得很远，每天四五点就要起床，然后坐两个小时的公交才能到学校。莫桑比克的雨总是下在午夜，雨后沙路坑坑洼洼，行车不便，但他们仍坚持准时上课，这在有拖延症的非洲是难能可贵的。

我喜欢拍照，生怕回国以后记忆残缺，半年时间照片数量已过万。而学生就是我照片中最生动的存在。他们表情真实有爱，动作调皮多变。我不经意地发现，几乎每个学生都会用我给他们拍摄的单人照作为聊天工具的头像。看，他们竟是非洲版"大王叫我来巡山"里的各色"小妖"们。

巡海的"小妖"们

巡海的"小妖"们

  学生经常会在某个清新平常的日子里送我礼物。可能是一束自家院子里的鲜花，可能是刚采摘下的当地水果，可能是亲手做的小饰品，还可能是因课上一个例句提到我喜欢打排球而买的排球……他们的心意，我领进心底。

  我们之间还有一些小巧合。比如我从国内带来的帽子上是葡语"Amor（爱）"（葡语是莫桑比克的官方语言），学生的衣服上是汉语"舞"。比如国庆那天，我在沙滩上写下"olá，祖国生日快乐"的祝福语，我以为是天知地知我知风知而已，恰巧那天学生跑步经过那一片海、那一块沙，看到刚学会的"生日快乐"，一阵惊喜，将图片发到班级群里，疑惑是谁留下的汉语，并大胆猜测是不是我们班的人。结果恰恰是他们的汉语教师。马普托很小，缘分刚刚好。

  与他们，有太多太多说不完道不尽的故事。他们对我的理解，对汉语的渴望，对中国的向往都是我接下来继续这份事业的动力。

  他们说，我想去中国！

  我想说，中国一直都在，欢迎你们！

上篇 感悟篇

莫桑比克本土汉语教师的逐梦历程

塞 尔

作者简介

塞尔（葡语名 Sérgio Namburete Menete），浙江师范大学汉语国际教育硕士。莫桑比克第一位本土汉语教师，2017年8月至2019年8月任教蒙德拉内大学孔子学院。现于厦门大学攻读应用认知语言学博士学位。

我叫塞尔，来自莫桑比克。我跟汉语的缘分始于2012年。当时刚刚大学毕业的我听说在我们国家最有名的学校——蒙德拉内大学开设了汉语班，对此我充满了好奇，于是就去了解了一下，我没想到汉语会改变我的一生。

初到中国留影

| 135 |

我学过很多种语言。葡语是我的母语,我上本科时读的是法葡翻译专业,所以葡、法两种语言是我工作的语言。此外,我还会英语、西班牙语和一点德语。但是,我从来没有想过会学习汉语。像我们国家很多其他孩子一样,我小时候看过很多中国大陆的影片,也喜欢李小龙、李连杰、成龙,却从未对汉语产生过兴趣。那时对我们来说,"中国人的语言"就是一种很奇怪的语言,他们写字就像在画画儿一样,根本没有人会学习这种语言。

那年,我最好的朋友请我跟他一起去学汉语,我很干脆地对他说:"我不想学。"他说:"为什么?"我说:"我不想变成一名画家,我不想学习这种语言。"我们争论了好久,我才被他说服。我们两个到孔子学院报名,开始学习汉语。没想到,第一天到了教室,我就一"听"钟情,瞬间爱上了汉语。虽然书本上写的字、教师的板书确实像画画一样,但是我还是喜欢上了汉语。我本身是一个很喜欢挑战的人,所以我接受了这项挑战。大约过了一个星期,我的那位朋友有事去了德国,回来以后,再也没有学习过汉语。而我直到今天都还在学汉语,并且即将成为一名本土汉语教师。从踏入孔子学院的那一刻起,就注定我的一生离不开汉语。

【初学汉语,屡败屡战拿到奖学金】

我曾经是莫桑比克第一批参加汉语课堂的学生。因为对汉语的全身心热爱,我付出了很多努力去学习。我觉得汉语是一种奇妙的语言,我一定要把它学好。2012年,蒙德拉内大学孔子学院宣布将有三个奖学金名额,计划招莫桑比克学生来中国学习,我的第一反应是:"这是提高汉语的绝佳机会,我一定要抓住。"但因为未能及时准备好所要求的证件,那年,我和这个机会失之交臂,当时我很难过。

与浙师大硕士生班级同学合影

不过，那次挫折反而让我决定要更加努力地学习汉语。2013年，奖学金名额虽然比2012年多了两个，但是竞争也更加激烈了，要拿到奖学金，就要参加考试。考试正好与我一个亲戚的婚礼在同一天。"怎么办呢？参加婚礼还是参加考试？"纠结之后，考试当天，上午我去参加了婚礼，12点钟我就离开婚礼仪式，赶到了考场。考试真难啊！我在汉语课的考试中，每次都是名列前三名，但是这次考试，连是否能通过我都无法保证。后来的几天对我来说比几年还长。教师打来电话，说我拿到了当年一个学期的奖学金时，我激动得差点哭出来。

【来到中国，困境中变身"中国通"】

到了中国，我便开始更深入地了解汉语。与我的母语相比，两种语言是完全不一样的。那时候，对我来说，什么都还不能把握。我差点绝望了，很多次有放弃的念头，但是每当我想放弃的时候，就会有一句话出现在我的脑海里："Learn Chinese, double your world."又想到目前世界各国都与中国有着密切的交流与合作，汉语占据着很重要的地位；更何况，目前我的国家仍缺少会汉语的人才，所以，对我来说，学习汉语是一个很难得的机会，是机遇，也是挑战。

在浙师大留影

我学过葡语、英语、法语、西班牙语、德语，但是都没有学中文让我印象深刻。为什么这么说呢？法、葡、西三种语言是从拉丁语发展过来的，德语、英语是由日耳曼语发展而来，而我的方言在很大程度上受到了葡语、英语的影响，它的结构和这些语言关系密切，所以当我学习和使用这些语言时，好像是在分析一个大的语系。可是，汉语和我所知道的语言差异很大，让我感到自己投入到了一个全新的语系,越学习,就越发现汉语非常难掌握。学汉语就等于挑战自己,而且在读中文的过程中,我了解了很多与语言有关的文化知识。

我对自己的汉语水平从来不满足。2015年3月,我以226分的成绩通过了汉语水平考试五级考试,但是我觉得这个分数不够高,于是同年5月,我又一次参加了考试,获得了246分的成绩。2016年,我通过了汉语水平考试六级考试。在撰写硕士学位毕业论文的过程中,我的汉语水平也在不断提高。

我常常跟中国同学讨论学习或者生活上的一些问题。同学们经常说,我已经变成了一个"中国通",已经养成了中国人的思维方式,我也和这些中国同学结下了深厚的友谊。

【回到祖国,传播汉语和中国文化】

2014年1月,我回家了,回到了莫桑比克,但是在我心中,汉语依然吸引着我。于是,我不断努力,取得了优异的成绩,在老师的帮助下,我又获得了"一学年+汉语国际教育专业硕士"的奖学金。

在中国留学

攻读汉语国际教育专业硕士开启了我人生新的篇章。从2015年正式开始专业学习以来,我对中国的了解有了很大程度的提高。我不仅对汉语感兴趣,对中国的文化也很感兴趣,其中给我影响最深的就是孔子的儒家思想。在学习专业的过程中,我已经写过两篇关于儒家思想的作品,表明了我对孔子及其思想的看法。为了更好地了解孔子的思维,我常常读两本书,一本是《论语》，另一本就是曾仕强编写的《论语的生活智慧》。

当一名优秀的汉语教师，回国后积极传播汉语以及中国文化，让更多的人了解中国，这是我的梦想，是我心底所深深渴望达成的目标。为了实现这个梦想，我要努力学习新的知识，特别是教学方面，为自己将来的工作打下良好的基础。

【收获爱情，都是汉语搭的桥】

2016年，我参加了"江浙沪汉语国际教育硕士汉语教学技能大赛"，这对我有很大的触动和帮助。虽然我只获得了三等奖，但是评委教师提出的问题和建议，以及比赛结束后导师对我的评价和指导都让我受益匪浅。

"汉教英雄会"比赛

更加有意思的是，我还因为汉语而获得了爱情。我的女朋友来自埃塞俄比亚，2014年9月8日，我们乘坐同一架飞机，坐在相邻的位置，目的地都是浙江师范大学。从那天开始，我们两个就谁也离不开谁。没有来中国留学，我肯定不会认识她，我和她的缘分源自我和汉语的缘分。

如今，我已经是蒙德拉内大学孔子学院的一名汉语教师了，我相信孔院是一个能够让我实现梦想的舞台。在这里，我将鼓励更多的莫桑比克人去追寻他们的汉语梦。

这就是我与汉语的故事。我的未来将始终与汉语联系在一起。

这些年"大马"和"小马"一起追着的汉语梦

何圆圆

作者简介

何圆圆,浙江师范大学国际文化与教育学院汉语国际教育硕士。2018年7月至2019年7月任教于蒙德拉内大学孔子学院,志愿者教师。

12月,莫桑比克的夏天已经悄悄开始。今天的天空像一匹淡蓝色的布,上面稀稀疏疏地印了一些白色的花纹。坐在学校的凉亭里,吹着干爽的海风,看着不远处盛开的凤凰花,和学生聊着我来到莫桑比克这四个月发生的一些事情,一切都是那么美好。我的身边坐着等待考试的"大马"同学和"小马"同学。"大马"的中文名字叫马可,"小马"的中文名字叫马诗蒙,他们是赞比西大学教学点首届HSK(汉语水平考试)4级班的学生,2018年他们都参加了12月的汉语水平考试口语初级考试。

大马和小马

上篇　感悟篇

【万年不变的"你为什么学习汉语"】

为了缓解他们考试前的紧张情绪，也为了帮他们再练习一下口语，我再次抛出了这个万年不变的问题："你们为什么学习汉语？"四个月之前，在第一节汉语课上，我就问过他们这个问题。我记得当时他们回答说很喜欢汉语，汉语很有意思。而这次，他们的回答却出乎我的意料。大马回答说："我很喜欢汉语，我想教别人汉语。在我们国家，每个人都觉得汉语很难，我想改变他们的看法。以后我一定要回到莫桑比克教汉语。中国人很幽默、热情、认真，我想跟他们聊天。"小马则回答说："我觉得汉字很有意思，我想教别人写汉字。成为汉语教师不容易，要学很多年。我会坚持我的梦想，我还想去中国学习，我想有个中国女朋友，我可以跟她聊天，提高我的口语。"我没有想到他们会说这么多，说得这么好，也没想到他们对汉语会有这样一份感情。

【关于未来】

关于未来，我也曾经问过他们，他们的回答都是想成为一名汉语教师。我告诉他们要成为一名汉语教师不容易，不仅要付出很大的努力，而且要花费很长的时间。到目前为止，蒙德拉内大学孔子学院只有一位本土教师。当时看他们的表情是有些退缩的。没想到再次提起这个问题，他们的回答会是如此肯定。

小马在教室里自习

【一往而深】

他们告诉我，第一次接触汉语时，他们还是教会中学的学生。自从与汉语结缘，他们就喜欢上了这门"不简单"的语言，学习汉语的两年时间中，他们从未中断过，一直坚持到今天。

【见证努力】

高中毕业后，大马没有继续读书，迫于生活的压力，他不得不走上社会，每天十个多小时的工作让他精疲力竭。他说他做过很多工作，卖过很多东西，如家具、地板、木头、玻璃，等等。生活和工作压力让他每天都很疲倦，他放弃了继续读大学，但是他没有放弃继续学习汉语。即使中午12点才下班，即使他家离学校很远，即使有时候工作得非常疲倦，他依然会提前半个小时到教室，认认真真地复习、预习。与大马相比，小马的情况要好一些，他目前是师范大学法语专业一年级的学生。虽然大学的生活和学习有时候也会比较忙碌，但是他依然坚持学习汉语。每次我去教室的时候，大马和小马不是在复习，就是在听"每日汉语"，并且一遍一遍地跟读。他们的认真让我感动，他们的努力我一直在见证。

下课后，二人仍在教室学习

【**未来可期**】

9月中旬,汉语水平考试三级的成绩出来了,他们都取得了接近满分的好成绩。这样就很有可能获得申请去中国学习一年的机会。于是我们有了一个一年之约,我们一起期待2019年当我回国的时候,可以在浙江师范大学的校园与他们重逢。我真心地希望他们的努力和坚持能够让他们实现梦想。以梦为马,随处可栖。也许若干年以后,蒙德拉内大学孔子学院的汉语课堂上就会有"大马老师"和"小马老师"的身影。

脚踏实地，仰望星辰
——我的学生罗梓辰

林诗茹

作者简介

林诗茹，浙江师范大学国际文化与教育学院汉语国际教育硕士。2018年7月至2019年7月任教蒙德拉内大学孔子学院，志愿者教师。

在正式见面前，我向别的教师打听了罗梓辰，大概了解到他是专业第一的学霸，光凭这一点，我就觉得这个学生了不得。后来正式见面了，我没想到他和我说："老师，我不想去中国参加比赛，但是我想去中国看比赛。"听到他这么说，我一时语塞，只能告诉他："如果你想去中国看比赛，那你必须妥妥地拿到第二名，但谁能保证你一定能是第二呢，所以我们的目标是第一。"

幸运的是，罗梓辰是个踏实努力的学生，我告诉他演讲稿的内容应该写什么，以及确切的交稿日，这是我的第一个命令，让他尽早地把稿子交给我，他做到了。拿到他的稿子时，说实话，我很好奇专业第一的水平是怎样的。总的来说，他的框架很好，但语言表达上用了太多的书面语，不够口语化，部分词语也用得不是那么准确。我用了一个下午的时间给他改了稿子，也给他发了我读稿子的录音，这时我下达了我的第二个命令，给他一周的时间，让他把这篇稿子背下来。以我对当地学生的了解，我知道这是不可能实现的，但我希望能给他一点压力，不能全部背下来，至少也能读熟吧。一周后再见到他，我问他进展如何，他说差不多可以了。我半信半疑，总觉得他们对自己有一种盲目的自信，"行吧，那你背给我听听看。"……他竟然真的差不多背下来了！当时我对他是满满的佩服啊，但我脸上也就表现出一副理所当然的样子，嘴上轻描淡写地表扬了他一下。

后面的时间就是一遍一遍地在他背稿子时修改细节。

"我觉得这句话读得有点不顺，咱们这么改，你觉得怎么样？"

"这句话会不会太官方了，要不删了吧。"

"这个字读第二声，你要注意！"

"到这里你的语气要更坚定一点。"

……

不管我对他提出怎样的要求，他从不反驳，一步一步地按照我的要求来，他也从不抱怨，虽然他明明按原稿已经背得很熟了。

罗梓辰在"汉语桥"比赛上演讲

接下来，我对他又提出了更严格的要求。我要求他演讲的时间要控制在2分50秒左右，每次演讲还要配上动作、走位、眼神，等等。

"罗梓辰，你说得太慢了，3分25秒，分都扣没了，再来。"

"你这遍前面太慢了，后面又快了，评委教师一听就知道你在赶时间，不行，再来。"

"这遍你也太快了，后面没人在追你呀，再来。"

"罗梓辰，眼睛不要飘，盯死评委。"

"罗梓辰，你是一棵树吗，怎么一动不动的？"

"你动作不要这么单一，没事可以走一下的。"

"你笑一下嘛,就算你很紧张,也不能让别人看出来,知道吗?"

"再来再来!"

"这遍还可以,你休息一下,我们再试一遍!"

……

虽然排练过程很痛苦,但为了实现他的梦想,我只能对他严格要求,不断地否定他,不断地从头再来,弹簧只有被压得狠了,才能弹得更高,果不其然,罗梓辰,他做到了!

每次辅导结束,我给他留的任务就是回家对着镜子练。但其实演讲不是最让我头痛的部分,才艺才是。罗梓辰不是一个才艺出众、能歌善舞的人,很巧的是,作为辅导教师的我也不是个有才艺的教师。我给他试了单口相声,可是他的舞台表现力不够;我们又试了Rap,然而歌词太难,他做不到;最后,我们决定唱一首浪漫开心的歌,既然他的唱功不太好,那咱们就给这首歌加点故事情节吧。有了这么个提议之后,莫名地,我的脑子里涌现出了很多想法:"我们在前奏的时候可以这样这样……中间音乐部分,你找一个现场的女生……你要是有伴舞就好了,这样,咱们就把你的表演变成一个大型告白现场,怎么样?哈哈哈。"

才艺展示环节 演唱《带你去旅行》

有了想法之后,我们就开始热火朝天地实施了起来。但唱歌确确实实不是罗梓辰的强项,我也不是声乐教师,不知道从哪里可以帮他,只能跟他讲解这首歌的情感,告诉他这首歌是要给别人带来幸福的感觉,要让别人感受到,首先自己要开心起来,要微笑,唱歌时要看着评委教师,最重要的就是让评委教师感受到你要表达的一切,所以我在他每次表演时都会提醒他"要开心"。我们原本计划他的好朋友们能来助演,但没有一次我能见到人数完整的伴舞演员,这种感觉告诉我,到了关键时刻,他们还是会掉链子。求人不如求己,我准备了 Plan B——PPT 辅助,但最后表演的效果还是差强人意的。

罗梓辰获得二等奖

比起罗梓辰收获了他想要的成绩,作为教师,帮助学生圆梦或许是一件更令人开心的事情。他能成功,最大的功臣还是他自己,从不放弃,从不抱怨成就了现在的他,而教师对他的严厉只是帮他走得更远一点。

一位莫桑比克青年关于中国的梦想清单

刘鸣宇

作者简介

刘鸣宇，北京师范大学汉语国际教育硕士。曾任教泰国、厄瓜多尔；2018年1月至2020年1月任教莫桑比克蒙德拉内大学孔子学院，专职教师。

为了实现自己的梦想，
他列出了梦想清单，
想要一步一个脚印地往前走。
而汉语赫然在列，
甚至是他所有梦想的基石。
他自知不是最聪明的，
就励志做那个最努力的！

上次去向逐言家家访，在简陋的房间里，向逐言对我说："老师，你看，这些是我的梦想，这一句的意思是'进入汉语专业'，现在我已经实现它了！"

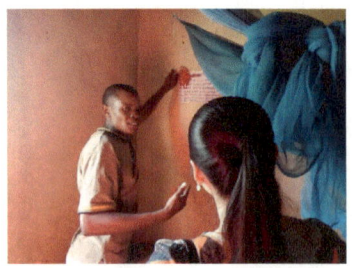

向逐言向老师介绍他的梦想

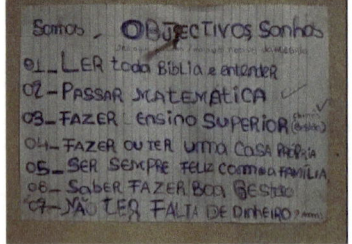

向逐言的梦想清单

听着他神采飞扬的介绍，我决定把他的故事讲给更多人听。

【与向逐言的初识："笨"鸟先飞】

到任时，我最早接触到的学生就是向逐言。

短暂的交流过后，我很诧异："怎么还没有入学，汉语就已经说得这么溜了，这届学生是要逆天吗？"后来我才知道，向逐言是唯一一个自带汉语水平考试三级证书进入专业一年级学习的学生。

我在泰国外派过，在厄瓜多尔基多圣佛朗西斯科大学孔子学院工作过，如今，来到莫桑比克蒙德拉内大学孔子学院，"走过亚非拉"的我太知道不同文化的人对时间定义的不同了。

在莫桑比克，尽管教师三令五申，但想让学生准时上课也不是一件容易的事情。而向逐言就是为数不多的几个不迟到、不早退、不缺勤的"另类"。此外，向逐言踏实、努力、负责、乐于助人，是我最贴心的小帮手。

可是，向逐言虽然努力，却并不属于特别聪明的那类学生。我非常担心这只先飞的鸟儿会淹没在竞争激烈的一年级学生中，那对一直坚持努力的他来说，会是一个很大的打击。

一个学期后，向逐言用事实告诉我，我的担心是多余的。

汉语专业一年级有综合、听力、口语、汉字、文化五种课型。成绩是由出勤、课堂表现、作业、期中考试、期末考试等部分组成的。而向逐言每个科目都取得了优异的成绩。他是当之无愧的班级第一名，也是整个年级的第一名。

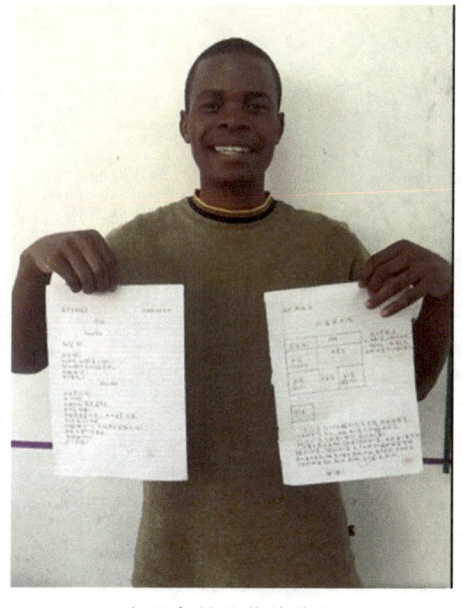

向逐言展示他的作业

【对向逐言的专访：朴素的生活、清晰的梦想】

我曾对向逐言做过一个小小的专访：

我：你是怎么知道汉语的？

向：我的家庭条件不太好，2015年，我想找一些关于奖学金的信息，于是就去图书馆翻报纸，然后看到了蒙德拉内大学孔子学院的信息。

我：你什么时候开始学汉语的？

向：2015年2月。2016年，我找了一份工作，攒了一些钱，所以又回到孔子学院学习。就是在这期间，我听说蒙德拉内大学要开设汉语专业，我很激动，决定要尽自己最大的努力进入汉语专业学习。

我：当时你为什么想学汉语？

向：因为我喜欢语言，也想交更多的外国朋友，更想用汉语实现我的梦想。

我：汉语难吗？

向：呃……我觉得汉语不难，还可以。

我：将来你想做什么工作？

向：我想在大使馆或者公司做翻译。

我：你为什么想做翻译？

向：因为现在很多中国人在莫桑比克做生意，莫桑比克人也想和中国人做生意，我想用汉语帮助他们。

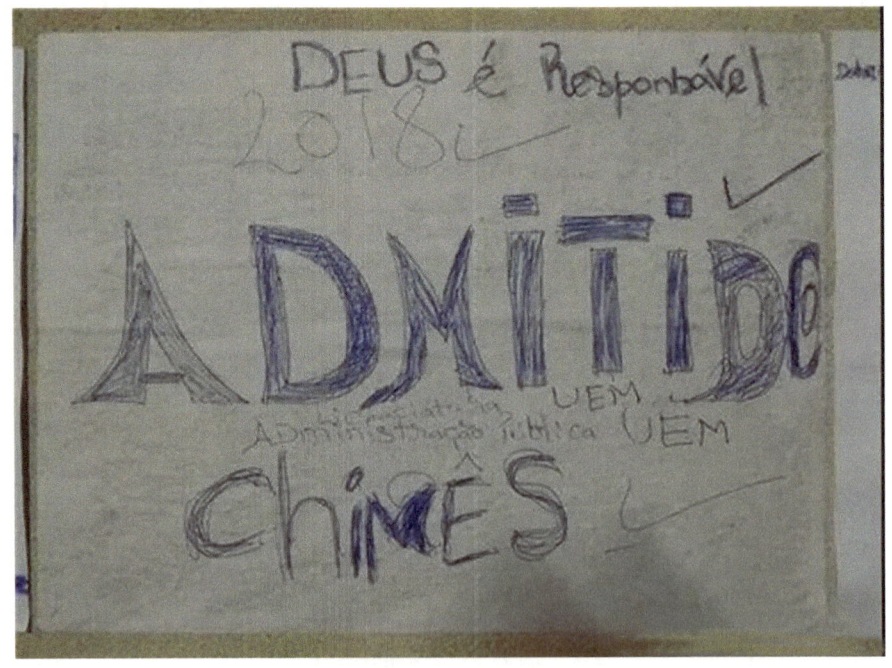

"我要进蒙大孔院学汉语！"

【向逐言的梦想清单：努力的人早晚会梦想成真】

向逐言的梦想清单里除了学习汉语外，还有盖房子、成家……我可以感觉到他非常渴望有一个自己的家。

我站在清单前，仔仔细细看了几遍，"逐言，你这清单有意思啊，学好汉语能找到好工作，找到好工作可以盖个好房子，有工作有房子，就可以找个好姑娘，你这梦想已经实现一半了呀！"

"是的，老师！所以您可以理解为什么我在入班之前就已经通过汉语水平考试三级了吧？汉语关系着我的未来，我不是最聪明的，可是我一定是最努力的。努力的人早晚会梦想成真！"

在中国参加夏令营的向逐言

我不知道是哪位教师给腼腆寡言的向逐言起了这么合适的中文名字，我的理解是：鼓励向逐言在学习汉语时大胆张开嘴，同时鼓励他坚持对语言，尤其是汉语的热爱。

作为一名汉语教师，能有向逐言这样的学生是我的幸运，我会尽自己最大努力，带着"向逐言们"在汉语这条道路上走得更远，希望将来的他们在想起我的时候，也能觉得遇到我是他们的幸运。

我也相信，这么努力的他，终究会梦想成真！

"汉语桥"，小平同学的"青春修炼手册"

杜彩兵

作者简介

杜彩兵，浙江师范大学国际文化与教育学院汉语国际教育硕士。2017年8月至2019年7月任教蒙德拉内大学孔子学院，志愿者教师。

得知自己培训的学生原来就是汉语水平考试二级班那个高高帅帅的陈小平时，我有些激动。

已经跟他打过两次照面，一次是我带我的学生去他们班看电影，一次是他来我的班听茶文化讲座。虽然当时没有任何交谈，我却对他印象很深。这次有机会成为他的辅导教师，我心底更加期待他是一个有颜更有才的大男孩。

【正式培训前】

开始培训前，我先找他谈话，主要是为了了解他的生活背景、学习动机、汉语水平和才艺特长。

那次谈话让我感触很深：原来，并不是每个帅气可爱的孩子都可以享受父母的宠爱的。刚刚20岁的他，早已开始靠自己的双手撑起一片天。白天他早出晚归地工作，晚上下班后到孔子学院学习。

我问起他学汉语的理由，他的答案很出乎我的意料：因为爸爸是中国人，所以学习汉语是他的责任和义务。原来，他的爸爸常年在中国工作，见面的机会很少，为了有一天能去中国看望爸爸，能和爸爸用中文沟通，他才下定决心努力学习汉语。爸爸的鼓励支持以及与汉语割舍不断的情感纽带给了他无限的动力。

通过交谈，我感受到了他对这次比赛的重视以及"汉语桥"三个字对他的意义。我对陈小平说："'汉语桥'不只是一次比赛，更是一种抒发自己对爸爸、对中国思念的方式。"

后来他在演讲稿中写道："汉语是我生命中的桥，连接着我和我的家人，也连接着我对中国的感情。"

【培训进行中】

从确定"一座桥，一家人"的演讲题目到演讲稿内容的反复修改润色，从解释词的意思、发音练习到演讲技能训练，从了解他的特长到确定歌舞展示，每个环节都离不开我们两人的互相配合、理解与用心投入。

我们约定每天固定时间见面。他很准时，有时候甚至比我到得还早。他也有好几次因为下班晚而不能来，只好自己在家跟着录音和视频练习。

【比赛当天】

比赛那天，我们提前一个小时到学校，一起吃早餐，最后又练习了一次。我心里还是不满意，总觉得如果他能每次到学校当面练习，会更放得开，感情和动作也会更加到位。但是为了不给他增加负担，便没有再纠正，只是鼓励他一定要相信自己，尽自己最大的努力就好。

陈小平演讲

比赛时，在演讲环节他有两个地方因为紧张而出了错，没有发挥出正常水平，但是才艺环节的表现让我很惊讶，陈小平比平时练习时动作更加娴熟到位，将一首《青春修炼手册》演唱得很生动，也以自己锋芒初试的舞蹈才能赢得了观众的热烈掌声。那一刻，我便觉得他已经很优秀了，比赛结果顺

其自然就好，重要的是他坚持到了最后。

陈小平得了三等奖。比赛结束后，他跟我说："老师，对不起，我太紧张了。你放心，下次我一定会拿第一。"

【老师想对你说】

他的这番话让我感动，我想说，不管比赛结果如何，你有一颗不服输的心，相信自己一次比一次更好，你就是最棒的，我会永远为你感到骄傲！

一个月的时间，基本每天都能在办公室看到其他选手在老师指导下认真地练习。而你只能在17点下班后匆匆赶来学校，在18点上课前练习一会儿，有时还会因其他原因而错过辅导。

那时候我为你着急，也因此责怪批评过你，但我知道你是努力听话的孩子，白天工作一整天，晚上到培训班上课，还坚持参加辅导和比赛，已经很不容易了。

短暂的相处，老师看到了你的聪明和勤奋，看到了你跳舞时的帅气可爱，就像你在《青春修炼手册》里唱的："有我才能更闪亮，有我才能发着光。"期待着你的潜力被激发，期待着你的爆发力被唤醒，期待着有一天站在舞台上的你闪闪发着光，也祝愿你和父亲早日重逢！

第一次培训中学生汉语桥选手是一种全新的体验，辅导的过程也让我从中吸取经验、总结教训。也许比赛的意义对辅导教师和选手来说，就在于一起成长和超越自己。

获奖合影

上篇　感悟篇

少年贝棱，未来可期

林诗茹

作者简介

林诗茹，浙江师范大学国际文化与教育学院汉语国际教育硕士。2018年7月至2019年7月任教蒙德拉内大学孔子学院，志愿者教师。

我和贝棱

一开始见到贝棱的时候，我很好奇怎么会有这么小的学生来学汉语，一下子有给学前班小朋友上课的既视感。我问他今年几岁了，他告诉我18岁了，我说我不信，他还拿出了他的身份证以证年龄。从此，在我的学生里多了一位特别的学生。

当我选出贝棱参加中学生"汉语桥"时，说实话，也只是因为他符合年龄硬指标。

【准备初稿】

比赛前一个多月，我告诉贝棱演讲的主题，告诉他大致要写一些什么内容，让他先用英语写一篇文章。

155

很快,他给我发了一篇文章,看完之后,我感觉自己读了一篇关于中国经济快速发展的报告,跟演讲完全无关。我告诉他文章要重新写,内容需要与他自己的故事有关,而不是一篇书面报告。

过了一周,他重新给我发了一篇文章,这次明显好很多,至少我能根据他的故事改编成一篇演讲稿,并且考虑到当时的他只学了三个月的汉语,所以我尽量用一些简单词汇和句型进行表达。初稿总算完成。

【演讲培训】

接下来就是演讲培训了,这是一项巨大的工程。

首先,虽然故事是贝棱的,但他看不懂演讲稿里大段大段的内容,我需要一句一句地解释给他听。其次,尽管我在他的演讲稿里标注了拼音,但就同所有的汉语学习者一样,声调是最大的问题。小贝棱会把一、二、三声读成四声,再把四声读成其他声调,所以,纠音就成了我后来培训的最主要内容之一。我会把他念错的每个音标注出来,单独教,再连起来让他读,每个句子起码读十遍,读到正确为止。

在后来的一个月里,办公室里时常可以听到我在给他纠正声调。我每天只教他一句话,要求他每天只背一句,但发音要准确,表达要熟练。

因为他是我们班上的学生,所以每天上课前,我都会检查他的背诵情况。下课后,又会"拎"着他来办公室练习,每天不间断。每天背下一句话,几个星期下来,就能背诵全篇,但他总是背不熟,不是少了这句,就是少了那句的。比赛的日期又临近了,我心里也着急,于是想出了一个惩罚他的办法:背错几句话,回家抄几遍演讲稿。这一招果然让他记住了不少,他为了少抄几遍甚至不抄,异常努力地记忆着,每次战战兢兢地背诵,注意力集中了,效率自然也就提高了。

贝棱演讲《我和汉语的缘分》

他有时候也会偷懒，培训时间一到就想回家，可是我一瞪他，他即使心里有点什么想法，也不敢说了，只能乖乖背诵。

但贝棪是一个生性乐观的人，在我们枯燥乏味的培训过程中，还能时不时地听到他爽朗的笑声。这种苦中作乐的精神或许也是他最后能拿到好名次的重要原因吧。

【才艺表演】

我给贝棪选择的才艺是歌曲《猴哥》演唱。

"猴哥猴哥，你真了不得！"

相信这首经典动画片主题曲会勾起许多中国教师的回忆，而贝棪长得小巧，这也很大程度上帮助他很好地塑造了"猴哥"这一形象。

我很早就给贝棪发了相关的音乐和视频，让他自己学习"金箍棒"怎么耍，我只负责他歌词部分的辅导。

唱歌和演讲很不同的一点就是演讲需要标准的发音，而唱歌不需要，唱歌可以不用太在乎声调，因为音乐的旋律往往会盖过汉字本身的发音，我只需要对个别的几个声调进行纠正即可。

非洲人对音乐有着天生的敏感，只要放出音乐，小贝棪就能跟着唱。其实我个人觉得，外行唱歌真的就是唱个气氛，不用太多的演唱技巧，把握好真情实感就好。贝棪很聪明，我跟他说过这是一首赞美英雄的歌曲，他就知道他只要好好地耍酷就可以了。

评委为选手们颁奖

正如贝棪演讲稿里说的，"好的开始是成功的一半"。

贝棪学习汉语的大门才刚打开，汉语之程亦刚刚起步，少年贝棪，未来可期！

诗言印象

王　康

作者简介

王康，浙江师范大学国际文化与教育学院汉语国际教育硕士。2018年7月至今，任教蒙德拉内大学孔子学院，志愿者教师。

【课堂印象·虚心听"劝"】

诗言参加中非青年嘉年华（左二）

诗言，一个十分有礼貌的姑娘，无论何时，脸上都带着热情的微笑。本该继续学习汉语水平考试四级下册的她，却出现在了我的汉语水平考试三级班上。经过询问得知，汉语水平考试四级的课与她的大学课程时间冲突，她只有这个时候有时间。她第一次来到我的课堂上，刚开始有些意兴阑珊，我知道那是因为这些内容都是她早已学习过的内容。不过，我告诉她，孔子说过一句话，"温故而知新"，只要你仔细听讲，哪怕是在旧课堂，也可以学到新知识。她听取我的意见之后，坚持每次都来上课，坚持记笔记。本学期期末时，她特意对我说道："老师，你说得没错，虽然我已经学习过这些课文了，但还是可以学到新的东西。"我也非常欣慰，心里不由得希望其他"迷之自信"的学生也能像诗言一样虚心而且听"劝"。

当我把大学生"汉语桥"比赛通知给班里的学生后，诗言就立马告诉我，她要报名。我经过了解得知,她已经参加过上届大学生"汉语桥"比赛,不过名次不佳,这次想要再战"汉语桥"。从她的平时表现和态度上,我也暗自下定决心,要帮助她取得一个不错的名次。

【培训印象·勤能补"拙"】

"知己知彼,百战不殆",在培训初期,我就简单了解了所有参赛选手的情况,为诗言锁定了几名"劲敌"。他们都是汉语专业中、高年级学生,我为诗言简单分析了他们最大的优势,即学习汉语时间长、平时训练量大、语音条件好。诗言也同意了我的观点,因此,我要求她第一周背出演讲稿,每天晚上练习演讲稿的发音,每天上课前到办公室找我练习一小时。我的本意是尽可能严苛一些,如果她不能做到,我再慢慢让步。可没想到的是,第一天的办公室培训,她就已经将演讲稿背得八九不离十。我问她昨晚读了多少遍,她说很多很多遍,已经记不清了,顿时让我想叹一声"夫复何求"。于是,我调整了培训计划,直接开始逐字逐句地纠正她的语音。

她最大的问题就是容易把四声读成一声。在这一点上,我从听力入手,以"听辨法"训练她对一声和四声的辨识能力。选取任意拼音的一声和四声,我来发音,她告诉我是一声还是四声;然后我连续发音一声和四声,让她回答是41还是14;最后,指定带声调的拼音让她练习。

经过这样一番训练,她基本可以在慢速背诵演讲稿的时候把一声和四声读正确,有时发音错误,她自己也能反应过来并及时纠正。

培训期间,她成了办公室里的常客,而且每次都是提前到达。这让已经习惯了"非洲时间"的我受宠若惊。她曾在演讲稿里写道,她想"通过汉语实现自己的梦想,作为一名独立女性,走向世界"。我想,如此勤奋的她,只要坚持下去,必然梦想可期。

诗言演讲《以梦为马,天下一家》

【才艺印象·能歌善"舞"】

当地人骨子里就有能歌善舞的基因,诗言更是其中的佼佼者。尽管在比赛才艺上要求有新意,尽量不要千篇一律地选择唱歌,但是考虑到诗言确实是有歌唱实力的,才艺本身恰恰是为了展现选手个人魅力和汉语水平,而不是"为了新意而新意",因此,不想本末倒置的我还是为诗言确定了中文歌曲演唱的才艺形式。

不过,为了体现中国特色,我特意挑选了一些古风歌曲让诗言试听,最终确定歌曲为当时正火的《知否知否》。

才艺培训至此并没有什么难度,本身就热爱演唱的诗言,只需我提点几个易错字的吐字发音,两天时间就能不看歌词演唱了。但她有两句歌词的"调"始终不太准,我也仅能做到"能听出跑调,但无从下手纠正"。为此我还特意请了声乐方面更专业的李一帆老师帮我培训了她一次,果然效果显著。接下来的日子,就是由她回家自主练习,每次培训前和着伴奏唱一遍。

考虑到平淡的歌曲演唱不能夺人眼球,所以我在歌曲的前奏中加入了一段中国舞。前文说了当地人民能歌善舞,但是此"舞"非彼"舞"。莫桑当地舞蹈大多热情刚硬,与中国舞中的柔中带刚大相径庭。我参考了网上许多《知否知否》中国舞教学视频后,自编了一小段舞蹈,希望诗言在演唱前奏中先用舞姿吸引观众的注意力,也是区别其他选手的演唱形式。

诗言演唱《知否知否》

从最初的身体僵硬、记不住动作,到彩排时可以自如歌舞,还是离不开诗言最值得称道的品质——勤奋。

比赛结果差强人意,我的心情也着实是坐了一回过山车,因为演讲环节结束后,诗言的排名是全场第二,有望争夺冠军,然而可能恰恰是这份压力,让本来沉着比赛的她再一次紧张了起来,导致才艺展示环节有不少失误,大大影响了她的总分,最终获得三等奖。

比赛只是学习汉语的过程,而不是学习汉语的目的。通过这次比赛,我明显感觉到诗言的发音更流利了,并且比以前更加自信了。相信在不远的将来,以梦为马的她会在人生舞台上大放光彩。

诗言与亲友团合影

明月几时有，你想得第几？
把酒问青天，你就是第一！

何圆圆

作者简介

何圆圆，浙江师范大学国际文化与教育学院汉语国际教育硕士。2018年7月至2019年7月任教蒙德拉内大学孔子学院，志愿者教师。

　　如果不是贝拉的那场飓风，我不会来到马普托；如果不是来到马普托，我也不会成为专业四年级学生英雄的"汉语桥"培训教师。无数的如果汇聚成我这一年汉语教师志愿者工作中莫失莫忘的一段美好回忆。

　　第一次在"汉语桥"培训安排名单上看见英雄的名字时，我总觉得他应该是一个外向、开朗，善于展示自己的学生。第一次听见别的老师说起英雄，我才知道原来他是一个性格内敛、比较害羞的学生，从来没有参加过任何活动。对于他主动参加这次"汉语桥"比赛，不少老师甚至感到有些惊讶。所以，我也曾担忧该怎样培训他。当我第一次见到他时，我发现英雄虽然有些内敛，但其实是一个很有想法，很努力、很自信的学生。那时我就告诉他："你一定可以获得非常好的成绩，老师会和你一起努力的。"

　　在后面的培训中，无论是演讲稿，还是才艺表演，我都会跟英雄一起商量，一起修改。他必须有自己的想法，才能有更多感悟和理解。演讲稿是他自己写的汉语故事，我帮他修改语病，调整语序。我们对演讲稿进行了多次修改之后才定稿。在修改过程中，英雄有很多很好的想法，但是他有时很难用一句话或者是简单的句子概括，这时，我就会帮他概括出来。演讲对于发音的要求很严格，我对他的要求是每一个字都要读对，一遍一遍地纠音，一遍一遍地练习，终于，发音不再是问题了。

但是我们还有新的问题。演讲不是背诵,不仅需要发音正确无误,还需要有感情。为了让英雄的演讲更有情感,我和他一起看了一些演讲的视频,学习演讲的技能,然后根据他的演讲稿,一起讨论什么时候语速要慢一点,什么时候语速要快一点,什么时候声音要轻一些,什么时候声音要有力量,什么时候加上一些肢体语言。另外,演讲者还要跟评委以及观众有一些交流。经过讨论和多次练习,英雄终于慢慢领悟到一些演讲的技巧。

辅导英雄"汉语桥"比赛

才艺部分是根据英雄自己对中国古诗词的爱好,再加上他会弹吉他,我们最终选择了《明月几时有》吉他弹唱,并且在弹唱过程中加上朗诵的部分。我给他找了《明月几时有》的谱子和带有拼音的歌词。让他先学会弹唱和背诵这首歌。完成这一步之后,再将朗诵和弹唱相结合,什么时候唱、什么时候朗诵,甚至前奏多长时间都商量好。英雄在朗诵时又遇到了一个问题,那就是朗诵缺少感情。我们又一次拿起手机,一起看这首诗歌朗诵的视频,总结并学习朗诵的技巧,并且一次一次地练习。

"明月几时有,你想得第几?把酒问青天,你就是第一!我相信,你一定会是那个第一。"在培训过程中,我每次都会跟英雄说这样一句话,我相信鼓励和信任可以给他力量,人之所能,是相信能!就像他的演讲中说汉语带给他力量一样。最终,英雄夺得蒙德拉内大学孔子学院第十八届"汉语桥"比赛中国路桥杯莫桑比克预赛冠军,获得了代表莫桑比克前往中国参加总决赛的资格。那一刻,我为他高兴,为他自豪。他对我说:"老师,谢谢你!"我突然领悟到了作为教师的幸福,那幸福简单而又快乐!

英雄在朗诵诗歌

莫桑比克的"汉语桥"比赛已经结束了,但我们的培训仍在继续。新的开始,新的起点,新的期望!期待英雄可以成为汉语英雄!

上篇 感悟篇

计划明确，步步为营

邢丛科

作者简介

邢丛科，浙江师范大学国际文化与教育学院汉语国际教育硕士。2018年7月至今任教蒙德拉内大学孔子学院，志愿者教师。

从第二届中学生"汉语桥"到大学生"汉语桥"，再到刚结束不久的第三届中学生"汉语桥"，短短一个任期内，我参加了三次"汉语桥"的培训工作，这是一段与众不同的旅程，也是一段妙不可言的经历。在这个过程中，我收获的不只是学生汉语的进步，更有自己在赛事培训和准备上的经验。借这个机会，我想和大家一起分享一些我在这几次比赛中的小心得。

带领学生参加第一次"汉语桥"比赛

【阶段性计划】

好的计划造就好的开始，好的开始就意味着已经成功了一半。从收到培训通知开始，我就根据时间安排详细的阶段性计划。像这次中学生"汉语桥"比赛，选手是我自己班里的学生罗伊莫，我们有将近五周的时间可以做准备。他的发音特别好，于是根据学生的水平，我决定将时间分为三个阶段：专攻演讲的阶段一（一周）、专攻才艺的阶段二（两周）以及循环练习保持感觉的阶段三（剩余时间）。当然，具体的时间安排会根据实际情况进行调整。

【生活中取材】

计划完了就需要开始着手准备。每逢演讲比赛，教师们就会帮助学生从生活中寻找题材，使用地道的口语表达出来。但说易行难，具体要怎么做呢？

首先不要自己在那里"苦思冥想"，自己编出来的例子学生没有代入感，演讲时会缺乏感情。我会先和学生聊一聊、听一听他的故事，如在谈话中我发现，罗伊莫从小就喜欢土木工程，想去中国学习土木专业；虽然他有一些身体缺陷，但是仍然乐观地面对生活。在得到大概的故事后，不要着急，先和学生分享自己的想法，让学生先去写，然后再帮他修改，这样，学生对内容会更熟悉，也更能投入自己的情感。

带学生参加第二次"汉语桥"比赛

【个性化创作】

前面提到在谈话中获得题材，下面就需要根据学生的故事进行一些有效的个性化创作。

罗伊莫想去中国学习土木工程，是因为中国援建莫桑比克的一些工程让他看到了中国的先进技术。由此，我联想到了某挖掘机专业培训广告，一句"要问世界土木哪国强，中国技术棒棒棒"就脱口而出。再想到他对自己的身体缺陷一直保持乐观态度，希望通过努力学习汉语改变人生，就想到了"上帝给你关上了一道门，就会为你打开一扇窗"，并对这句话进行了改写。这样有效果又有"笑果"的个性化创作，相信也能为学生的演讲增色不少。

【打卡式培训】

在培训时，我一直喜欢用"先紧后松""每日打卡"的培训方式。前期的专攻阶段要求学生每天定时定点地进行训练，从学生的发音、表达、情感等多方面进行练习。同时还要求学生每天回家练习后，都要在 WhatsApp 上将自己练习最好的一次录音发给我，我再根据录音进行点评和指正。

到了后面的循环阶段，主要将培训重心放在表现形式、表演状态的调整上，但是每日的录音打卡还是继续。从最后的比赛成果来看，培训效果还是非常不错的。

带学生参加第三次"汉语桥"比赛

莫桑比克的"汉语桥"比赛已经告一段落，但更远的征程还在中国等待着我们。相信通过全孔子学院教师们的齐心协力和罗伊莫自己的勤奋努力，罗伊莫今年一定可以获得令人满意的成绩。我也相信，就像罗伊莫的演讲稿中所写的那样：他的汉语梦、中国梦必将会在中国绽放！

中学生"汉语桥"比赛非洲冠军炼成记

高 铮

作者简介

高铮,浙江师范大学国际文化与教育学院汉语国际教育硕士。2017年8月至2018年7月任教于蒙德拉内大学孔子学院,志愿者教师。

第一次遇见娜奥米和欧静雅时,是她们2017年8月底参加莫桑比克的首届中学生"汉语桥"比赛时。那时候我的任务是播放PPT和音频,我以为我们不过是匆匆过客,这次比赛结束后便鲜有交集,谁知这才仅仅是故事的开端。初见两人,一高一矮,一胖一瘦,不同的外貌,眼神中却同样都透露着对汉语学习的渴望和执着,两个人在比赛中的优异表现都给我留下了深刻的印象。

郭院长在莫桑比克首届中学生"汉语桥"比赛中为冠军欧静雅颁奖

比赛后的某一天，郭建玲院长突然告诉我，让我负责给两位选手指导才艺，于是，那两个可爱的姑娘开始渐渐走进我的世界里。

欧静雅是一个既漂亮又聪明的女孩，明亮的眼眸里总是透出朝气蓬勃的自信。这里的孩子有一个共同的特点，那就是你说话时，他们会特别认真地注视着你，如果哪句话听不懂，也会非常有礼貌地以一句"老师"来代替"pardon"。我和她对话时，总以为她已经学了至少两年以上的汉语，可事实是她学习汉语只有短短一年的时间。这一年里，她已经不折不扣地成为蒙德拉内大学孔子学院的小明星了，人美歌甜，也早早地通过了汉语水平考试三级考试，风头一时无两。

可爱，这是娜奥米给我的第一印象。她曾在比赛中表演了一段诗朗诵《见与不见》，既有点害怕观众、害怕表现的羞怯，但同时又有一颗想展现出自己的美好的心，看到她就好像看到当年的我自己，所以我对这个小姑娘的印象格外深刻。娜奥米走进汉语世界的经历可不一般，早在蒙德拉内大学孔子学院2012年建院时，娜奥米的妈妈就是孔子学院的第一批学生。四年后，妈妈未曾完成的志愿，交由女儿来实现——年轻的娜奥米肩负着妈妈的期望和嘱托，来到孔子学院培训班学习汉语，并且坚持了下来，如今已是第二个年头。

培训时，两个小姑娘总是早早地到场，有时候比我和本土指导教师赛尔来得还早。记得有一次欧静雅生病了，却依然坚持抱病赶来。后来我得知，她们的家离孔子学院很远，要坐很久的公交车才能赶到。得知了她们的不易，我对她们的辅导也更加用心，生怕辜负孩子们的期待和努力。欧静雅是莫桑比克首届中文歌曲大赛的一等奖获得者，她的嗓音干净而清澈，音域也足够宽广，是一个难得的"唱将"。听说她夺冠的成名曲是《我的歌声里》，于是我就让她现场唱一遍给我听，当时没有吉他，也没有伴奏，就只是清唱。"你存在，我深深的脑海里，我的梦里，我的心里，我的歌声里……"她唱完之后，我就再也没有别的想法了，就是这首歌了。我不知道她是否懂得每一句歌词的意思，可经她之口唱出，每一句却都像来自心底，干净得能触动每个人最柔软的内心。

接下来的日子里，我给她们两人分配了段落，从一人一段到逐渐融合，分配后的段落有着起承转合的交相辉映。同时我也分配了和声，欧静雅擅长高音，音色飘逸且空灵，因此我给她主要安排了高音的和声；娜奥米的声音浑厚而又稳定，我给她主要安排的是主旋律和低音。一开始，两个小姑娘的配合还稍显生涩，互相之间还缺乏默契和互动。我告诉她们，现在她们是一个整体，是一个团队，两个人只有合二为一配合默契，才能达到"1+1>2"的效果。同时，我也会给她们翻译每一句话的意思，告诉她们唱到不同的句子时应该用怎样的情感，咬字和发音也应该做出相应的改变，两个小姑娘都

——记在心上。后来在段伊若老师的提醒和帮助下，我又给她们加入了眼神和动作的互动，于是节目最终完善、成型。我把她们练习的视频片段发在了孔子学院的微信群里，老师们都为她们惊叹点赞。

两人在练习中有爱的小互动

有时候在训练之余，我会给她们播放我的歌曲，两个小女生听得两眼放光，一个劲儿地说希望比赛之后我能教她们，我也做出了郑重的承诺。又有一次，我问她们，马上就要高考了，想考哪里呢？她们异口同声地对我说："老师，我们想考蒙德拉内大学，汉语专业。"听到这话，我由衷地感到欣慰。马普托夕阳的余晖像金粉一样洒进教室，那一刻好像稍纵即逝，却又很长，很长。

相比来说，我这个土生土长的中国人比赛尔老师更加了解中国文化，因此文化答题板块基本由我来负责。培训这一板块时，几乎每一道题目，我都会给她们想出一个独特的"梗"，或者是记忆点，以帮助她们轻松记忆。比如说很多题目中都提到了洛阳这个文明古都，于是我就告诉她们，我的女朋友就在洛阳，果然下次她们再看到好几个城市摆在一起时，马上想到了我女朋友，想到了洛阳。有时我也会从出题人的角度去给她们讲解，诸如有的题目中考到"文中提到的子是哪个子"，我告诉她们，我们是孔子学院，所以答案一定是孔子；再比如"下列历史最悠久的剧种是"，我告诉她们，比赛的地方在昆明，所以就选昆曲。这些都是"应试"的技巧。再比如讲到古代男子行礼的方式，或者古代中医治病的方式时，我都会亲身给她们演示，以加强记忆效果。有些涉及地理问题的题目中，我还会给她们画一幅中国地图，以非常直观的方式为她们呈现知识点。两个小姑娘掌握得非常快，几乎讲过一遍就全部记住了。

相聚的时光总是短暂，短短一个半月的培训结束了，她们出发的前几天，我不知是否还能再安排培训，于是我便问娜奥米，出发前是否还会再见一次面。

"We can't leave without saying goodbye！"娜奥米如是说。好在最后郭院长召开了一次赛前动员大会，让我们在出发前得以再次团聚。大会上，郭院长在简单检测了两位选手的知识储备，并观看了演出之后，给予了她们高度赞扬。她表示，这是蒙德拉内大学孔子学院首次参加中学生"汉语桥"比赛，希望两位选手能够赛出成绩，赛出风格，发扬莫桑比克的精神，并希望她们能够进入非洲前五名。

出发！

两人参加最后的考演定妆照

她们走得比期望的更远。在比赛中，她们合作默契，发挥稳定，一路披荆斩棘，过关斩将，全球三十强、全球十强、全球五强、非洲五强、非洲两强、非洲冠军，两个仅仅学了一年汉语的学生，竟一路将莫桑比克队挺进了全球五强，非洲组冠军。要知道，这可是莫桑比克队第一次参加中学生"汉语桥"比赛呀！没有前人铺路，没有既成经验，两个莫桑比克骄傲的女儿就像《易经》中说的那样，在经历了"终日乾乾"和"或跃在渊"之后，终于以飞龙在天之势翱翔在昆明上空。那一刻，整个蒙德拉内大学孔子学院都为她们欢呼雀跃。

《荀子·劝学篇》中说："无悟悟之事者，无赫赫之功。"充满鲜花的世界也许可以到达，但总要付出很多代价，胜利的背后又怎能少得了不为人知的努力和付出？带队教师塞尔说，她们有时真的觉得自己坚持不下去了，曾数次想要放弃。时间太短，任务又太难，比如有一场比赛要在短短一天之内掌握七十五个成语、二十几句诗词，又要面对学了很多年汉语的强劲对手，两个姑娘曾一度崩溃。就连远在莫桑比克后方的我，也要时常为她们修改稿子，并帮助她们纠正发音。结束时，往往已经是国内时间的凌晨两三点了。在这次比赛中出力最多的塞尔教师，也经常和我互相鼓劲加油，我们四个人的小团队为着同一个目标不辞辛苦，砥砺前行着。

两人获得非洲组洲冠军

"Never forget why you started, and your mission can be accomplished."我发短信对她们说。

"老师，这个用汉语怎么说？"她们时刻不忘汉语。

"不忘初心，方得始终！"

上篇 感悟篇

本土教师培训中学生"汉语桥"选手连获佳绩的"秘笈"

塞 尔

作者简介

塞尔(葡语名 Sérgio Namburete Menete),浙江师范大学汉语国际教育硕士,莫桑比克第一位本土汉语教师。2017年8月至2019年8月任教蒙德拉内大学孔子学院,现于厦门大学攻读应用认知汉语学博士学位。

莫桑比克蒙德拉内大学孔子学院2017年首次组队参加全球中学生"汉语桥"大赛,获得非洲组冠军、全球五强的成绩,实现了历史性突破。2018年再次组队参赛,获得"最佳风采奖"。蒙德拉内大学孔子学院建院六年,两次参赛,均获得不俗成绩,其中有什么"秘诀"呢?请听本土教师塞尔分享培训心得和经验。

【如何准备比赛】

我们蒙德拉内大学孔子学院的中学生"汉语桥"比赛的准备过程主要可以分为两部分:第一部分是"赛前",也就是在莫桑比克首先进行的选拔比赛;第二部分是到中国参加正式的比赛。莫桑比克孔子学院本部进行选拔比赛后,将选出两名选手参赛,选定的选手之后参加一个月左右的培训,然后再到中国参赛。

【培训教师的安排】

我们孔子学院特殊的地方就是学生的培训由两位教师来负责,一位莫方教师和一位中方教师。两位教师的分工很明确,中方教师主要负责文化部分

173

的培训，莫方教师负责语法部分的培训。才艺表演则由两位教师共同培训。受到院长的任命，我于2017年和2018年有幸担任莫方培训教师，并于2017年担任了选拔赛的评委。

作为莫方培训教师，我培训的时长大约为一个月。培训之前，我列出详细的培训计划。在此期间，我按照计划给学生们每周上4次课，每次课大约4个小时。其中2小时准备应试部分，2小时准备才艺表演。

参加中学生汉语比赛的学生汉语水平通常还有待提高，因此用汉葡双语培训，其效果最好，学生也更容易接受。这两年参加比赛积累下来的经验告诉我们，选择一中一莫两位培训教师是一个非常正确的策略。

【选手才艺表演选择】

参加"汉语桥"比赛的学生通常是孔子学院本部培养的学生，方便教师们观察学生的课堂才艺趋向。学生报名期间，各个班主任会根据学生的个人特质推荐才艺表演。比如，2017年参加"汉语桥"比赛的欧静雅是蒙德拉内大学孔子学院2016年中文歌曲大赛的冠军，她唱歌很优秀，很有天赋。娜奥米则是蒙德拉内大学孔子学院2016年诗歌朗诵的亚军，两个人的综合实力和舞台表现力都很强。2017年她们参加比赛时，我和中方培训教师都建议她们两个以唱歌作为才艺表演。其实，很多教师认为唱中文歌缺乏特色，但是并非如此。如果能够贴近学生的特色，发挥出学生的优势，唱中文歌还是能够挖掘出很好效果的。比如这两个女生，我们两位教师对《我的歌声里》这首歌进行了很认真的设计，加入了段落的分配与和声设计，到中国参加比赛的时候，她们表演得很成功，最后拿到了非洲组的洲冠军、全球五强。

欧静雅和娜奥米参加"汉语桥"比赛

上篇 感悟篇

到了2018年,学生表演的节目是双簧,这是中国传统的曲艺形式。莫桑比克代表队是两个男生,两个人性格有很大差异:罗尔比较内向,不敢在别人面前说话,但是他的汉语口头表达能力很强,发音标准;袁行道则很开朗,喜欢歌舞。两个人一静一动,因此在替他们选择才艺表演时,我们就因材施教,根据两个学生的优点去选择他们的表演节目,扬长避短。最后我们选择了双簧。经过考虑,我们决定让罗尔当"后背",袁行道当"前脸儿"。中方教师写出了两人表演的内容。因为双簧很有特色,所以表演的台词有点儿复杂,我们每天都要花不少时间去培训,好在两个学生也很感兴趣、很努力,最后在中国参加正式比赛时,这个表演成了我们的亮点,得到了评委专家的肯定,最后拿到了"个人最佳风采奖"。

罗尔和袁行道参加"汉语桥"比赛

| 175 |

我的第一堂汉语课

杜彩兵

作者简介

杜彩兵,浙江师范大学国际文化与教育学院汉语国际教育硕士。2017年8月至2019年7月任教蒙德拉内大学孔子学院,志愿者教师。

【前言】

来莫桑比克将近一个月了,在这里的点点滴滴都值得记录:去过的那些地方、见到过的那些人、吃过的每一种食物,甚至路边挂满豆角却叫不出名字的树,天空中调皮的云朵……

这是开课以来的第二周。结束了周四晚上的课,迎来了为期三天的周末,我的心情有些小激动。当然,主要还是因为经过两周时间的"单打独斗",我总算熟悉了足下的讲台、面前的学生、手中的课本以及自己的工作内容和周围的环境。

向学生介绍中国功夫

【我的第一堂课】

常言道：好的开始是成功的一半。那么，对于一个教师来说，成功的第一堂课无疑会对接下来的教学工作起到很好的铺垫作用，对新手教师来说，其重要性更是不言而喻。

我接到的工作任务是蒙德拉内大学培训班中级班学生的中文课教学兼班主任。当时班里的人数并不确定（事实上，两周时间陆陆续续都有新学生的加入），对于他们的年龄和其他信息，我都一无所知，因此在"备学生"上有些一筹莫展，也就只能按常规的方式准备。

第一课时主要是教师的自我介绍和学生的自我介绍。在介绍了我自己之后，我给每个学生发了一张小纸片，让他们根据PPT上的提示写下他们的姓名、中文姓名、兴趣爱好、学中文的时间、为什么学中文、想学到什么、联系方式等内容。写纸片的目的是收集学生们的信息，以便于自己进一步了解他们。每位学生拿着他们写好的纸片做自我介绍，然后把小纸片交给我，在掌声中回到自己的座位。当时共有18名学生，逐个介绍结束之后，就到了休息时间。

第二课时介绍包括课堂纪律和考勤、课本和教学计划、考试和成绩以及汉语水平考试、奖学金、夏令营、"汉语桥"等内容在内的相关信息。因为常听说非洲学生有上课普遍迟到的现象，我对按时上课专门做了强调，有几个学生因上班、其他课程下课较晚等客观原因不能按时上课，因此我让他们写下姓名、原因以及具体来上课的时间，其他学生表示都能按时来上课。这个方法还是比较奏效的，接下来我发现，按时上课的学生比较固定，因客观原因晚到的几个学生也能在他们自己定下的时间按时到教室。讲完准备的内容，第一堂课也接近了尾声。

学生的姓名牌

其实上课之前也出了点儿状况——我对教室里的设备操作很不熟练。由于第一次使用投影，完全不像国内教室里的那样完全连接好了，带一个小小的 U 盘就可以了。孔子学院教室的投影要自己带电脑，关键是连接电脑和投影的线、插板也没有，跑了两趟办公室才找齐全……打开设备耽搁了好一会儿，好在我提前半小时到的教室，在上课之前把问题解决了。当然，第一堂课的感动远大于小状况带来的忐忑：陈丹尼同学主动为大家复印课本，乔安同学帮我在 WhatsApp 上建了班级群，使我接下来的教学工作顺利了不少。

【第一堂课之后】

在第二次上课之前，我根据学生小纸片上提供的信息建立了简单的学生档案，记下了他们的兴趣爱好，也根据他们学汉语的时间大致了解了他们的汉语水平。为了尽快记住每一位学生的名字，在第二节课上课前，我特意为学生制作了各自的姓名卡，中级班的学生基本都有自己的中文名字，只有个别没有或不喜欢之前中文名的我给重新起了名。做姓名卡花了很长时间，但是当我发给学生的时候，他们还是挺喜欢的，后面加入的学生也主动要求我给他们制作姓名卡。

接下来的几节课按计划进行着。其中第二节课我精心准备的课件因投影问题而没能播放，于是只好拿着书干巴巴地讲起来。总体感觉讲的内容学生都能理解，课堂气氛也比较好，学生经常举手提问，刚开始我会一一解答，但后来我才发现，有的学生的问题并不是普遍存在的问题，一一解答有点浪费其他学生的时间，也会影响我的教学进度。因此我决定对于大家普遍感到有疑问的地方集中解答，对于个别学生的问题，课间或课后单独解答。有时候也会被学生问到"卡壳"，比如"医生说他下个星期出院"，为什么不说"医生说了他下个星期出院"。这让我意识到在备课的时候一定要细心预测哪些地方是学生有疑问的，哪些内容是需要补充的，自己明白了，才能给学生解答。

参加夏令营的学生分享感受

整整两个星期，每节课都有新的学生加入。现在，夏令营的学生也都回来了，相信人数也可以固定下来了，对于学生的年龄、身份、风格和学习动机，我也有了大致的了解，终于可以安下心了。

现在，我每天认真备课，在班群里解答学生的问题，督促他们写作业，偶尔聊一些有趣的话题，剩下的时间做一些自己感兴趣的事，生活的意义不过如此吧！甚至一天的课一结束，我就开始期待第二天的课，期待见到我那群特别的学生……

"听、说、读、写"学新闻

冯思雨

作者简介

冯思雨,浙江师范大学国际文化与教育学院汉语国际教育硕士。2018年7月至今任教蒙德拉内大学孔子学院,志愿者教师。

2018年8月,随着中国飞往莫桑比克的飞机徐徐降落,伴着似乎永不停歇的清凉海风,我的汉语教师志愿者生活就这样开始了。初到莫桑比克,便得知我要负责教学的不仅有蒙德拉内大学汉语专业一年级的课程,还有汉语专业三年级的报刊阅读课。当我听说报刊阅读课是蒙德拉内大学孔子学院首次开设,还没有"前车之鉴"时,我心里的忐忑顿时又增加了几分。

【选教材】

选择一本合适的教材无疑是课前准备的重中之重。当我了解到蒙德拉内大学孔子学院图书馆中报刊阅读课备选教材的情况后,我才明白原来自己心中的忐忑并不是毫无理由的。三四本教材在我手中反复掂量,难以取舍。它们有的有趣,却难度过高;有的过于注重新闻理论的讲授,却忽略了提升阅读能力的需求。这几本书还有一个共同的问题,那就是大多数课文选用的还是十多年前的新闻,新闻的时效性被严重忽略。

教材目录

　　新闻是了解一个国家社会生活、思想文化最直接的窗口。怎样才能在培养学生新闻阅读能力的同时，让学生了解中国并爱上中国呢？我苦苦思索了很久，在查阅相关资料的同时，甚至还报名学习了网上的精读英文外刊课程。在学习英语的同时，也"偷师"学习了他们讲授英语新闻阅读的技巧和方法。经过一学期的摸索和实践，我整理了一些"听、说、读、写"学新闻的心得体会与大家分享。

【"听"新闻】

　　随着互联网的迅猛发展，人们获取新闻的途径不再是单一的纸质媒体。手机里、电视上、收音机里，甚至是人们的"口口相传"中……新闻随处可"听"。仅仅会阅读新闻是远远不够的，还要让我的学生们学会"听"新闻。于是，我每堂课都会在主流新闻媒体平台上挑选一篇适合学生水平的头条新闻补充给学生听。

　　首次接触到中国新闻的学生们一脸问号，纷纷说："老师，太快了，我们听不懂！"我向大家解释，在中国这就是正常的新闻播音速度，要逐渐习惯这种语速。我采取了"两快两慢"的播放方式：先正常速度播放一遍，再用0.75倍的速度播放两遍，最后再用正常速度播放一遍。这样，学生就能"抓"住很多原本听不清楚的词句了。

　　但是新的问题马上又来了，虽然听清楚了每一个词，但当我问学生这篇新闻讲的是什么内容时，还是有很多同学一头雾水。于是我问大家都听到了哪些关键词，并把大家说出的关键词写在黑板上。"众人拾柴火焰高"，随着黑板上的关键词越来越多，新闻的主要内容也呼之欲出了。我引导大家看着关键词联想这篇新闻可能讲的内容时，果然马上就有人恍然大悟："啊！老师，我知道了！"

半学期的时间，我和我的学生一起密切关注着中国的一点一滴，从中非合作论坛北京峰会到"国际进口博览会"，从人工智能到双十一狂欢，从金庸去世到滴滴命案……学生们在练习听力、学习新闻知识的同时，也感受着生活文化的方方面面，甚至有一次我在给学生补充关于"传销"的背景知识时，学生说："老师，之前我就进入过这样的公司，后来觉得不太好，就退出了。当时我并不知道它是这么可怕的传销公司，幸亏老师告诉了我们！"

【"说"新闻】

一段好的新闻总是能激发学生的表达欲。汉语专业三年级的学生们汉语水平较高，而且都是成年人，很有主见。因此我鼓励大家在学习新闻后，学着就某个问题发表自己的观点，并和大家一起讨论。最初我还担心同学们会不会害羞，没想到大家发言非常积极，每个人都有想要表达的观点和角度，甚至有一些问题还会引发大家的激烈讨论。讲到动情之处，学生会忽然跟我说："老师，我想为大家朗诵一首《我爱这土地》。"这种情况下往往还需要我控制课堂的讨论节奏。

"新闻我来说"

在讨论的过程中，我也学习到了很多莫桑比克的文化典故和谚语。比如"老人是一个国家的图书馆""一个人做了对不起你的事，要原谅他70乘以7次"，等等。讨论中，学生们讲了很多自己的观点，这些观点有的深刻，有的在理，有的让人啼笑皆非。比如有一次在讨论保护动物重不重要时，学生英雄认真又严肃地说："老师，我认为保护动物非常重要，因为我们需要动物的肉来吃。"除此之外，我还了解到了很多莫桑比克当地的风俗习惯。让我印象最深的是,学生告诉我莫桑比克的一些小偷强盗也会有自己的"江湖绰号",不过不同于"黑旋风""活阎罗"等让人闻风丧胆的中国式绰号,当莫桑比克警察询问犯人的名字时,犯人会说"我叫皮卡丘"或者"我是海绵宝宝""我是小猪佩奇",等等,企图蒙混过关。

在"说"新闻的过程中,学生们的表达能力与日俱增。看着大家从说简单句到说长难句,从表达一个简单的观点到完整分享自己经历的故事,我心中有一种说不出的欢喜,每次下课都美滋滋的。

【"读"新闻】

报刊阅读课终究要回到阅读上来。虽然教材中的新闻已经是"旧闻"了,但课后习题的类型却非常适合学生做练习,提高他们的阅读能力。于是我把课文和课后习题作为家庭作业,让学生回家自主阅读,查阅资料,完成课后习题。我则在课堂上为大家答疑,归纳阅读新闻的技巧和方法,通过不断地做题来锻炼学生归纳大意、找关键词、猜词等方面的能力。

在课堂上,学生往往会问我一些生词的含义,我并不急着直接告诉他们,而是引导他们猜一猜:首先是结合上下文猜一猜;其次就是把一个词拆开再猜一猜。比如"转发"这个词,我会问学生什么是"转",什么是"发",可不可以各组一些词,两个字合起来是什么含义,还有什么类似的词?就这样,通过一点点的引导,学生在大多数时候都能自己猜出生词的含义。在日后的学习中,学生再遇到生词,往往先猜一下,再来问我,随着猜对的次数一点点增加,学生的自信也与日俱增。

"新闻我来读"

除了每节课精讲一段中国新闻外，孔子学院还免费为学生们提供了很多报纸、期刊来开阔眼界，比如《China Daily》《孔子学院》等。我会时不时抽查大家读到了哪些内容，对哪篇新闻最感兴趣，并请学生简单跟大家分享。通过这样的方式，让学生在潜移默化中真正了解中国并爱上中国。

【"写"新闻】

我不仅仅满足让学生"听""说""读"，还希望学生能逐渐熟悉新闻语言、新闻模式，有一天能熟练运用甚至自己写新闻。但是由于学生还处于学习新闻的第一个学期，我便退而求其次，鼓励学生试着翻译出莫桑比克当地的新闻。我每次上课安排一位学生提前把自己翻译的新闻写在黑板上和大家分享，由他为其他学生讲解答疑，遇到大家都不明白的问题，再由我来解答。在这个环节中，学生变被动为主动，积极性大大提高。很多学生为了准备新闻，在本子上密密麻麻记录了很多相关信息。学生们课前在黑板上反复誊写，非常认真。

一学期的报刊阅读课很快就结束了，作为新手教师的我不可避免地遇到了很多困难，也有一些做得不完善的地方。比如说，期末考试难度较高。记得那天，学生一边做题，一边摇头叹气，监考的我看着大家，心里十分忐忑，所幸的是，学生成绩并没有我想象中那么糟。在日常生活中，身边的各位教师也经常帮我分析情况、和我分享经验，这让新手上路的我多了一份安心和自信。更幸运的是，我在第一个学期就遇到了报刊阅读课这样充满挑战又值得钻研的课程，让我第一段教学生涯就有了如此美好的体验。新的学期就要开始了，我将带着这些宝贵经验继续向前，不负这一段在蒙德拉内大学孔子学院的最美韶华！

你来或者不来，我都在这里等你

杨滨波

作者简介

杨滨波，浙江师范大学国际文化与教育学院汉语国际教育硕士。2018年7月至2019年7月任教蒙德拉内大学孔子学院，志愿者教师。

来到莫桑比克已经四个月了，伴随着清风与舒云，我在这个过程中慢慢学习、渐渐成长。在贝拉的生活很简单，上课是我最重要的工作，每次上课，我都会早早地来到教室提前准备，等待着学生的到来。

很荣幸，我接手了一个一级班，从零开始，我可以见证一个个认真的学习者学会汉语的过程。学生大部分都是有工作的社会人士，年龄差距很大，由于工作的不可控性，我常常面临每次课都是不同学生的情况，这严重影响了我上课的进度。我曾把相同的语言点讲了三遍，这对一直坚持来上课的学生十分不公平，因为一直学习同样的东西也会让学生产生厌倦感。

于是，我开始想办法解决这个问题。我制作了一张考勤表，每次都会点名，也在上面标注当天学习的内容，以便我可以清楚地知道每个学生的进度。但这样依旧无法缩小后进生和优等生的差距（这里的"后进生"和"优等生"不是指学习成绩，而是根据来上课的次数进行划分的，"后进生"就是常常缺课的学生，进度落下很多，"优等生"指一直坚持来上课的学生），无法平衡课堂上对他们的重视比重。

我又想到是否可以请优等生给后进生讲，既使优等生复习总结，又让后进生学习了知识。因此在每节课开始的二十分钟或三十分钟内，我会请优等生来讲一讲上次课我们学习了什么，并造几个句子。由于学生大多为初学汉

语者,所以我没有强制学生全部用中文,可以有英语或葡语的解释,但学习过的词语必须用中文说。这个方法缩小了后进生与优等生之间的差距,也让学生之间有了更多的交流。

学生合照

经过四个月的学习,有的学生已经入门,有的学生因为工作的原因,可能准备放弃,但我想说,只要你们想学、想过来,我们就在这里等你,下学期再见。

他们的生活如此美好

黄佳华

作者简介

黄佳华，浙江师范大学国际文化与教育学院汉语国际教育硕士。2018年7月至2019年7月任教蒙德拉内大学孔子学院，志愿者教师。

时间总是在当下觉得漫长，而当之后再回望时，才感到它已飞快消逝，在不知不觉中，我猛然发觉任期已过半。

在国内的时候，无论是外出旅游还是日常生活，我总习惯拿出手机记录下此刻的生活。有人说拍照是一种爱好，也有人说拍照是为了记录那美好的瞬间，来到莫桑比克后我发现，当地人或许更热爱记录生活。

【小孩子】

贝拉的中小学教学点只有两个，平时我们去那里的机会也不多。记得一次我们在总统中学教学点举办活动时，原本挤在一起写毛笔字的学生们看到我拿起手机，纷纷摆出了各种姿势。

个别看起来较羞涩的学生，当被问起要不要拍照的时候，也是迅速摆好姿势，"嫣然一笑"。

贝拉总统中学的学生

【成年人】

我的学生大多是已经参加工作的成年人,相较孩子们的活泼,成年学生就内敛了许多。在学期即将结束的时候,二级班的两位学生马波和罗浩宇主动来找我想要一起合影。拍了两张合照后,两位学生似乎非常满意我手机的拍摄效果,于是,教师立刻化身"照相师傅",两人开始不停地变换着各种姿势让我为他们拍照。

二级班学生马波和罗浩宇

这里的生活或许不像国内那般丰富多彩,但他们的生活却也美好,无论是周末夜晚的歌舞狂欢,还是圣诞日海边的烟火,每时每刻都值得记录。

最后,摘录下近日非常喜欢的刘瑜的一段话:"如你感到被困深渊,他人的帮助可遇而不可求,可求的只有你自己,你要俯下身去,朝着幽暗深处的自己伸出手去。让自己快乐是一种非常重要的能力。而且这种快乐必须是内生性的。你必须是一个内心充盈丰盛的人,才能一个人活得像一支队伍,对着自己的头脑和心灵招兵买马,不气馁,有召唤,爱自由。"

遇见——"你好"

冯亚飞

作者简介

冯亚飞，浙江师范大学国际文化与教育学院汉语国际教育硕士。2018年7月至2019年7月任教蒙德拉内大学孔子学院，志愿者教师。

第一年开设汉语课的伊尼扬巴内，学生并不是很多。对于初入对外汉语课堂的我来说，带两个零基础的初级班也是一个挑战，当然，这个过程中我也遇到了许多问题——语言不通、不写作业、迟到，等等。

【语言不通给教学带来的问题】

我带了两个汉语初级班，每个班都会有两三个英语水平只停留在简单的词汇水平的学生，而我本身也不会葡语，所以在讲解一些较难、较复杂的语言点的时候，他们完全是课堂的游离人员。无奈之下，我只能给他们提示一些英语的关键词，实在不懂的话，只有让班级里英语程度好一点的学生用葡语解释。好在学生很热情，很愿意帮忙。因此，每个学生对知识点的掌握还是比较理想的。

语言不通给我的教学活动带来了诸多麻烦：所讲知识点不能很好被学生吸收，和学生之间的交流活动存在障碍等。这一系列问题也正是我在以后的教学中需要解决的问题。

【"忘写作业了?"】

本学期之初，学生都还表现得比较乖，都能认真地完成作业。大概过了两个多月，开始有学生说自己忘记了写作业。刚开始，我认为他可能真的忙，忘记了写作业，于是就选择了原谅。但是以后的几周，每周都会有学生以"自己太忙"为理由，说自己忘记写作业了。我隐隐感觉这种不好的现象可能要在班级里"蔓延"，于是我就利用他们能歌善舞的特点，告诉他们，如果没有写作业，第一次要在全班同学面前唱歌，第二次要跳舞，第三次要边跳舞边唱歌。虽然他们都很喜欢唱歌跳舞，但是作为惩罚在课堂上展示还是第一次，所以从这个规定实施开始到期末结束，只有两个学生表演唱歌，效果还是很明显的。

"惩罚"学生唱歌

【老师，中文歌曲好好听啊！】

每次上课之前，我都会给学生放中文歌曲。下午班的一个姑娘第一次听《一千年以后》，就迷上这首歌曲，问我要了歌谱和拼音版的歌词，然后在课下就开始练习了。大概过了两周，她告诉我她已经可以唱这首歌了。于是，我利用课前等学生的间隙，"检验"她的学习成果，她一开口就让我震惊了，真好，比我好，毕竟她学汉语还不到三个月。然后她又问我要了另外一首歌的歌词，还说非常喜欢汉语，喜欢中文歌曲，听到这句话，我的内心除了欣慰，就只剩高兴了。

【伊尼扬巴内随感】

我对于伊尼扬巴内的印象很简单——干净，安全，蓝天白云，干净的大街，干净的海滩和海水，和蓝天白云交相辉映，没有嘈杂的人群，说是一幅风景画卷也不为过。重要的是这里很安全，很安全，很安全，重要的事情说三遍。

伊尼扬巴内的蓝天白云

文化与教学，音乐与生活

李一帆

作者简介

李一帆，浙江师范大学国际文化与教育学院汉语国际教育硕士。2018年7月至2019年7月任教蒙德拉内大学孔子学院，志愿者教师。

【教学感悟——在语言教学里传播文化（学中文，更要学中国）】

"老师，我们想学的不仅仅是中文"，这是在我与学生们的磨合期中最常听到的一句话。

在蒙德拉内大学孔子学院的第一个学期，我接手的是汉语水平考试三级培训班。这是我第一次做汉语志愿者教师，也是我教的第一个班。其实一开始，我的心里是有些紧张且不知所措的，但在讲台上我还是必须保持轻松自在的样子。

培训班的学生学习汉语都有着各自的目的，他们的汉语基础、学习习惯等都不太一样，所以教学计划有一些难以把握。在磨合期里，我以自己比较擅长的方式与节奏进行着教学，同时也在慢慢了解每个学生的情况。对于想在汉语课上学到什么这个问题，我没有想到学生竟几乎是异口同声地说想学更多的中国文化知识。"老师，我们想学的不仅仅是书上的中文，我们想了解中国。"听到这些想法，我决定抛弃传统的板书方式，开始天天带着电脑上课了。

课本是学生都有的，我认为教师的作用是对课本的解释与补充。在保证基本的教学任务能完成的基础上，我会经常在课堂上做一些文化常识的引申，或者利用自身的知识储备来加强语法教学、口语练习等。

1. 节日当天的文化教学。用十到二十分钟的时间介绍节日的由来及习俗等，如中秋节、国庆节、"双十一"。我发现，虽然我的学生学习汉语都有一年以上的时间，甚至有些已经两三年了，却有很多人不知道这些著名的中国节日及习俗。我在中秋节给他们讲嫦娥奔月的故事，在国庆节展示阅兵庆典，在"双十一"讲中国的电商产业……取得的效果都很好，学生们一个个都听得非常认真。

2. 利用音乐辅助综合课的教学。在讲解语法点"又……又……"的时候，在完成了语法点的说明与操练后，我教学生们唱了《茉莉花》。首先，我简单介绍了一下这首歌的世界地位，然后讲解了歌词的意思及背景，带着学生朗读了两遍歌词。其次，我为学生展示了宋祖英和席琳迪翁的合唱版《茉莉花》。我觉得这种传统与流行、中国与欧美的跨界合作是非常亮眼的，所以也希望学生们谈一谈自己的看法。果不其然，每个学生都有自己的意见。我也鼓励学生们把不同的想法说出来，因为大家个性不同，审美当然不同，对于艺术作品的讨论与交流能加强他们的表达能力，也是一种高效的口语操练方法。最后，我教学生们唱了这首歌，并要求他们回家再练习。他们有的唱出来是非常浪漫温柔的《茉莉花》，有的是极具现代节奏布鲁斯版的《茉莉花》，学生们积极性都很高。类似的教学还有用《越来越好》教语法点"越来越"等。

3. 用本课话题为切入点，补充相关文化常识。例如生病相关的话题，我便补充了基础的中医知识；结婚相关的话题，我也补充了中国从古至今与婚姻相关的知识，还要求学生轮流说一说莫桑比克人结婚是什么样子的，并与中国的婚礼进行比较，让他们说出自己对结婚的看法。学生都积极地参与讨论，由于这个话题与每个人都有关，而且每个人的想法也不太一样，所以大家都很热切地表达自己的观点，有些不会用汉语说的词语及句子便请我帮忙，每个人都在认真记我在黑板上写下的新的词汇。除了利用课文的话题来补充文化知识外，有时我也利用生词讲文化，例如"黄河""山路""口音"等。

教学生编中国结

4. 开展有趣的文化活动课。在我组织的文化活动课中，比较成功的是"学做中国结"。我认为文化活动一定要向学生说明其根源及发展过程，所以我的文化活动课一般分为教学部分及动手部分。在教学部分，我主要介绍了什么是中国结，中国结的发展史、分类、寓意及现代的绳结式样与运用。在动手部分，我在第一个班教的是纽扣结和盘长结，时间不太够，所以盘长结没有做完。在第二个班直接先教盘长结，成功了，用剩余的时间教了简单的吉祥结。学生们做完中国结后都很有成就感。另外，课间的时候，我会给他们带毽子，他们也很爱踢，这样的运动也能加强学生间的友谊，提高学生来上课的积极性。

【教学后记——在莫桑的"音乐生涯"】

我是一个很爱唱歌的人，对各种各样类型的音乐都不抗拒。来莫的这五个月里，我有过很多次演唱的机会，对此，我心怀感恩。在这里我想分享两个最特别的瞬间。

第一个是我的第一次演唱，那是去 STV 电视台录制一档文化类综艺节目《快乐晨间》。那一次，我唱了三首歌，分别是《心电感应808》《我的歌声里》和《我管你》，本来原计划是唱前两首，但由于录制过程比较顺利，没想到在最后，节目组让我把第三首也唱了。这一次的录制让我切身体会到两国文化的差异与莫桑比克人对中国音乐的误解。一直以来，中国的音乐留给世界的整体印象是温柔、婉转的，但中国音乐在不同领域都有很多优秀的作品。随着近几年许多音乐人的努力和坚持，把中国音乐推向世界，才逐步证明我们的音乐也是紧跟时代在发展变化的。在节目录制之后，负责人跟我说没有想到我能带来这么酷的音乐，刚才在我唱的时候，控制室的工作人员都很嗨，都跟着音乐在扭动身体，摄像大哥在结束后，也还在哼着旋律并称赞这是好音乐，主持人也意犹未尽地还在唱《我管你》"噢噢噢噢……"看到他们如此喜欢这些歌曲，我很感动，也因自己为推广中国音乐贡献的微薄力量而感到骄傲。

我在大学生文化节的舞台上演唱

第二个是蒙德拉内大学在马普托文化中心举办的大学生文化节上，我演唱了《心电感应808》和 Havana。这一次的演出体验是前所未有的难忘。站上舞台的时候，观众们因为之前的舞蹈表演而未能安静下来，所以我听不清楚伴奏，心里在想"完了"。还好伴奏里的和声能听清楚且第一句就有，至少能开始。接着我就开始了半清唱表演。没有想到的是，我唱着唱着，观众们也跟着互动起来了，开始举手欢呼，还有不少人站起来一起跳舞、呐喊等，是实实在在的打 call 现场了。我真的觉得既震撼，又感动，这是我第一次在台上与观众一起"蹦迪"，这感觉真的是美妙又神奇。这是对我表演的肯定，更是对这首歌曲的肯定，也更坚定了我想推广中国音乐的决心。

　　到现在，汉语教学与音乐成了我生活最重要的两部分。我在莫桑比克的这五个月，有着不少"第一次"，这些回忆弥足珍贵。前方是未知的海洋，我会一直勇敢地探索下去。

确认过眼神，我遇上"恶魔"的你们

林诗茹

作者简介

林诗茹，浙江师范大学国际文化与教育学院汉语国际教育硕士。2018年7月至2019年7月任教蒙德拉内大学孔子学院，志愿者教师。

作为一名新手教师，我最希望教的是乖乖的学生，不捣乱又认真的那种。然而，天不遂人愿，我的第一届学生正是处于调皮捣蛋年纪的"熊孩子们"，而这样的班级就相当于国内的学前班。讲真的，我没想过我会教这么小的孩子，他们不会讲英文，而我又不会葡语。然而这并不妨碍我进行教学，真正有障碍的是他们在上课时不搭理我，自顾自地玩闹，任我手舞足蹈地示范，他们看我就像看一个奇怪的人一样。有一天，我向他们的管理教师求助的时候，那位教师直接指责我："你是老师，你应该管理好你的学生，不会说葡语不是你没管好他们的理由。"（用英语说的）我一时语噎，虽然交流很重要，但我在管理上确实存在很大问题。

我的学生们

在这群"熊孩子"中，有一个调皮得让我内心抗拒去上课的学生，他叫 Asheng，4 岁，是一个带有华裔血统的混血儿，长得很可爱，睫毛长长的，看到他的第一眼你会觉得他是天使，事实上，除了上课时间，其他时候，他也确实是天使。

和他接触的过程中，我无数次地感慨，为何世上有如此顽皮之人……课前问候时，让学生起立，其他人都站起来了，只有他半蹲着或者干脆坐着，让他站好，他就当没听见；上课时让学生们读韵母，不知道他是真的觉得是这么读的，还是想捣乱瞎读，看着"an"念"ai"，看着"ou"念"ai"；不管我教的内容是什么，他要么不读，要么就读得超级大声，完全不管课堂纪律；上课玩游戏的时候，只要他输了，他就想把游戏道具破坏掉；上课的时候还特别喜欢和另一个男生打闹，把整个班的课堂环境弄得乱糟糟的……

像这样的情况还有很多，我也想了很多办法来震慑住他们，让 Asheng 出去，在门口罚站，后来发现"熊孩子们"在外面罚站还会影响别的班级上课，于是我就让他们在教室的角落里罚站，但他们在罚站的时候也不安分，总是引得别的学生看向他们。总之，用了很多办法之后，我知道了"惩罚"并不会让学生受我的管制，那么"奖励"会不会更好呢？

当时，半个学期已经过去了，我做了一张积分榜，孩子们课上表现好，书写好，那么我会给他们盖章，并且给他们糖果作为奖励。事实证明，孩子都是抵不住糖的诱惑的，这一点不分国界。自从有了积分榜和奖励，上课前，学生都会比画盖章的动作问我："老师，yes？"要不就是问我，"老师，sweet？"我会用我不熟练的葡语夹杂着英语回他们："Bom，yes；no bom，no。"然后他们就开开心心地蹦跶到自己的位置上准备上课。有了奖励后，似乎孩子们写字都变得更认真了，因为林老师说了，写错或者不好看都没有糖哦。

积分榜

认真看动画片

再说一说 Asheng。收服他可不是那么容易的，除了有这些奖励刺激，还有两个重要的转折点。

最右边是 Asheng

一次是在复习课上，我带着学生们玩一个"你比我猜"的游戏。我知道 Asheng 的汉语水平是全班最差的，但我让 Asheng 来当 leader，他是第一个也是唯一一个看到图片的人,然后通过表演来告知下一个人这个词语,下一个人再通过表演来告知另一个人,以此类推,最后一个人说答案。Asheng 能当第一个,他自然无比兴奋,因为这是只有教师和他知道的秘密,他张牙舞爪地表演完,然后就非常兴奋地看着别人表演,并一直在偷偷地笑,这是我第一次让他玩游戏能玩得这么守规矩。

认真写字

拼音抄写作业

还有一次，我又让他来当leader，玩的是另一个"对口型"的游戏。我让Asheng站前面，只让他看词卡，然后让他用口型来表示，其他学生来猜他说的是什么词，我清楚他是全班汉语最差的，当然会遇到很多不会说的词语，这时，我会在他耳边小声告诉他，于是这又成了我和他之间的秘密。

我和Asheng的信任感和依赖感逐步建立起来了。几次游戏下来，Asheng表现不错，拼音书写也认真，小印章越来越多，糖果奖励的次数也越来越多了，上课也越来越听话了。

其实，孩子的世界很简单，他们喜欢你，就会对你笑，不喜欢的话，理都不会理你。但要他们真正喜欢上你需要一个过程，在这个过程里，你们要互相建立一种信任感，并逐渐形成默契。不要着急，孩子是最容易感受到别人对他的真心的。

自此以后，每次去上课，都能听到Asheng眨着刚睡醒的眼睛跟我说"老师好"；课间休息时，我会把Asheng叫过来，然后伸出手臂跟他说"抱抱"，这时他会直接撞进我的怀里，我会在他耳边说"Asheng真棒"，之后我只要说一句"抱抱"，他就会乖乖地抱着我，想一想这才是天使该有的样子嘛！有一次放学后，我准备回家，走在楼道里，就听见楼上有一个熟悉的声音用汉语说着"老师再见"，一直反复地大声说着，我返回去看到是Asheng，他正趴在楼梯口，当时我的心都快化了，想把他揣进口袋里带回家。

相处三个多月，我清楚地感觉到这些"熊孩子们"都长大了不少，我也知道因为这些孩子，我也成长了，期待我们下学期的继续"合作"！

学生们参加中文歌曲比赛

上篇　感悟篇

教学相长

刘珍珍

作者简介

刘珍珍，浙江师范大学国际文化与教育学院汉语国际教育硕士。2016年8月至2017年7月任教于蒙德拉内大学孔子学院，志愿者教师。

　　时光匆匆如白驹过隙，蓦然回首，2017这半年又多了万千感慨，也盈满了千丝万缕的感动，让心湖泛起层层涟漪。在经历蜕变后的清浅光阴中，我在莫桑比克努力做了最好的自己。

　　自2016年下半年开始，我就在莫桑比克蒙德拉内大学孔子学院实习，如果说，那半年让我开始进入工作状态的话，那刚刚过去的2017年的半年实习生活则让我真正爱上了这份工作。

　　我的整个实习工作可以总结为四个字：教学相长。

　　2017年，我的教学任务较2016年稍微重了一点儿。这学期，我带了两个班，一个是蒙德拉内大学孔子学院的中级培训班综合课程，一个是蒙德拉内大学汉语专业的中国概况课程，对我而言，这两门课程都是一个挑战。中级班的学生水平、年龄参差不齐，在教学的过程中也出现了不少问题，比如有的学生学习能力强，他不能接受老师多花时间去为其他学生解说；有的学生喜欢课堂游戏，但有的年龄较大的学生不喜欢；有的学生来自欧洲国家，他不认同课本中关于中西方文化差异部分的教学内容；中级班的学生水平较高，喜欢表达，但是口语中也会出现各种各样的问题。所以在备课的时候，我需要考虑很多问题。鉴于我在2016年的教学经历，本学期在开学前两周，我尽可能地收集了学生的详细资料，对每个学生的学习特点做了分析，并将学生的水平和教学目标分了等级，以便于课堂上的提问和避免尴尬场面的出现。即使我做了充分的准备，课堂上还是会偶有意外。我一开始会惊慌失措，容易脸红，后来跟学生相处久了，了解他们了，也自然就放松了。其实，他们在学，我也在学。

中级晚班的学生

中级晚班的结业聚餐

另一个班是蒙德拉内大学的汉语专业班，我任教的是2017级汉语专业一年级的中国概况，这门课对我来说是一门全新的课程，以前没有任何接触，完全没有经验。当初院长这样安排的时候,我还是挺忐忑的。我向来惧怕无准备之战,汉语专业是孔子学院的重点项目,又怕自己搞砸了,不过现在回想起整个教学历程,对于自己和学生的表现,我还是感觉挺欣慰的。从开学之前的各种找资料,开学之初的确定教学计划,教学过程中的了解学生到摸索转换教学方式,我把每周大部分的时间都花在备课上,找资料,整理资料,翻译资料,预测学生可能出现的问题,虽然很辛苦,但是自己也在备课的过程中不断充电,收获颇丰。

汉语专业一年级"青春歌舞会"

孔子学院除了教学实践,还有文化活动,就像郭院长经常说的,我们孔子学院有两条腿——语言、文化,这两条腿缺一不可。每个学期,孔子学院都会举办十余场大大小小的文化活动,今年我所经历的有专业班的文化月活动"饮食文化"和"青春歌舞会",孔子学院的中国诗歌比赛、中国影视欣赏、汉语桥比赛、端午节活动等,每一次文化活动都是教师和学生共同成长的机会,我们一起学习,一起思考,一起交流,一起合作。

中级晚班唐星星在"汉语桥"比赛中表演才艺

比如文化月活动、中国影视欣赏、端午节活动，学生总喜欢和我们交流中国的文化元素，再和莫桑比克的风俗相比，然后滔滔不绝地介绍他们的国家，交谈甚欢。再比如中国诗歌比赛和"汉语桥"比赛，教师选择参赛学生，培训学生，预赛，决赛，每一个过程我们都一起努力，并一起见证自己的努力成果。其实，看着自己的学生去参赛，我们心中是满满的自豪感。

我总相信，天道酬勤。事实证明，付出与回报是成正比的，我不愿对付，不愿敷衍，总想尽善尽美，我以最大的热情对待学生；学生也总以自己的方式感恩。他们送过我当地的特色服装Capulana，有时候，他们会给我带来自己做的莫桑比克菜，如Matapa、Casava、Bajia，还有莫桑比克特有的烤玉米和花生，也有学生为我写了小诗，或者每天睡前一句简单的问候。这些都会让我枕着幸福入眠。

尤其是临别之际，学生给了我一个大大的惊喜：结课那周，有一天下午，学生发了N条短信邀请我晚上去看她的表演，并再三提醒我一定要腾出时间过去，结果却是将我哄骗去参加了一个派对，她组织了两个学期我教过的不同班级的学生为我办了一个简单的欢送晚宴。他们准备了很多食物、饮料，每个人都向我发表了一段感言，他们唱了我最喜欢的歌（学生提前就收集了我爱听的歌曲，真的令我很惊讶），为我跳了几段舞蹈，还送了我一幅我的画像，那一刻，我热泪盈眶，真的很感动。其实，我真的舍不得离开这里，我不知道以后是否有机会重游故地，这也许是暂别，也许是永别，但是我会永远记得这里，记得他们，记得我们在一起的岁月。

恍惚间，在莫桑比克的实习生涯已近尾声，我在这里经历了很多，学到了很多，也成长了很多，感动，留恋。

道有夷险，履之者知

楼淑珍

作者简介

楼淑珍，浙江师范大学国际文化与教育学院汉语国际教育硕士。2018年7月至2019年7月任教蒙德拉内大学孔子学院，志愿者教师。

物有甘苦，尝之者识；道有夷险，履之者知。无论是生活、教学抑或是学习，任何事情的道理和真相，只有你尝试去做了才知道。

【从中国到莫桑】

出发前，我对莫桑比克有很多想象，到了之后发现，一切既在意料之中，也在意料之外。

1. 炎热难耐，艳阳磨人？一听说非洲国家，我的第一印象必然是"热、很热、非常热"。这里的天气确实四季如夏，但其实温度并没有想象中的高。即使是在最炎热的时候，我也未曾感受到在国内暑期时的"热"不欲生。因为这里的室内外温差很大，昼夜温差也很大，不夸张地说，我从未让空调伴我入眠。因此，若非是户外运动爱好者，或者喜欢和太阳零距离亲密接触者，想变成"巧克力"宝宝也并非易事。

2. 交通不便，饮食不合？莫桑比克的交通方式很多，从最基础的"MY-LOVE"（载人敞篷小货车）到小巴车、公交车、大巴车、出租车等，除了价格较国内稍贵一些，款式老旧一些，拥挤一些，日常出行也倒不算是一个问题。饮食方面，基本只要你想得到的，都能买到，比如周黑鸭、芋圆烧仙草、柿饼等。

中国早餐店

【从三十人课堂到三人课堂】

一学期时间，我有幸接触两种截然不同的班型，真真切切感受到了因材施教的重要性。

1. 班级建设。三十人的大课堂需要领头羊，需要除了教师以外更多的管理者，需要融洽向上的学习氛围，同学与同学之间需要的是合作与帮助。因为人数多，教师无法全面顾及所有人，这个时候，班干部的管理以及学生间的友爱关系就显得尤为重要，班级氛围也能够在最大程度上提高学生的学习动力。而三个人的课堂不需要太多的课堂管理，教师也能够全面照顾到每一位学生，学生间除了融洽相处外，更需要的是良性竞争，从而促进相互进步。

课堂上学生小组合作学习

2. 课堂操练。大班课的课堂活动设计总是比较费时的,这种情况下,每个人并没有太多单独发挥的机会,相比之下,小组活动的效率更胜一筹。而成效显著的小组活动同时也需要建立在扎实的班级建设基础之上。对于教师来说,小班型在课堂活动操练方面做起来就显得如鱼得水,学生有更多机会自我展示以及和教师一对一交流提问,此时教师可以更多地引入一些课外知识点,丰富学生的知识面。

3. 文化活动。语言与文化互为基石,相辅相成。课堂上的文化活动也是必不可少的,书法、剪纸、吹墨、品茶等都是很好的选择。但对于不同人数的班级,在选择上也会有所区分。个人认为,人数稍多的,可以选择一些相对来说难度系数更低,可以"单打独斗",也可以团体参与的活动,比如"踢毽子""歌曲教学"等。而人数少的班级可以选择一些难度系数稍高,花样更多的活动,一方面教师有精力手把手辅导;另一方面,能够凸显学生的个性。

剪纸初体验

【从初识到分别】

不断认识的新人,不停离去的旧人,教师这个职业的特殊性就是与一批又一批学生与你相识又离你而去。而在这短暂的相遇里,作为教师的我们希望学生们能够最大限度地从我们这里学习获得他们需要的知识,你可以"一无所有"地来,但请你"收获满满"地走。望相遇于莫桑,重逢在中国。

结课合影

莫岛教学记

马秀珍

作者简介

马秀珍,浙江师范大学教育学院研究生。2017年1月至2018年12月任教于蒙德拉内大学孔子学院,志愿者教师。

2018年2月,我踏上了非洲这片神秘的土地,在莫桑比克楠普拉省乌鲁姆大学文学院开始我的汉语教学工作,以下是我的一些关于汉语教学的经验总结。

【拼音】

上拼音课时,学生对拼音字母的发音把握得较为准确,但是学习声调时,对于二声和三声,很多学生发音困难。一上课,教室里常常是一片大呼小叫,甚是有趣。一日,莫少聪苦着一张脸问我:"如此辛苦,是否真的有必要?"我知道他所在的公司和中国有业务联系,便给他举了一个例子:wen,三声时是"吻"字,四声时是"问"字,如果他和一个中国女同事交谈,"我吻你"和"我问你"之间只差一字,可是意思却差之千里,不理解的话,会带来不必要的麻烦。众人大笑,自此牢牢记住了声调的重要性,心甘情愿地继续大呼小叫。后来我发现,如果用单字练习拼音,对大多数学生来说,难度比较大,如果用词组练习,效果则会好得多。诸如"中国""汉语""学习"等词语,加上简单易学的短句"你好!""谢谢!""再见!",很多人不仅学得很快,而且有模有样,声调的问题也不那么令人头痛了。一段时间之后,有学生对我说,她觉得自己说汉语时好像在唱歌。错落有致的声调让她觉得汉语很有乐感。我对音乐一窍不通,不过,如果这高低起伏的声调如同唱歌般能让她感到快乐,那么我希望她可以一直"唱"下去。

【语法】

很多人对汉语不了解，认为这门语言很难。当我告诉他们，在汉语的语法里没有词性，没有变格，没有动词变位，没有词尾变化，甚至没有时态时，大家先是惊讶，继而兴奋不已，和葡语语法比较之后，汉语语法简单得实在是令人难以置信。这样，学汉语如同占了个大便宜，何乐而不为呢？比如，"你好"是一个问候语，后面加个"吗"字就成了"你好吗？"——一个问句，非常好记。再有，"我叫张三""他叫李四"这类陈述句，动词没有任何变化。对于初学者来说，几节课之后，就可以做简单的自我介绍了。乍看之下，汉语的语法似乎并不复杂，但是渐渐地，我发现，我们的语言中有很多非常细腻的地方。举个例子：系动词"是"在"我是老师"的句中是一定要出现的，然而像回答问候的"我很好"或"我30岁"这样的句子中就不会出现。大的架构好学，而细微之处就要看个人的悟性了。以我的经验，学生学汉语，贵在兴趣的培养，尤其是对初学者，过多的打击会让他们过早地知难而退。毕竟，大部分人学汉语是以日常交流为主，只要能沟通，就是成功，至于掌握正确规范的语法，那是汉学家要做的事情。

【汉字】

汉字是汉语的精华，然而，对学生来说，相对于发音，学习汉字更是一件无比艰难的事情。刚一开始，我并没有让他们马上接触汉字部分。我不知道他们是不是一时心血来潮，若不能坚持，何苦白费力气？为了满足众人的好奇心，我只教一些简单的汉字，像日、月、山、川、风、云、雨、电之类。看那些认真的学生在那里一笔一画地"画"字，我心中虽觉得好笑，但也不便点破，只能听之任之。没想到，后来竟然有越来越多的学生要求学习汉字，这让我在惊讶之余，也不得不重视起来。

汉字的构成让他们觉得既复杂，又凌乱，这是因为他们不了解汉字的基本笔画。在很多学汉语的教科书中，也没有对汉字基本笔画的详细介绍。于是乎，我从"横、竖、撇、捺"开始，一共总结出了汉字的28个基本笔画。有了这些基本笔画，就可以把一个个汉字拆开，从而看清汉字的基本结构，揭开汉字的神秘面纱。和字母比起来，汉字的笔画有书写顺序的规定，否则就会"倒插笔"，继而影响字典的使用。而诸如"由左至右，由上至下，由外至内，先中间后两边"这样的书写顺序却叫学生很是头痛。因为没有像国内小学里那样的强化训练，他们根本记不住。后来，我在课堂上加大了认读的比重，把书写放到了业余兴趣的次要部分。我发现，通过认读而不是通过书写来记忆汉字，这是对学生非常有效的一个方法。有了这个方法，学生们不仅可以在短期内提高识字量，而且可以增加他们学汉字的兴趣。毕竟，汉字认得多了以后，会让他们信心倍增。我还发现最好在认识了单字后，马上进行词组的认读练习。比如，"你"字学过后，接着教"你好"；"见"字记不住，"再见"一下就记住了。

上篇　感悟篇

我在莫桑比克教汉语

王　涵

作者简介

王涵，浙江师范大学国际文化与教育学院汉语国际教育硕士。2017年8月至2018年7月任教蒙德拉内大学孔子学院，志愿者教师。

非洲到底是什么样子？来这里之前，我也有过种种预想。但来到这里之后，你会发现广为流传的非洲是一回事，你所感知到的街头巷陌里的鲜活非洲才是真实的世界。我从未想过自己有一天会来非洲，而且一待就是一年。莫桑比克蒙德拉内大学孔子学院给我提供了这个平台，让我以汉语教师志愿者的身份在这片陌生的土地上感受未知，体验全新的生活。

风和日丽的马普托

| 211 |

我们一行志愿者经过近两天的飞行，到达了莫桑比克首都——马普托，一个怡人的临海城市。当晚，在院长的盛情款待下，我们与孔子学院所有中方教师和外方工作人员聚餐。席间，大家相谈甚欢。饭后，外方工作人员开着巴士带领大家一览海边与城际风光。海岸线与天际相接，椰岛长滩，繁花碧树，满足你对临海城市的所有幻想。巴士里播放的爵士地道悠扬，街道上的建筑设计感十足，多元文化在交织碰撞，人们之间贫富差距悬殊，西装革履的人士随处可见，衣衫褴褛的当地人也不计其数。初步领略了马普托的迷人风采，感受了莫桑比克人民的热情与友好，同时，孔子学院提供了舒适的生活环境和工作环境，以确保我们的正常生活与工作，驱散了我们初到异国的不适与不安。

海天相接

此刻，我的身份不再是学生，而是一名即将走上讲台的汉语教师。这一年的时间，我经历了三个教学点，三种不同的体验，每一种都收获颇丰。

【第一个教学点：蒙德拉内大学孔子学院本部】

蒙德拉内大学是莫桑比克排名第一、规模最大、知名度最高的公立大学。莫桑比克蒙德拉内大学孔子学院成立于2012年，目前开设了汉语专业、不同等级的语言课程，包括基础语言班、语言进修班、蒙大汉语选修课、汉语水平考试强化辅导班等。我上半年任教的第一个班级就是汉语进修三级班，我担任汉语综合课的教学工作。每个人来这里学习的目的不尽相同，有的是想去中国留学，有的是兴趣使然。班里有两名学生分别是法语教师和英语教师，他们纯粹是对汉语感到好奇，想学习汉语，了解不同的语系，他们说这是他们莫桑比克人民活到老学到老的优良传统。的确，我经常能在大学校园里看到已不再是青年的学者带着对知识的渴求，奔走在校园里。他们这种永远对未知领域保持兴趣与渴求的精神也深深感染着我。下半年我任教的是汉语专业一年级的听力课，班上有三十多位学生，大多数都想去中国留学，由此可见近年来中国在全世界范围内的影响力与号召力，这不禁让我感到自豪，同时也倍感压力，暗下决心一定要做好自己的工作，不辜负这些学生们的期待。学生们大多数早上四五点起床，经过一两个小时的路途来上课，其辛苦是不言而喻的。通过家访，我也了解到大多数学生的经济条件并不好，而学习汉语，去中国留学很有可能是他们改变命运的契机，所以尽管辛苦，学生们也都一直在坚持。

汉字听写大会

辅导学生参加"汉语桥"

【第二个教学点：蒙德拉内大学合唱团教中文歌曲】

  常说"音乐无国界"，以前我总觉得这句话形式大于内容，直到开始了中文歌曲课程之后，我才发现，零起点的学生们也能将中文歌曲唱得字正腔圆、婉转动听，音乐当真无国界。与其他教学点将传统汉语教学作为教学内容不同的是，学唱中文歌是这里的全部教学内容。每周两次晚课，每次两小时，团长会先带领学生练声半小时，然后我再开始中文歌曲的教学。考虑到学生们的课时少，间隔长，人员流动性大，就免去了汉字、语法教学及拼音的认读，中文歌曲情感的把握是教学重点。第一节课教完了所有拼音、声调，学生们表示这不同声调的汉语本身就像歌曲，高低起伏变化，很具有音韵美。我所教授的中文歌曲都是歌词较简单、朗朗上口且广为流传的歌曲。第一首歌教的是《歌声与微笑》，他们把这样一首轻快的儿歌，经过重新编曲，加入萨克斯风的独奏，演绎成了大气磅礴的爵士摇滚乐。在《滚滚长江东逝水》的伴奏中，他们加入了一种当地乐器，是一种长长的两边封口的木管，里面是一些砂石，你上下翻转它，就会有砂石沿着木管滑落的声音。他们说，这种声音表示的是一种时间的流逝，很契合这首具有沧桑感、大彻大悟的歌。《康定情歌》《半个月亮爬上来》《送别》《难忘今宵》，他们用宽广的音域将悠扬与欢庆演绎得婉转动听，让情歌动人心弦，让离别不再是满腔愁绪，而是充满祝福与祥和。《歌唱祖国》《龙的传人》，虽然歌词较难，但是他们仍然能感受到中国人对祖国诚挚的热爱与赞颂，他们的歌声铿锵有力，气贯长虹。《茉莉花》《甜蜜蜜》是他们最爱的两首歌曲，这两首歌曲的旋律简单欢快，歌词通俗易懂，他们经常在学习完其他歌曲之后，主动要求合唱这两首。一学期十首中文歌，虽然有教学时长的限制，学生也经常流动轮换，但他们依旧完成得十分出色，而且将歌曲都演绎出了莫桑比克风格，使我不得不赞叹非洲人在音乐领域里得天独厚的天资，中国风格遇上莫桑比克风格，每次表演都让观众为之惊艳喝彩。

合唱团对照歌词练歌

通过这一学期的学习,很多合唱团成员都产生了学习汉语的兴趣,纷纷开始报名孔子学院的汉语课,准备系统地学习汉语,了解中国文化。他们出色的中文歌曲演唱也使他们获得了当地很多商演的机会,带来了可观的经济收益。语言、文化是孔子学院汉语教学中不可分割的整体,中文歌曲是其中浓墨重彩的一个板块。说中国话,让彼此用语言来沟通;唱中文歌,让我们不仅仅用语言来交流。

【第三个教学点:马普托国际学校】

我在马普托国际学校教五、六年级的汉语选修课。马普托国际学校拥有悠久的历史,建立于1975年——莫桑比克独立年,是当地名列前茅的国际学校。孔子学院除了汉语课,也为其开设了太极拳、五步拳等课程。在第一节汉语课上,我拿出了准备好的京剧脸谱、中国结、剪纸等具有代表性的中国传统艺术进行展示,希望学生能了解中国文化,并对中国文化、汉语产生兴趣,但我发现这样做并没有取得预期效果,有的学生只是抬头看了几眼,然后便与同桌玩手头的玩具,有的学生指着脸谱开起了玩笑。课后,我进行了反思,发现京剧脸谱、中国结、剪纸等这些具有代表性的中国传统艺术都是要有一定文化背景才能理解欣赏的,这些小学生是第一次看到这些东西,对他们来说是陌生有距离的。在我们的概念里肯定是可以理解的,但是对于外国小朋友来说,它们完全是陌生的新事物,理解起来肯定存在一定难度。文化背景不同,自然无法激起他们的兴趣,而且如果没有充分的背景知识介绍,反而会让这些艺术产生适得其反的效果,会让学生们觉得很奇怪,这也就是为什么会有学生指着脸谱开起了玩笑的原因。

于是在第二节课上,我调整了展示的内容,换成了熊猫、美食、功夫等更加容易理解的内容,一下子就激起了学生们的兴趣,他们开始一一分享自己关于中国的认知,课堂一下子就活跃了起来。在之后的教学中,我更加注重游戏环节,分别进行了"拍苍蝇""听写大会"两种形式的游戏环节,学生的参与度很高,教学完成情况良好。学生们都表示汉语课很有意思。我想,汉语选修课的重中之重就是要激起学生们对于汉语、对于中国的兴趣,这样,学生们才会继续选择汉语课。中小学生课堂里的趣味性和课堂管理是我意识到的自身的教学短板,这将是我以后为之努力的方向。

马普托国际学校五年级拼音教学"找朋友"

我们奔赴远方，走出自己的舒适圈，成为对外汉语教师，探寻着自身的无限潜能，一年的时间，我们与天性乐观、开朗奔放的非洲学生一起感知快乐，交流互鉴，传播思想文化。语言和文化的合力让汉语充满无限魅力。正如雅斯贝尔斯所说的："教育就是一棵树摇动一棵树，一朵云推动一朵云，一个灵魂唤醒另一个灵魂。"这就是对教育最好的诠释，教育就是深刻的立意，轻盈的姿态，快乐的方式。

感恩这一年，回味这一年，祝福孔子学院。

我在莫桑比克教学的那些"第一次"

王 康

作者简介

王康，浙江师范大学国际文化与教育学院汉语国际教育硕士。2018年7月至今任教蒙德拉内大学孔子学院，志愿者教师。

转眼间，我在莫桑比克首都马普托生活及教学已经近半年时间。除了教学之外，在这里生活观感与国内相比，最大的不同就是气候。不像中国大部分地区四时分明，这里干湿两季的气候实在担得起"坦荡"二字。燥热的阳光晒得人"明明白白"，可一旦下起雨来，又"轰轰烈烈"。在这样一片土地上生活和教学，并以此作为我教学生涯的起点，有太多值得我关注和探索的课堂现象和教学问题，所以，我尽可能"有闻必录"。

第一次汉字教学

人生会遇到许许多多的"第一次",然而,当它们扎堆出现的时候,给我带来的紧张感已经远远大于新鲜感。第一次异国教学,第一次制定汉语教学计划,第一次上全程两小时的课,等等,这些"第一次"暂时按下不表。

我的教学对象是汉语水平考试二级培训班,这是我第一次以汉语水平考试教材为教学内容上课。我充分设想了汉语水平考试一级教材和二级教材该如何衔接,设想了第一次课堂该立下的规矩,甚至设想了学生的反应以及我该如何应对。然而第一天上课,我早上一进教室却发现,只有三个学生。出国前早早打过跨文化交际"预防针"的我,知道迟到在这里是稀松平常的事情,所以我跟学生闲聊了一会儿,了解了学生的语言情况,顺便等了其他人15分钟左右,但是第一堂课从始至终就3个人。

在我意识到第一堂课只有3个人的一刹那,我所有的新奇感都化作了紧张感。脑海中噌噌闪过:"只有3个人还讲不讲新知识?""原计划自我介绍环节15分钟,现在3分钟不到就结束了,怎么办?""只有3个人,今天还要不要立规矩,要不要等到下次人多一点的时候再说……"各种疑问和困惑拥堵在我的大脑里挥之不去,而汗水却是抑制不住地一个劲儿冒出,湿透了衬衫。

在我强行压抑自己的紧张,继续上课后,又发现了新的"第一次"。第一次碰到学生基本不会说英语,第一次教40多岁的大叔,第一次碰到学生间年龄差这么大的课堂……

我简单提问之后发现,3名同学基本已经将上学期的知识全部忘记了,于是,我迅速放弃了我之前准备的课堂内容,开始细致地梳理汉语水平考试一级中的语音、词汇和语法,以全程复习结束了紧张的第一堂课。

第一次诗歌朗诵教学

随着第一次课的"心有余悸"慢慢远去,我的教学也逐渐得心应手,备课时的教学设计也更符合学生的实际情况。班级里的学生也从第一次课的3个人逐渐变成14人。报名汉语水平考试二级考试的7人中,也有5人顺利通过。

不管在志愿者培训过程中,还是在汉语国际教育课程中,教师都不断强调"第一堂课"的重要性,不断分析解构如何备好第一堂课、如何上好第一堂课,但是正如一句网络语所说:"道理懂很多,但依然过不好生活。"每个人面对的"第一次"体验可能大相径庭,有的人如沐春风,有的人却如坐针毡。准备得再充分,设想得再完美,也需要一点机灵的应变,而非看着准备好的东西照本宣科。有了"第一堂课"的经验,接下来的"第一次汉字教学""第一次诗歌朗诵教学""第一次文化活动"等"第一次"也不再无从下手了,相反,我还乐在其中。我想,只有经历过"第一次"的不安与忐忑,才能"看山是山,看水是水"。这么一想,我"第一次"的紧张或许是一件好事,毕竟汗水不会白流。

第一次文化活动——大叔体验画脸谱

莫桑修炼手册：生活教学进阶指南

邢丛科

作者简介

邢丛科，浙江师范大学国际文化与教育学院汉语国际教育硕士。2018年7月至今任教蒙德拉内大学孔子学院，志愿者教师。

【初临：放松心情，齐唱"我真的很不错"】

当第一次来到异国他乡，第一次面对不同肤色的学生们，第一次拿上课本站上讲台时，不可避免地会有陌生感和紧张感，甚至会感到害怕。我想说，请放松心情，我们的莫桑比克孔子学院有许多温柔且经验丰富的教师可以取经求教，也有先进的管理和培训制度，帮助"汉教小白们"快速融入莫桑比克的生活和上手课堂教学。

如果还是没有自信，我私人的小秘诀就是请打开视频网站搜索歌曲《我真的很不错》，每天听唱跟跳十几次，不用多久，你就会充满自信的！

初临

【教学：因生制宜，进退有度】

在国内，我们的课堂教学多依赖各种多媒体协助，但在这边可能由于一些客观原因，不得不开展无多媒体教学。

没有多媒体，首先，教师的课堂作用大大提高，学生更多的注意力会集中在教师的讲解之上，随着教师的板书，学生对字、词、句都会产生更加深刻的印象。其次，这样的教学更能够拉近师生之间的距离，使学生在互动中学习。教师设计满足学习要求的游戏，既能让学生放松精神，又能达到复习巩固以及练习的目的。不过这样的教学十分考验教师的基本功，对教师在板书设计、知识讲解、解答学生问题等方面会有更高的要求。当然各种手工教具也十分考验教师的动手能力。此外，教师还要有良好的课堂节奏感，能够准确把握教学点，知道何时何处转到下一个点，同时也要把握好教学度，做到夸张有度，游戏有度，举例有度。

教学

【班级：选贤举能，合作学习】

班级管理一直是令新手教师头痛的问题。如何塑造一个团结向上的良好班集体，我自己有三个小建议：

1. 树立威信，明确规定。明确班级管理的各项规定制度，并严格执行，同时不断强调，让学生能够及早适应并且习惯。

2. 独具慧眼，选贤举能。善于发现班级里热心管理工作且学习成绩较好的学生，让他们一起参与班级管理，从而避免一些交流与文化的问题，也能减轻教师的管理压力。

3. 学习小组，以先带后。根据班级人数建立学习小组，每个小组都由一两个学习较好的学生帮助其他人学习，并开展小组竞赛，促进学习。

班级

任岁月流转，爱你如初

杜彩兵

作者简介

杜彩兵，浙江师范大学国际文化与教育学院汉语国际教育硕士。2017年8月至2019年7月任教蒙德拉内大学孔子学院，志愿者教师。

毛姆说："生活就像一个美好的故事，从头到尾沿着坚实、连贯的线索，追寻着自己的方向。"踏上莫桑比克这片黑色的热土的那一刻，我的故事便开始了。有的情节缺乏逻辑，有的篇章平淡无奇。1年又132天，有多少已经记忆模糊，有多少写在纸上，还有多少藏在心里？

【马普托，这座陌生又熟悉的城】

不同于第一次来莫的成群结队，第二次我只身一人来此。出了马普托国际机场，空气中弥漫着熟悉的味道：闭着眼睛都能走到自己居住和工作的地方；知道马普托哪片海最蓝最干净，"杧果"在什么季节成熟，凤凰花在什么时候盛开，在马普托我有哪些朋友，哪种食物让我非常想念，怎么和熟悉的小摊卖菜阿姨、边补鞋边卖电话卡的老爷爷、楼下懒洋洋的保安友好地打招呼……

后来，走在街上突然发现路边的广告牌换了又换；跟着谷歌地图去一个地方还会迷路；独立广场周围新旧交错的漂亮建筑不知出于谁之手……当一连串的问题让我不思其解，当我一次次发出"哦，第一次呢"的感叹时，我以为对这座城市的"足够了解"，其实只是一叶障目。

旧物交易市场

【生活在马普托形形色色的人】

我凭着自己的感知和判断,把生活在马普托的人分为四类。

第一类人,他们住着宽敞舒适、装修精美的复式大房子,开着豪车,常年雇保安保姆,出入星级酒店,打高尔夫球,看尽人间美景。就像我的学生说的:"他们只需要躺在床上或沙滩上,就会有人把钱送入他们的口袋,哪个工人不听话,就让他去海边靠舔海水过活。"第二类是拿着固定收入、有舒适的房子、不太在意旅游和娱乐费用、孩子上得起好学校、衣食无忧的人。第三类是在路边摆一个小摊或者身上挂满货物走街串巷做点小本生意,或者在Baixa(城区)二手货市场扎着堆儿买10莫币20莫币一件的旧衣服或旧物品的人。第四类是在公交上、路边贼眉鼠眼靠偷靠抢维持生计,或者每天游走于各个垃圾桶旁边,等不及人们把垃圾袋丢下就一抢而空,或者伸着双手追着行人,嘴里不停地说"Quero comprar bāo(给我钱买面包)",或者躺在路边一动不动的人。

我不觉得这社会不公,富人有富足的理由,穷人也有穷的原因,贫富差距一目了然。

上篇　感悟篇

下城区的街景

【假如没有音乐、舞蹈和啤酒】

　　抛开了经济地位和社会背景，这里的人都是一样的，都是热情而有活力的。前一秒在哭，后一秒又唱又跳，随性自然！大街上驶过的车、行走的人、酒吧、咖啡厅……每一个角落，似乎只有我睡着的时候才不会听到音乐。有时候走在路上，身边一辆挤满了人的My-Love（带斗车）疾驶而过，伴随着一阵齐声高歌，会深深感染我。

　　这里的人更是天生的舞者，不分年龄和性别。婚礼上、教堂里、聚会上、酒吧里……随时随地都可以手舞足蹈。

　　莫桑比克的男人抽烟的不多，而喝啤酒就像在食品中放的盐一样，是每日必需品。播放着嘈杂音乐的酒吧随处可见。当地女人们常感慨：妇女节每年只有一个，而"男人节"每周五都是。一到晚上，啤酒和酒吧就是他们的全部世界。

　　曾在菜单上看到一句话"Sem pequeno almoço, no é vida"（无早餐，非生活），但我觉得莫桑比克人一定更认同"Sem música, dança e cerveja, no é vida"（无音乐、舞蹈和啤酒，非生活）这句话。

种类繁多的手工艺品

【安逸拖沓的生活态度】

当我每次看到海边有那么多人坐在沙滩上喝着啤酒，吃着烤鸡，聊着天消磨整个下午时光时；当我打电话给修网络的人他说 10 分钟就到再次打电话时说 amanhã（明天——当地人挂在嘴边的一个词）最后等了一周才来时；当我叫了一份外卖点了四五种食物，说 45 分钟送到，结果两个小时送来的只有一份汤，却还要让我再等 45 分钟去拿别的食物时；当我约学生下午 1 点来我家吃饭等到两点多她们才姗姗来迟却丝毫没有歉意时⋯⋯我的内心是崩溃的。

即使很佩服他们那种"天塌了还有个子高的人顶着"的气定神闲，但是在这个环境中生活了这么久，我还是不能适应这一点。

海滩

【教学路上的摸爬滚打】

三个学期里我教过六个班，少到10人，多至50人。其中有由社会人士组成的培训班，蒙德拉内大学不同专业学生组成的大学生汉语选修班，华人子弟和中莫、中美混血儿组成的小孩班，还有已经开班、有了大致了解却推迟到下一年上课的警察班。学生的年龄跨度从五岁到五六十岁。

培训班的学生迟到、缺勤的现象是让很多教师头痛的问题。刚开始教培训班二级晚班时，有学生迟到、旷课，影响课堂进度和效果，让我很生气。抱怨和责备过他们几次，后来我才了解到其中的客观原因。比如，有一个学生住在海对面，每天上课要坐船，夏天傍晚常常天气多变，动不动狂风骤雨，这时，上课就要冒着危险；有的学生要等自己学校放学了，才匆匆赶来，晚饭都不吃，就开始上课；有的学生工作上有事情要处理……我觉得错怪他们了。之后，我转变了态度，不再把迟到和旷课归结于懒惰和对汉语课不感兴趣。

我意识到培训班是为对汉语感兴趣或有需求的人开设的，强制点名没有太大意义，奖惩制度对于成年人也不是很奏效。于是我开始了解他们的学习动机和需求，从而在备课时多花心思，对比汉葡两种语言的异同和难易点逐个攻破，讲一些因汉语改变命运的励志故事，积极宣传孔子学院的奖、助学金政策和夏令营"汉语桥"活动，以及汉语水平考试的诸多用途，让学生们意识到学汉语潜在的价值。听了这些，大部分学生会变被动为主动，从心里接受和喜欢这门语言。

多和学生聊天，会有很多意想不到的收获。聊家庭成员、一日三餐、作息习惯、周末计划，分享自己在莫桑比克的见闻，探讨对某个热点问题的看法……增进彼此之间的了解，既拉近了师生间的距离，又对学生口语表达能力的提高起到一定作用。

期末小惊喜

很多人都用"温柔"这个词形容我,我常常不以为然,觉得只是一种表面的委婉又含糊的评价。但是我接触的大部分学生都是成年人,有的和我年龄相仿,有的比我年长,这种别人眼中的温柔大多数时候还真会奏效。多一点耐心、多商量、态度温和,让我和每个班的学生都能融洽和谐地相处到最后。

缺课和迟到的现象依然存在,但是每一次平时考试以及最后的期末考试,名单上的学生都会按时出现在教室里。学生们积极筹备班级聚餐,为我准备惊喜,说下学期一定继续学习,甚至还写过一封让我继续做他们的老师的联名信。不管他们的做法可不可取,我都是发自内心地快乐和满足。我曾经教过的很多学生还时常发信息问候,请我去他们家做客,介绍新的地方给我认识。

和不同年龄、不同背景、差异鲜明的学生相处,都需要经过一定时间的磨合、调整和互相适应,接手的每个班刚开始都是一个挑战。此时回想起那一个个汉语名字、课堂上的一个个难忘瞬间、每一个个性鲜明的学生、大大小小的活动甚至和学生之间的一些小摩擦,都在我心里累积成为一笔财富。也许,我教给他们的远远少于他们教会我的。

【那些或温馨或自豪的人和事】

我的实习指导教师是一个在马普托工作了五个年头的"老莫桑"。我形容她是一个"心有猛虎,细嗅蔷薇"的女子。她教学经验丰富,方法独特,课堂管理有条有理,深受学生的喜欢和爱戴。有的学生之所以能在孔子学院坚持学习中文三四年,只是因为"张老师是我的第一个中文老师"。遇到爽姐,听她的课,一起聊天,到她家吃火锅和烧烤、看电影……和她一起相处的点点滴滴都是我在马普托记忆中最美好的一部分。

星娥是和我一起留任的志愿者同事。第一年,我们住在同一个公寓,经常一起吃饭、逛街、海边散步、分享心事。今年住在不同的地方,偶尔像去年那样待在一起。虽然我们有时候会因忙于各自的事情而很少联系,但是,一想起她,我的心里便是温暖的。喜欢听她分享故事、她曾走过的地方;欣赏她勇于探索、认真做事的态度……

在马普托语言学院教中文,让我有机会接触当地的教师。他们都是有很多年工作经验的老教师,知道我是这里的中文教师,对我很友好。在征得他们的同意后,我就主动去听他们的英语课、葡语课、法语课,也积极参加他们组织的活动,从他们身上我学到了许多知识,为我的教学工作和与学生相处方面解决和避免了不少问题。

刚来莫桑比克时不会讲葡语,给我的生活和工作造成了很大的不便,也常常因为语言问题而不愿和当地人交流,但这样,只会使自己的处境更糟。

于是我尝试利用工作之外的时间学习葡语。这个过程我遇到了很多阻力，经常时断时续，但是也减少了在异乡的那份无法融入的孤独感；我还在备课时有意识对比两种语言的异同，了解某个语言点用哪种方式教学，学生更容易理解和接受；在家里停水多天后主动与邻居沟通，轻而易举解决了问题；网络出现问题后，也学会了理直气壮地打电话请人维修。

【被消磨的那些时光】

成为志愿者的第一年，周末或者放假了的时候，厨房就是我自娱自乐、大展身手的场所。我对做传统经典的大菜没有信心，却迷恋各种不同口味的面点。玫瑰蝴蝶馒头、糯米南瓜饼、油炸麻花、红豆饼、葱油饼、肉馅饼、包子，不知道原来住在一起的同事会不会想念。有时候越失败，我就越不会放弃。

今年的计划是尝试做甜点，但是条件不允许，这一计划就搁置了。偶尔我会买来奶油和炼乳自制一份巧克力冰激凌或做一杯撒上肉桂粉的卡布奇诺。不管制作得是否成功，我都满心欢喜地装进肚子，毕竟也花费了一番心思。

有时候很迷恋咖啡馆，听着重复的音乐，喝一杯现磨咖啡或气泡柠檬水，看看书，做一些工作，跟朋友聊聊天，看一拨拨不同肤色的客人来了又走；也热爱每一个清晨和黄昏，躺在床上听凌晨4点钟大街上扑哧扑哧节奏明快的脚步声；沐浴着夕阳，到热闹的大街散步，目送下班的人挤上破旧的车回家。

古老的面包店

【用心谱写志愿生涯的最后乐章】

在马普托，我的故事仍在继续。还会遇见不同的人，还会经历不一样的事。有时美好开心，有时难过压抑；我只想把愉快都当成主角，不开心当成配角……这一切让我的故事完整而且血肉丰满。这个故事始终贯穿着使命和光荣。我从未后悔踏上这片黑色的热土，感恩一切的遇见……

哦！莫桑

冯陈辉

作者简介

冯陈辉，浙江师范大学国际文化与教育学院汉语国际教育硕士。2018年7月至今任教蒙德拉内大学孔子学院，志愿者教师。

【破旧与新鲜】

飞机着陆前我揣着复杂的心情，下飞机之后却更加复杂了，看到机场的破旧，感觉活着降落真好！但转念一想，回去的时候怎么办？（经调查，飞行事故基本与机场建设无关，后来者大可放心）

孔子学院的迎接队伍热情周到，心情不再复杂，只有欢喜，所以觉得去新家的路并不长，也许本来就不长吧。路上可以见到一些用头顶着货物的妇女，身材很好，我却没有看清楚货物是什么。

车停在了我们的公寓楼下，抬头

头顶货物的妇女

看，中古风格，墙漆没有脱落，但是有风吹雨落的痕迹。家在九楼，电梯是不可或缺的，电梯有两层门，一层手拉铁门和一层自动开合的棕色木门，在国内未曾见过，木门一开，破旧的内里与外表对比鲜明。出了电梯，同行的司机帮我们打开了家门，心又飞扬起来！家具、设备齐全，家具大多是实木的，朴实自然，偶尔有一些具有非洲特色的点缀物，这是整个房间的点睛之笔。

非洲特色饰品

没有多久就开始上课了，我的"处女课"就献给了蒙德拉内大学孔子学院的学生。本以为学生会是"清一色"，却没想到是"五颜六色"。究其历史原因，马普托（首都）有较多葡萄牙血统的人。黑人学生当中，肤色深浅也不相同，可能是种族间通婚的缘故吧。

学唱《大海啊，故乡！》

最开始就是这样，对一切都很好奇，在破旧中品尝新鲜。
【路人的"鸟"和警察的文身】
虽然大家都知道待在家里最安全，但出门总是避免不了的，何况我还要去看望女朋友。在路上，经常会有路人向你问好，要么是"鸟（你好）"，要么是"ola"(葡语:你好),甚至"鸟"的频率会大于 ola,还会附带一个大大的笑容。出门前愁云惨淡,两三只"鸟"飞过后,也就喜笑颜开了。

警察自不必多说,维护社会治安,惩恶扬善。本打算着要是碰上治安事件,便依靠马普托警察。但事实告诉我,通常,遇上警察才是治安事件。仅仅前两个月,我就被警察拦下来七八次,都说要查护照,其实只是他们勒索钱财或者食物的借口之一。

马普托警察(右)

甚至有一次,他们因为我没有带护照,就把我带上了警车,说要带我去警局,但一上车,他们便原形毕露,索要钱财,我义正词严:"我们中国人来莫桑比克是通过合法的途径,我的工作是在孔子学院教授汉语,不是给你们钱;你们的工作是维护社会治安,不是绑架勒索!"奈何他们听不懂汉语。

后来我用英语亮明身份后,他们把我送到了孔子学院,没有继续勒索。

现在我看见警察和警车要比夜路上看见满臂文身的人害怕得多。后来我才明白,警服和警车就是他们的文身,虽然他们的文身附着在表面,可有时候要比刺进肉里的更可怕。

【起伏的出勤和动荡的心】

我读大学本科时,一位教师在上第一节课时就对我们说:"我的课不点名,你们来不来上课是对你们自己负不负责的表现,你们是交了钱的,所以你们要搞清楚,上课不是给我上的,是给你们自己上的。"那门课第一节来了大概四十多个人,第二节就剩十来个了。

我的境界没有我的那位老师高,所以我不光给学生讲了上课是对自己负责,还跟他们说了全勤奖的事情和考勤与期末成绩的关系。

起初,出勤率是不错的,但是自从我说了:"We should practice without Pinyin from now on.",第二天,出勤率就突然降低了。本想以道家思想安慰自己,奈何长了一颗儒家心脏,会随着出勤率的起伏而动荡。

其实出勤率不光跟学生的勤奋和接受能力有关,更与教师的教授方法有直接关系,可能是"practice without Pinyin"的那一天来得有些突然吧。

学生的勤奋与接受能力不可控,可控的只有自己的教学方法与教学能力,不愿内心动荡,那就改善教学方法、提高教学能力吧!

学生合影

我与学生的几件小事

李 楠

作者简介

李楠,浙江师范大学国际文化与教育学院汉语国际教育硕士。2016年8月至2018年7月任教蒙德拉内大学孔子学院,志愿者教师。

【第一节汉语课】

2016年8月中旬,我来到莫桑比克首都马普托担任汉语志愿者教师,虽然在汉语国际教育专业已经学习了5年,也算是有些经验,但是站在真实的汉语课堂还是第一次。开学前一周,我总是幻想着学生的样子、课堂的样子以及我自己上课的样子。就这样,担心着,忐忑着,期待着,这一天终于到来了。

我与学生合影

我的班级是初级晚班，18点开始上课。我提前半小时到达，就有学生陆陆续续到了班级，他们都很害羞，我一一核对信息，为他们起中文名字，他们也都欣然接受。接下来，最重要的自我介绍环节，不听不知道，一听吓一跳。学生年龄梯度很大，从18岁的小伙子到50岁的阿姨都有，这种情况在中国很难看到。再就是学生职业差别也较大，学生居多，也有律师、教授、服装设计师、电工、电焊工……每个人说着自己学习汉语的目的，一些是兴趣使然，一些是工作需要，还有一些是想到中国留学。看着讲台下一双双好奇而又期待的眼睛，汉语教师的使命感油然而生，于是我下定决心，必须把他们教好。

第一节课十分重要，虽然大家都不熟悉，有点尴尬，但我知道这种情况十分正常。我就是他们的润滑剂，是这个班级的核心，一定要发挥班主任的作用，把大家的学习热情调动起来。于是，我在课堂上采取各种方法，做游戏、提问、讲笑话，层出不穷。

【学生请假】
渐渐地，我发现课堂上的笑声越来越多，学生们也慢慢开始放松了，师生的默契悄然生长。还记得一个学生脚受伤了，发短信对我说："老师，我的脚受伤了，但是，我还是要去上课。如果它不变得更糟的话，我就去上课。因为我喜欢你的课，喜欢你问我们对不对，我们说对。"最后，我劝他在家好好休息，落下的课我可以给他补上。结果，晚上时，他居然一瘸一拐地出现在了教室门口。那一刻，我真的很感动，自己的课被肯定，果然用心付出就有收获，因为师生本为一体，学生可以感受到老师的努力。

我与学生期末聚餐

慢慢地，从陌生到熟悉，从害羞到放松，现在的我们可以在课下开一些玩笑，也会发信息聊天，谈论相互之间的爱好，讨论中莫文化的差异。当然，这中间会有一些小插曲。第一个月结束后，我发现我与学生的连接仅限课堂，这远远不够。所以我通过聊天软件主动询问他们的学习情况，也会发一些拼音、汉字和中国歌曲给他们。其中一个男孩子特别害羞，上课从不发言，和他说话也只是笑一笑。一次，我发现他进步了一些，就给他发了一条鼓励短信，他也回了我短信表示很喜欢我的课。就在那一次后，他在课堂上居然破天荒地提了一个问题，这让我喜出望外，也坚定地相信与学生必须要常沟通，多沟通，学生知道老师在意他，关心他，自然就会好好学习，不让老师失望。

【教师节】

最让我感动的还是教师节。那天下课的时候，一个男孩子走过来说："老师，今天是教师节，我给你准备了礼物。"然后，他递给我一张硬皮纸，原来他为我作了一首诗，背景是我们之前活动的照片。接着，又递给我一个木盒子，我打开一看，是一对当地的木质耳环。他看了看我的耳朵，尴尬地说："老师，您没有耳洞，但可以挂在床头。"当时我真的很激动，情不自禁地拥抱了他，这是我收到的第一份教师节礼物。

【参加婚礼】

第二天，另外一个学生邀请我去参加噶布拉纳派对，并且要用噶布拉纳给我做一套衣服，我欣然接受。她带我去她的公司参观，为我量尺寸，为我选布料。接着又去她家参观，让我品尝当地食物。三天后，她又接上我，带我去她的公司试衣服。看着这件为我量身定做的衣服，我不禁感叹，原来一块花布可以把衣服做得这么美，这完全颠覆了我对噶布拉纳的印象。

之后，她带着我和朋友去参加了派对，去了之后我才知道这是她外甥的婚礼派对。我们有些拘谨，学生为我拼命地要食物和酒水，我就只能拼命地吃喝。席间，我在与别人聊天时得知，莫桑比克的婚礼其实与中国挺像的，派对14点开始，会持续到22点左右。首先是婆家人入座，开席，然后娘家人姗姗来迟，双方家庭互换礼物。酒足饭饱后，娘家人唱着歌离去。大概十七八点的样子，客人吃得差不多了，大家就开始跳起了活力四射的非洲舞蹈。无论是孩子，还是大人，无论是男是女，是胖是瘦，所有人都扭动身体，释放自己的热情。其间，新郎和新娘也参与进来，尽情热舞以表达他们的喜悦。那一刻，我真的好想让时间停下来。此时，惬意，舒适，每个人都流露着喜悦幸福的笑容。

【生活囧事】

最后这一件事情虽然是一件蠢事,却让我倍感温暖。我们公寓住着四位志愿者教师,星期六我们各自出门后,都忘记带钥匙了。结果,不出意外地大家都被锁在了门外。我们到处找人,可是得知开锁匠周末不上班,当时真的很崩溃。于是,我们几个开始找学生帮忙,经过了几个小时的折腾,终于,我的一个学生和另外一个学生都带来了开锁匠,为我们打开了门。后续的维修我的学生一并承包,还不让我们花钱,令我真的感到很不好意思。

以上几件事情虽小,却像一股股暖流温暖着我,让我渐渐爱上这片土地,爱上这里淳朴善良的人们。在莫桑比克的这段时光虽短,却是我人生中一笔宝贵的财富,我将始终铭记。

在莫桑比克的日子

李 冉

作者简介

李冉,浙江师范大学国际文化与教育学院汉语国际教育硕士。2017年8月至2018年7月任教蒙德拉内大学孔子学院,志愿者教师。

  莫桑比克,属于非洲广袤无垠的土地,那个与我们隔着十万八千里的遥远的地方,在地球的另一端,是我任教的地方。当人们听到"非洲"这个词汇的时候,脑海里肯定闪现的是那张《饥饿的小女孩》的照片,照片中一只兀鹰盯着一个皮包骨头的小女孩,她正努力地向救济中心爬去。这张照片曾获得1994年普利策新闻特写摄影奖,作者凯文·卡特就是用这张照片向全世界展示了整个非洲大陆的绝望,带给世人前所未有的巨大震撼。在我们的认知观念里,当全世界都在飞速发展的时候,非洲这片土地却成了被上帝遗忘的角落。

  当飞机在莫桑比克上空盘旋的时候,我开始向下俯瞰。马普托湾沿岸,多幢高楼拔地而起,一副欣欣向荣的景象,这景象刷新了我脑海中对非洲的认知,原来非洲并不像我们想象中的那么落后和不堪。

  莫桑比克怎么样?有好几个学生都问过我这个问题。莫桑比克很穷,这是真的;但莫桑比克的环境很好,蓝蓝的天空,洁白的云彩,新鲜的空气,大片大片的椰子树林、杧果树林,还有很多鲜艳的不知名的花儿,以及一望无际的莫桑比克海峡……共同构成了美丽的热带风景。我们的教学点在贝拉,是莫桑比克的第二大城市,很多来这里的中国同胞说它是莫桑比克的"上海",经济发展仅次于马普托。贝拉的市中心有一个名为Shoprite的大超市,周围有一些卖其他商品的小店，再走几步也能找到货物齐全的中国超市；因为这里的人民都偏爱食肉，这里的牛肉、羊肉、猪肉普遍比国内便宜，牛肉和羊肉甚至比蒙古那个畜牧业大国的都便宜；学校周围也零零散散地分布着一些印巴人开的小超市，基本能满足平时的生活需求，我们在这里的日子倒也过得十分惬意，"大口喝酒，大块吃肉"。

莫桑比克的点心

莫桑比克人很友好，也很热情。我们从 Shoprite 出来后，载过我们的小三轮车师傅会热情地向我们喊"uni-zambeze"，然后帮我们把手里大包小包的物品提到车上；有时候我们在学校附近买菜，路过的小三轮车司机看到我们时，会在路边停一下问我们要不要坐；印巴超市的黑人大叔在我们买东西时会跟我们学上一两句中文，比如我们拿了一包饼干，他会问我们这个用中文怎么说，我们告诉他后，他就碎碎念地重复三遍，然后再问我们下一个物品的汉语名称；我们去附近买菜时，小商贩们也总是会多给一些；面包店里的售货员看到我们拿了不新鲜的面包时，会做各种肢体语言告诉我们那个不能买；路上的陌生人见了我们，会用他们仅会的中文"你好"跟我们打招呼；连路上的小朋友也会羞答答地对我们说"ola"（你好）。

我任教的教学点在贝拉的赞比西大学，是这个城市很著名的一所大学。在这里学汉语的学生都很努力，堪称"学霸"。

我担任两个班级的汉语课，都是汉语水平考试初级班，一个是二级班，一个是三级班。虽然每个班的学生人数很少，少到屈指可数，但是他们学习汉语的劲头可是不小的。尽管他们都觉得汉字很难写，汉语很难学，但是他们都一直在努力学习着。记得第一次给二级班上课的时候，课间我说我们休息几分钟吧，说这话的时候，我是在替他们考虑，学生学了这么久了，需要休息一下，或者有需要去厕所的，但他们都摆了摆手对我说："老师，我们不休息的，您接着上吧。"后来，我又几次试探性地问他们是否需要休息几分钟，但他们还是坚持上课。这件事让我惊讶了很久。迄今为止，我还没有见过其他对汉语热爱到要争分夺秒学习的学生。而在课上，他们也总是很认真地听讲，记笔记；每次站在讲台上，向下望着他们，虽然只是寥寥数人，但总能让我感到欣慰、满足。有这样好学的学生为伴，对我来说，这一年就没有白来，为他们付出再多也是值得的。

三级班的学生人数相对多一些，汉语水平也高一些。为了让他们多开口说汉语，我会给他们留一些简单的口语作业，并让他们用上当天所学的生词和句型。一开始，他们觉得很难，说不了几句，后来经过我的引导与鼓励，他们有的时候也会说出让人意想不到的句子。其中一位热爱音乐的学生专门为他的口语作业配上音乐拿来唱给我听，还告诉我他的梦想是开一家音乐公司，制作汉语歌曲，从中我可以感受到他对汉语的热爱。虽然说他的梦想遥远了一点，但只要用心，一切就有可能。

我与学生们

一直以来，我们上课是没有课本的，我的学生都来自比较贫困的家庭，无力支付课本的费用，于是我就把当天要讲的主要内容抄在黑板上，然后他们抄写在自己的笔记本上。对此我也能理解，所以我并不强制学生非得去买或者打印课本。值得欣慰的事情是学生们都有手机，所以每次上课前，我会用扫描软件把当天要讲的课文和练习册扫描成电子档发送到学生的群组里，这样，我们上课也就有了可以看的东西。临近新年的时候，安正德把手机弄丢了，需要读课文的时候，我便把课本借给他看。有一天，他终于攒够了打印课本的钱，向我借课本，我很好奇，快要放假了，用不到课本了，为什么还要打印？他告诉我他要在假期好好学习汉语。放假对学生们来说是一个美好的日子，这意味着可以过上自由自在，远离繁重学业的日子，应该是一年中最放松了的时间吧，但是他们学习汉语的热情好像从期末复习开始就变得无比高涨。继安正德之后，几乎每个学生都找我来打印课本，都想在漫长的暑假充实自己，争取通过汉语水平考试，实现自己去中国的梦想。

在莫桑比克，蔬菜品种比较单一，土豆、洋葱、包菜，吃来吃去也就这几样，吃久了就会嫌弃，于是我在网上找来生绿豆芽的方法，试着生了一次豆芽，从此，我们的菜单里又多了一个菜种；我们还从网上找来其他菜谱，再加一点创新，也能成就另一番美味。比如说我们在炒土豆片的时候加入了一些烧烤酱，那味道比平时吃的土豆片要提升好几个档次，可见烧烤酱和土豆片也是蛮配的；生活偶尔也是需要咸菜来调节一下的，所以我对做咸菜也有一种特殊的爱好，但在这里能让我大展身手的也只有萝卜和海带了。我最开始的时候做的是酱萝卜，按照我内心中酱萝卜应该有的样子调汁拌料，经过一个星期的腌制，就有了一道简单的小菜；我们在中国超市见到了海带，于是我们便买回来，在网上查询酸辣海带丝的做法，不久也能做出味道相当不错的小菜，虽然没办法和中国超市里的相媲美，但是我们自己做的小菜还是相当健康卫生的。

自制咸蛋的我们

在莫桑比克的这些日子，我除了积累了经验、开阔了眼界之外，也收获了一批可爱的学生，他们并不像传闻中的那么懒惰，他们其实很努力，充满正能量，要一边工作，一边供自己读书，如果还有时间，就会选修另外的课程；我知道了除了西式的饭菜以外，还有两种叫作 Chamussa、Ressois 的小吃，几乎每家每户都会做，以鱼和虾为馅，口感细腻，让人回味无穷；我参加了一场学生的生日聚会，和学生的女性朋友贴面打招呼，真真正正地体验到了传闻中的接触性文化……而这一切的一切终将成为我在莫桑比克最美丽的回忆。

上篇　感悟篇

那些可爱的人

钱旖倩

作者简介

钱旖倩，浙江师范大学国际文化与教育学院汉语国际教育硕士。2017年8月至2018年7月任教蒙德拉内大学孔子学院，志愿者教师。

"非洲"于我来说曾是一个陌生而又遥远的词语，我没有想过有一天会踏上非洲这片土地，来这里度过生命中意义非凡的一年。还记得去年听刚回国的学长学姐分享志愿经历的那节课，他们口中那个绚丽而又神秘的非洲使我充满了好奇，也是从那个时候开始，我萌生了要来非洲做志愿者的想法。2017年8月1日，我们第一次踏上这片土地，来到莫桑比克蒙德拉内大学孔子学院。

贝拉的海边

赞比西大学是我主要任教的学校，赞比西大学开设了汉语一级到三级的课程，我负责一级课程的教学。由于学生都是零基础，刚开始，从来没有教学经验的我十分担忧，再加上我几乎不会说葡语，一直担心自己没办法很好地和学生交流沟通。后来我发现这些忧虑都是多余的，学生们都很优秀，很多都会说英语，上课可以用英语教学。在和一位学生的聊天中我了解到，他的英语全都是自学的，已经坚持学了好多年并且说得很好，这让我十分震惊，他改变了我原本以为非洲人都很懒散的刻板印象。我鼓励他说，你的汉语也可以说得像英语一样好，他信心十足地回答我说："With teacher's help, I think I can pass HSK（汉语水平考试）Level 5."。一个刚刚开始学习汉语的学生就有这样的雄心壮志，真的很让我意外。然而他们确实不只是嘴上说一说，在刚结束的汉语水平考试一级考试中，他们都高分通过了，并且期末考试也取得了很好的成绩，这和他们平时认真的态度以及对汉语强烈的兴趣是分不开的。这些学生让我感到了初为人师的喜悦。

赞比西大学一级班合影

在我们举办活动时，他们都积极参加，并且总是那么热情，富有感染力，对中国充满了向往。在给蒙德拉内大学孔子学院拍摄五周年祝福视频的那节课上，我又一次看到了他们的可爱。我们从教室里面拍到了教室外面，一个一个地录，虽然只是简单的几句中文，但对于初级水平的他们来说还是很费劲的。当我们在给其他同学录的时候，我发现有两个同学在旁边默默地一遍又一遍地练习，轮到他俩拍的时候虽然仍有些不流利，但我觉得已经十分不错了。没想到过了一会儿，他们又拉着我说："老师，再来一遍，我们可以。"

他们真的是很努力地在说，很努力地在学，我很庆幸能在这里遇见这群可爱又努力的学生。

2016年的这个时候，我还是坐在课堂上听课的一名学生，现在，我已经成为一名站在讲台上讲课的汉语教师，角色的转变让我学习到很多，也收获了很多。很多紧张、惊喜、激动的瞬间是以前没有过的。一年的时间说短不短，说长也不长，特别是给学生上课的时候，我总觉得时光飞逝，我想我更该好好珍惜接下来的半年时间。

这里有可爱的学生、可爱的教师，以及可爱的志愿者小伙伴们，这里有太多事情等着你来发现来体验，我想你也会喜欢上这个可爱的地方的。

你的学习热情是我的动力

吴钰婷

作者简介

吴钰婷,浙江师范大学国际文化与教育学院汉语国际教育硕士。2018年7月至2019年7月任教蒙德拉内大学孔子学院,志愿者教师。

刚来到伊杨巴内的时候,最让我惊叹的就是这里的天空和云朵,当你盯着它们时,总会产生一种一伸手就能抓到它们的错觉。晴就晴得澄澈,雨也雨得坦然,偶尔乌云满天,也是别有情趣。

伊杨巴内的天空

来这里之前,就听郭院长说伊杨巴内是一个安静的城市。平日里倒是不假,但一到周末的夜里,劲歌热舞,着实扰人清静。我有幸看到过精心排练的当地舞蹈,给人的感觉与街舞、爵士都大不相同,舞蹈热烈明快,观之就让人感到心潮澎湃，忍不住跟着音乐晃动自己的身体。

非洲当地的特色舞蹈

　　不知不觉间，我在伊杨巴内已有四个月的时间。虽然是第一年在这里开设汉语课，但学生学习汉语的热情并不低。因为消息闭塞，晚了几周入学的学生会跑过来请求我帮他补课；课上几乎所有的时间学生都会盯着我，生怕错过什么重要知识点；重要的考试前，大家会聚起来结伴复习，争取在考试中取得一个好成绩；课后总是和我各种搭话，用的是课上刚学过的句子，讲上几个来回，开心就挂在了他们脸上。

　　刚到这里的时候，经常会被问："你到这里多久了？"而现在，学生们最常问的却是："老师，您什么时候回中国？"我知道，其实他们是想说："老师，您别走。"正是因为学生们学习汉语的热情，我才能在授课过程中体会到巨大的成就感。

汉字书写大赛的获奖作品

11月，孔子学院举办了汉字书写大赛，当时班上总共有五个固定的学生，出乎意料地初步成功——全员都说要参加比赛。有一个学生的参赛作品还没有到我手上，就折在了不满1岁的孩子手里，好在其余四个人都按时上交了他们完美的书法作品。四个人中，三个人拿了奖，当我知道结果的那一刻，巨大的喜悦之余，紧随而来的就是欣慰——应得的，这是他们应得的。当他们拿到孔子学院颁发的丰厚奖品，我竟好像是自己拿了什么了不起的奖。不，比自己拿奖还开心。自那之后，每次上课讲到汉字，他们总是一笔一画把字写得方方正正的，恨不得把每个字都写成书法作品。字写七分大、横平竖直什么的早已了然于心，还笑着抱怨说："老师，为什么之前您没有这样教我们学写汉字？"有一个学生曾很真诚地告诉我："老师，我喜欢中国的汉字，学起来很有意思，以后能不能多一些专门学习汉字的课？"在国内的时候，老听留学生抱怨汉字难认难写，而在这里，却都不是问题了。

学生们拿到奖品

他们学习汉语的热情是有目共睹的，所以上课过程就成了一种享受。我什么都不用想，只管把知识放心大胆地传递给他们，如此而已。现如今，不仅我们有着一个中国梦，他们也一样。

上篇 感悟篇

海的这边，凤凰花开

应果珍

作者简介

应果珍，浙江师范大学国际文化与教育学院汉语国际教育硕士。2017年8月至2018年7月任教蒙德拉内大学孔子学院，志愿者教师。

2017年8月，我们怀着热情，来到莫桑比克大地，成为传播中华文化的使者。如今，任期已经过半，从莫桑比克的冬天到了莫桑比克的夏天，校园里的凤凰花早已盛开，汉语之花也早已绽放在非洲大地的各个角落。海的那边是什么？海的这边，凤凰花开，汉语之花绚烂。

赞比西大学校园的凤凰花

总统中学

毫无疑问,非洲是神秘的,过去我对于非洲的印象全部来自课堂,如今我可以亲眼去看非洲,用心去感受非洲了。我所在的地区是莫桑比克第二大城市贝拉,所在教学点为赞比西大学,任教于总统中学和教会中学。在已经过去的一个学期里,我所负责的是两个中学的汉语水平考试二级教学工作。

赞比西大学

虽然学生不多，但这些学生都是对汉语及中国抱有极大的兴趣才选择学习汉语的。我的学生中，年纪最大的有55岁，是总统中学的一名哲学教师，他非常喜欢中国汉字，是那些方块字把他吸引到了汉语课堂，使他与中国话结缘，真是"活到老，学到老"。教会中学的学生常对我说"老师，我要（想）去中国"，连课堂里的造句都常常离不开"去中国"这个话题，中国的经济发展、风景名胜吸引着这些学生。

学生们喝茶

除了教授汉语水平考试二级课程外，我也教授文化课。学生通过文化课，能够更好地了解中国。书本中提及茶文化，因此我专门带了西湖龙井去课堂，让学生自带杯子来体验中国茶。中国的茶文化博大精深，有红茶、绿茶、黄茶、白茶等，学生对茶的种类很好奇，但对于味道，有些学生表示喜欢这种清香的味道，但有些学生不喜欢，也许是习惯，他们喜欢在茶中加糖，喜欢甜甜的味道，不习惯清香的味道。

学生们对于比赛很积极，他们参加了摄影大赛和汉字大赛。参加摄影大赛，知道了何为"摄影"，何为"比赛"，学了两个新词汇。摄影比赛截止了，还不忘"摄影比赛"的词汇表达，常问我："老师，摄影比赛结果出来了吗？"对于他们能正确地说出这个句子，我感到很欣慰。总统中学的学生还参加了汉字大赛，对于认识汉字能力稍显薄弱的总统中学的学生来说，这是认识汉字的好机会。

这里的学生很可爱，在得知蒙德拉内大学孔子学院举办成立五周年庆祝活动，要给他们拍照时，一个个争着上讲台，在黑板面前摆出写汉字的姿势，他们真的很喜欢拍照。一晃一个学期过去了，我们迎来了期末考试，我把总统中学和教会中学的学生都叫到了赞比西大学，两个班一起考试，所以也就有了两个班一起的考试合照。在考试结束时，还有学生要单独拍考试照，还专门摆了在很认真做试卷的姿势，想一想也是有点小可爱呢。

期末考试合照

来到非洲，我成长了很多，从懵懵懂懂到勤勤恳恳，从慌慌张张到平稳淡定，从十指不沾阳春水到熟悉油盐酱醋茶，不论是教学，还是生活，都成长许多，就算在将来，这份经历依然会令我受益匪浅。

一年又一年，凤凰花花开花谢，但非洲的汉语之花永不会凋谢。在海的这边，汉语之花一直在绽放着自己的光彩！

我和非洲有一个约会

周 芬

作者简介

周芬,云南师范大学汉语国际教育硕士。2017 年 3 月至 2019 年 3 月任教蒙德拉内大学孔子学院,志愿者教师。

【缘起】

2017 年 3 月 9 日,带着些许忐忑与不安,我第一次踏上了离家万里的莫桑比克,迎接我的并不是想象中的烈日骄阳,而是和煦的微风,不冷不热的天气,令人感到舒服极了。我心里默默轻呼:"非洲,我来啦!"

"为什么你不去泰国啊?""东南亚的国家不错啊,离家又近。"……仔细想来,只能用"鬼使神差"来解释了!兴许是上课的时候,和一个肯尼亚的同学约定"有机会一定去非洲看看",兴许是在肯尼亚做志愿者的朋友任期结束时说的一句"非洲还是不错的"打动了我,一念之间,缘分早已注定。

初见莫桑比克

【时光】

一年的时光，说短不短，说长也不长，只是刚来时的耳下短发已经变成肩下长发，而万分期待的杧果也经历花开花落到果实累累，最后只剩下一树翠绿……时光流转，记忆斑驳，有些人就这样深深地印在脑海里了。

去孔子学院的小路两旁有一大片空地，杂草丛生。我们去上课的途中有时会调侃："不如我们在这里种菜，当农场主吧！"可是非洲特有的沙土地让我们望而生畏，对啊，光是除草、浇水问题就把我们难倒了。后来去上课的途中，我们发现好几个年纪稍大的 amiga（葡语，意思是妇女）弓着腰，拿着小锄头，卖力地除着草。我心里暗自嘀咕："这个得弄到猴年马月去了吧！"一天，两天……慢慢地，杂草都被清理干净了，amiga 种上了一小片绿油油的苗。我心里也高兴极了，想着这个是玉米呢，还是花生呀？轰隆隆……轰隆隆……宁静突然被打破，原定的孔子学院大楼终于要动工了，而地方就在小路两旁的空地上。我只能眼睁睁地看着已经长高的小苗被机器无情地碾过，我知道 amiga 肯定也会心疼，不知道她们还会不会带着小锄头，去别的地方上辟地种植。前几日，在新路旁边的另外一片空地上，我又偶然遇见了一个正弯着腰辛勤劳作的 amiga。我突然释怀了，说不定现在路边的玉米就是之前那几个 amiga 种的呢！因为努力的人会继续努力，她们不是传说中喜欢"不劳而获"的非洲人，虽然贫穷，但是她们靠着自己的力气，想要活得更好一点。尽管有时结果不尽如人意，但是，至少努力过。

正在除草的 amiga

作为孔子学院的教师，我们打交道最多的就是学生了。过去的一年，我和小学生、中学生、大学生、已经工作的成年人都有接触。一年的时光里，我会被小朋友天真无邪的笑脸击中，会为中学生将我视若姐姐的信任感而欣慰，会被大学生学习汉语的热情感动。不过，印象最深刻的莫过于上学期教过的两位大叔了。

大叔一号名"艺力",人如其名,他是一个很有毅力的人。他学习汉语已经是第四个年头了,去年已经考过了HSK 4级,在我的目瞪口呆中,他又报名考HSK 4级,他觉得他上次考试的分数有点低,所以想再考一次。好吧,有钱任性啊,不过最后成绩还是刚刚到线。对于这个结果,他是很不服气的。上次遇见他,他笑着对我说:"老师,我已经把工作辞了,我要专门学习汉语了!"稳定而待遇不错的工作,说辞就辞了,就为坚持学习汉语,只为了心里对汉语的喜欢和对中国文化的热爱。我很佩服他!

大叔二号中文名"夏立福",是一个可爱的胖胖的大叔,2018年也是他学习汉语的第四年。他问我他的名字好不好,我说"福"字特别好,他会是一个有福的人。他每天晚上开车半个小时从另一个城市赶到孔院上课,风雨无阻,他的坚持让我佩服。"老师,中国好,我喜欢中国"是他经常说的话。好吧,可爱的大叔,希望你的坚持能够给你想要的,有一天,你会说着流利的汉语去中国旅游,认识更多的中国朋友!

第一次参加孔院"教育展"活动

【流年】

时间是最残忍的东西,它不会因为美好而停留,也不会因为难过而常驻,它就是悄悄地、轻轻地……从早上上课学生郎朗的读书声中过去,从中午人们做饭的忙碌的指尖溜走,从晚上天边的红色残阳里消散!

时间没有停摆,"一入非洲情似海",离开了四季如春的昆明,离不开的是一样的蓝天白云,"闲看庭前花开花落,漫随天外云卷云舒",我和非洲的约会,未完待续……

Bom dia，tudo bem?

周海宁

作者简介

周海宁，浙江师范大学国际文化与教育学院汉语国际教育硕士。2018年7月至今任教蒙德拉内大学孔子学院，志愿者教师。

来莫桑比克之前，我一提到要去非洲，很多人都很不解，为什么要去非洲？在很多人的印象里，非洲不是赵忠祥老师的那句"春天来了，非洲大草原又到了交配的季节"，就是瘦得皮包骨头的小孩和旁边虎视眈眈的兀鹰。贫穷、原始似乎是很多人抹不掉的非洲印象，那么它究竟是什么样？我在非洲又会有怎样的生活呢？

【没事多逛一逛】

非洲东南部的莫桑比克是一个沿海国家，我此行的目的地正是莫桑比克的首都马普托。一下飞机，正赶上当地最冷的时节，人们纷纷穿起了外套。作为一个在中国北方室外和南方室内都挣扎过的人，这个温度却让我格外舒爽。这也使得非洲大陆给我的第一印象还十分不错。在简单的休息整顿之后，我的非洲生活就正式开始啦！

海边的沙滩和堤坝是来这里后必去的地方。这里不仅有一望无际的大海，还有许多结婚的新人。每个周末都会有新郎新娘带着自己的亲友团，一路载歌载舞来到海边，在大海的见证下，许下他们的誓言。热情好客的他们看到我们这些"生面孔"，还会邀请我们一起加入他们的行列，分享这份欢乐。

新郎新娘和他们的亲友团

除了海边的自然风光，这里还会有十分有趣的人文活动。比如马普托国际学校的 Food Fair（国际美食节）。每个学生及其家长准备好自己国家的特色食物，欢聚一堂，共享美食盛宴。其中由我们蒙德拉内大学孔子学院及各位中国家长精心准备的食物更是大获好评，春卷、饺子、炒面令人垂涎三尺，吃了还想吃！

谈到吃，莫桑比克的美食还是很多的。"著名"美食家我爸说过："走到哪里，吃到哪里。"在莫桑比克，你可以尝尝本地的一些食物，如 Xima、Chamua，也可以选择精美的西餐。周末和朋友们选上一家餐厅，点上几道好菜，享受一下异国风味，十分惬意。

马普托的美食

【没事多学一学】

来到莫桑比克不仅是一次汉语传播的旅程，也是一次学习进步的旅程。国家派我们作为志愿者来到这片土地上，不单单希望我们教好汉语，也希望我们能在教学的同时，提高自身各方面的素质，使自己有所进步。

在来孔子学院之前，我很少有机会唱歌和主持，经验较少。到这里之后，我却得到了很多锻炼的机会。唱歌从第一次将 See You Again 唱跑调到第二次对女搭档不解风情的"一甩手"，再到最后《365个祝福》的"大家一起来"，我一步步在成长。我第一次主持的是诗歌朗诵大赛，第二次是中国大使馆和孔子学院的联欢晚宴。说到第二次，一开始，我知道自己要在大使馆主持，内心是很紧张的，毕竟以前经验比较少。但在大使馆的工作人员以及各位教师的帮助和指导下，从主持稿的撰写、串词的练习到最后一些临场的应变，这一次的主持经历令我收获颇多。

主持人欧佳、周海宁和大使合照

除了主持和唱歌，我还学习了一点儿葡语。虽然只学了个皮毛，但我发现，即使是最简单的问候交流，也能大大拉近自己与当地人的距离。只要说一句："Bom dia, tudo bem?"（早上好，一切都好吗？）不管是商店营业员，还是街上持枪的警察，在听到这句话后，都会绽放出灿烂的笑容，热情地回应你。这也更让我体会到语言的重要性，不管是汉语，还是葡语，都是人类交流的桥梁。而我们志愿者教师更要扮演好自己的角色，既做学习者，又做领路人，在语言的学习与教学中，和当地朋友们结下友谊。

【有事多想想】

对于新手教师来说,最大的"事"就是如何上好课了。更何况我教的第一批学生就是青春期的小孩子。孩子们长着"天使"的面孔,却干着"魔鬼"的事情,课堂管理成了大问题。如何抓住学生的注意力,让课堂生动起来,同时把知识点讲清楚成了首要问题。

七年级的学生们喜欢各种酷的东西,他们喜欢说唱,喜欢 Fortnite,喜欢"撞墙式配合"和漫威周边,他们放荡不羁,特立独行,喜欢和主流对着干。一开始教他们的时候可把我愁坏了,这帮"熊孩子"没有一个听话的,用平常的教学法很难行得通,课堂效果十分不理想。

后来我绞尽脑汁,决定索性先从他们喜欢的东西入手,激发他们学习汉语的兴趣。既然他们喜欢唱歌,喜欢玩,那就从这一点入手。在学习颜色的那一课,我就先让他们欣赏了那首脍炙人口的《说唱脸谱》,跟着拼音简单学一学,唱一唱,然后进行脸谱的文化教学,同时配合语言教学,教一教他们脸谱上的各个颜色怎么说。最后,让他们自己去画一个五颜六色的脸谱,再介绍上面的颜色。从唱到学,从学到画,学生学习的热情大涨,效果也很好。

我的学生们

在莫桑比克的生活已经过半,这半年,我学到了很多,生活也很精彩。感谢孔子学院,感谢所有教师对我的帮助,也希望下一个学期大家一起加油!

马普托湾的雨下了一整季

高 铮

作者简介

高铮，浙江师范大学国际文化与教育学院汉语国际教育硕士。2017年8月至2018年7月任教蒙德拉内大学孔子学院，志愿者教师。

【壹：雨】

未至此地之前，我对马普托这座海滨城市的印象颇为刻板。我认为这城市的雨季和旱季应当干湿分明——旱季滴水不落，雨季无一晴天。于是我信笔写道："马普托湾的雨下了一整季。"后来我却发现，即使在雨季，马普托也并非整日阴雨连绵，阳光未曾放弃过对这片土地的怜惜。因此之后凡是有人问我为什么这么写，我都统一口径说这是作者采用了一种夸张的修辞手法，以赋比兴的方式描写出对当地的向往。大家听了，都纷纷摇头表示不相信，我也更加不信。不过也算"一语成谶"，因为据郭院长说，我写了这首歌之后，马普托的雨量明显增加。

我喜欢雨，一方面是因为它以一种未经雕琢的模样承载了所有的哀愁和朦胧的意象；另一方面，说我喜欢大盘鸡在这样一篇文章里总显得有些不太体面。有一次下了大雨，我坐在二楼的露台处观雨，发现对面卖充值条的老爷爷仍在雨中静坐，灰暗的天空接连碰撞和下沉，显得低洼而逼仄。可他就坐在那里，一动不动，雨和万钟于他何嘉焉。我不忍他淋雨，窸窸窣窣地跑过去给他递了一把伞，他连声道谢，于是我就蹲在他身边，共赏雨纷纷和草木深。当时的气氛令我有些动容，也有些冻身，于是我不禁即兴赋了一首七言绝句："这个雨天不一般，突如其来下得欢，突如其来下得欢啊，这个雨天不一般。"此句一出，我便觉得天下文采我独占八斗，然后我用汉语问老爷爷这诗怎么样，他说："！@#￥%…&（。·V·）ﾉﾞ*3*。"由此可见，语言一定程度上还是给沟通和意境徒增了障碍的。

　　近来的雨势较为喜人，对此我又即兴吟了一句诗来形容："随风杀入夜，润物粗有声。"吟罢，觉得自己的文采又升一斗，只是不知道杜甫他老人家是否同意。最近有好几次，大雨都是在凌晨四五点之后如天兵天将一般忽然而至。轰鸣的雷声选择从侧翼包抄，像是古早时凶猛的巨兽，吓得高将军虽然表面兵马纹丝未动，其实内心早已粮草先行。顿时，雷鸣阵阵，大雨滂沱，直吓得飞禽作鸟兽散，无形的Wi-Fi也闻声中断。后院已经长得让我有些害怕了的杂草开始更加拼命地吸收雨水，作为自己成长必不可少的养分——仿佛平日里沉睡的精灵都从大地里复苏，以雷霆万钧之势扫过所有目光所及的地方。但是这里的雨多是雷阵雨，来得快，去得更快，你还在回味它的震撼时，它却已经挥一挥衣袖，带走了好几片乌云，于是一切归于平静，系好安全带，收起小桌板，调直座椅靠背，街边的植被重新把头颅高傲地扬起，天空装出一副无辜的样子，却又以一种异常慑人而又温暖的色彩倒映在大地上，等待新一天的到来。这里的黎明静悄悄，可我却观了一场大戏，心满意足地继续睡去。

　　有时候第二天早晨，会听见汩汩的流水声，我心里感叹着大自然的持久和神奇，而出门才发现不过是院落里的水箱又漏水了而已。这类尴尬之事总是不便传播，只好自嘲了事。

【贰：海】

　　提起这里的海，就不得不提前些天去过的黄金角，它位于莫桑比克与南非的交界线，是莫桑比克的旅游胜地。说是黄金角，走遍了也没有发现黄金，我思量可能跟老婆饼是一个道理。截至发稿时，旅途发生了什么我已几乎全部忘却，唯有那片海的印记依然长留我心。那片海的颜色不同于波罗的海、加勒比海、死海，虽然以上大海我都没有见过。那是一种不同于静谧的深蓝，那是一种蕴藏和测量时光的圭臬。有文采的人面临这种美景，总是能说出应景的话来，我却只剩下了一个"美"字可以形容。那天，我先装作无所畏惧的样子，一边冲向海浪，一边叫嚣着，然后再被逐渐逼近的浪涛吓得七窍生烟，乐此不疲，很像当年的哪吒、三毛、金刚葫芦娃。

　　庄子有言："万川归之，不知何时止而不盈；尾闾泄之，不知何时已而不虚。"不知这片海已存在几多年，也不知有多少次潮起潮落，将栏杆拍遍。也许我今日看到的印度洋与数万年前人类刚刚走出非洲时所经过的那片海洋并没有什么实质性的不同，有的只是白云和苍狗，那片大海却一直在那里，守

着月亮，在阿非利加周围吞吐着所有的日出日落，护佑着全部的生老病死。

我时常在想，为什么人们一见到大海，就如此兴奋。正如初遇落雪，或像华灯初上时的突然停电，无数的荷尔蒙迅速从人群头顶飞过，轻易地将所有骚动覆盖和吞没。我想起毛姆在《月亮与六便士》里说，缔造神话与发掘异端是人类的天性，对生活中的意外或者神秘紧抓不放，深信不疑，无限狂热。人们是如此渴望自己生活能够折射出一丝不平凡，为了这丝不平凡和未知性，他们可以极尽所能地去挖掘，去证实，去向往。而大海则正是一种异于平淡生活的存在，于是便显得弥足珍贵，值得追求。正如那些平日里在马普托湾海水里沐浴祷告的虔诚教徒，也许这大海对人类是一种救赎，给人类一种对生和美的渴望。

【叁：思】

转眼来到这里已有半载，回想起出发时的心境，颇有些像钱锺书《围城》里的那种状态——城里的人想出去，城外的人想进来。但两者绝非出于相同的考量，对于当地人来说，去到更为先进和发达的国家，以一个缩影的形式走出非洲，那是他们生活的一种向往和追求；于我而言，非洲大地则充满了神秘和向往。在这里，理想与现实、群体与自我、感性与理性、工作与生活、孟浪与守矩似乎都达到了一种微妙的平衡。古斯塔夫·勒庞在其代表作《乌合之众》中说，当一群人形成群体时，其中的个体则往往容易随波逐流，失去自己的观点和想法。这半年里，我一直坚持尽量不受这条规则的影响和打扰，以真正的自我存活于世，我明白正是这不同，才让人类闪光。

我常在想，能够逾越过偏见与傲慢的沟壑，将两朵云彩相融，能够冲破凡尘的枷锁和桎梏，抵达未曾到过的远方，我们早已不平凡。我认同史铁生的话，是愚氓举出了智者，是凡人造就了英雄，是众生度化了佛祖。我们在拯救非洲，非洲也在拯救我们，它告诉我们，弱小从来不是生存的障碍，傲慢才是。最心底的想法告诉我，在这个躁动不安的年代里，墨守成规和循规蹈矩竟如同得过且过一般，经不起任何审视。我庆幸天地这般宽广，你我方可一同前往。渺渺流光，山高水长，总要有人陪你乘着一匹白马，去任何地方。我抬头看到月明星稀的天空，荫翳早已散开，光明即将归位，马普托的旖旎正在渐次展开。

为这个非洲小城,我写了一首歌

冯陈辉

作者简介

冯陈辉,浙江师范大学国际文化与教育学院汉语国际教育硕士。2018年7月至今任教蒙德拉内大学孔子学院,志愿者教师。

在遥远的印度洋西海岸,有一个美丽的非洲热带小城,那里的人们唱着歌、跳着舞,穿着色彩斑斓的嘎布拉纳(Capulana,莫桑比克当地色彩鲜艳的花布),欢迎来自世界各地的朋友。

这个小城就是马普托,它是莫桑比克的首都,同时也是蒙德拉内大学孔子学院(本部)所在地。

身穿嘎布拉纳的当地人

【清晨的马普托】

从郑和下西洋到如今的"一带一路",这个离中国千山万水之遥的城市,却与中国有着千丝万缕的联系,而在这千丝万缕之中,蒙德拉内大学孔子学院是其中最重要的线索之一。

目前马普托孔子学院共有教师20多人,他们以蒙德拉内大学孔子学院为中心,住在城市里不同的地方。清晨,早起的教师们步行到孔子学院上课,这段步行便是一天工作与生活的开始。出门便是列宁路。路上熙熙攘攘,楼下的保安、路边的小贩、等车和赶路的人们早已在忙碌了。

在马普托,似乎无论你起得多早,总有人比你更早。起得最早的是马普托的太阳,它是这里最勤劳的人,也正是受它的恩赐,我的肤色与马普托人民的肤色一天天接近起来。

【沿途最美的风景】

在去孔子学院的途中,总是会看到行色匆匆的阿米咕(音译葡语"朋友")来来往往。其中,最引人注目的是马普托的"移动市场"。

当地的商贩头顶着各种各样的货物沿街贩卖,面包、蛋糕、汉堡、沙姆萨(一种油炸类小吃)、新鲜的水果和日用品都稳稳当当地待在小贩的头顶,不用手扶也丝毫不影响他们的行进速度。其他人则或挎着公文包,或背着书包快步地走着。

有时我也觉得自己是他们中的一员,因为我们都在为自己的家庭、为自己的国家能够变得更好而贡献着自己的一份微薄之力。

当然,沿途除了引人注目的"移动市场",各式各样的居民区建筑也让人眼前一亮,这些建筑中,有矗立着的公寓,有五颜六色的多拼或独栋别墅,也有葡式风情的商店和古老东方风格的建筑。在上下课的路上,我时常会挑车辆较少的路走,只为去欣赏这些配色惊艳、结构少见的各式建筑。

当地建筑

上篇　感悟篇

【蒙德拉内大学孔子学院】

从我住的地方到蒙德拉内大学孔子学院只需要20多分钟，抵达孔子学院后你会看到，新的孔子学院大楼正在建设中，而现在孔子学院的中心是教师办公室。

我敢说，孔子学院的教师办公室绝对是全蒙德拉内大学最繁忙的办公室之一。因为在这里不光有中国教师、外方人员，还有来自马普托各个地方、各个工作岗位前来咨询或学习的学生。大家时而严肃认真，时而欢声笑语。

办公室内

目前，蒙德拉内大学孔子学院在莫桑比克5个城市中拥有13个教学点，这个学期，我被分配到了马普托的Intituto De Línguas（语言学院），这是当地一个专门培训语言技能的教育机构。我的学生最喜欢学唱中文歌，经常追着我要学唱歌。于是，我把自己写的小诗加上了简单的旋律教给了他们——《马普托之歌》。

马普托之歌

燕子低飞吟唱，
在马普托的街道上，
雨滴打湿了翅膀，
不误翱翔。
如果给我一天，
我会走在街道上，
我要去数一数，

五颜六色的房；
如果给我一年，
我会在这里流浪，
头顶各样的货物，
沿街叫唱；
如果给我一生，
都留在这里，
我会接上我的新娘，
热闹的周末。

周末的马普托最热闹，这是大家最喜欢的派对时间，音乐开足，跳起舞步，一片欢声笑语。周末也是孔子学院人最开心的时刻，比起派对，更让我们感到高兴的是一周一次的集体采购。

马普托的大超市商品琳琅满目，街边摊位的货物也是应有尽有。其中在最具人气的海边还有一家大型的中国商场，这里更是我们心心念念的地方，老干妈、辣条、方便面等，一应俱全。

中国商场

从2018年8月到现在，转眼我来到马普托已经8个多月了，回想在机场降落的那一天，恍如昨日，而让我们感觉时光飞逝的正是蒙德拉内大学孔子学院、马普托带给我们的快乐。

马普托的商贩、清洁工、学生、教师等不同职业的人，葡萄牙人、中国人、印度人等各个国家的人，每个人都是马普托一道亮丽的风景，每个人心中都有一首"马普托之歌"，我们一生都不会忘记。

汉语如何改变莫桑比克学生的命运

程郁华

作者简介

程郁华，华东师范大学历史学博士，浙江师范大学副教授，全国优秀教师。2016年1月至2019年8月任教蒙德拉内大学孔子学院，公派教师。

坐落在印度洋海岸线上的莫桑比克，有这样一群学子，因为一所孔子学院的成立，他们接触到了汉语，在中国汉语教师的悉心培养下，他们用自己的勤奋与努力改变了自己的命运。

【塞尔，成长为莫桑比克首位本土汉语教师，并收获爱情】

第一个故事的主角叫塞尔，他年幼丧父，寄居在已成家的哥哥家里，"小时候，我最大的梦想就是有一个自己的家"，他说。

2018年2月23日是塞尔大喜的日子，孔子学院教师代表参加了他的婚礼，一起分享了他成家的喜悦。新娘是一位美丽的埃塞俄比亚女孩，是塞尔去中国留学时在飞机上认识的。当时，女孩坐在他的相邻位置，他们都要去浙江师范大学学习汉语。遇到美丽的妻子，塞尔认为这是学习汉语带给他最大的一份厚礼，也是命运之神对他的眷顾。

塞尔夫妇婚礼上与孔子学院教师合影

现在,塞尔不但有了自己的家,还有了一份令人称羡的工作——他是莫桑比克首位本土汉语教师。

四年前,塞尔毕业于蒙德拉内大学法语翻译专业,在当地一家规模非常小的私立学校教小孩子们法语,薪水仅够维持温饱。

一天,他的一个同学想要找一个同伴到蒙德拉内大学孔子学院一起学习汉语。同学半途而废,被同学拉来的塞尔却被美妙的方块字深深吸引,拿到了孔子学院奖学金到中国留学。

为了学好汉语,塞尔忍着思乡的痛苦,三年没有回国,勤学苦练,终有所成:三年里,塞尔课程成绩优异,获得了汉语水平考试六级证书、汉语国际教育硕士文凭;2017年毕业前夕,参加孔子学院总部举办的"汉教英雄会"比赛,获得32强的好成绩;回国后,被母校蒙德拉内大学孔子学院聘为莫桑比克首位本土汉语教师。

当时汉语专业三年级"中葡翻译"课程正愁找不到合适的教师,塞尔的到来可以说是解了孔子学院的燃眉之急。

塞尔非常珍惜这份来之不易的工作,全身心投入教学工作,并且在短时间内取得了令人赞叹的成绩。2017年,由他带队指导的学生在世界中学生"汉语桥"比赛上获得了非洲组冠军、全球五强的骄人成绩。这可是莫桑比克中学生首次参加"汉语桥"比赛,在当地引起了不小的轰动。

学习汉语不但让塞尔实现了自己的家庭梦想,也实现了自己的人生价值。现在的塞尔老师已经成了许许多多本地汉语学子心中的人生偶像!

【莫非,从穷小子变身外企高薪翻译】

"刚做翻译时,很紧张,手心都出汗。现在工作经验多了,汉语水平也提高了,工作起来比较得心应手了。"

他叫莫非,现在在莫桑比克一家非常有名的葡萄牙保险公司,任中文部市场经理的中葡翻译。中方经理剑虹对他的工作表现非常满意,任何话只要说一遍,莫非就可以准确无误地翻译出来。

学习汉语之前,莫非毕业于莫桑比克第一高等学府蒙德拉内大学法语教育专业。毕业后由于找不到对口工作,莫非在保险公司做推销员,走街串巷、挨家挨户上门推销保险,工作甚是辛苦。

听说蒙德拉内大学建立了孔子学院,出于对语言的喜爱,莫非试着报了汉语培训班。没有想到,他一学就不可收拾,还获得了孔子学院奖学金到中国留学半年。

2017 年莫非(右一)获得公司"优秀员工"称号

莫非在语言上很有天赋,学习也刻苦,并一举获得了 2016 年莫桑比克首届大学生"汉语桥"冠军。这给他带来了全新的工作机会——从一个普通推销员摇身一变成了公司炙手可热的翻译。

一年多的外企翻译工作让莫非变得成熟、干练,已经没有了当初的羞涩与稚嫩。

莫非说,假如没有学习汉语,他可能还在做着保险推销员的工作,更不敢想象明天的生活是怎样的。

"我对我目前的工作非常满意。这个工作不仅让我有机会接触到各种高端人才,开拓了我的眼界,更让我得到了满意的薪水。我希望将来有机会再到中国留学,让我的梦想走得更远!"

【欧佳,想做"花木兰"的汉语新星】

"在中国留学的这半年时间里,我的收获非常多,我不但认识了很多朋友,亲身体验了中国美好的方方面面,而且我的汉语水平得到了很大的提高。"

欧佳是2017年莫桑比克大学生"汉语桥"冠军,这个个子娇小,却拥有远大梦想的女孩子正在浙江师范大学留学,行走在实现自己人生梦想的道路上。

去年期末考试,欧佳的全部课程都在90分以上,还有两门是100分!这就是同学心目中的学霸啊!

欧佳(左一)在"中非之夜"担任主持人

欧佳是莫桑比克蒙德拉内大学2016年首届汉语专业的学生,也是班上仅有的两名女生之一。之前,她毕业于当地一所职业高中,由于个子矮小,处处碰壁,找不到工作,前途一片黯然。

"为什么学习汉语呢?因为有一次我外婆生病了,得的是高血压,是中国医疗队的医生用中药治好的。所以,我那时候就对中国有种莫名的喜欢。"

欧佳从小与外婆相依为命,外婆也鼓励欧佳去学汉语。没有想到,一接触汉语的欧佳,就像曾被命运之神抛在岸上又重新接触到水的鱼儿一样,活了起来。

有着对汉语的喜爱和对命运的不屈服,欧佳学习非常刻苦。外婆说:"有一段时间,我以为我的小欧佳疯了,哪怕吃饭、上厕所,她都手不离书,念念有词。"正是凭着这股疯劲、傻劲，欧佳成了老师、学生心中的优等生，获得了到中国留学一年的奖学金。

欧佳在莫桑比克教育展上担任中国文化的宣传使者

欧佳决定要好好珍惜在中学留学的机会，让自己的汉语水平更上一层楼。大学毕业后，她打算到中国读汉语国际教育硕士学位。"我最大的梦想是想回母校做莫桑比克首位本土女汉语教师，让别人知道女的不比男的差。"在莫桑比克，男女存在着严重的性别不平等，女孩子们早早被父母许配给婆家，难以获得入学机会，更不用提上大学了。

学习汉语让欧佳找到了人生的自信，开启了她人生的新篇章。欧佳希望自己未来的成功，可以给身边更多女孩带来自信，希望用自己的实际行动来改变莫桑比克的女性现状！

2017年中国已成为莫桑比克最大的外商投资国，越来越多的中国企业进驻到莫桑比克，中莫两国之间的文化与经济交流也越来越密切，这都将进一步推动汉语在莫桑比克的发展，相信莫桑比克会涌现出越来越多的"塞尔""莫非"和"欧佳"们！

为了教非洲学生写汉字，我使出了洪荒之力

程郁华

作者简介

程郁华，华东师范大学历史学博士，浙江师范大学副教授，全国优秀教师。2016年1月至2019年8月任教于蒙德拉内大学孔子学院，公派教师。

2016年年初，我到莫桑比克首都马普托蒙德拉内大学孔子学院任教，主课是"汉字课"，对象是汉语专业一年级的新生。

写汉字是非洲学生心中的"拦路虎"，因为当你问汉语课哪门最难时，学生几乎无一例外回答是汉字课。

在教学生的过程当中，我发现非洲学生在写字时，确实有种寸步难行的感觉。我们习以为常的东西，在学生那里都成了过不去的坎，比如"一横一竖"的笔顺，写错的学生大有人在。横不是从左到右写，而是从右到左写。竖不是从上往下写，而是从下往上写，令人啼笑皆非。

在我费了九牛二虎之力让学生掌握了所有笔画之后，又发现学生的字写得歪歪扭扭，很丑。原来学生对于汉字结构基本无感，而写字就如盖一座房子，尽管材料优良，装修精美，但是房子结构是倾斜的，就称不上是一座好房子。所以，如何教会学生掌握汉字结构的要求是我教学面临的紧迫问题。

写汉字历来被各路专家认为是汉字教学中最难的一个部分。主要的困难是非汉字文化圈的人对方块字的结构是完全陌生的，其既有的文化中没有汉字的附着点。比如说，汉字结构要求达到内聚、紧凑、重心平稳，这些抽象的要求在西方字母里面是完全没有的，学生很难体会与领悟。既然学生固有文化里没有这些东西，那么该从何下手？

上篇　感悟篇

不妨回到汉字的造字法，尤其是象形字，比如常见的"人、山、月、日"，本来就是模仿生活当中的事物而产生的。据此，你就会发现汉字结构美的要求其实也是来源于生活当中的事物。于是我灵光一动，大胆结合生活当中具体的实物，如盖房子、人体比例等，来讲解汉字的结构要求。

与可爱的学生们在一起

学生在汉字结构方面容易犯哪些错误？教师又应该如何纠正呢？请听我一一道来。

【为什么撇与捺底端要齐平？】

这是中国文化对于汉字整齐美的要求，非洲学生没有这方面的概念，底端不平，一高一低，很难看。我在黑板上模拟学生的字，学生看到哄堂大笑。可是我知道，只是要求记住写撇和捺时底端要齐平，学生当场记住，回去就忘了，因为学生没有理解。所以我问学生，撇和捺底端为什么要齐平？学生一脸茫然。我举例说，如写"人"字，撇是人的左脚，捺是人的右脚，人要站稳，两脚都要在一个平地上，假如一只脚长，一只脚短，别人一推就倒了，就站不稳。这样一讲，学生就懂这个道理了，以后也忘不了！

【为什么横笔组合时，一般最后一横是最长的？】

如"午、牛、三"等字，最后一横是最长的，可是很多学生最后一笔反而是最短的，这就写错了。学生没有这方面的意识，老师要讲出一个道理来。

我给学生打比方,比如"三",为什么底下一横要最长?我们可以把"三"看成一个房子,上面是房子,底下是地基,假如地基窄小,那么就无法托住房子,房子就要倾斜,甚至垮塌。这样一讲,学生印象非常深刻,不容易忘记。

【为什么有些汉字要有主笔?】

如"山、木",中间的竖是主笔;"水、小",中间的竖钩是主笔;"也、电",竖弯钩是主笔。主笔一定要有力,要大一些,这样书写的汉字才会主次分明。可是非洲学生不知道,主笔写得和其他笔画差不多,没有主次之分。这个道理怎么才能讲得让学生明白?我是这么和学生说的,我们可以把每一个笔画都看成一个人,一个字就是由人组成的小团体,一个团体里面必须要有一个领头人,否则团体就没有向心力,会涣散。这个领头人就是主笔。这样一讲,学生就懂这个道理了。

【为什么有些字底部要收紧?】

如"口、田、国"等字,写的时候两边要向底部收紧,底部要比上部窄一些,这是汉字结构内聚的要求。为什么要这么做?道理在哪里?中国人自己也很难理解。我在生活中有一个发现,就是太极拳在打勾手的时候,两手搭在一起,再加两个手臂与肩部就如一个收紧的"口"字。假如两手不是搭在一起,而是重叠并在一起,就如一个没有收紧、每笔都相等的"口"字。人的两手重叠在一起,别人用力一推手,人就跌倒了。而两手搭在一起,就是太极的勾手动作,对方无论用多大的力量都推不倒。我叫学生上来做实验,学生对这个发现感觉很有意思。于是我顺势说,"口"字底部收紧,就如太极的勾手,非常有力,收紧是内聚,有力量,每笔都等长反而无力。

【为什么要有穿插避让?】

这方面最经典的字是"林"。两个木合在一起的时候,要求左边木字的捺笔变成点,否则两个字没有办法紧密结合在一起,看上去像"木木",不像一个字。在教学生写这个字时,要是把道理讲清楚,要花两节课的时间,而且还很难让学生听得明白。我的方法是化繁为简。我叫两个学生上台,把手臂张开,站在一起。我的要求是两个人肩膀靠在一起,两个人合起来就是一个结构紧密的"林"。学生刚开始做不到,后来有台下的学生指出来,左边学生的左手手臂折叠起来,右边学生的手就可以穿插进来,这样两个人肩膀就靠一起了。他们非常生动地演绎了避让穿插的道理。这样学生都能明白,而且印象深刻。

上篇　感悟篇

用学生身体组合展示汉字"林"的"穿插避让"

【如何做到重心平稳？】

如"民、果、象"等字，汉字结构要求上部写得要稍微小一点，可是非洲学生写得上部很大，下部很小，给人摇摇欲坠的感觉，很难看。我先在黑板上模仿学生写字，学生都笑了。接着我问学生为什么不能这么样写，学生回答不出来。我说，上部就如人的头部，下部如人的身体，头部太大，身体太小，像什么？学生都笑了，说像大头娃娃。

当然，还有其他的一些汉字结构的要求，限于篇幅，不逐一讲述。我要求学生把我教的这些方法记住，然后收集自己写过的作业，逐一进行检查纠正。后来学生写的字就越来越漂亮了。

孔子学院首届汉字书写大赛优秀作品展

| 275 |

汉字结构的要求确实很难,但是把汉字结构放回到其生活当中的起源,用生活中的具体事物来讲解,中外相通,就不存在有没有附着点的问题了。

在课程结束的时候,令我欣慰的是,很多学生对我说,汉字很难,可是老师的课让汉字变得很容易!

有一个男孩叫奇迹
——记蒙大孔院冉冉升起的"汉语之星"

罗 丹

作者简介

罗丹，浙江师范大学国际文化与教育学院汉语国际教育硕士。2013 年 8 月至 2015 年 8 月任教于蒙德拉内大学孔子学院，志愿者教师；2016 年 9 月至 2019 年 11 月任教于蒙德拉内大学孔子学院，专职教师。

2018 年 1 月，2017 年 12 月的汉语水平考试考试结果出来了，老师们的眼光不由得被成绩单上那个满分成绩所吸引——汉语水平考试三级总分 300 分，得分 300 分。这个满分的得主就是我今天所要讲的故事的主角——汉语专业二年级班的奇迹。

第一次看到"奇迹"这个名字时，我不禁莞尔一笑，竟然有人给自己取这样的名字，随着点名时"到"的答复，我看到一个个子小小的，脸上带着些许羞涩的男孩看着我。他其貌不扬，实在是个不起眼的小孩，我再也没怎么关注过他。

随着课程的开展，班上大部分同学都有旷课或者请假情况出现，只有少数几个人没缺过课，他们作业总是认真完成，课上注意力集中，表现积极，而这些人中就有奇迹。开始奇迹还不显山不露水，与一些显眼的同学相比，他显得低调得多，课堂上只回答自己有把握的问题，默默地听，勤做笔记，遇到不会读的，在老师说完一遍后，他自己会私底下再复述一遍，当

生活中的奇迹

时我只是觉得这个学生学习态度很积极，表现很不错。一天，两天，看不出多大的变化，一个月两个月过去了，奇迹开始崭露头角。与生俱来的语言天赋，使他能够举一反三、触类旁通。一个学期之后，他已经从一个完全没学过汉语的"小白"跻身成为班上名列前茅的学霸，甚至超过了那些学了一两年的学生。

我也开始慢慢得知了这个孩子的故事。

奇迹出生在一个5口之家，因为父亲早逝，家境贫寒，2017年来首都马普托读大学后，寄居在叔叔家。他自己的老家则在一个离马普托不远的城市，尽管回一趟老家只要坐4个小时的小巴，一趟车费也就50梅蒂卡尔（约合人民币5块），对于家境贫寒的奇迹来说，这也是一种奢侈。为此他一年多才回家一趟。穷人的孩子早当家，从小聪慧懂事的奇迹知道要改变自己的命运，唯有学习。

他告诉我，开始仅仅是因为对汉语好奇才选了汉语专业，并不知道汉语能给他带来什么。第一次远离他乡求学，周围的环境和人都是那么陌生，他内心很孤独。且初次接触汉语，他发现汉语与当初想象的相差太远。汉语的声调变化给他带来了不少苦恼，而汉字更是摆在他面前的一道看似无法跨越的鸿沟。当时班上几个同学有些汉语基础，他们在课堂上与老师积极互动，对答如流。这时奇迹陷入了深深的自卑与恐慌中。就像后来他在作文中写的，那时候他感到一切是那么陌生，汉语又那么难学，他觉得自己是班上最差的，没有信心学好汉语，害怕自己读错了、写错了，被老师纠正，被其他同学耻笑。他很苦恼，也很沮丧，甚至想过要更改专业。可是骨子里的韧劲让他扛住压力，选择了坚持。他决心不缺席任何一堂课；上课注意力集中；尽量努力回答问题；不懂的就问老师，问同学，勤做笔记，勤复习。他想看看，这样做会不会出现奇迹。就这样，一点一滴地积累，脚踏实地地努力，他的发音越来越标准，上课回答问题越来越积极，认识的汉字越来越多，遣词造句也越来越符合汉语的逻辑。很快他在几次考试中拿到了全班最高分。这样的好成绩让同学都对他肃然起敬，为他赢得了更多的友谊，同时也赢得了老师的肯定。他自己也越来越自信，很快奇迹获得了担任蒙德拉内大学孔子学院五周年庆典的主持人的机会。内心的自卑又一次困扰着这个男孩，用汉语主持，对他来说这个挑战太大。他害怕自己说得不好，会出丑。曾经几次想要放弃，最终恐惧没能打败这个坚韧的男孩，他选择了坚持。

上篇　感悟篇

作者与奇迹担任孔院五周年庆典主持人（左一与右一）

在主持人培训过程中，他不断地修改自己的稿子，一遍一遍地练习吐字发音，不仅在学校与搭档们反复操练，回家后也不忘继续练习。有好几次深夜他用社交软件把练习录下来发给老师，请求老师帮忙指正。功夫不负有心人，他在五周年庆典的主持过程中，没有出错误，偶尔还能做到脱稿主持，出色地完成了主持任务。

2018年3月，他又独立担任了2018年蒙大孔院新生宣讲会的主持人，与上次主持相比，他的汉语更好了，更自信沉稳了，最重要的是主持稿基本都是他自己写的。看着讲台上从容自信、侃侃而谈的奇迹，我仿佛看到了一颗冉冉上升的汉语之星，想象着属于他的精彩人生正在到来。

奇迹说，从未想过学一门语言会给他带来那么多的改变，汉语不仅为他打开了一扇窗，让他有更多的机会了解外面的世界，也让他看到了自己美好未来的曙光。他说他现在要做的是继续努力学习汉语，趁着9月份去中国留学，尽快地提高汉语水平，他想在本科毕业后继续读汉语专业的研究生，以后能成为一名优秀的本土汉语教师和翻译，这样他就可以把他的妈妈接到马普托跟他一起生活了……

在新生宣讲会上担任双语主持人

在蒙大，学生通过学习汉语改变了人生的例子不少，比如：由穷小子蜕变成上司器重的翻译莫非；邂逅爱情，成为第一个莫桑比克本土教师的塞尔；励志成为"莫桑花木兰"，现在在中国留学的小个子女孩欧佳。我相信拥有语言天赋，而又比他人更加努力付出的奇迹，定会成为他们中光荣的一员，他一定能创造更多属于自己的奇迹！

十二生肖上学啦!

刘鸣宇

作者简介

刘鸣宇,北京师范大学汉语国际教育硕士。曾任教于泰国、厄瓜多尔;2018年1月至2020年1月任教于莫桑比克蒙德拉内大学孔子学院,专职教师。

在对外汉语教学中,方位词教学一直是一件让老师们头疼的事情:浅了,讲不明白;深了,少了趣味。我也一直在探索一种合适的教授方位词及相应句式的方法,现有一些拙见,希望和大家一起探讨探讨。

我认为在对外汉语教学中,除了教授汉语、汉字之类的"硬知识"外,还应加入文化之类的"软知识",因此在教授方位词及相关句式时,我采用的是"给句式、强操练"的方式,操练使用的内容是十二生肖。

【复习】

上课一开始,我会先拿出一张马的图片,问学生:"这是什么?"待学生回答后再问学生:"你们还知道什么别的动物?"引导学生回忆学过的动物的名称,学生能说出"鸡""牛""羊""猪""猫""狗"等词汇,在学生说的同时,我会把汉字、拼音及其对应葡语写在黑板上。这里需要注意的是,我在教授"猪"这个词汇之前先询问了班里有没有穆斯林学生,如果班级里有穆斯林学生,老师应提前和学生解释清楚,我们只是知识的教授,没有任何其他的意思,基本上学生都是可以理解的。在回顾了相关的动物词汇后,我会告诉学生:"今天,我们要学习一些别的动物的相关词语。"然后把之前没学过的十二生肖里的其他动物,如"老鼠""龙"等补充到黑板上,写出它

们的葡语名称，并带读。接着我会问学生："你们知道我们今天为什么要学习这些动物的词语吗？"因平时孔院也会举办一些中国文化活动，所以有些学生是能看出老师的用意的，如果学生实在不知道，老师可以直接问学生："你们知道这里面有十二个动物很特殊吗？"——在问问题时，一些没学过的词汇我会直接用英语表达，比如上面的问句我会说："你们知道 inside 这些动物有十二个很 special 吗？"然后用 5 分钟左右给学生讲解关于十二生肖的一些知识，给出十二生肖的词汇 ppt，接着直接给出句子"你属什么？""我属……"用 10 分钟左右帮学生（约 20 个）算出他们自己的属相。因属相问题并非本课重点，因此在本节课中对句式"你属什么？""我属……"不加操练，十二生肖同理，也不是本课的重点，且之后还会有反复练习的机会，所以对十二生肖的名称只要求学生明白其意思，掌握其读音即可，也不做过多的操练。以上内容的教学时长大概是 25 分钟。

十二生肖词汇

【导入】

讲解完十二生肖的相关知识、词汇后，我会给学生出示下图：

教室

我会告诉学生："现在，这十二个动物上学了，他们还是同班同学。"然后指着老鼠的图片问学生："第一个学生是什么？"学生回答之后再问，"老鼠的后边是什么？"说到"后边"时要加重语气、放慢语速，并且把这个句子写到黑板上，标红"后边"，告诉学生"后边"的意思。因有些常用的方位词在之前的教学里已有一些接触，比如我在教授"有"时，就使用过句子"桌子上边有一本书""海里边有鱼"等，当时并没有深讲方位词的知识，只是告诉了学生意思，学生接受起来没有困难。鉴于有之前的铺垫，所以在这里我会问学生："你们还知道别的关于方位的词语吗？"待学生回忆得差不多之后，给出下面的 PPT：

方位词

学生掌握以上词汇后，我会用手指上、下、左、右、前、后等方位和学生一起进行操练。第一遍结束以后，我会再指一遍相关方位，让学生自己回答，然后在第二遍的基础上，加快速度，进行第三遍的操练。以上总用时 15 分钟左右。

【给出、讲解句式】

第一节课我选择直接给出两个句式。

句式一：A 在 B 的 + 方位词。（A、B 是定指）

句式二：A 的 + 方位词 + 是 + B。（A、B 是定指）

说明：1. 这两个句子中的"的"是可以省略的，但为避免学生混乱，我选择给最完整的句式。

2. 和方位词相关的句式还有一个：A + 方位词 + 有（ + 数词 + 量词）+ B。（A 是定指，B 非定指）在这节课我不会给学生提出这个句式，我选择在学生掌握前两个句式之后再引入，这样就做到了"由易到难，步步为营"。

我会先用 10 分钟左右简单地给学生讲解一下这两个句式，根据图片给出例句："老鼠在兔子的前边。""兔子的前边是老鼠。"然后根据学生具体的座位情况对学生进行提问:"谁在你的前面?""你的后面是谁?"用提问的方式进行操练,对每个学生都要提一到两个问题。用时约为 10 分钟。

【操练】

教室

在学习完相关的词汇及句式之后,我会再次给出上图,把学生按上图排坐。如果班级成员较多,年龄差距较大,则尽可能地不改变学生的真实属相;如果年龄差距较小,就每个人随机代表一个属相;如果班级人员较少,就选取其中几个和学生属相贴近的词来进行练习。教师提前为每个学生准备好相应的有汉语拼音标注的属相名称桌签——好让别的学生知道自己的同学分别代表什么,然后问学生"你是什么""你的后边是什么""谁在你的前边"之类的问题,每个学生都要被问两到三个问题。问过一轮之后,教师把提前准备好的任务卡发给学生,卡上的内容为:

第一个学生的卡片内容:我是×××,我在×××的前边,×××在我的后边,我的左边是×××。

第二个学生的卡片内容:我是×××,我在×××的后边,×××在我的前边,我的左边是×××。

……

第五个学生的卡片内容:我是×××,我在×××和×××的中间,×××和×××的中间是我,我的左边是×××,我的右边是×××。"

……

第九个学生的卡片内容：我是×××，我在×××的前边，×××在我的后边，我的右边是×××。

第十个学生的卡片内容：我是×××，我在×××的后边，×××在我的前边，我的左边是×××。

……

让学生先看明白卡片上的句子，然后从第一个学生开始，让学生依次站起来补充并说出卡片上的内容，鼓励学生不看卡片说出相关内容。若是学生不看卡片，教师可在学生遇到困难时给予一些帮助。尽管每个学生需要说的句子较多，但因提前给学生进行了相关的操练，并且给学生准备好了任务卡，所以对学生来说这个环节难度并不大。这个练习所用时长为30分钟左右，一节90分钟的课到此结束。如果还有时间就让学生调整座位，最好以列为单位，比如龙所在的那一列和老鼠或者猴子所在的那一列交换位置，继续操练。

【作业】

把最后一张图片给学生打印出来，然后让学生按照课上活动所说的句子去描述图片中动物们的位置。根据实际情况，可酌情调整作业量。多者可让学生写出每个动物的位置情况，少者可让学生从左、中、右三列中各选取一个动物来进行位置的描述。教师可选择让学生用汉字或者拼音来完成作业，更简单者，教师帮学生准备好相关句子或者文章，挖去关键词，让学生只做填空即可。

【反思】

操练的过程中，学生会出现一些偏误，教师应及时纠正。纠正之后教师还应询问学生"还有什么问题"，给学生提问的机会，并及时通过学生之间的讨论或者教师讲解等方式解答学生的疑惑。方位词以及相关句式本身也是初级阶段的一个重点和难点，对以上知识的讲解，90分钟只是理想状态，教师可酌情延长到3课时。

以上就是我的一些拙见，希望能对同仁们有所帮助，若能起到抛砖引玉之效，那就再好不过了。

教学相长，是最好的"跨文化交际"

宋战兵

作者简介

宋战兵，浙江师范大学体育与健康科学学院教师。2016年8月至2018年7月任教于莫桑比克蒙德拉内大学孔子学院，主要从事武术课教学，公派教师。

到如今，我来到莫桑比克蒙德拉内大学孔子学院已经一年半有余。这一年半当中，第一个学期是慢慢了解学生的时期，也是最能突出体现"教学相长"和"跨文化交际"思想的阶段。从第二个学期开始，我在马普托的教学思想和教学方法就开始清晰了起来。现在趁非洲孔院大会在莫桑比克蒙德拉内大学孔子学院召开之际以记之，为海外武术课的教学提供一些思想和实践的经验、体会。

所谓"教学相长"指的是学生"效师而学"和"自学而学"，两者对学生的成长具有相同的益处。教和学两方面互相影响和促进，都得到提高。因此，"教学相长"不是教学原则，亦不是教师成长规律，而是学生的学习规律，强调学习者一方面应自学、自修，另一方面"效师""效友"而学，教与学的交往互动，在师生相互交流、相互沟通、相互启发、相互补充的过程中，教师与学生彼此间进行情感交流，从而达成共识、共享、共进，实现教学相长与共同发展。

而跨文化交际，指的是本族语与非本族语之间的交际，也指任何在语言和文化背景方面有差异的人们之间的交际，也可以说是不同文化背景的人走到一起分享思想、感情和信息。通俗来说，就是如果你和外国人打交道（由于存在语言和文化背景的差异），应该注意什么问题，应该如何得体地去交流。

国内教学有"教学相长"的过程,而海外进行"跨文化"教学的过程中,"教学相长"思想的运用尤为重要。

在蒙德拉内大学进行武术课教学的第一个学期,从开始招生到开始上课,我一直是信心满满。但是当上课一周后就开始出现问题了,学生人数一下减少了很多,一是大部分学生有工作,不能保证正常上课;二是一些学生认为太极拳相对含蓄内敛,他们需要的是fighting(搏击);三是我上课延续了国内课堂要求,如果所有学生集体迟到半小时,我就背起书包回家了,导致学生换乘几次小巴来上课没见到老师而不得不返程回家。后来还算好,有一部分热爱武术的学生留了下来。但是作为教师的我,就不得不反思:武术课教什么、如何教、怎样与学生相处等等问题。

第二学期开始,教的学生比较复杂,有大学生,有培训班的学生,还有Kitabu中学的中学生和马普托国际学校的中小学生。为了使学生对学习武术产生兴趣,我开始尝试把自己对教学的一些思考,运用到教学实际中去,在保证上课安全的前提下,教授学生一些散手基础知识和擒拿的经典动作。接着我就开始选择教学内容,太极拳必须学习,长拳和剑术任学生选择一种,散手和擒拿则学习基本动作。因为太极拳是必须学习的内容,从学习的第一堂课我就教授学生擒拿术,当学生被老师擒拿住或学会擒拿别人的时候,就更容易被激发起对武术的兴趣,慢慢地就开始喜欢上了武术课。同时,武术课也要发挥其延伸价值,把武术课当成汉语口语交流的平台。武术课创造了场景,能够提供更多的交流机会,因为武术课上学生与学生之间,老师和学生之间有很多的交流机会,所以,学生可以通过武术课的学习来提升口语表达的能力。通过一学期的实践,我发现效果显著,学生人数逐渐提升,教学质量提高,我和学生沟通起来自如了很多。

第三学期可谓是收获的学期,通过第二学期的实践,第三学期学生报名人数非常多,教学效果也达到了预期,整个学期教学过程中时不时就会有新的学生插班学习,走在校园里经常能听到喊"师傅"的声音,这其中有食堂的阿姨和校园保安。这个学期也因为学生学习认真,教学秩序井然,每次上课我都能体会到在海外教学的快乐。其实这就是"教学相长"和"跨文化交际"的成果表现。这一个学期我也感到是最繁忙的一个学期。在练习擒拿时,为了给学生做一对一示范,我把棍当成一个对手运用各种技法进行练习,以更好地教授学生。我发现教学中不能过于强调太极的文化性和健身性,如果没有fighting的能力,学生是不容易接受的。另外武术的表演性也是一个很重要的特点,为了能够让学生参加各种活动表演,我不得不改变教学进度的设置。因为很多学生一周可能仅仅上一次课,但有的学生可以学习两次,所以"以生带生"教学也是很好的教学方法,让先学习的学生和教师一起去教授后学习的学生，这样通过先学者的语言优势更有效地帮助教师教学，完成教学任务，也提高了学生的能力，为学生参加表演提供了保障。在第三学期，我带领学生走上STV电视台录制节目，宣传太极文化的特点和价值，还带领学生参加第一届中莫庙会，并接受电视台的采访，谈运用好太极拳这张中国文化名片的作用和价值。

现在是我任期的最后一个学期，我将一如既往地运用"教学相长"的思想来指导武术课的教学，运用好太极拳这张文化名片，多开发武术文化的附加功能，为中华文化的传播多做贡献。

送你一个中文名

袁 方

作者简介

袁方,云南大学汉语国际教育硕士。2013年3月至2014年3月任教于孟加拉南北大学孔子学院,2014年10月至2015年7月,任教于老挝国立大学孔子学院,2016年8月至2018年8月任教于蒙德拉内大学孔子学院,专职教师。

  语言是用来连接的。古往今来,上下四方,人类用一个个符号密密地编织了一张网,作为人们交际和认知世界的工具。正是因为有了语言,人类才能传承自己的文化,书写自己的历史,在茫茫宇宙间不再只是蜉蝣般的存在。正是因为语言,个人和社会联系在一起,而不是一座孤岛。正是因为汉语,这门世界上使用人数最多的语言,我们不仅和中国社会联系在一起,还通过它和世界联系在一起。

  名字,是一个人降生之后,与之发生直接关联的语言符号。一个人未被命名时,仿佛无名和混沌,名字的赋予,就像是从这混沌中分离出一个人来。借着这个符号,新降生的生命和这个世界建立了联系,同时宣告着,从此,这个社会多了一名新成员。

  语言是文化的载体,每一个新生儿的命名,都是文明之光的闪烁、文化之音的回响。在之后的岁月里,这个符号,带着语言本身的力量,带着文化的积淀,带着父辈美好的期许,在无数次的使用中,无声地塑造着一个人,不知不觉,就成了自我认同的一部分。

  那些声音好听、意韵美好的名字,从《诗经》里走来,从《楚辞》里走来,从唐诗里走来,从宋词里走来,带着天地的壮阔,有着山川的秀丽,裹

挟着花草的芬芳，表达着浪漫的情怀，彰显着昂扬的精神、不屈的姿态和飞扬的神采。我喜欢这样有着中国文化烙印的名字，也喜欢给学生起这样的中文名。虽然他们不是新近才来到这个世界上的，但选择学习一种新的语言和文化，他们的生命就有了新的可能，有了获得综合的文化身份的可能，有了担负起文化交流的桥梁的可能。

给学生起一个中文名，这是一份礼物，也是一份期望。这份礼物，来自五千年源远流长、奔腾不息的文化长河，带着容纳百川、会泽天下的胸襟和气魄。这份礼物，也带着我美好的祝福和殷切的期望。我希望借着这个名字，让他和中国文化建立一种联系，希望这个名字在之后的学习生活中陪伴着他，希望这个名字的文化意蕴塑造着他，带他走进中国，更深入地了解中国文化，希望他可以获得一个综合的文化身份，希望他可以担负起文化交流的桥梁作用。

来谈谈我是怎么给学生起中文名的，希望能起到抛砖引玉的作用。我给学生起的中文名，力求像中国人自己的名字，同时用字简单、顺口、意韵好，大致有以下几类：

取自经典。"有美一人，清扬婉兮"——"段美清"就很好；"路漫漫其修远兮，吾将上下而求索"——"陆道远""李道远"；"文质彬彬，然后君子"——"宋文彬"；"人而无信，不知其可也"，怀之不敢忘——"徐怀信"。"见贤思齐"——"郑思齐"。"小山重叠金明灭"，"灭"字换成"美"字——"金明美"。宋词是一代之文学，宋人又喜欢冷色调——"李青词"，不也很别致吗？《聊斋志异·小倩》之"宁采臣""聂小倩"——"宁小倩"。《红楼梦》里有"林红玉"，换一个姓——"孙红玉"，也比较顺口，而且也不是很常见。"玉洁冰清"——"玉洁""冰清""冰玉""玉清"，可以有四个名字。"光明磊落"——"朱光磊"。

取自古人的姓名。古有"左丘明"，今有"左思明"；古有"袁宏道"，今有"袁行道"，"行道"没有"宏道"那么有气场，但脚踏实地。东晋有大书法家"王羲之""王献之"，现在有"王行之"，说不定他也可以成为一个小书法家。古中国有"孙尚香"，今莫桑有"李尚香"。古有"马致远"，今有"李致远"，再换一个字，"李志远"也是个好名字呀！有直接用古人的字或号的，如"刘子建""刘东坡""王子龙"。还有直接用古人的姓和字的，如"马东阳"。还有用花草名的，如"丁香""杜若"。金庸先生的"芷若"起得真好，一实一虚，清新出尘，勉强效仿，讨一点儿巧。

取自影视作品或小说中出现的人名。如李天昊、李天朗，后来又看到叫"天明"的，再加上个"李"姓，刚好，昊昊长天，明朗乾坤，也确实符合中国人心中的期望。小说《烈火如歌》中有"烈如歌"，姓换成"叶"，"叶如歌"；"刀冽香"，"冽"是"寒冷"的意思，"冽"字笔画有点儿多，换一个字,"刀含香",侠骨与柔情兼备。动漫里有"陆幼劫",字有点儿难,但很顺口,换上两个比较简单的字"佑杰",取"天佑人杰"之意。还有某部动漫片尾曲有一句歌词,"谁人一心予兰穗,不争芳菲"——"方菲",简单、大方、好听。一本小说里有"云风白",某个老电视剧里有"落云飞",混搭一下,"云飞白""白云飞""云见飞",都是简单又带着一点风雅的名字。

取自现当代真实的人名。抗战时有著名音乐家冼星海,"星海"不错,动漫里有"李星云",那就"李星海"吧;星辰大海,星映长河——"李星河"。著名舞蹈家,第一位"孔雀公主"叫"刀美兰",改一下——"刀兰兰"。有人叫"梦捷",又有新加坡女星叫"李心洁",结合一下——"李梦洁"。著名作家沈从文的,"从文"也很顺口,模仿一下,起个"沈同文"。一次去银行,看到一位营业员叫"林致纯",觉得这名字念着就似有清风拂面,当时就记下来,给学生起名字时就用得上了。

取自地名。我国的很多地名,都很有韵味,如"凤阳""丽江""青州"等。"张凤阳","张"这个姓氏比较有阳刚之气,凤阳有名的花鼓又具有柔美的特点,两个放在一起,感觉挺搭。"赵丽江""赵青州","赵"也是个历史悠久的姓氏,配上古城名"丽江"和古地名"青州",相得益彰。

取自发音翻译。从学生姓名中挑出一些读音和中国人姓名相近的来起名。如葡语Esménia,"艾妮娅";Yuri,"余锐"。同时也借鉴别的老师成功的例子,如老挝一位本土教师按学生老语名起的"兰丹娜",把"兰"这个古姓,和"丹娜"这个不常见的组合放在一起,碰撞出了别样的美丽。正好有个学生叫"Stela",就借用了"丹娜"这个名字,但"史丹娜"声音不够动听,想起高中时班主任姓"司","司丹娜"这个带着异域风情的名字就产生了。

取自自己空闲时所想。如"金贝贝""钟莉莉""孔汉生""温一凡""信有才""唐见森""刘宏昌"。在储备不够用,或者实在没有灵感的时候,我会使出最后一招,也是比较有效的一招——从学生的姓名中,找一个发音和中国的姓氏相同或相近的音,作为学生中文名的姓,再去网上搜索该姓的男孩名或女孩名,看到里面有好的,直接用或者换掉一些字,或者把看中的名字再组合一下。如,搜索"杜姓男孩名",网上有"杜恒"这个名字,加上一个"天"字,更响亮。

名字起好后,就写在便利贴上,第一行拼音,第二行学生的中文名,第三行,学生的全名。这样便于保存,有利于减少学生读错的可能,还可以让学生照着范例书写自己的中文名,减少写错可能的同时,还能引导学生把自己的中文名写得比较美观、大方,而写上学生的全名,会更显得郑重,看起来更像是一份私人订制的礼物!

我眼中最明亮的少年

段伊若

作者简介

段伊若，浙江师范大学国际文化与教育学院汉语国际教育硕士。曾任教于喀麦隆，2016年1月至2019年6月任教于蒙德拉内大学孔子学院，专职教师。

六月，炽热的骄阳
绽放的栀子花总是毕业季的标配
而位于南半球的莫桑比克
此时正是寒冷的冬季
在快要离开孔院的日子里
我随手翻看着过去三年多的照片和视频
心里却是暖暖的
在这些定格的光影里
"汉语桥"学生比赛时的精彩瞬间
让我依旧无比动容
灿烂的笑容，自信的表演
你们就是我眼中最明亮的少年

【累，并快乐】

作为一名对外汉语老师，2016年初，我离开中国来到了万里之遥的莫桑比克首都、凤凰花城——马普托工作。此时凤凰花开得正好，火红缤纷，骄傲地站立在枝头注视着来来往往的人群，迎接着初来乍到的人儿。刚到孔子学院工作没多久,我就接受了一项新的挑战——策划蒙大孔院首届大学生"汉语桥"比赛。

没有前人的经验借鉴,只好自己硬着头皮上。从与孔院总部老师对接,到申请比赛经费和制定详细的比赛策划书,再到赴中国决赛前的组织培训,每一项工作既琐碎又挑战着自己的能力与耐心。

记得当时郭院长跟我说过一句话:"有时候,要推自己一把,你才知道自己的能力有多大。"借着院长的鼓励和自己的"莽劲儿",第一届汉语桥比赛顺利落幕了,所有的累和紧张也在结束的一刻如释重负。

与中方院长郭建玲教授合影

如今,蒙大孔院已经成功举办了四届大学生"汉语桥"比赛和三届中学生"汉语桥"比赛,一年比一年成熟,一年比一年顺利。在这些比赛的背后,是所有同事们的辛勤付出,还有大家的同心协力和奇思妙想。

【忧,亦惊喜】

孔院每年两次的"汉语桥"比赛对我来说最担忧的就是比赛当天设备、场地的准备和突发状况的处理,幸运的是孔院的小伙伴们总是最给力的好帮手。每一位指导老师都会提前检查好学生的服装道具还有妆容,上台前总是给他们温柔却最有力量的鼓励。舞台上学生们尽情地展示自己的汉语才华,给我们带来了太多的惊喜,老师们也总能抓拍到他们最美丽的样子。

每年的演讲环节,我们总能听到学生对中莫友谊的赞美之情,对汉语老师的感恩之心,还有对"中国梦"的坚持。至于才艺环节更是"八仙过海,各显神通"。学生在指导老师的"助攻"下,总能带给我们意想不到的才艺秀。越剧《盘妻索妻》、豫剧《谁说女子不如男》让观众领略到了中国戏曲的魅力;单口相声、电影配音让所有人都惊叹于他们扎实的汉语功底,现场观众也是纷纷点赞;信手拈来的中文歌曲、声情并茂的中文诗歌朗诵、行云流水般的武术动作总能嗨翻全场,点燃观众们的激情。

"汉语桥"比赛现场

2017年,蒙大孔院的两名学生在世界中学生"汉语桥"比赛中获得了非洲组冠军的好成绩;2018年,在世界中学生"汉语桥"的舞台上我们斩获了"最佳风采奖"。所有荣誉的背后是指导老师们夜以继日的辛劳,是师生间无数次创意火花的碰撞,这样才有了这量身定制般的完美呈现。

2018世界中学生"汉语桥"比赛现场

每年的"汉语桥"比赛为莫桑比克所有喜爱汉语和中华文化的学生提供了一个展示自己的舞台,也为他们的梦想插上了翅膀,而对我来说,"汉语桥"更是连接我和学生的桥梁。因为汉语,我们结缘;因为同一个梦想,我们并肩奋斗。

面临分别的时刻,翻看着这些影像,脑海里依然清晰地记得你们在舞台上的模样,或俏皮,或灵动,或帅气潇洒,你们永远是我眼中最明亮的少年。

我衷心地祝福你们的汉语越来越好,也期待我们的再相见。

孔院为离任老师送上当地特色礼物

一封从春写到夏的情书

李宁宁

作者简介

李宁宁，浙江师范大学国际文化与教育学院汉语国际教育硕士。曾任教于喀麦隆；2018年8月至今，任教于蒙德拉内大学孔子学院，专职教师。

亲爱的同学们：

你们好，我叫李宁宁，是这一学期你们的汉语老师。现在的我，还不知道你们是谁，来自哪里，在做什么，为什么学习汉语。但是感谢你们选择蒙大汉语专业，在接下来的日子里，让我们一起学习，争取共同进步吧！

【立春 万物复苏 莺啼燕舞】

确定我要接手专业班这天是大年三十，也是24节气中的立春，在这个辞旧迎新的节日里，我们蒙大孔院的老师们聚在郭院长家，包饺子、吃零食、玩游戏、看春晚……

跨年前一分钟我还祈祷着2019猪年大吉、大吉大利、大发横财、财运亨通。国内零点一到，那些不切实际的愿望却自动靠边站队，脑袋里只剩下健康平安。靠亲朋好友

2019，加油！

众筹才集齐了"五福"的我，领到了"支付宝"发的2.08元红包。好吧，"横财"也有了，新的一年，要加油啦！

【雨水 春雨润物 草木萌动】

雨水和元宵节又凑到了一起，今年过节也都是"混双"组合啊！还有一周就要开学了，我一边备课，一边写教学计划。同时还要思考各班考勤的标准、晚班班规的制定、新生的汉语名字和令人头大的迟到问题。

吃个芝麻馅的元宵，脑子一转，嘿，"元宵"这名字不错，学生还可以叫"包子""饺子"……晚班上成"夜宵"，也还挺有食欲的。

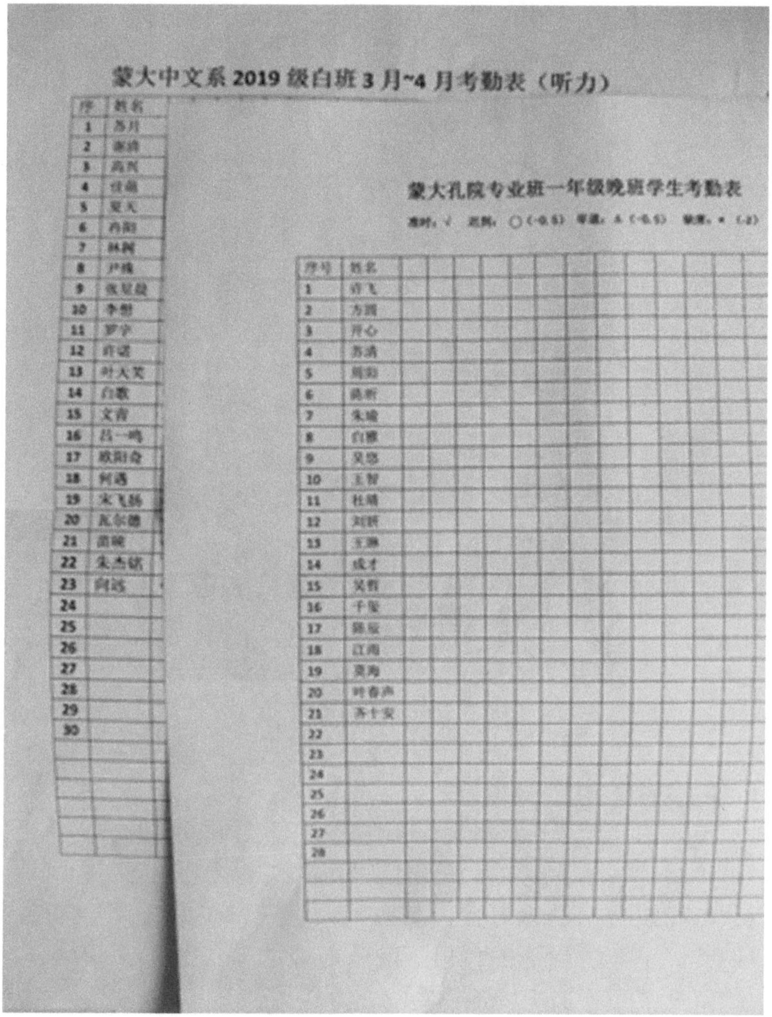

好听的汉语名字和严格的考勤制度更配哟

【惊蛰 春雷隆隆 杨绿风徐】

熟悉了两周，现在的你们见了汉语老师们会条件反射地说"你好"。看你们打完招呼后一脸骄傲的小表情，我怎么忍心说"这才哪跟哪，学习汉语的路还长着呢！"第一节课，我告诉你们，学习汉语，如果你们掌握了拼音，就等于一只脚跨进了汉语世界，如果你们又掌握了汉字，好，汉语世界欢迎你。

现在的你们，站在汉语这个新世界的门口，左顾右盼，新奇不已。一样的字母，不同的发音，加上4个声调，平平仄仄的转换和笔直的蒙德拉内大街相撞；横竖撇捺有序的拼合可以组成无数个"汉字金刚"；每位汉语老师独特的教学方法都让你们赞不绝口……

友情提示：你们和汉语的"蜜月期"，时间不长，好好享受！

专业班一年级新生集结完毕

【春分 黄赤相交 草长莺飞】

经过了蒙大的开学典礼、孔院的维克多奖学金颁奖礼以及"3＋1"合作办学项目的介绍，相信你们对孔子学院的办学方针有了更深一步的了解，现在的你们急需确定自己的学习目标。如果你想学好汉语，只要你够努力、够优秀，我们就一定会看到你的付出。汉语专业二年级的优秀学生，下学期就可以去中国留学了。你们呢，不心动吗？

我有多羡慕你们，你们从来不知道。选择汉语，你们只需要支付最基本的学费。接下来，孔院会为你们提供各种机会——展示才艺的机会、电台录节目的机会、去中国留学的机会……在蒙大孔院，你们从来不会缺少展示自己的平台。

上篇 感悟篇

学生参加大使馆春节招待会

时光飞逝，2019年的3月也要见底了。现在我们已经慢慢熟悉起来，而你们也和汉语初步建立起了友谊。往后的日子里，老师希望你们更加像战士，勇往直前，披荆斩棘，"汉"卫王位。

你们的汉语老师：李宁宁
2019年3月15日

研究篇

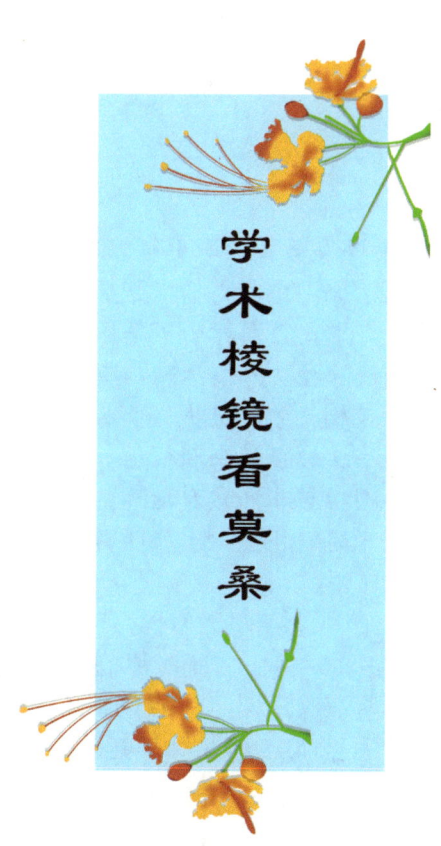

学术棱镜看莫桑

莫桑比克华文教育的历史、现状与挑战[①]

郭建玲

【内容摘要】 莫桑比克华文教育的历史可以追溯至1920年代，1975年因莫桑比克国家独立后的政治原因中断，新世纪后中华国际学校成立，华文教育得到重新推动。莫桑比克华文教育经历了华语作为母语教学向华语作为第二语言教学的变化，但华校的经费筹集运转与管理方式等与过去相比没有太大变化，与莫其他国际学校相比差距甚大，面临可持续发展的巨大挑战。中非合作全面升级，为非洲华文教育带来新机遇。我国从教育国际化的角度将莫桑比克华文教育纳入中国参与非洲教育治理的合作范畴，给予更系统的教育资源支持，形成与孔子学院有机互动、齐头并进的机制，为汉语和中华文化在非洲的推广发挥更大作用。

【关键词】 莫桑比克 华文教育 教育国际化

【作者简介】 郭建玲，文学博士，浙江师范大学国际文化与教育学院教授、副院长，汉语国际教育、汉语国际传播专业硕士生导师，中国现当代文学博士生导师。2016年1月至2019年8月任莫桑比克蒙德拉内大学孔子学院中方院长。

莫桑比克位于非洲东海岸，1975年脱离葡萄牙近500年的殖民统治获得独立，是"一带一路"沿线国家。据历史学家考证，中国与莫桑比克的交往始于元代，元代旅行家汪大渊很可能是抵达莫桑比克的第一个中国人。他两次航海远游，到达"加将门里"，即今日莫桑比克的克利马内，对此地优越的

[①] 本文系浙江省哲学社会科学重点研究基地浙江师范大学非洲研究中心自设资助项目（项目编号：15FZZX23YB）成果。原文刊载于《非洲研究》2019年第2卷，中国社会科学文献出版社，2020年。

地理条件留下了颇为深刻的印象和生动的描绘。① 明代郑和下西洋出使非洲，曾抵达莫桑比克中北部，葡萄牙殖民政府旧都莫桑比克岛至今还完好保存着郑和船队途经此地沉没的中国瓷器。

莫桑比克华文教育的历史起步于1920年代，1975年莫桑比克国家独立时因政治原因中断，新世纪后中华国际学校成立，华文教育得到重新推动。华文教育在莫桑比克经历了华语作为母语教学向华语作为第二语言教学的变化，但华文学校的经费筹集、运转与管理方式等与过去相比没有实质性改变，与莫桑比克其他国际学校差距甚大，面临着可持续发展的巨大挑战。李安山的《非洲华人华侨史》（2006）和剑虹的《莫桑比克华侨的历史与现状》（2007）对莫桑比克华文教育的历史有所涉及，但只是作为华侨移民史的一部分，对华文教育的办学宗旨、教学内容、课程设置与教材等核心内容未做深入考察，也缺乏对华文教育现状、困境及出路的关注。这些，正是本文着重论述的内容。

一、莫桑比克独立前的华侨学校：华语作为母语教学，民族认同感强烈

中国人移民莫桑比克的历史可以追溯至19世纪50年代②，早期华侨集中在葡属东非贝拉港（当地华侨习称为"卑拉"或"卑罐"）和洛伦索－马贵斯（当地华侨习称为"罗连士麦"或简称"罗埠"，今莫桑比克首都马普托）两地，主要从事木匠等手工业、商业或在蔗糖、采矿、铁路公司工作，凭着坚韧不拔、吃苦耐劳的精神生存并扎根下来。1885年至1900年间，欧洲群雄在非洲大肆扩张，葡萄牙鼎力建设东非，大批廉价的华工从中国沿海地区被招募至莫桑比克，参与1886年至1894年和1892年至1898年间马普托至南非边境以及贝拉至津巴布韦边境跨国铁路的修筑，以及新首都马普托的市政建设，华侨数量逐渐增加。

华侨教育在莫桑比克迟至1920年代才起步，较南非、马达加斯加、毛里

---

① 李安山：《非洲华人华侨史》，中国华侨出版社，2006，第59~62页。

② 第一批中国劳工30人自澳门出发，于1858年2月19日抵达莫桑比克岛，其中包括8名木匠、12名石匠、4名铁匠、4名铜匠和2名泥水匠，工作期限为8年。社会学与文化人类学博士爱德华·梅德罗斯（Eduardo Medeiros）对地方官如何周到接待这批华工有详尽的描述。参见《莫桑比克华人社会：1858—1957》，*Primavera* 杂志2003年第1期。爱德华·梅德罗斯是葡萄牙籍社会学与文化人类学家，对莫桑比克华人历史尤其是贝拉的华人历史有较为深入的研究。梅德罗斯在贝拉完成了小学和中学教育，是1950年代末贝拉反殖民运动和反萨拉查主义运动的活跃人物，1972年获得布鲁塞尔自由大学社会学/人类学专业本科学位，1976年至1998年任教于蒙德拉内大学和马普托师范大学，创建人类学系，1996年获得科英布拉大学社会和文化人类学博士学位，1998年至2007年任教于埃武拉大学社会学系，创立了非洲研究中心。

求斯等东南非洲其他国家要晚。贝拉的华侨教育始于1929年,中华学校由协进社创立,当时华侨子女入校人数很少,学校不得以兼收当地学生以学费维持校务。到1929年底的时候,大部分出生于贝拉的华侨子女已经在该校就读,有教师1名,学童20余人。由于协会规章制度中并没有涉及协会成员子女的教育,对葡萄牙殖民政府来说,从协会成立的主要目的及其运作范围来看,学校办学活动是不合法的,因此该校没有得到葡萄牙殖民政府的认可。1929年的经济危机对贝拉影响颇深,华侨"失业者十之七八",大部分华侨回国或转到其他地区,人数几乎减半,"所余者仅三四百名间,十之二为妇孺"。由于华侨学生回国的多,而中华学校经费又无着落,学校不到一年的光景就停办了,华侨子女只好入葡校肄业。抗战期间,由于国内战火纷飞,避难定居于贝拉的华侨越来越多,学龄儿童数量迅速增加,几经波折的华侨小学终于成立。虽校舍很小,设备简单,但入读的华侨学生有数十名之多,年龄在5~12岁,教材使用与国内同步的《复兴国语》,由一名侨胞担任教员。虽然老师不懂国语,只能用粤语教学,但学生经过一年的学习,已经体会到民族文化的趣味,不复说以前的黑语土谈,初收教育成效。此后学校三移校址,校务也不断扩大。到20世纪四五十年代之交,经过非洲各地华侨的努力募捐,最后建成新的两层教学楼。教学楼内有设备齐全的教室、体育场、电影院、综合场所等,学校重视体育教育,开设乒乓球、羽毛球、武术教学,培养出了不少运动员,在体育赛事中也斩获不少荣誉。到1966年,华侨小学学生人数达到157名,其中包括84名女生和73名男生,有6名来自中国大陆和台湾、均拥有正规资格的中国教师。学校的教学活动没有得到任何政府的补贴,完全依靠华人协会和华侨捐款,学校为学生免费提供教材。1970年代初,华侨小学扩建,以一层的商店收入贴补学校开支,解决了多年来的财务问题,改进提高了学校的全面办学能力。[1]

马普托的华侨教育起步较晚。1920年代,已经在非洲扎根并日渐富裕起来的华侨,掀起了兴办华侨学校的热潮。当时,洛伦索-马贵斯有华侨五六百人,主要从事制糖、采矿、铁路及商业。虽然曾经有热心教育的侨胞提倡建立华侨学校,但因多方滞阻,一直未能实现。1929年中华民国外交部特派非洲专员莫次南在此地视察时,发现此地有一所私塾式学校,名为"智仁学校",有教师1人,学生20名。1935年夏,中华民国外交部特派梁宇皋专员

---

[1] 关于贝拉华侨学校的研究,参见八股:《葡属卑辖华侨学校教育概况》,见《中华小学三周年纪念特刊》;李安山:《非洲华侨华人史研究》,中国华侨出版社,2006年,第326页;爱德华·梅德罗斯:《贝拉的中国学校(1929—1975)》,https://macua.blogs.com/mozambique_para_todos/2014/07/as-escolas-chinesas-da-beira-1929-1975-por-eduardo-medeiros.html。

到非洲各地视察侨务，看到数十学龄华侨子弟流浪街头，颇为不满，因而提议成立"中华小学"。当时，侨胞对这一建议大力支持，出钱出力，由从中华民国政府侨委会师资班毕业的章罗桥到莫桑比克负责校务各部的筹划工作，教员也由侨委会选派充任。

1936年元旦，中华小学借中华会馆正式开学，开学典礼由捐地建设中华会馆的华人先驱贾阿桑（Ja Assam）主持。学校的办学宗旨主持是"收容此辈侨童，灌输祖国文化，授以谋生技能"，使他们"得受祖国文化之熏陶，得知祖国语言及习惯"①，在国家民族的更高层面上亦"裨益匪浅"②。学校只招收华侨子女，不对外开放，第一学期学生人数为55人③，第二学期为62人，全部为广东籍华侨子女。年龄自5岁至17岁均有，其中以8岁和16岁者居多，男女生比例分别为53%和47%。中华小学的设制为小学4年，高小2年，实行的是母语教学，课程分配遵照中华民国政府所规定的华侨学校课程标准，参酌当地环境编制。每学期授课1170分钟，其中国语占30%，常识占12%，算术占12%，体育占6%，音乐占7%，劳作占8%，游艺占7%，课外作业占6%，公民训练占5%。课本完全采用复兴版，即由中华民国教育部审定、商务印书馆出版发行的新课程标准系列教材。《复兴国语教科书》初小课本八册，供小学四学年使用，由沈百英、沈秉廉等富有经验的教育大家编写，王云五、何炳松等出版家和历史学家校订，内容融科学、人文、伦理、政治、经济为一体，注重体格、品行的训练，以养成健全公民为目的，语言平易，寓教于乐，图文并茂，趣味性很强。④ 如第二册第一课《我们再来造》，上文下图，整篇课文不到40个字，且复现率很高："玩具多，玩具好，大家拿玩具，造个小学校。野猫太可恶，跑来就撞倒，大家说：'不怕！不怕！我们再来造！'大家一同做，嘻嘻哈哈笑，一个小学校，造得更加好。"完全是儿童日常生活的样貌，也是绝佳的儿童文学，细节生动，妙趣横生。采用复兴版教材，既保证了中华小学的华文教育与国内基础教育在教学内容和教学标准上的一致，使在莫华侨子弟与国内学龄儿童享受同样标准的母语教学，也使那些回国的学生能顺利地继续学业。1937年第二学期，中华小学添授葡文课程，每星期10个小时，这一方面是为了学校能达到莫桑比克教育部门关于设立葡语课程的规定，以便学校在当地顺利注册登记；另一方面，

---

① 宋发祥：《中华小学三周年纪念特刊序言》，1939年2月。宋发祥时为中华民国驻南非约翰内斯堡总领事馆总领事。

② 章罗桥：《中华小学三周年纪念特刊自序》，1939年元旦写于罗埠中校宿舍。

③ 至三月时，除去一女生结婚转学，一女生无故退学，二男、女生回国外，有学生五十一人。《中华小学三周年纪念特刊》。

④ 沈百英、沈秉廉编著：《复兴国语教科书》初小第二册，商务印书馆，1935年。

也是考虑到学生高小毕业后能进入马普托市葡萄牙人设立的葡文学校再续学业，将来出校后也多得一种谋生的技能。

由于学生清一色来自广东，中华小学教学语言多用粤语，而非国语。为了提高学生的母语水平和对民族文化的认识，中华小学除了课堂教学外，还定期举行国语朗诵、演讲、戏剧表演、作文等类型多样的比赛，由高级学生负责编写校刊、级刊，记录学校日记。演说比赛最初采用广东话，后改为国语。1936年5月31日举行的国语演说比赛，参与面广，反响热烈，来宾达200多人，占全罗埠华侨的一半，演说者为第二年级学生，演说的题目有历史故事、自然科学、笑话等，其中自然科学故事约占60%。戏剧表演除每星期一个小时的娱乐会外，还在纪念日或节日举行专门的表演。1938年"双十节"由中年级学生公演抗战名剧《放下你的鞭子》，精彩逼真的表演令侨胞深为感动，当场即有解囊捐款者。学生还连续十周参加西人航空学社的戏剧表演，每次20人表演歌舞，欧人称赞不已。

中华小学创办于抗战前夕，学校尤其重视学生的爱国主义思想教育和精神动员工作，学生校服一律为童子军装。训育处逢"七七""八一三""九一八"等纪念日，组织学生募捐队向外募捐，并要求每生写信慰劳前线战士。学生的优秀作文登载于校刊、级刊和《侨声报》。《中华小学三周年纪念册》收录的学生习作，这类题材的作文占了大半，如梁银优的《"九一八"告同胞书》、赵公然的《看了"抗战大全"影片以后》、四年级学生周胜来的《华侨学生怎样爱国》、周锦来的《在抗战中怎样做儿童》、曾玉莲的《怎样争取最后胜利》等。在这些文章中，国民和海外华侨的双重身份，是学生们发表见解的两个基本立足点，阐发作为中华民国国民的普遍责任以及海外华侨如何作为，其爱国主义和民族认同情感非常强烈。

除了儿童故事、寓言和科学卫生常识的说明文之外，学生习作中尤其值得关注的是写景叙事的记叙文。如梁银优的《游乡村记》《我的家》，赵玉莲的《船埠乘凉小记》，赵公谋的《乡村的风景》，梁银秀的《乡村偶写》等。照录其中一则如下：

早晨起来，和几位同学到麦田里去，出发的时候，是早上七时，在路上看见有一个牧童，骑在一头牛的背上，吹着小小的短笛子，他那样子像快乐得很，到了田里的时候，望见麦苗青青绿绿，风吹成波，再上前过了麦田去，又望见有一片豆田，到了豆田的旁边，看见豆花盛开，形像蝴蝶，有许多蝴蝶在花间飞舞着，在豆田之间，终日恋花，又有许多蜜蜂，终日采花，奔走很忙。

又过了豆田外，忽然看了一条河，河中三五小舟，来来往往，岸上有一片青草和野花，树木数棵，小鸟飞到树上唱歌，"青草软如绵，野花如黄金，不用一钱买，采来衣上簪"，更有蝴蝶飞舞着；又有一牧童，挂了许多书在牛角上，手上拿了一本书，骑在牛的背上读，我想：他是以己为师的，也是一个好学的牧童，更把头一望对面，有一座山，山上的草都是很青绿，真是山呀！河呀！都是很好的风景，我们从早上出发，一直玩到晚上五时才回来，心里真是快活极了。①

与读者的期待出入甚大，这些记叙文不仅没有丝毫的"异国风情"，完全看不出莫桑比克的生活风貌，不论是主题还是行文"套路"，与国内同龄学生的作文没有太大的区别。甚至风景，如学生写到的桃红柳绿、牧童短笛、小河泛舟、寒冷得令人瑟瑟发抖的冬天，都不是东南非洲莫桑比克应有的风物和气候，而是一派"华夏风光"。中华小学定期组织野游和远足，学生家庭所居住的环境与当地社区也并非隔绝，学生按理有充分的当地生活体验，之所以有这样的"套路"，显然是从学校和课本习得的版本，从中也反映出了中华小学母语教学的效果。1937 年，中华小学决议发起非洲华侨学校学生会考，后来是否如期推行不详。就学生的作文水平而言，可以料想，中华小学的学生应至少处于中上水平。

如果说华侨教育不仅仅局限于母语的教学，还包括与中国文化相关的一切课程以及中国人国际形象的塑造，那么，中华小学在体育教育方面的训练和突出成绩是值得关注的。学校除了每天十分钟的早操，下午最后一堂课的课外运动，还定期举办乒乓球、篮球、足球等各种体育比赛，参加国际性的体育赛事。1937 年 2 月 17 日马普托英人海员工会举行第一届乒乓球公开赛，参加者有英国、葡萄牙、瑞士等国人百余名，中华小学选派的四名学生"攻守有术，应付得法"，夺得男女双打冠军和女子双打亚军，为异邦人士所称赞。1937 至 1938 年，中华小学女子篮球队连获马普托国际女子篮球冠军赛冠军荣衔。1937 年的首届比赛为马普托空前之举，观众人山人海，热闹情形前所未有。中华队在六支球队中战绩骄人，首场比赛 10 比 0 狂扫五月一日队，第二场 6 比 0 大胜礼士波队，令观众"惊服不已"，彻底洗濯了"东亚病夫"之耻②。

中华小学开办一年后，"成绩卓著，为全非洲华侨所称颂"。学生人数逐年递增，1937 年上学期 55 人，分三年、二年、一年上下四级；下学期 58 人，增加一级。1938 年上下学期均为 62 人。据统计，1938 年马普托共有华人儿

---

① 赵公谋：《乡村的风景》，原文标点符号使用不规范，为保留原貌，照录。
② 《中华小学三周年纪念特刊》"聊胜于无"栏目所言。

童（从出生起至 17 岁止）189 人，男童 102 人，女童 87 人，学前儿童 120 人，学龄儿童 62 人。① 也就是说，马普托的所有华人学龄儿童均入中华小学就读，彻底改变了华侨子弟流荡街头的状况。至 1938 年底，中华小学开办三年，成绩斐然，初小毕业一班，学生 60 余人，成为东南部非洲华侨教育的典范。1939 年 2 月，途经马普托的中华民国驻约翰内斯堡总领事宋发祥充分肯定中华小学的办学成绩，"设立仅阅三载，办事之精神，极为饱满，学生之成绩，复见斐然，朝气勃勃，如日东升，不可遏止，自此精益求精，则前途之光明远大，未可限量也"②。到 20 世纪六七十年代，马普托华侨规模达到 3000 人左右，中华小学学生规模也从开始一个班 20 人左右，增加到中后期每班有 40 人左右，逐渐发展为有六个年级、300 多名学生的完小。

莫桑比克人民争取民族独立的战争期间，动荡的时局使贝拉和马普托两市一些有钱的华侨开始撤离，以防不测，纷纷将子女送至其他国家学习。1975 年，莫桑比克独立，新成立的人民共和国实行社会主义制度，推行资产"国有化运动"，贝拉和马普托的华侨学校办学场所被政府没收，华侨家庭所拥有的农场、商店、工厂等私人资产也均被收归国有。随后新政府颁布公告，要求在莫外籍公民必须一个月内选择国籍以确定身份。这两条国家政策迫使绝大部分华侨撤离至葡萄牙、巴西等葡语国家，华侨人数锐减，两地的华侨学校因此关闭。

贝拉华侨小学和马普托中华小学的华侨教育主要表现为以下几个特点：(1) 只面向华侨子女进行母语教学，主要目的是保存民族文化和民族语言，注重学生的思想教育和爱国主义教育，有很强的民族认同感，具有相对的封闭性和排外性，在后来的课程设置中，因地制宜地加入了葡语教学，以利华侨子弟的生存和发展；(2) 华侨有相当大的自主权，学校的教师资格、课外活动、教科书的选编及授课时间均由华侨自己处理；(3) 创建及发展过程有政府参与，得到国民政府侨委会的支持，师资主要由国内政府公派；(4) 办学经费没有固定来源，除了中华会馆等华侨社团出资外，需各个方面的捐助；(5) 注重学生体格锻炼，在国际体育赛事中的突出成绩，一定程度上改变了中国人"东亚病夫"的国际形象。总而言之，莫桑比克的华侨教育在东南部非洲起到了示范性作用。

---

① 《中华小学三周年纪念特刊》。
② 《中华小学三周年纪念特刊》宋发祥序言。

二、中华国际学校:汉语作为第二语言教学的新阶段

21世纪以来,经历了长达16年内战和社会主义向资本主义的改制,莫桑比克开始进入平稳发展时期。随着中非合作论坛的召开,以及中莫全面战略合作伙伴关系的缔结,大批中资企业和个体商人到莫桑比克寻求商机,除了留下来的老侨及其后代,新侨逐渐成为莫桑比克华人的主体。据不完全统计,目前在莫华人有3万人左右,绝大部分集中在马普托。

中华会馆几经周折,经过多方努力,于2005年重新回到华人手中。2016年7月,中华会馆动议重新开办华文学校,并于同年12月举办中华国际学校筹款募捐活动,在中国驻莫桑比克大使馆、在莫中资企业和华人华侨的捐赠下,次年2月,中华国际学校在中华会馆正式开学。为了吸引生源,招生条件宽松,对象不限于华裔子弟,只要年龄符合,均可入学。第一学期有新生7人,年龄4~9岁不等,均无汉语基础,合班入读小学一年级。至2018年第二学期,学生人数增至20人;2019年第一学期,学生人数为27人,以非华裔(印巴裔和当地学生)为主,以葡语为母语,华裔子弟仅5人,且基本没有汉语基础,家庭交流语言也多为葡语。中华国际学校是经莫桑比克教育部注册的全日制学校,实行中葡双语课程设置,上午以葡语授课,教授莫桑比克教育部核定的葡语课程;下午以汉语授课,课程包括中文、数学、阅读、音乐、武术,此外,每周还有两节英语课。与中葡双语的课程设置相应的是,学校在环境布置、文化活动的组织等方面,突出了中莫双文化的特点。教室和过道两侧墙壁装饰了中国结、中国画、中国谚语等,以及莫桑比克当地的木雕和绘画、重要节日介绍等。学校既组织学生欢度中秋、春节等中国传统节日,如参加中华会馆一年一度的华人元宵晚会,也组织学生庆祝"非洲日"等莫桑比克重要节日,体现了文化交流融合的特点。

与莫桑比克独立前的华文学校不同,因为教学对象的语言状况以及家庭语言面貌为非汉语,中华国际学校的教学不以汉语作为母语,而是作为第二甚至第三语言的教学。学校中文师资紧缺,最初面向社会招聘,但因莫桑比克教育部师资审核手续繁琐、流程冗长,导致教师无法顺利通过审核及时上岗。2018—2019学年中华国际学校有3位中文教师,其中1位是来自蒙德拉内大学孔子学院的汉语国际教育硕士专业志愿者,2位是由国务院侨办选派的中学数学老师和高校音乐老师,任期分别为一年和两年,均无小学教学经验。因学生日常交流语言为葡语,教师均不会葡语,课堂教学使用英语为媒介语,由当地会英语的助教协助翻译,教师队伍的流动性和授课语言的局限性很大程度上影响了汉语教学的质量。

学校根据学生年龄段,将中文课程分为学前班、1~3年级班、4~5年级班共3个班,学前班中文课教材使用《美猴王汉语(幼儿)》,1~3年级班使

用《中文》第1册，4~5年级班使用《中文》第2册。《美猴王汉语》是为英语国家1~3年级学生编写的少儿汉语教材，幼儿版教材内容以拼音和词语教学为主，以专题形式出现，如数字、颜色、动物等，不涉及汉字的书写，没有相应的口语句子练习和儿歌等延伸内容，也缺乏配套的练习册或活动手册，不够立体，趣味性不足，课堂教学需要教师做较多的拓展补充。根据教学反馈，学前班后改用国家汉办重点规划教材《汉语乐园》。《汉语乐园》共三级，每级分A和B两册，有课本、活动手册、词语卡片，每册另配练习册和CD，内容和形式活泼生动，练习种类丰富，全彩色印刷，非常精美，适合非华裔儿童的汉语教学，教师使用起来更为得心应手。1~5年级使用的是暨南大学贾益民教授主编的《中文》教材修订版及配套练习，由国务院侨办委托编写，是目前海外使用最为广泛的华文教育教材。这套教材是为海外华侨、华人子弟学习中文而编写的，有主课文和练习册，遵从由字、词、句、篇章循序渐进的编写原则，知识比较系统，练习量也比较大。但正如教材名称"中文"所显示的，"识字领先"的特点使整本教材总体上更像国内的小学语文教材，设定的使用对象是有一定母语口语基础的学习者，不太适合中华国际学校以非华裔学生为主、汉语作为第二甚至第三语言的教学。中华国际学校面临汉语教材严重匮乏的现实问题，受经费限制，教材主要依靠蒙德拉内大学孔子学院和国务院侨办这两个渠道的赠书，可选范围非常有限，且大部分可选教材只能保证教师用书，无法保证学生人手一册。之所以选用《中文》教材，一个最现实的原因是，这套教材国务院侨办赠书数量充足，完全可以保证所有学生的需求。

除了缺乏师资、教材，办学经费来源不稳定等，生源不足是中华国际学校目前面临的最大问题。学校在莫国独立前在"中华学校"的名字上加以"国际"二字，其用意是突出中外文化的交融，扩大汉语的接受面和影响力，既吸收新侨及华裔子弟，也为对汉语和中华文化感兴趣的当地及外国学生提供学习机会。但事实上，面向这几类学生的汉语教学在目的和内容上是不完全一样的，面向新侨子弟的汉语教学主要是母语教学，甚至是与国内同轨同步的语文教学，侧重于中文的阅读和写作。面向华裔子弟的汉语教学视其母语状况，可能是母语教学，也可能是外语教学，具体到莫桑比克，华裔子弟母语是葡萄牙语，基本没有汉语基础，汉语教学是一种作为第二语言的教学。办学宗旨和教学对象的不明确，导致中华国际学校始终未摆脱招生困境。一方面，汉语作为第二语言教学无法满足新侨子弟学习母语的需求。与过去的老侨扎根莫桑比克不同，新侨更多是将莫桑比克当作个人发展的过渡站，流动性较大，他们一般倾向于将子女留在国内接受教育，即使带到莫桑比克，考虑到孩子以后回国学习或者到别国学习的发展规划，也倾向于选择以英语教学的国际学校,如美国国际学校、马普托国际学校等。中华国际学校无论是葡语课程还是作为第二语言教学的汉语课程都无法满足新侨的需求,对新侨没有吸引力。另一方面,葡语教学缺乏竞争力影响了华文教育对华裔子弟的吸引力。马普托收费高、质量好的葡语学校有葡萄牙国际学校,收费中等的有各类私立葡语中小学,其中包括Kitabu College这样名列前茅的私立学校,免费的有公立学校。葡萄牙国际学校完全采用葡萄牙的课程体系,按照莫桑比克对国际学校的规定,葡语教师均有在葡萄牙受过教育或培训的经历。中华国际学校的10来名当地葡语教师,无一人有在葡萄牙受教育或培训的经历。教师的资质难以达标,教学水平和教学质量难以得到保证。经测试,中华国际学校学生的葡语水平比同类葡语学校同龄学生平均分要低1~2分(总分20分),不及格(低于10分)比例较高。① 对于已经扎根莫桑比克的华裔而言,让子女享受到高质量的葡语教育,是未来求生谋发展的必要投资,尽管他们有学习汉语和中国文化的内在需求,葡中双语教学具有一定的吸引力,但缺乏竞争力的葡语教学质量影响了中华国际学校的招生。据不完全统计,马普托华裔子弟有3000人左右,但目前就读于中华国际学校的华裔子弟不仅人数少,而且多为参与中华会馆事务管理或与中华会馆感情深笃的老侨的后代。

通过考察,可以发现,中华国际学校总体上仍然延续的是七八十年前中华学校的办学模式:(1)办学力量依托华人社团中华会馆,借用会馆作为校址,由中华会馆主要负责学校的管理和运转;(2)经费靠筹集,依靠华人华侨、使馆和中资企业的募捐;(3)创办及发展过程没有政府的直接参与,在师资和教材赠书等方面依靠国务院侨办和蒙德拉内大学孔子学院的有限支持;(4)华文课程设置有自主权,不受莫桑比克教育部的规定。尽管招生对象不局限于华裔子弟,将汉语作为第二语言甚至第三语言来教学,这样的定位,是中华国际学校应莫桑比克华人华侨现状以及教育国际化需求做出的调整,但依靠华人华侨自发的"民间"力量办学的华文教育旧有模式,已经跟不上莫桑比克国际教育市场的发展,缺乏竞争力。

三、挑战与机遇:华文教育应纳入中国参与非洲教育合作的范畴

与莫桑比克其他国际学校相比,中华国际学校起步晚,历时短,目前面临着可持续发展的巨大挑战。解决困境的途径,是参照莫桑比克现有其他国际学校的办学模式,从教育国际化的角度将华文教育纳入中国参与莫桑比克乃至整个非洲教育合作的范畴。

---

① 资料来自笔者与中华会馆会长夫人、中华国际学校负责人吕萍女士的会谈,时间为2019年6月3日,地点为马普托中华会馆。

莫桑比克是联合国公布的世界最贫穷国家之一,公立教育基础薄弱,教育资源匮乏,全国实行七年制义务教育,国民识字率低,人均受教育1.6年。基础教育以官方语言葡萄牙语作为教学媒介语,英语作为中学必修科目,法语为选修科目。莫桑比克有为数不少的外籍学生(跨国公司高管、外交官、非政府组织工作人员等的子女),国际学校作为有益的补充,为这部分学生以及莫桑比克当地中上阶层家庭对教育国际化的需求提供了完美的教育解决方案。

国际学校分布在莫桑比克主要城市,包括马普托、马托拉、贝拉、楠普拉、西莫尤等,主要集中在首都马普托。目前马普托有国际学校近10所,规模较大的有:(1)美国国际学校(American International School of Mozambique,简称AISM),由美国大使馆及其工作人员于1990年创办,提供美式教育,教学语言为英语,遵循典型的美国学校日历(课程从8月中旬开始到6月中旬结束),采用国际文凭课程,自2003年以来全面采用IB课程体系,涵盖学前教育至大学预科。学校因得到美国国务院海外学校办公室的认可和支持,从而获得美国中部各州学院和学校协会的认可。2018年,该校有来自51个国家的620名学生,其中20%来自美国和莫桑比克,其余来自其他国家。学生毕业后几乎无一例外地进入有竞争力的四年制大学,2016—2018年毕业生分别被美国、英国、加拿大、荷兰、德国、南非、阿联酋、中国香港、意大利、比利时、奥地利等国家和地区的本科院校录取。①(2)法国国际学校(L'Ecole franaise de Maputo,简称EFM),创建于1979年,由法国外交部拨款主持运行,在课程设置、教学宗旨和组织规则上与法国本土现行标准一致,幼儿园提供英法双语教育,也教授葡语课程,小学和高中阶段还提供葡萄牙语、英语、西班牙语、德语和法语的国际语言认证。学校在法国现行学习计划、语言开放性与莫桑比克文化间取得了良好平衡。②(3)葡萄牙国际学校(Escola Portuguesa de Mozambique),根据葡萄牙和莫桑比克两国政府间1995年6月25日(莫桑比克独立纪念日)签署的第241/99号法令设立,于1999—2000学年正式开学,由葡萄牙教育部管理,是葡萄牙公共教育网络的有机组成部分,遵循葡萄牙教育体系的指导方针和课程设置,葡语师资须有葡萄牙教育或培训经历。学校提供学前至12年级的教育,2018—2019学年学生总数为1522人。③(4)马普托国际学校(Maputo International School,简称MIS),由莫桑比克教育部和外交部于1975年合作创办,是非洲国际学校协会成员,从幼儿

---

① 马普托美国国际学校官网 https://www.aism.co.mz。
② 马普托法国国际学校官网 http://www.efmaputo.fr。
③ 莫桑比克葡萄牙国际学校官网 http://www.epmcelp.edu.mz。

园至大学预科（3~18岁）全面采用英国剑桥课程体系，为外籍和莫桑比克学生提供英式教育服务，有来自40多个国家的600多名学生。(5)柳树国际学校（Willow International School），经莫桑比克教育部认证的非营利性教育机构，招收学前至12年级的学生，目前有学生1300多人。学校遵循莫桑比克课程规定，并采用剑桥体系，英语授课，有葡语课程，学生毕业同时授予剑桥和莫桑比克双文凭，被印度、俄罗斯、南非、土耳其等国高校录取。① (6)格兰德国际学校（Grandeur International School），教学语言为英语，幼儿至六年级课程采用美国马里兰州巴尔的摩的卡文特②课程，初高中部使用剑桥课程。③ (7)恩科河滨国际学校（Enko Riverside International School），创办于2016年，是快速发展的非洲国际学校连锁机构恩科教育（Enko Education④）在莫桑比克的分支。招生对象为11~19岁的学生，实行IB教育，目前有学生150余人，教师20多人，是剑桥大学的合作伙伴，毕业生100%升入大学，被美国的耶鲁大学、加拿大的多伦多大学等顶尖大学录取。

可以发现，这些国际学校遵循美国、英国、法国、葡萄牙等欧美国家的课程模式，小学教学通常为英语，或补充其他语言，学校一般还提供国际认可的认证，如国际文凭课程（IB课程）。它们通常都有政府部门或教育集团的直接支持，获得所属教育体系在全球范围内提供的统一或类似标准的教育资源，因此，学生可以在各个国家同一系统的国际学校轻松过渡衔接。比如，马普托法国国际学校是由135个国家的494所教学机构组成的法国海外教育网络中的一个部分，学校由直属法国外交及欧洲事务部的公立机构法国海外教育署（AEFE）统一管理，不仅接受该机构提供的法语教育资源的有力保障，而且定期接受该机构的官方考核。通过认证的学校在课程设置、教学宗旨和组织规则上与法国本土现行标准一致，在该校就读的学生无须通过考试便可转入其他法国学校继续学习。⑤在莫桑比克教育和文化资源的国际竞争市场上，这些国际学校作为各国在全球教育领域合作治理的参与者和实践者，往往与本国的语言推广机构建立了有机的合作互补关系，如法国国际学校与法语联盟、剑桥体系的国际学校与英国文化委员会等，促进了英、法、葡等

---

① 柳树国际学校官网 http://willow.org.mz/。
② 卡文特学校是马里兰州巴尔的摩著名的私立学校，建于1897年，历史悠久、教学成就卓越。
③ 格兰德国际学校官网 http://www.gis.edu.mz/。
④ 截至2019年6月，恩科教育集团在非洲7个国家（布基纳法索、喀麦隆、科特迪瓦、莫桑比克、塞内加尔和南非）共有12所学校，未来5年计划在20个非洲国家增开30所学校。
⑤ 法国海外教育署官网 https://www.aefe.fr/。

语言和文化、价值观在莫桑比克的传播，有效提升了所属国家的文化软实力。

相比较而言，缺乏成熟的教育体系和政府部门"雄厚的"背景支撑，沿用华人华侨办学旧有模式的中华国际学校，无论在教学、财力，还是人力方面，都无法形成在国际教育市场上与优秀学校可以匹敌的竞争实力。事实上，包括华文教学在内的汉语作为第二语言的教学，在莫桑比克乃至整个非洲有可持续发展的机遇和较为广阔的需求市场。首先，莫桑比克与中国结成了全面战略合作伙伴关系，近年来高层之间互访和会谈频繁，随着莫桑比克经济形势的向好以及"一带一路"建设在莫桑比克的逐步推进，莫桑比克的华人华侨数量在保持稳定的情况下可能会出现新的增长点，华人华侨对子女在莫桑比克接受到与国内教育体系相接轨的高质量教育资源有迫切的需求。其次，随着中国的飞速发展以及国际地位的提高，以及蒙德拉内大学孔子学院在当地影响力的逐渐扩大，越来越多的莫桑比克人和外籍公民希望学习汉语，莫桑比克赴华留学生的数量也逐年增加。目前蒙德拉内大学孔子学院的教学对象主要是大学生和社会人士，汉语尚未被莫桑比克教育部正式纳入国民基础教育体系，孔院中小学教学点将汉语作为选修课，学时也非常有限。中华国际学校如能调整办学模式和办学思路，采用 IB 教育或剑桥体系等成熟的国际教育体系与中国教育体系的双轨制，实行英汉双语教学，不仅可以满足华裔子弟的教育需求，也为对汉语和中国文化感兴趣，甚至未来可能将中国作为留学目的国的当地学生提供新的选择。最后，莫桑比克政府因教育治理能力较为低下，对国际学校办学持较为宽松的政策，但对汉语进入国民基础教育体系持相对谨慎的态度；莫桑比克的国际学校普遍收费高昂，如美国国际学校年学费为 2.5 万美元，剑桥体系的学校往往名额紧缺，供不应求，如马普托国际学校需提前半年报名，才能保证入学资格，这些环境因素也为中华国际学校提供了发展空间。

虽然莫桑比克华人总体数量不多，但华文教育在莫桑比克的发展历史与现状，以及其面临的挑战和机遇，在非洲国家仍然具有相当大的代表性。① 考察莫桑比克华文教育的上述几个方面，对思考非洲华文教育的整体发展以及中国如何在教育领域与欧美各国一道参与非洲的教育治理与合作，将提供一定的启示，这也对我国在新时代参与全球教育治理有一定的启示。随着中国国力的持续增强，中非合作不断深化和全面升级，为非洲华文教育带来新的机遇，不仅现有以华侨教育为主体的华文教育需求日趋增大，中国也逐渐成为非洲学生首选的留学目的国，成为非洲国家医、农、矿等各类专业教育

---

① 参见吕挺：《非洲中国新移民华教需求与供给模式浅析》，《侨务工作研究》2016 年第 2 期，http://qwgzyj.gqb.gov.cn/hwjy/188/2763.shtml。

研究篇

的国际供给方。① 在此形势下，我国应从教育国际化的角度将非洲华文教育纳入中国参与非洲教育治理的合作范畴，给予更系统、更强大的教育资源支持，形成与孔子学院有机互动、齐头并进的机制，为汉语和中华文化在非洲的推广发挥更大作用。首先，非洲绝大多数国家为非重点侨居国，我国应借鉴法国、葡萄牙等国家在莫桑比克教育资源的供给模式，采取"自上而下"的合作路径，借助中非合作论坛机制和"一带一路"倡议框架，通过中非国家政府间尤其是教育部门间的高层合作，签订相关协议，为华文教育的推进与发展在政策上提供有力保障。在这方面，法国国际学校、葡萄牙国际学校"自上而下"、统筹管理的经验值得借鉴。其次，在经费上，以政府拨款和公共资金为主，同时发挥华人华侨和中资企业的积极作用，新建或利用条件相对成熟的华文学校改建，建构非洲华文学校共同发展的网络。最后，在管理上，通过建立国际交流合作与国内统筹协调两大机制，打造教师、教材、课程、教法的规范化、标准化、专业化体系，开展本土教材研发、华文师资培训、标准化考试与认证等工作，全面提升非洲华文教育的发展水平。② 师资培养主要依靠国内高校的汉语国际教育本科及研究生专业，使汉语国际教育专业成为海外华文学校师资的摇篮，并结合本土教师培养和灵活的实习生制度，以弥补师资的短缺。课程上，采用华文教育与 IB 或剑桥体系双轨制，在高中阶段采用国际化程度更高也更为成熟的 IB 中文课程（包括面向以汉语为母语学习者的 A 类课程和以汉语为非母语学习者的 B 类课程），不失为一条切实可行的短期道路。

总之，我国如能通过华文学校参与非洲国际教育市场的共同治理，既可以突破目前非洲华文教育受制于经费、师资等各方面资源匮乏的现实瓶颈，使华文学校成为汉语和中华文化在非传播的重要角色；还可以以非洲为重点和试点，加快中国教育的国际化进程，有效提升中国高等教育在非的吸引力，从而积极落实中非合作论坛精神以及"一带一路"倡议，促进中非人文交流，为深化多边合作在语言和文化上积累坚实的民意基础。

---

① 据教育部 2019 年 4 月 12 日发布的统计数据，2018 年共有来自 196 个国家和地区的 492185 名各类外国留学人员到中国学习，其中，非洲学生总数为 81562 人，占 16.57%，仅次于亚洲，位居第二，而且，学历生的比例高于非学历生。参见中华人民共和国教育部官网，2019 年 4 月 12 日，《2018 来华留学统计》，http://www.moe.gov.cn/jyb_xwfb/gzdt_gzdt/s5987/201904/t20190412_377692.html。

② 参见国务院侨办主任裘援平在第三届世界华文教育大会开幕式上的主题报告《发展华文教育，振兴华文学校》，2014 年 12 月 19 日。

莫桑比克语言政策变革与汉语传播的机遇①

程郁华　张星娥

【内容摘要】 殖民时期葡萄牙政府对莫桑比克实施强制单一的语言政策，确立葡萄牙语的官方地位，民族语言遭到打压。独立后，莫桑比克政府实行葡语与民族语言并举的语言政策，既要兼顾葡语又要顾及民族语言的政策给莫桑比克教育带来了不小的挑战，也促使莫桑比克政府发展多元与包容的语言策略。这给汉语传播带来了一定的施展空间和机遇。

【关键词】 莫桑比克　语言政策　汉语传播

【作者简介】 程郁华，江西吉安人，浙江师范大学副教授，中国近现代史博士。2016年1月至2019年8月任教于莫桑比克蒙德拉内大学孔子学院，公派教师；张星娥，澳门科技大学汉语国际教育硕士，2017年7月至2019年7月任教于蒙德拉内大学孔子学院，志愿者教师。

莫桑比克国土面积约79.94万平方千米，海岸线长2630千米。位于非洲东南部，南邻南非、斯威士兰，西邻津巴布韦、赞比亚、马拉维，北接坦桑尼亚，东濒印度洋，隔莫桑比克海峡与马达加斯加相望。莫桑比克与马达加斯加之间的莫桑比克海峡是世界上最长的海峡，全长约1670千米。

莫桑比克1975年脱离葡萄牙殖民统治而独立，作为与英国并无宪制关系的国家，在1995年以特殊例子加入英联邦。据2017年全国人口普查数据，莫桑比克人口2886万。城乡发展不平衡，非城镇人口占70%。

莫桑比克官方语言为葡萄牙语，也是莫桑比克使用最广泛的语言。在一

---

① 感谢蒙德拉内大学孔子学院志愿者张艳、吴颖、杜彩兵、陈小雅、林乐庆、曾思倩、童文心、周芬为本文的撰写所做的资料收集工作。本文原刊于《非洲汉语国际教育研究（第一卷）》，上海交通大学出版社，2018年12月。

些城市地区,葡语几乎成了儿童的第一语言。葡语也是教育体系中主要的教学语言,凡是接受正规教育的青少年,都要学习葡语的语言规则。中上层人士和受教育人群都能使用规范的葡语,而未受教育的普通老百姓说的是夹着本土语的不规范葡语,有的甚至只说本土语。在农村地区,仅3.5%的人口将葡语视为母语。此外,英语、法语、汉语等是莫桑比克较为常用的几种外语。

莫桑比克各大民族都有自己的语言,这些语言绝大多数属班图语系。民族志记载莫桑比克境内有43种语言①,绝大多数莫桑比克土著语言都属于班图语支。莫桑比克班图语言构成了主要的语言阶层,被视为国家语言、文化语言和身份语言。莫桑比克80%以上的人口以班图语为母语。

1975年莫桑比克独立后,语言经历了从葡语独大到葡语与民族语言并举的剧烈变革。本文旨在考察莫桑比克殖民时期与独立后语言立法的内容、实践与语言政策变革的动力,并试图回答以下问题:这种变革对多民族、多语言的莫桑比克教育带来了哪些挑战?学校又是如何应对这些挑战的?这种多元的语言政策给汉语传播带来了哪些机遇?

一、葡语与身份:殖民时期(16世纪初—1975年)

葡萄牙为了占领莫桑比克,进行了长期、持续的侵略。早在15世纪末,葡萄牙为打开西欧通往东印度的航路,来到莫桑比克。1505年,葡萄牙人用武力驱逐了在索法拉的阿拉伯人,建立了第一个殖民据点,随后用了两三百年的时间来蚕食莫桑比克。葡萄牙人逐渐由占领和控制莫桑比克的内陆地区与主要沿海港口,发展到把莫桑比克变成其"保护地"和殖民地。葡萄牙人从莫桑比克攫取大量黄金和象牙,后来甚至做起了贩卖黑人奴隶的贸易。到18世纪,奴隶已取代黄金和象牙,成为赞比西河流域的主要出口商品,莫桑比克的奴隶买卖一直持续到19世纪末。19世纪末叶,葡萄牙在莫桑比克实行强迫劳动制度,并开始向邻国大量输出契约劳工。

葡萄牙人对莫桑比克的残酷统治与剥削,不时遭到当地人的反抗。为了配合殖民统治,葡萄牙政府对莫桑比克实行等级分明的种族制度,强制单一的语言政策,确立葡萄牙语的官方地位,民族语言遭到打压。

这一时期的语言立法非常少,即使颁布相关法令也起不到实质性的作用,根本上是为了维护殖民阶层的利益,加强对殖民地的控制,如1930年颁布的《殖民地法案》、1933年颁布的《葡萄牙殖民地帝国组织章程》和《海外行政改革法》等。这些法令清楚地划分了非洲人和欧洲人的法定权利及公民地位,

---

① SIMONS G F, FENNIG C D. Ethnologue: Languages of the World [J/OL], 2017 (20). http://www.ethnologue.com.

但同时采用同化政策,只要当地非洲人可以证明自己获得了葡萄牙的习俗、语言和文化就可以申请成为葡萄牙公民①。因而,一些"具备流利的葡语读写能力、拥有稳定的财产"的非洲人可以获得葡萄牙公民的身份,拥有接受官方教育的权利和表决权。殖民时期的教育分为两种,"未同化"的莫桑比克人接受"基础教育",葡属公民接受"官方教育"。不公平的教育制度导致了工作和社会地位的不平等,实际上大部分非洲人很难掌握流利的葡语,没有语言背景,只能接受基础教育,无法改变自身的阶层。1964年的《教育改革法令》宣布取消等级分化的教育制度,实行全国统一的义务教育制度。但是莫桑比克广大地区并没有实施义务教育的条件,等级分化依然严重。

葡萄牙殖民政府在莫桑比克实行优先发展葡语,抑制班图语言的政策,规定在公共场合和学校只能说葡语。葡萄牙殖民政府奉行的主要是精英式教育,并优先向葡裔白人倾斜。学校规定教学用语为葡萄牙语,并在全莫桑比克范围内建立完整的教育体系。1962年洛伦索马贵斯大学(Universidade de Loureno Marques)②的建立,标志着葡萄牙语教育体系在莫桑比克彻底完成,至此莫桑比克有了从小学至大学的一套完整的葡语教育体系③。在更广大的农村地区,教会学校也在葡语的推行上扮演着重要角色,这些教会学校对一些来自不同部落的土著人进行葡语和葡萄牙文化教育。

在大众传媒领域,葡语也是书籍、广播和报纸等的主要用语。殖民政府曾试图控制所有出版社,并要求所出版的书籍至少70%是葡语。当时收听率最广的洛伦索马贵斯电台(LM Radio)收听范围不限于莫桑比克,甚至辐射到今天的南非、津巴布韦和斯威士兰地区。在1975年之前,其广播语言一直是以葡语为主④。《贝拉邮报》《新闻报》以及《莫桑比克日报》等报纸均用葡语印刷。

在宗教传播方面,则采用葡语为主、班图语为辅的政策。随着殖民地的建立,大批葡萄牙传教士将天主教带到莫桑比克,他们在传播福音的同时也传播语言。后来,教会在葡语教育上所发挥的作用甚至大于殖民政府所建立

---

① LAUNAY R. Islamic Education in Africa: Writing Boards and Blackboards [M]. Indianapolis: Indiana University Press, 2016.

② 洛伦索马贵斯大学于1976年更名为蒙德拉内大学。

③ NGOENHA S. Estatuto e Axiologia da Educacao [M]. Maputo: Livraria Universitária, 2000.

④ ROTHWELL P. The phylomorphic linguistic tradition: Or, the siege of (the) Portuguese in Mozambique [J]. Hispanic Research Journal 2001, (2): 168-169.

的学校①。但广大土著人所受教育有限，单纯用葡语传教对于土著人来说接受困难，所以葡萄牙的传教士也开始学习班图语，之后在教会学校以班图语教授葡语。此外，殖民政府允许大量出版土著语的宗教书籍，传教士开始将《圣经》从葡语翻译成土著语。但是，他们的真正目的是为了推广葡语教育并宣传宗教，从而为葡萄牙的殖民统治服务。

殖民时期，莫桑比克政府采取独尊葡语，压制当地民族语言的政策，是基于以下几个方面的原因：

首先是意识形态的需要。虽然莫桑比克有自己的民族语言，但葡萄牙殖民政府却在莫桑比克大力推行葡语，因为每一种语言政策究其根源都是一种政治意识形态。在一些情况下，葡萄牙政府也允许其他语言的存在，但这些有弹性的语言政策也不过是为殖民当局服务的。

其次是为了维护掌权者的统治。掌权者一般坚持所有公民都使用掌权者的语言，一是为了使国内一部分群体无法摆脱其不公平的待遇，二是为了保护他们已经拥有的权力。在殖民时期，莫桑比克的掌权者是葡萄牙政府，而选择掌权者所说的葡语无疑对他们最为有利，最符合其国家利益，因此这个政策持续了将近四个世纪。

第三，为了分化殖民地的人民。1930 年代葡萄牙颁布法令，允许"具备流利的葡语读写能力、拥有稳定的财产"的非洲人获得葡萄牙公民的身份，并且拥有接受官方教育的权利和表决权。这一政策意在分化殖民地人民给了莫桑比克人民改变其作为"下等人"的不公平的社会地位的希望，可以缓和一些阶级矛盾，有利于殖民统治。

二、葡语与民族语言并重：独立后期

葡萄牙的入侵遭到莫桑比克人民持续的英勇反抗。1571 年，1000 名葡萄牙军从塞纳出发攻打姆韦尼·马塔帕王国，在当地人民的回击下，几乎全军覆没。当地非洲人经常袭击葡萄牙人的贸易据点及占领军驻地。19 世纪，莫桑比克各族人民几乎都参加了反抗葡萄牙入侵和统治的斗争，恩戈尼人反对葡萄牙人的斗争持续了 70 年。1885 年恩戈尼酋长根根哈纳团结周围各族组成加扎联邦进行斗争，直到 1895 年才被镇压下去。居住在中部马尼卡高原的绍纳人，在酋长乌姆塔萨和马庞德拉的领导下，从 19 世纪 60 年代开始，反抗葡萄牙统治 30 多年，一度将葡萄牙人逐出莫桑比克和津巴布韦交界地区。莫桑比克北部尧族人民的斗争一直坚持到 1912 年。

---

① LOPES A J. Mozambican-Portuguese words and expressions [J]. Harlow：Longman ELT，1979.

第二次世界大战后，莫桑比克人民日益觉醒。1948年，莫桑比克首都发生罢工斗争。1956年，码头工人举行大罢工。20世纪60年代，莫桑比克民族主义运动兴起，明确提出要求独立的口号。经过持续不断的反抗与战争，莫桑比克人民终于推翻了葡萄牙近五百年的殖民统治，1975年6月25日莫桑比克正式宣告独立。

1975年，莫桑比克政府成立，当时，国内民生凋敝，政局极不稳定。反对派"全国抵抗运动"一直进行反政府武装活动，国家陷入内战深渊。这一时期是语言立法的空白期，没有语言层面的相关法律条例，主要通过教育来实现语言的规划。但是葡语仍是法律唯一允许的教学语言，在公共场合只允许说葡语，并沿用葡萄牙殖民时期的教育系统。1983年4月，莫桑比克政府颁布第4/83号法案进行教育改革，改革前葡语是法律唯一允许的教学语言，改革后更多语言进入教育系统，打破了殖民时期葡语独大的局面。

1990年11月，莫桑比克政局开始稳定。政府开始实行一系列语言和教育改革，这一时期的语言立法正在形成体系。1990年《宪法》修订案第一次将语言问题纳入法律：(1)莫桑比克共和国以葡萄牙语为官方语言；(2)国家应重视民族语言，推动民族语言作为沟通媒介语的发展，扩大其在国民教育中的使用。1990年宪法不仅确立了官方语言，同时也表现出对民族语言的重视态度。现行《莫桑比克共和国宪法》于2004年12月生效，其中关于语言的立法与1990年宪法大体一致，只是在文字表述上稍做修改，更明确了发展民族语言的倾向性。2004年宪法第九条规定：国家应将民族语言作为表达我们身份的语言，视为文化和教育遗产，促进它们的发展和使用。莫桑比克政府对民族语言的态度由原来的重视、推广、使用，上升到视之为文化与教育遗产以及民族身份的象征的高度。这打破了一贯以来"葡萄牙语等同于身份"的观念，莫桑比克人民的民族意识得到强化。

莫桑比克政府重视民族语言发展的这一导向在大众传媒领域体现得最为明显。1990年以前，大众媒体行业主要由政府掌控，使用的语言主要是官方语言葡语。1990年以后，国家实行自由市场经济体制，赋予民众更多自由。1990年《宪法》修订案第七十四条规定："所有公民享有言论、出版和获得信息的自由。出版自由包括：记者表达和创作的自由，获得信息来源、保护独立和职业秘密以及创建期刊和其他出版物的自由。"1991年新的《新闻法》赋予了个人、团体创立媒体企业的自由，政府放弃了对传媒产业的垄断控制。自1991年以后，一大批私营报刊和私营电台涌现出来①。莫桑比克的主要新闻出版物、广播电台、电视台等除了使用葡语外也使用班图语言，如《星期

---

① Mozambique: Media and Telecoms Landscape Guide [M]. Maputo: Infoasaid, 2012.

日报》(Domingo)、《挑战报》(Desafio) 和《冠军报》(Campeo) 等报纸也会使用部分尚加纳语 (Xichangana)。莫桑比克电台 (RM) 在首都马普托用葡语播报,在下设的地方电台,除葡语节目外,每天会播送几个小时的当地民族语言节目。

除了民族语言,莫桑比克也鼓励多种外语发展。作为国际通用语言,英语在莫桑比克的地位仅次于葡语和班图语,是第一大外语。法语作为继英语之后的第二外语,被纳入国民教育体系。起初,法语教学仅限于中等教育第二阶段 (ESG2) 课程。后来,随着教育改革的实施,学生在中等教育第一阶段 (ESG1) 就可以学习法语课程。汉语教学在莫桑比克起步较晚,2012年10月,莫桑比克第一所孔子学院在蒙德拉内大学正式挂牌成立,至今实行"一院多点"的教学管理模式。

独立后的莫桑比克政府并没有因为民族主义而废除葡语的官方地位,采取了葡语与民族语言同时并举的政策,主要基于以下几点:

巩固国家和平与统一是独立后依旧确立葡语为官方语言的主要原因。1975年,刚成立的莫桑比克政府面临着民生凋敝、迫切需要发展的局面,为了维护国家统一和领土完整,必须选择一种统一的语言来将不同的部族联合起来。而莫桑比克没有哪一种民族语言处于主要的地位,葡语是当时最好的选择。

不安全感是莫桑比克政府重视与发展民族语言的一个重要因素。独立后的莫桑比克选择继续将葡语作为自己的官方语言,让执政者产生了一种不安全感,他们害怕这种外来的语言会影响甚至是危害到本国的文化、生活方式、社会稳定等,所以在宪法中规定保护、发展民族语言,并实施莫桑比克"双语教育计划"。

殖民时期葡语等于身份所带来的不公平性依旧是独立后莫桑比克政府制订新的语言政策考虑的一个重要因素。改变单一语言政策,实行"双语教育计划"就是一种改变社会不公平现象的举措。"双语教育计划"从某种程度上来说,可以让更多的人接受教育,这样也可以降低国家的文盲率,给了一部分原本处于社会劣势地位的人凭借接受高等教育进入社会主流层面的机会。

三、教学语言政策的变革与汉语传播的机遇

莫桑比克在获得独立后,政府通过语言立法逐渐改变与打破葡语一统教育领域的现状。

1983年颁布第4/83号法令成立国家教育系统 (SNE),法令第五条对莫桑比克本土语言做出规定:"国家教育体系应在本法规定的原则框架内,致力于对莫桑比克语言、文化和历史的研究和发扬,以保护和发展民族文化遗产。"1992年又颁布第6/92号法令对国民教育体系法进行修改，法令第四条规定："国家教育体系应该在本法规定的原则框架指导下，重视和发展民族语言，促进将民族语言逐步引入公民教育体系。"对比发现，1983年的民族语言保护政策重在对民族语言展开学术研究，只涉及少数受过高等教育的人群，而1992年的政策重在对民族语言的学习，旨在将民族语言引入公民教育，其范围扩大到广大的学生群体中。后来，为了解决普通教育早期使用葡语作为唯一媒介语导致学生高复读率和高辍学率问题，在1993年至1997年间，国家教育发展协会（INDE）设计实施了莫桑比克"双语教育计划"的实验教学项目①。

莫桑比克在教育领域重视本民族语言，除了民族感情和政治因素的考量外，还有非常现实的原因。莫桑比克以葡语为母语的人口占总人口的比重很低。莫桑比克葡语教育从儿童六岁左右开始，在此之前，学龄前儿童一般都使用本土语交流。莫桑比克80%以上的人口以班图语为母语，最普遍使用的民族语是马库阿语，赞比西河以北的几个省份有400万（占总人口25.92%）马库阿人将这一语言视为母语。其他民族语使用频率由高到低依次为：尚加纳语、塞纳语、洛姆埃语、舒瓦博语、尼扬加语。此外，每一个省份至少有三种最普遍使用的班图语，同一语言也会分布在不同省份，比如马库阿语除了在楠普拉省广泛使用以外，在尼亚萨省和德尔加杜角省也有分布。城市和农村以及每一个省份民族语言的使用情况有所差异。

莫桑比克绝大多数人以班图语为母语，且班图语内部又有太多的分支，这种语言现状决定了莫桑比克政府不能一刀切地要求学校教学语言只能为葡语，而是采取了一种渐进式、多种语言并存的政策。具体而言，小学教育阶段主要实现从民族语到葡语的过渡；中等教育阶段以葡语为主，同时加入英语、法语；高等教育阶段语言使用更为自由，外语教育种类更加多样。一些私立国际学校则根据学校情况使用不同外语作为教学语言。例如，美国国际学校和马普托国际学校使用英语教学，法国国际学校则使用法语教学。

每个国家都有自己独特的语言政策，了解各国语言政策是做好汉语向外部世界传播工作的基础。莫桑比克语言政策研究对汉语走向非洲、走向世界具有一定启示作用。

首先，对莫桑比克的语言政策进行研究可以帮助我们了解汉语在莫桑比克所处的环境。目前汉语在当地的传播还处在初级阶段，但多语言共同发展的开放性语言政策为汉语的传播提供了有利的条件。其次，可以根据大众传

---

① COSSA L E. Línguas Nacionais no Sistema Nacional de Educação para o Desenvolvimento em Moçambique [J]. Educação & Realidade, 2011: 705-725.

媒对汉语传播的影响，利用广播这一当地主要的传播媒介推广汉语。蒙德拉内大学孔子学院通过莫桑比克城市电台FM97.9播放的汉语节目《让我们一起学汉语吧》和《全景中国》，有很高的收听率，取得了良好的宣传效果。再次，需要以文化为依托完善汉语推广政策。针对孔子学院在实施"走出去"战略过程中所引起的一些负面报道，汉语在传播过程中不能仅靠政府的支持，还需要发动民间的力量，以文化为依托，让外界更好地了解中国。这里说的文化不仅仅指中国传统文化，还包括现代文化产业，诸如电影、电视、音乐、出版等。最后，借助"一带一路"平台，重视企业在汉语传播中的作用。"一带一路"建设要实现互联互通，其语言的互通是基础。中莫之间的商贸往来日益频繁，众多中资企业来莫桑比克投资。中资企业在语言传播上的影响力往往为人们所忽视，企业品牌本身就是一种中国文化的传播，企业为当地人提供的就业机会，也是促使人们学习中文的一大动机。中资企业也应该重视语言在海外传播战略中的重要作用，积极鼓励当地员工学习中国语言、文化，减少语言障碍和一些跨文化交际问题。

  一个国家语言政策的制定与历史、政治、经济、文化等密切相关，汉语要更好地在非洲传播、在世界传播，研究相关国家的语言政策环境至关重要，知己知彼，方能"播之有效"。

莫桑比克历史上的华人形象

郭建玲

【内容摘要】 华人移民莫桑比克始自 19 世纪中后期,从最早期的苦力和劳工,到成为莫桑比克社会经济的中流砥柱,华人为莫桑比克殖民时期的经济发展曾做出重要贡献。华人通过构建并巩固以地缘和血缘为基础的社会组织结构,推行华文教育,支持国内抗战,积极参与当地国际体育赛事,不仅使华人社群充满生机和内在活力,且大大提升了华人社群在莫桑比克当地及国际社会的形象,改变了莫桑比克社会对华人固有的"东亚病夫"的错误认识。

【关键词】 莫桑比克　华人　形象

【作者简介】 郭建玲,1977 年生,浙江兰溪人,中国现当代文学博士,浙江师范大学国际文化与教育学院教授,副院长,汉语国际教育、汉语国际传播硕士生导师,中国现当代文学博士生导师。2016 年 1 月至 2019 年 8 月任莫桑比克蒙德拉内大学孔子学院中方院长,研究专长为中国文学海外传播、华文文学与华人华侨研究。

　　与对欧美和东南亚华人的研究相比,学界对于非洲华人的研究用力不多。非洲华人在历史上为非洲经济、政治与文化的发展做出了不可磨灭的贡献。充分挖掘华人在非洲历史上留下的历史形象,搭建中非沟通的历史平台,有助于推动非洲参与"一带一路"与中非命运共同体的建设。华人移民莫桑比克的历史自 19 世纪中期开始,在各个历史时期为莫桑比克各方面的发展做出了积极贡献,塑造了积极正面的华人形象,成为新时期中莫合作交流的历史基础和优势资源。

一、手艺起家，吃苦耐劳

早期华人多为木匠等建筑业劳工，技艺精湛，吃苦耐劳，在莫桑比克建立了良好的口碑。

1858年，第一批中国劳工30人经由澳门抵达位于葡属东非的莫桑比克首都莫桑比克岛，工种包括木匠、石匠、铁匠和铜匠，工作期限为8年。期满后一部分人留在了当地，后定居于洛伦索－马贵斯（今莫桑比克首都马普托）和中部城市贝拉。1878年，一些居留澳门的华人因偶尔触犯当地法律被葡萄牙政府充军流放至马普托，当时该地荒无人烟，气候恶劣，华人披荆斩棘，开荒扩土，凭坚韧不拔的精神存活下来。

1885—1900年间，欧洲群雄在非洲大肆扩张，葡萄牙鼎力建设东非，大批廉价的华工从中国沿海地区被招募至莫桑比克，参与1886—1894年和1892—1898年间马普托至南非边境以及贝拉至津巴布韦边境跨国铁路的修筑。1898年葡萄牙殖民政府将首都从北部的莫桑比克岛迁至南部的马普托市，华工作为主力参与了新首都的建设，扩建街道，兴造楼房。在当地社会的审视和评价中，中国工人无论在手艺、尽职还是耐劳的精神方面均为人称赞，且能与当地社会和谐相处，作为外来族群为莫桑比克基础建设尤其是马普托的市政建设做出了重要贡献。

二、经商有道，融入社会

华人擅长经商，开办农场，习得当地语言，与当地人通婚，极其务实地融入当地社会，成为当地经济的中流砥柱。

至1930年代末，马普托有500多名华人，其中约40%经商，经营大小店铺50多家，开在市区的店铺不足1/5，其余均开在当地黑人聚居区，主要经营文具、服装、酒类、杂货以及饭店等，对顾客使用葡萄牙语或者当地土语。面对以印度商人为主的外国竞争者，华人在选择商铺地段上的这种务实策略，不仅积累了原始资本，而且很快地融入了当地社会，华人与当地人结婚也很常见。后华商在现七二四大街的弗兰萨商业中心开办了全莫桑比克首家超级市场，在今巴西文化中心和莫桑比克国家银行对面也开了大型超市。华商中的成功人士经常出入坡拉娜酒店和网球俱乐部，与当地上层社会多有接触。

华人在农场经营方面最为成功，他们利用莫桑比克耕地千里、地租低廉的优势，充分发挥传统耕作技术，任劳任怨，勤恳劳作，在林波波河流域和马普托市郊经营农场。截至1940年，华人经营农场达20多家，以种植香蕉为大宗，附带种植玉米和蔬菜，出口至邻国南非。1937年2月，东南非洲遭遇洪灾，河水泛滥，华人农场产物尽为所淹，损失惨重，但华人并不灰心，农场至年底不仅回复原状，且生产日见有加。因当时莫桑比克对外贸易收入

的主要来源以及马普托经济之繁荣,几赖于香蕉出口,华人农场的重整旗鼓对莫农业经济恢复与发展起到了积极作用。到1975年莫桑比克独立前,华人的农场数量达30多家,其中有两家跻身莫桑比克全国农场三强之列。

三、兴办社团,支持抗战

华人来到异国他乡,在融入当地社会的同时,也不忘构建以血缘和地缘为纽带的社团,并以此代理领事职能,推行华文教育,支援国内抗战。

至1930年代末,马普托有5个华人团体:国民党支部、中华会馆、致公堂以及分别由四邑人和南顺人组织的同乡会四邑会馆和联安社。其中,中华会馆是联系侨众最重要的团体。1903年6月,中华会馆在木匠兼建筑师华人先驱贾阿桑（Ja Assam）捐赠的土地上由华人集资兴建而成,整栋楼房宏伟壮观,为马普托市地标建筑之一。会馆内供奉关公像,供华人日常及重大节日祭拜,逢春节等重要的传统节日,中华会馆组织华人共度佳节,聚餐联欢。会馆还经常组织音乐会、舞蹈演出、戏剧表演、武术表演、电影播映等,也举办华人婚礼。这种情感、文化乃至信仰的相互交织,有效促进了华人之间的情感交流,增强了华人的凝聚力。在马普托未有领事之前,中华会馆兼备了类似领馆和乡村公所的功能,大到处理华人与当地政府发生的政治关系,小到调解侨民本身的纠纷等,受到当地政府的充分信任。

1936年元旦,中华会馆牵头成立中华小学,将会馆让与小学做校址,带头并发动侨胞热心捐助办学经费,切实解决了学龄侨童流浪街头的实际问题,使他们"得受祖国文化之熏陶,得知祖国语言及习惯"。至1938年,中华小学开办三年,成绩斐然,初小毕业一班,学生60余人,成为东南非洲华文教育的典范。中华小学创办于抗战前夕,中华会馆以及华人群体尤其重视学生的爱国主义思想教育和精神动员工作,学生校服一律为童子军装,逢"七七""八一三""九一八"等纪念日,组织学生举行专门的表演,募捐队向外募捐,并要求每个学生写信慰劳前线战士,体现了作为中华民国国民的责任意识以及海外华侨的担当作为,爱国主义和民族认同情感非常强烈。如1938年"双十节"由中年级学生公演抗战名剧《放下你的鞭子》,学生们精彩逼真的表演令侨胞深为感动,不少侨胞当场解囊捐款。

四、强身健体,甩掉"东亚病夫"的耻辱称呼

华人注重体育运动,积极参加国际体育赛事并取得突出成绩,大大提升了华人社群在当地及国际社会的形象。

1937年2月17日,马普托英人海员工会举行全市第一届乒乓球公开赛,参加者有英国、葡萄牙、瑞士等国百余人,华人报名参加者8人,其中包括

中华小学选派的 4 名学生。中国选手因相貌与西方民族迥异，引起观众注目，他们"攻守有术，应付得法"的精湛球技博得阵阵掌声，为异邦人士所称赞，最后中国队包揽男子双打和男女混双冠军。

1937 年由马普托葡人篮球总会发起的首届比赛为马普托空前之举，观众人山人海，热闹情形前所未有。中华队在 6 支国际球队中战绩骄人，首场比赛 10：0 狂扫五月一日队，第二场 6：0 大胜礼士波（里斯本）队，在"中西恶战"的决赛中凯旋。此次比赛影响甚大，"一括西人之侮视中华的观念"，扫除了西人固存的中国人为"东亚病夫"的负面印象，华侨纷纷到中华会馆慰问女篮健将，赞扬她们以冠军之荣誉为华侨争体面，为国家争光荣。1938 年，中华队蝉联该赛事冠军，再次引起轰动。

1954 年，马普托中国代表队赢得约翰内斯堡国际篮球联赛冠军，他们打法先进，配合默契，给观众留下了深刻的印象。华人的这种体育精神延续到 20 世纪六七十年代。1960 年代，莫桑比克华侨事业达到顶峰，移居莫桑比克的华人数量达到 5000 多人，其中涌现了效力葡萄牙本菲卡俱乐部的足球明星邵汉（Shéu Han）、华人拳击手阿里、女篮选手苏梅（Sui Mei）等不少享誉体坛的健将，华人体育明星多次登上当地主流媒体。

莫桑比克是中国倡导的"一带一路"沿线重要国家，是中国在非洲的全面战略合作伙伴，华人在历史上建立起的吃苦耐劳、精明能干、爱国顾家及身强体健的良好形象，是一笔宝贵的历史财富，为巩固和发展中莫传统友谊提供了良好的社会关系资本，为构建中非命运共同体奠定了坚实的历史基础。

解读历史批判视野下莉莉娅·蒙葡莱的《邻居》

张 爽

【内容摘要】莉莉娅·蒙葡莱是莫桑比克民族主义和女性主义作家中最炙手可热的一位。她的长篇小说《邻居》以南非种族主义对莫桑比克的侵扰为题材,立足现实进行历史言说。本文对作者的生平进行全面的介绍,并对《邻居》写作背景、封面、叙事策略以及叙述话语隐藏的批评视角进行分析,深入解读了这部兼具历史与社会意义的文学作品。

【关键词】莉莉娅·蒙葡莱 莫桑比克 历史批判 叙事策略

【作者简介】张爽,浙江师范大学汉语国际教育专业毕业,2013年8月至2015年8月任教于蒙德拉内大学孔子学院,志愿者教师;2016年9月至2019年7月任教于蒙德拉内大学孔子学院,汉语教师。

一、莉莉娅·蒙葡莱简介

莉莉娅·蒙葡莱(Lília Maria Clara Carriére Momplé),1935年出生于莫桑比克北部楠普拉省莫桑比克岛,是莫桑比克民族主义和女性主义作家中最炙手可热的一位。她是一个混血后裔,家庭成员混合了印度、法国、毛里求斯、中国①等多民族血统,家族血统超越了几个大洲②。

早年,蒙葡莱在洛伦索-马贵斯③(Luorenço Marques)完成了她的中学学业。之后,她赴葡萄牙攻读里斯本高等社会工作研究院的社会服务专业,其间,她还选修了两年的德语语言学课程。完成学业后,蒙葡莱于1960年到

---

① 莉莉娅的祖辈为中国人的混血儿后裔。
② ALEXANDRA L F S. Retratos De Identidade Feminina Nas Obras De Lília Momplé [M]. Dissertao De Mestrado:Universidade Da Madeira, 2017.
③ 前殖民地首都,1975年莫桑比克独立后,改名为马普托并成为该国的首都。

1970 年间分别在里斯本、马普托、圣保罗从事社会服务工作。1972 年①回到故国北部、自己的家乡莫桑比克岛（Ilha de Moambique）以后，蒙葡莱成为莫桑比克岛中学英语和葡语教师，随后又担任该校校长②。在 1991 年至 2001 年期间，她先后担任莫桑比克文化部公务员、莫桑比克文艺界发展部主任、莫桑比克作家协会（Associação Moambicana de Autores，简称"AEMO"）秘书长和主席。自 1997 年以来，她一直是美国爱荷华州的"文学名誉研究员"的成员。在 2001 年至 2005 年，作为联合国教科文组织理事会成员，她还代表莫桑比克参加了若干国际会议。蒙葡莱现居首都马普托。

20 世纪的八九十年代，莉莉娅·蒙葡莱在莫桑比克文学界脱颖而出，成为非洲葡语作家的中坚力量。她分别于 1988 年和 1997 年出版短篇小说集《无人杀死苏胡拉》（*Ninguém Matou Suhura*）和《绿蛇的眼睛》（*Os Olhos da Cobra Verde*），于 1995 年出版长篇小说《邻居》（*Neighbours*）。其作品被海尼曼和企鹅丛书等著名出版社翻译成德语、英语、意大利语和法语等版本。

1987 年，她的短篇小说《茅草房》（*Caniço*）在马普托市百年纪念文学竞赛中获得了小说作品一等奖。2001 年，莉莉娅·蒙葡莱凭借短篇小说《塞琳娜的毕业酒会》（*O Baile de Celina*）荣获凯恩非洲写作文学奖，她是来自 28 个国家的 120 位作家中的 5 位被提名者之一。③ 这两篇小说都收录在短篇小说集《无人杀死苏胡拉》中。而《无人杀死苏胡拉》这本书也于 2011 年获得莫桑比克何赛·克拉韦里尼亚（José Craveirinha）文学奖。该奖项由莫桑比克作家协会创立，用以纪念伟大诗人、作家何赛·克拉韦里尼亚④。

蒙葡莱的文学写作有很大一部分来自童年对她的影响。小时候，她常常听马库瓦族（Macua）的外祖母讲述各种历史故事。这些故事后来都成为蒙葡莱文学创作的源泉。同时，她还喜欢阅读文学作品。其中葡萄牙著名作家艾

---

① 个别学者认为作者回到莫桑比克工作的时间为 1971 年或者 1970 年，但是绝大多数学者认为是 1972 年。

② V. Quive, Eduardo, *Lília Momplé: O Mito e a Verdade*, Literatas, Revista Mozambicana e Lusófona. no 43, 17 de Agosto, 2012, p. 13.

③ 维基百科 https://pt.wikipedia.org/wiki/L%C3%ADlia_Mompl%C3%A9，访问时间 2019 – 06 – 20.

④ 何赛·克拉韦里尼亚（José Craveirinha，1922—2003），出生于马普托，莫桑比克著名诗人、记者。他曾是莫桑比克黑人诗歌的先驱之一，代表作《黑色呐喊》（*Grito Negro*）。

萨·德·克罗兹①（José Maria Eça de Queiróz）和诗人费罗南多②（Fernando António Nogueira Pessoa）对蒙葡莱的文学作品有一定的影响。然而，真正鼓舞蒙葡莱投身于创作的是莫桑比克著名诗人何塞·克拉韦里尼亚的诗歌。祖母讲述的历史故事和何赛·克拉韦里尼亚的诗歌，通过一条无形的线条相互联系，为莫桑比克最贫穷和最沉默的人们叙事发声，并通过蒙葡莱的讲述，谴责殖民统治和社会动荡给底层人民带来的痛苦。

在所有的作品中，作家的创作方法都是以全知全能的上帝视角，全方位地描述人物和事件的。叙事焦点集中在内部叙事（叙事声音可以来自人物的思想和内心世界）和外部叙事（绝大部分小说故事都发生在洛伦索－马贵斯或莫桑比克岛上）③。

蒙葡莱认为：写作是一条通向自我实现的道路，是一条寻找自由感的道路。她说："当我写作时，我感到独立。但我所有的作品都不仅仅是为了消遣而写。"④ 促成其写作的真正原因是她亲身经历过的葡萄牙殖民时期的压迫、羞辱、排斥、种族隔离等痛苦记忆，还有人们在莫桑比克独立初期的兴奋和随之而来的失望，以及16年内战的恐惧和不安⑤。因此，她把自己的所有感受都投射在她的三部主要作品之中。

短篇小说集《无人杀死苏胡拉》⑥ 和《绿蛇的眼睛》⑦，讲述了莫桑比克人民在殖民时期遭受的精神上和肉体上的折磨。虽然每篇小说的故事都是独立的，但却通过谴责20世纪莫桑比克人民所经历的帝国殖民和极端暴力而相

---

① 艾萨·德·克罗兹（José Maria de Eça de Queirós，1845－1900），葡萄牙著名作家兼外交官，其长篇小说《马亚一家》（The Maias）被认为是19世纪最优秀的葡萄牙现实主义小说。

② 费罗南多（Fernando António Nogueira Pessoa，1888—1935），葡萄牙人，诗人，兼哲学家、剧作家、散文家、翻译家、文学评论家和葡萄牙政治评论员等多种身份。

③ FRANCIANE C D S. Marcas Da Violência No Conto "Stress", De Lília Momplé, Revista do NEPA/UFF, Niterói, v. 10, n. 21, jul. -dez. 2018, p. 181-192.

④ V. Quive, Eduardo. Lília Momplé: O Mito e a Verdade, Literatas, Revista Moambicana e Lusófona. no 43, 17 de Agosto, 2012, p. 1.

⑤ ALEXANDRA L F S. Retratos De Identidade Feminina Nas Obras De Lília Momplé, Dissertao De Mestrado: Universidade Da Madeira, 2017: 21.

⑥ MOMPLE, L. Ninguém matou Suhura: Estórias que ilustram a História. Mozambique: Edio da Autora, 2009.

⑦ ANSELMO P A. Uma leitura a contrapelo do colonialismo em terras moambicanas. Revista Estudos Feministas, Rev. Estud. Fem. vol. 21 no. 1 Florianópolis Jan. /Apr. 2013 http://www. scielo. br/scielo. php？script = sci_arttext&pid = S0104-026X2013000100021. Accessed 2019-06-20.

互联系,揭示了莫桑比克民族主义的力量,表达了对社会正义的呼唤。而《绿蛇的眼睛》和长篇小说《邻居》亦将故事发生的时间集中在 1975 年民族独立初期的内战时期,描绘莫桑比克普通百姓在殖民时代后期的生活与挣扎,反映战争给国家和人民造成的苦难。

由于蒙葡莱多年来一直是一名教师,她叙述中的许多主题也与教育有关。在短篇小说《阿里玛的梦想》(*O Sonho de Alima*)和《塞琳娜的毕业酒会》(*O Baile de Celina*)中,她着重强调了教育的重要性和平等性。同时,蒙葡莱作为莫桑比克现代文学界的女作家代表,也十分关注女性的命运。在其担任莫桑比克作协主席期间,曾不遗余力地在该机构的出版物上为女性地位呐喊;她也塑造了一个个鲜活多面的传统女性角色以及伴随她们的社会期望、苦难与抗争。因此,她与宝丽娜·史兹娅内①(Paulina Chiziane)一起被评论界称为"女性主义作家"。

二、莉莉娅·蒙葡莱作品《邻居》

莉莉娅·蒙葡莱的第一部长篇小说《邻居》,1995 年由莫桑比克作家协会首次发行葡语版本,并分别于 2001 年、2009 年、2012 年,被海尼曼、非洲企鹅丛书和波尔图出版社多次出版英语版本,是一部兼具历史与社会意义的文学作品。

(一) 写作背景

蒙葡莱在本书前言介绍,《邻居》是为了纪念在南非种族主义政权对独立伊始的莫桑比克实施干扰政策中,被迫害以及受牵连的无辜人民②。

从 18 世纪 40 年代开始,当时的南非政府推崇白人至上,实行种族隔离政策。但随着南部非洲地区多个国家开始摆脱原殖民宗主国控制而先后独立,建立了黑人的多数统治,这一趋势开始威胁到南非种族主义政权的统治。因此,当时的南非对该地区各个国家民族解放运动及随之诞生的新政府开始实施各种干扰压制策略③。

在莫桑比克,南非帮助葡萄牙殖民政府镇压莫桑比克民族独立运动。随后又在 1975 年莫桑比克独立后,对其实行多种形式的干扰策略,严重影响了

---

① 宝丽娜·史兹娅内(Paulina Chiziane),1955 年出生于莫桑比克加扎省,是莫桑比克著名女作家。代表作有《大老婆》(*Niketche: Uma História de Poligamia*)、《风的启示》(*Ventos do Apocalipse*)等。

② Lilia Momple. Neighbours: The Story of a Murdur [M]. South Africa: Penguin & Random House, 2009.

③ 刘伟才:《试析南非种族主义政权的区域"扰乱政策"》,《史学辑刊》,2010 年 3 月第 2 期。

莫桑比克的社会稳定和人民生活。政治上，扶持莫桑比克全国抵抗运动（"抵运"）进行各种反政府武装活动，使莫桑比克陷入内战的深渊。经济上，破坏或封锁莫桑比克交通运输线路、不提供通讯中转服务等。在军事上，南非对莫桑比克进行较大规模武装入侵、小规模偷袭、空袭等活动。同时南非种族隔离政权经常派代理人跨越国界，在莫桑比克开展绑架、暗杀等破坏稳定的活动，特别是当时许多南非的民族独立运动分子——非洲人国民大会党①成员在莫桑比克避难，构成了本书故事发生的鲜明时代背景和情节推进的根本原因。

作者基于历史上发生的真实事件，讲述了住在莫桑比克首都马普托互不相关的三户人家里的几个主要人物的人生轨迹，他们的命运在1985年5月7日晚上7点到次日早晨8点这段时间里，因一场策划已久的谋杀而发生联系，并彻底改变。

（二）《邻居》的封面

本书书名引用自画家卡塔琳娜（Catarina Temporário）的一幅题为《邻居》的画作。这幅画印在初版的封面上，以强烈的色彩描绘了一只畸形爪子，画面上充满血腥侵略的色调②。这幅画所传达出的寓意"邻居的种族主义的罪恶"与蒙葡莱的写作背景不谋而合。而由海尼曼出版社2001年出版的英语版本《邻居》，则采用了莫桑比克当代著名艺术家马兰加塔纳③（Malangatana Valente Ngwenya）的画作，这源于《邻居》里的一处细节描写。在《邻居》中，大学夜校葡语教师朱纳里欧想起他在机场的所见：两名不关心社会动乱的政府部长非常享受地坐在机场贵宾休息室的同时，艺术家马兰加塔纳正在耐心地排队等候值机并通过重重阻碍走进普通候机区。故事中的这一插曲讲述了20世纪80年代，莫桑比克艺术家与政府官员在社会地位和待遇上的强烈对比，并通过大学夜校葡语教师朱纳里欧的心理描写表达了作者的观点，

---

① 南非非洲人国民大会（African National Congress，ANC）：现为南非执政党，简称"非国大"，是南非最大的黑人民族主义政党，也是南非唯一跨种族的政党。

② SALGADO, M T. Neighbours: de violências, mulheres, mudanas... e homens [J]. Revista Diadorim / Revista de Estudos Linguísticos e Literários do Programa de Pós – Graduao em Letras Vernáculas da Universidade Federal do Rio de Janeiro. 2011 (9): 175.

③ 马兰加塔纳（Malangatana Valente Ngwenya, 1936—2011），莫桑比克享有国际声誉的艺术家之一。他以油画、绘画和水彩著称，而且在雕刻、壁画等方面也颇有建树，在诗歌、音乐等方面也留下了艺术轨迹。马兰加塔纳的绘画作品所刻画的人物形象代表了非洲信念和欧洲文化之间的斗争。其代表作油画《一位母亲的哭泣》等，常年在莫桑比克国家艺术馆中展出。1997年，联合国教科文组织提名他为"和平艺术家"，他还获得克劳斯亲王奖。马兰加塔纳也是为数不多的被任命为GDR艺术学院荣誉会员的外国人之一。

即艺术和文化才是国家的宝藏，而如马兰加塔纳这样创作了丰富经典作品的艺术家将名垂千史。

(三)《邻居》的叙述策略

《邻居》自面世以来，其艺术感染力不断吸引莫桑比克国内外读者广泛关注。许多研究者或从宏观角度解析小说的社会意义，或从微观角度对作品的历史背景、情节、人物、环境、主题意义进行论述。而本文将主要从《邻居》中与历史紧密结合的多种叙述策略解析作品的文学价值。

1. 时空安排的策略

《邻居》按照事件发生的时间顺序，以晚上 19 点、21 点、23 点、凌晨 1 点和第二天早晨 8 点为标题设置了五个章节。每个时间主章节下的子章节则将读者的视线聚焦在三个公寓中。三个公寓内分别住着文化、族裔与阶级背景各异的三个家庭。而每个公寓内的故事以绝对自主的方式发生，公寓之间似乎没有任何联系，从而产生空间上相对的独立性。随着时间主章节的推移，三个公寓中主要人物的生活细节和生活经历由作者通过各种叙事方式铺陈出来。

纳吉斯一家是来自莫桑比克岛的传统印巴裔家庭。在穆斯林开斋节前夕，纳吉斯和她的女儿们正在为开斋节做准备。从晚上 19 点到 23 点，故事围绕着这一家食物的准备、厨房的琐碎谈话和纳吉斯的侄女法乌姿娅的到访而展开。纳吉斯是一个从不想与政治有任何关系的传统家庭主妇，相比广播中关于绑架和谋杀的新闻，她更关心自己的家庭问题。当晚出现的三个问题，让纳吉斯闷闷不乐。这三个问题以等级顺序依次出现。首先是在开斋节前夜没有出现月亮。其二是可以为纳吉斯提供殷实生活的丈夫，却在这个本应是家庭团聚的夜晚，陪在情妇身边。最后是她的三个都到了待嫁年纪的女儿，尚未找到满意的丈夫。尤其是最小的女儿——蒙塔兹，她性格自由独立，一心攻读医学学位，而不是像纳吉斯所期望的那样，找到一个可以让女人终身依靠的丈夫生活。

第二个家庭是一对年轻夫妇，朱纳里欧、怀孕的莱娅以及他们三岁的女儿。他们的生活非常拮据，莱娅和朱纳里欧各自因为社会动荡而经历了许多苦难。作者以一种宁静、缓慢、祥和的叙述基调，描写了莱娅回忆她与朱纳里欧婚后生活的一些细节。婚后，他们与莱娅的母亲和姐妹们一起生活在一个狭小房子里，家里突然多出来的男士，让莱娅家人生活十分不便，家庭气氛因此变得越来越紧张。莱娅和朱纳里欧历经千辛万苦，终于找到新家，一个可以自在生活并养育他们幼小女儿的公寓。虽然公寓内摆设的都是便宜的二手家具，每日三餐只能吃到卷心菜，但莱娅和朱纳里欧都对现状感到满足和幸福。此时的朱纳里欧在完成夜校的学业后,成为大学夜校的葡语老师。在这份工作中,他找到了自己的价值,也发现了工作的乐趣。

第三个家庭是曼娜和杜邦德家。曼娜是一个善良美丽的混血妇女,杜邦德是一个没有多大经济能力的毛里求斯裔人。他们的结合完全出于杜邦德对曼娜的性欲望,而且杜邦德的家庭十分鄙视混血人种。婚后,在家人的冷嘲热讽中,杜邦德暴露本性,经常对曼娜实施家庭暴力。曼娜和杜邦德家开始呈现出一种紧张和危险的气氛。在这里,作者为每个人物都安排了紧张的行为。杜邦德的客人罗姆,大声地喧哗、不停地饮酒并焦躁不安地在房间里踱步。另一位客人扎里瓦则保持沉默,一根接一根地抽烟。尽管杜邦德是公寓的主人,却对罗姆十分顺从,而在厨房他却对妻子的焦虑视而不见,并将自己在客厅中受到的歧视转而发泄在曼娜身上。这个酝酿风暴的宁静夜晚,曼娜在厨房里忙着为即将到来的某些南非人准备晚餐并不断窥探丈夫与客人们的秘密。但就像叙述声音所告诉我们的那样,她只是有一种不安的感觉,而对其他事情一无所知。

至此,三个家庭在空间上建立了独立动态,这些动态强加给每个公寓一个自己组织的节奏,成为故事中的三条支线。而随着故事接近尾声,这些独立的动态被故事设定中预谋已久的谋杀打破,致使支线汇聚在一起,三个公寓在时间和空间上同时产生了联系。

23点左右,叙述声音通过杜邦德的南非客人之一路易这一角色的思想揭晓了故事的谜底。杜邦德、罗姆、扎里瓦三个人被南非人招募,准备策划一起针对莫桑比克平民的谋杀。而被选中的谋杀对象,恰好是住在南非非洲人国民大会成员避难所隔壁的莱娅和朱纳里欧一家。谋杀的目的,是让莫桑比克民众意识到新政府庇护邻国民族独立运动分子的严重后果,借此在社会上形成恐慌,动摇民众对新政府的信心。

当危险气氛开始蔓延时,莱娅和朱纳里欧正如往常一样,哄着孩子睡觉,互相分享一天的生活,听着广播。但他们没有想到,与广播新闻中的屠杀相似的恐怖命运也将降临在自己头上。而住在他们家对面的邻居——纳吉斯,刚刚从噩梦中惊醒,碰巧成为整个枪杀过程的目击者,最终也难逃被枪杀的厄运。与处理莱娅和朱纳里欧之死的叙事过程类似,纳吉斯在死亡前,依然期待这个夜晚的某一时刻,丈夫会突然叩响房门,与自己和女儿们一起共度佳节,由此这一人物的悲剧性内涵得以升华。

此外,在叙述的过程中,三个公寓之间似乎没有任何联系,每一个公寓都像是独立的个体单独出现,但是作者巧妙利用共时性的元素,让三个空间在时间上产生交集,推动了故事情节的发展。第一个元素是停电,当天城市高压电缆受到反对派武装"抵运"的破坏,马普托市居民公寓从早上7点到

研究篇

晚上8点一直都停电，这也发生在小说中所有公寓中。第二个元素是广播电台的新闻，晚上11点在莱娅夫妇和纳吉斯公寓里的人们都听到了关于发生在国道2号线上的大规模绑架和谋杀的新闻①。

2. 碎片化结构

在时间上，表层时间用现在时，小说情节依照时间顺序，以线性发展的形式展开，而小说中的主要人物，特别是对三个凶手参与谋杀的动机则用过去时进行回忆叙述，每个公寓以空间碎片和小时碎片的形式单独呈现给读者。碎片化结构将原本纵向发展的故事延伸出许多横向的片段与切面，使人物设定变得立体丰满，具有逻辑性。碎片化结构还引导读者不断用过去观照现在。无论我们翻开哪一章，都可以看到现实和过去双头并进。比如纳吉斯遭杀害前对过去的追忆，让读者了解到这个隐忍、能干的女性经历了两次失败婚姻，对她充满了同情和怜悯；纳吉斯的侄女法乌姿娅的亲戚在莫桑比克独立后纷纷逃去葡萄牙避难以及她劝说自己的丈夫放弃马普托的生活而去葡萄牙投靠亲戚的过程，显示出莫桑比克独立后社会的不稳定以及人民对新政府执政能力的怀疑。

在分析三名凶手的犯罪原因时，叙事时间也从现在转移到过去。自然主义小说流派强调小说人物性格应受特定时代、特定环境和特定种族的影响，三名凶手的人物设定也与此类似。杜邦德、罗姆、扎里瓦三个人在个人成长过程中都经历了不同的创伤。杜邦德是家里兄弟姐妹中经济能力最弱的一个，也因此常常受到家人的冷嘲热讽。特别是在莫桑比克宣布独立前夕，杜邦德全家担心杜邦德会成为家庭的累赘，逃去葡萄牙避难时没有带上他。面对家人的抛弃、生活的困顿，杜邦德渐渐成为一个可以为金钱而不择手段的人。罗姆，曾加入葡萄牙殖民军对自己的同胞实施残忍的屠杀并引以为傲，离开殖民军后，过去的罪恶一遍遍在他脑海中回放，使他痛不欲生。尤其是莫桑比克独立后，他几乎夜夜被噩梦缠绕，因童年的特殊经历变成一个仇恨自己种族的黑人。扎里瓦，曾经是一名警察，后因滥用职权、虐待无辜而被判入狱，他因此心生怨恨，渴望对莫桑比克政府和人民进行复仇。

除了这些人物之外，莱娅的丈夫朱纳里欧的人生也经历了无数波折和暴力事件。他出生在莫北部偏远山区里的农村，小时候在母亲的劝说下，为了将来能摆脱农民的身份而远走他乡。几年后，留守家乡的父母以及村民遭到"抵运"的屠杀。朱纳里欧逃过一劫，在一位善良的葡萄牙妇女的帮助下，谋

---

① Ubiratã Roberto Bueno Souza. De Quantas Narrativas Se Faz A História? Uma Leitura De Neighbours, De Lilia Momplé, Em Perspectiva Histórica [J]. Litterata, Revista do Centro de Estudos Hélio Simãoes, Brasil. Jul. – Dez. 2016: 87–102.

得了安身立命的职业。然而，他经历的这些痛苦并没有使他成为凶手。"也许……也许是因为我经历了太多，我每天都可以吃白菜。"朱纳里欧的这句话既表达了他个人在经历苦难之后对生活的感恩和超然，也反映了莫桑比克现实的贫困状况。

"如果一个人不知道他来自哪里，也不知道他身在何处或将去往何方"，这是蒙葡莱写在《邻居》封面的句子。在《邻居》中，如果没有解读、关联和解释主要角色的过往的叙述声音，那么人物现时的任何行为都是没有意义的。叙事的推进常常因为策略上的安排而中断，有时甚至是突然中断，因此角色的每一个细节（他们身在何处，将去往何方）都必须根据每个人的个人历史（他们来自哪里）来解释①。蒙葡莱生动刻画了几个主要角色的过往，从而把笔触伸向了莫桑比克的国家历史，没有一处不在反映莫桑比克遭受殖民统治时期人民的悲惨遭遇以及"殖民后遗症"，即南非种族主义政权对莫桑比克国家独立、民族解放及随之诞生的新政府施行的各种干扰压制。为了证明有必要了解莫桑比克在殖民时期和后殖民时期的人民的生活现实，有必要让人知道一个积贫积弱的国家背后的苦难、不公正和暴力，小说通过文学的形式发出了最强音。但最重要的是，莫桑比克是所有人的家园，它属于在历史中留下名字的人，也属于那些在历史中被遗忘的人。对于莫桑比克共和国新政府及人民而言，了解国家过去的历史，深思现在的状况，才能更好地谋划发展美好未来。

3. 真实与虚构

在空间上，莫桑比克殖民后期社会和人民生活现状是按现实主义严格摹写的真实存在，比如电台播放的抵运党的绑架和屠杀活动，法乌姿娅的亲戚和杜邦德的家人在莫桑比克民族独立前夕纷纷逃去葡萄牙寻求更为安全稳定的生活，在莱娅家中体现出的莫桑比克住房、粮食短缺和公交车糟糕的运载能力等问题。而三个公寓以及公寓内人物的过往是小说的叙述策略所虚构的叙述空间，人物背景、故事场景被分割、组合进这个叙述空间中，如主要人物回忆过去的事情的发生地包括莫桑比克岛、北部省份楠普拉、内战期间的首都马普托等。

小说在对现在时的叙述中穿插过去时的叙述，历史的与现实的、个人的与集体的、政治的与私生活的、生存哲理的与琐细生活的场景全部凸显出来。在这里，现实中的日常生活琐碎被上升到抽象的哲理层面来思考，重大的社

---

① Ubiratã Roberto Bueno Souza. De Quantas Narrativas Se Faz A História? Uma Leitura De Neighbours, De Lilia Momplé, Em Perspectiva Histórica [J]. Litterata, Revista do Centro de Estudos Hélio Simãoes, Brasil. Jul. – Dez. 2016：94.

会问题成了可视可感的东西，真实与虚构、现实与抽象深度融合。

4. 双关和隐喻

本书的书名具有双关的含义，既指公寓之间邻近的空间关系，也暗指莫桑比克和南非之间的地理及地缘政治关系。特别是纳吉斯抱怨开斋节不按照传统庆祝节日这一情节，作者赋予了其象征意义：这位伊斯兰教徒总是不辞辛苦地依照传统为节日准备，当晚在马普托没有看到月亮而南非出现了月亮，因此马普托的开斋节照常庆祝。小说主要故事是两名南非人在马普托市内组织的一次针对普通百姓的袭击，进一步加强了莫桑比克与南非地缘政治邻国的概念。

为生活奔忙、为家庭奋斗的莱娅和朱纳里欧，仅仅是因为搬了新家，碰巧成为南非非洲人国民大会成员的邻居，而卷入一场与他们毫不相关的恐怖谋杀行动，成为政治斗争的牺牲品。为家庭担忧、为嫁女发愁的纳吉斯，仅仅是因为住在莱娅夫妇公寓的对面，成为谋杀的目击者，也难逃被杀害的厄运。"邻居"既是整个悲剧发生的直接原因，也是这场谋杀存在的根本原因。

而作品中几个主要角色的遭际及其受难者形象的塑造，也隐含了作者对现代莫桑比克国运的担忧和对国家未来的期待。如凶手杜邦德的妻子曼娜，从一开始出场直至谋杀发生前夕几乎是一个无法把握自己命运的女性形象。但是当曼娜意识到杜邦德的小团伙可能要干出伤天害理的事情，饱受家庭暴力的她选择向警局揭发自己丈夫的阴谋，试图阻止有无辜的人受到伤害，这一举动符合人物设定的行为逻辑，也暗含了作者对莫桑比克的女性乃至整个国家的期待。"在关上自己家门的那一刻，她（曼娜）知道自己也关上了她过去的门，向一种全新的、无法预测的命运迈出了第一步"，小说结尾的这句话，深刻表达了作者希望莫桑比克人民成为自己命运的主人，希望自己的祖国与受压迫、受侮辱的过去彻底决裂，去创造新的时代和新的历史的愿望。

5. 叙述话语中蕴藏的社会暴力批评

托尔斯泰曾明确指出，"一个作家内部，必须有两个人——作家和批评家"。也就是说，小说的创作者兼具叙述和批评的功能。而蒙葡莱在《邻居》中采用第三人称旁观者的模式，以上帝般的视角，目光无所不及、无所不在。这种叙述视角可以使叙述者公然对文本人物和事件进行评论，将作者的批评思想直接地融入文本之中。蒙葡莱在《邻居》中提出了强烈的社会问题，叙事话语渗透了她本人对社会、历史和政治的批评，为我们呈现了后殖民时期压迫依然存在的现实。

里约热内卢联邦大学非洲女性文学教授玛莉亚·萨尔加多（Maria Teresa Salgado）认为，《邻居》的叙述话语，既有对莫桑比克后殖民社会现实的批判，也包含了对女性生存困境以及压迫她们的暴力的批评①。

《邻居》首先将视角转向莫桑比克的历史，引导我们思考一个多年来处于战争状态的国家的暴力行为（1975 年至 1994 年）：日常生活中明显的暴力、莫桑比克不稳定的社会形势以及殖民主义时期遗留的其他社会冲突。特别是南非种族主义对邻国莫桑比克政权的干扰，作者对这种暴力行为的批评始终贯穿于故事主干线中。当叙事话语提到莱娅、朱纳里欧面临的粮食短缺问题，还有曼娜向警察局陈述即将发生的罪案时出现醉酒而睡着的警察也遭受着同样的问题——"厌倦了吃所谓的卷心菜"。这些都使得人物角色在叙事中获得了社会类型的特征。在这样的背景下，发生在故事中主要角色身上的事情也可能发生在任何一个生活在莫桑比克的普通人的身上。他们都是社会中最普通的人，与政治没有任何关系，却因受到政治牵连而惨遭伤害。

作为女性作家，蒙葡莱在一定程度上也更偏爱女性角色的描写。她的作品以现实为基础，将莫桑比克女性描绘成一个不被允许有梦想和欲望的痛苦的存在。蒙葡莱说："几个世纪以来，女性一直是一个没有发言权的人。因此，当她受到否定时，词汇就变得无形了……"② 在《邻居》中，蒙葡莱亦通过描述莫桑比克妇女在殖民后时期的日常生活，谴责她们在人生道路上遭受过身体、社会文化或心理等多种形式的暴力。

纳吉斯是莫桑比克传统的女性，将与男人结婚视为女人的最终归宿，却在婚姻上遭到两次背叛，因此叙述者在文本中将其视为"愚蠢又善良的胖女人"。蒙塔兹是受到社会文化暴力的典型。她不想像她母亲一样将自己的命运拴在男人身上，希望通过知识改变命运。但是却遭到社会对女性身份的传统观念的歧视。在母亲的眼里，蒙塔兹是"在书本上聪明，在生活中却没有任何希望"的人。作为作品中唯一一个有女性觉醒意识的角色，作者常常通过蒙塔兹的视角来审视她母亲纳吉斯的传统思想和行为。

莱娅，是《邻居》中最为幸福的女性角色之一，在生活中同样遭受了许多苦难。莱娅在寻找公寓的过程中，得知自己工作部门的上司是国家财产管理局主任的朋友，在其寻求上司帮助的时候，却被其要求通过性交易来解决问题。蒙葡莱通过详细描述莱娅上司对莱娅的眼神——锐利、半闭、贪婪，甚至猥亵，表达了文本中隐藏的批评话语。面对可以解决家庭困境的诱惑，莱娅拒绝了。

莱娅和纳吉斯在作品中有着不同的性格和命运，却都成了受害者。作者

---

① Maria Salgado. Neighbours. De Violências, Mulheres, Mudanças…e Homens [J]. Revista Diadorim，2011（9）：173 - 182.

② V. QUIVE. E. Lília Momplé：O Mito e a Verdade [J]，Literatas，Revista Mozambicana e Lusófona. 2012（43）：13.

通过女性角色的命运引起读者情感上的共鸣。她们不仅与政治无关,在这场谋杀中是无辜的存在。而且莱娅去世前所经历的幸福和纳吉斯的悲伤形成鲜明对比,她们都是这个社会中最弱势群体的代表。

而作品中的曼娜可能是书中最动人的女性角色。作为混血女人,她的美丽俘获了杜邦德,但她接受与杜邦德的婚姻是为了实现绝大多数女性的宿命——"像大多数安戈谢①女孩一样,接受她父母认为值得的任何一个男人作丈夫"。结婚后,曼娜发现杜邦德是一个比她想象中还要堕落和暴力的男人,他甚至经常在身体上虐待曼娜。慢慢地,曼娜习惯了家暴,她被麻醉了,失去了她的美丽,甚至失去了她的尊严。尽管在多年的婚姻生活中,她从未抗议过她丈夫的随心所欲,但她却从不让自己屈服于丈夫的殴打。杜邦德决定跟家人一起去葡萄牙时,无论是侮辱还是殴打,她都坚决拒绝追随他。当她发现丈夫所做的阴暗生意时,她表现出一种鄙视的态度。尤其在她得知她的丈夫即将参与一起恐怖袭击事件时,她没有继续选择沉默,而是拿起了电话报警。在曼娜的身上,我们可以看到蒙塔兹的尊严、莱娅的力量以及纳吉斯的隐忍和顺从。

面对国家内外所受到的暴力,特别是女性在社会中所受到的暴力,该如何选择?是继续沉默?还是反抗?蒙葡莱以曼娜的形象告诉了我们答案。

三、结语

《邻居》是一部经济而优雅的小说。在略超过150页的文本中,蒙葡莱将碎片化的叙事融入线性的时空安排,以极为精简的篇幅,创作出几个立体丰满的人物形象,立足真实,合理虚构,巧妙运用双关和隐喻,让普通人的生活与重大的历史事件相交汇,将个体生命轨迹和政治时局紧密联系起来,将同一时空里本来毫无关系的人物命运联系起来,充分体现了个人命运在宏观历史背景下的虚无感,反映了非洲民族独立运动中的苦难与抗争,特殊历史背景下人性的扭曲,以及非洲大陆和平稳定的来之不易,引起读者强烈的情感共鸣。尤其是在独立40多年后的今天,毗邻发达国家南非的莫桑比克,仍然是联合国公布的全世界最不发达国家之一,超半数人口依然生活在贫困线以下,"抵运"和执政党的漫长纠葛,还有国家政治生活远没有实现正常化,结合书中描述的历史悲剧,我们不禁扼腕叹息。

---

① 安戈谢(Angoche):莫桑比克北部楠普拉省市级行政区。

莫桑比克，诗和诗人的国度

郭建玲　塞　尔

【内容摘要】 诗歌是莫桑比克文学极其重要的文学样式。莫桑比克在20世纪初中期，曾出现过不少优秀的诗人，为莫桑比克诗歌传统的延续以及解放前后诗歌创作的开拓作出了贡献。以1975年独立为界，莫桑比克诗歌发展又分为"解放前"与"解放后"两个阶段，解放前以战斗诗为主；解放后，诗歌内容和风格趋于多样化。

【关键词】 莫桑比克　诗歌　民族解放

【作者简介】 郭建玲，文学博士，浙江师范大学国际文化与教育学院教授、副院长，汉语国际教育、汉语国际传播专业硕士生导师，中国现当代文学博士生导师。2016年1月至2019年8月任莫桑比克蒙德拉内大学孔子学院中方院长。塞尔（Sérgio Namburete Menete），浙江师范大学汉语国际教育硕士，莫桑比克第一位本土汉语教师，2017年8月至2019年8月任教于蒙德拉内大学孔子学院，现于厦门大学攻读应用认知语言学博士学位。

在莫桑比克首都马普托海滨，劈开海浪的防波堤伸向印度洋的深处，在岩石夹岸的水泥防波堤尽头，经常能看到脚踏海水、面向大海和天空吟咏歌唱的人们。是的，莫桑比克是个诗歌的国度，诗人的国度。

莫桑比克有着近500年的被殖民史，国家独立后，又旋即卷入近20年的内战，国家满目疮痍，民生凋敝，经济落后，国家在追求民族独立和国家富强过程中的呐喊与求索，人民在被殖民蹂躏和战火纷飞中的困顿与辛酸，其痛苦与快乐，血泪与汗水，只有通过诗歌，得到最浓烈和淋漓尽致的表达。

莫桑比克在20世纪初中期，曾出现过不少优秀的诗人，为莫桑比克诗歌传统的延续以及诗歌创作的开拓作出了贡献。以1975年独立为界，莫桑比克的诗歌创作又分为"解放前"与"解放后"两个阶段，解放前以战斗诗为主;解放后,诗歌内容和风格趋于多样化。

一、莫桑比克早期诗人

谈起莫桑比克的诗歌,人们一般会想起莫桑比克民族解放战争时期和解放后的文学创作,但实际上莫桑比克有很悠久的诗歌传统,只是因为没有文字的记载,很多在民间流失了。葡萄牙殖民时期,莫桑比克出现了不少诗人,他们通过翻译和写作(主要是在莫桑比克出生的葡萄牙后裔),或通过口传文学(主要是莫桑比克本土人士),表达他们对世界、对爱情的丰富感受。当然,因为葡萄牙早在15世纪就抵达莫桑比克,在这些诗人的创作中自然也有一些对葡萄牙殖民统治的抗议。

1. 鲁伊·得·诺罗尼亚(Rui de Noronha)

鲁伊·得·诺罗尼亚1909年10月28日出生,当时加扎王国刚刚结束,他的父亲是果阿人,母亲是莫桑比克当地人。诺罗尼亚曾经在莫桑比克北部的楠普拉工作,后来到马普托,于1943年12月25日去世。人们惋惜他英年早逝:"上帝爱的人死得早。"鲁伊·得·诺罗尼亚创作的主要是十四行诗。

鲁伊·得·诺罗尼亚生前并没有实现自己的梦想,他的诗集《新月》(*Lua Nova*)没有得到发表出版,而是在他去世后由他的朋友于1946年发表出来的,但是没有采用鲁伊·得·诺罗尼亚本来的命名,而是改为《十四行诗》(*Sonetos*)①。鲁伊·得·诺罗尼亚创作的许多作品被收集并发表在莫桑比克本地报刊上。《焦虑》②(*Iquietação*)一诗刊登在1932年7月2日发表的《幻想》杂志上③(*Miragem*)。本诗中,诗人将"痛苦"与"快乐"作为两种"如果可以"的选择,诗人宁愿选择沉默的痛苦,也不会轻易选择短暂的快乐,因为难过的日子,在无人倾听、无人理解的歌哭中,诗人独自咀嚼隐藏在沉默中的深刻痛苦。这压抑中的痛苦者,这清醒地看到快乐稍纵即逝的歌者,谁又能预料到,他不会在沉默中爆发呢?

焦 虑

我难过的那些日子
在犹豫不决中的痛苦

---

① 鲁伊·得·诺罗尼亚:*Sonetos*,马普托:Tipografia Minerva Central,1946。
② 本诗来自鲁伊·得·诺罗尼亚百年诞辰纪念的传记,作者为Luís Carlos Patraquim。中文由塞尔翻译。
③ 莫桑比克著名杂志《Indîco》2019年第54期以英葡双语登载了Luís Carlos Patraquim的文章《逝去时代的诗人》(葡文篇名"Poeta do ser e do tempo",英文篇名"Poeta of a by gone time"),纪念诗人诺罗尼亚(第44-47页),特别刊登了《焦虑》这首诗的英葡双语版。

我的歌声没人听
我的哭声隐藏的痛苦谁都无法理解

我短暂的快乐，无能为力的时候
静静日子里的笑容
充满着洁白的美丽
在那时快乐很快就过去了

如果我在两种日子中选择
选择短暂而珍贵的快乐
选择来来往往的痛苦

我一生中宁愿选择沉默的痛苦
也不想选择沉睡的
永远无法把握的快乐

2. 鲁伊·克诺菲力（Rui Knopfli）

鲁伊·克诺菲力1932年出生于东南部的伊尼杨巴内省，1997年逝世。早在1950年，鲁伊·克诺菲力就已经开始形成自己的诗歌风格。虽然他生活在艰苦的葡萄牙殖民时期，但其诗歌具有类似费尔南多·卡莫斯、卡洛斯·德鲁蒙德·德·安德拉德（巴西小说家）、费尔南多·佩索阿等西方作家的风格，尽管如此，我们在他的诗歌里仍能体会到对祖国莫桑比克风光的无限赞美。在鲁伊·克诺菲力的文学世界里，不愉快的生活环境似乎对他没有产生任何影响，他能在自然万物之间寻找到平衡，所采用的巴洛克艺术诗风使得他的诗作在旋律、选词等方面非常严格。

鲁伊·克诺菲力43岁时离开莫桑比克前往葡萄牙。他在莫桑比克时编辑了不少报纸，诗歌作品包括《别人的国家》（1959年）、《海底王国》（1962年）、《沙机》（1964年）、《青芒果加盐》（1969年）。

与当时的诗人主要倾向于对葡萄牙殖民的"抱怨"不同，鲁伊·克诺菲力的诗歌主要为"自我表达"。鲁伊·克诺菲力于1975年国家独立后离开了莫桑比克前往伦敦。他在葡萄牙驻英国大使馆担任一些职务。《青芒果加盐》是鲁伊·克诺菲力最有代表性的作品。

3. 费尔南多·雷特·科托（Fernando Leite Couto）

在葡萄牙殖民莫桑比克的历史记录中，在莫桑比克这片土地上，并非全是剥削与种族隔离。一些人来到莫桑比克以后，便爱上了这个国家。甚至有一些人因为跟这个国家结下了不解之缘，认为自己已经是莫桑比克人。费尔南多·雷特·科托是在莫桑比克生活的葡萄牙人，除了文学创作之外，他还做过记者、编者和译者。

费尔南多·雷特·科托1924年4月16日出生在葡萄牙波尔图附近的里奥廷托地区，2013年1月10日逝世于莫桑比克马普托。费尔南多·雷特·科托于1950年代到达莫桑比克，主要从事记者工作，为莫桑比克多份报纸尤其是中部城市贝拉市的日报作出了重要贡献。1974年费尔南多·雷特·科托回到葡萄牙并在 O Comércio do Porto 报纸工作一段时间后，重又回到莫桑比克，之后成立了基拉（Ndjira）出版社。如今基拉出版社出版发表米亚·科托、宝丽娜·史兹娅内等莫桑比克当今最著名作家的作品。

作为来到莫桑比克的葡萄牙人，费尔南多·雷特·科托在其记者和主编生涯中帮助过很多莫桑比克年轻人实现他们的"写作梦"。费尔南多·雷特·科托曾经说，他不认为自己是个作家，他只是个记者。然而，事实上，除了很多新闻随笔及编年史，他曾经出版过九部文学作品，其中，最有代表性的是诗歌。

费尔南多·雷特·科托对东方文学尤其是中国诗歌充满了兴趣。他编译的诗集《我是一颗极星》，是莫桑比克第一本也是目前唯一的一本其中有译介中国诗歌内容的诗集，所选诗歌时间跨度从公元前4000年到17世纪末，正如副标题"女性作家的爱情诗"所表明的，诗集选入了埃及、希腊、日本和中国等国女诗人的爱情诗，中国诗歌入选数量最多，达30多首，自《诗经》时代无名氏的作品，到李清照、朱淑真等女词人的诗歌，均有葡语翻译；诗集题目也来自中国4世纪一位女诗人的作品集。费尔南多·雷特·科托在"引言"中表达了编选目的，是要探讨"爱情和女性的身体之美的主题"，同时，"它还蕴藏了女性自身的悲伤、痛苦、绝望，还有忠诚"。费尔南多·雷特·科托对这些甚至无名无姓的女性在受男子极端主义的压迫，"无写作权"的情况之下的创作致以敬意，"这些诗歌仍然以令人钦佩的语言、严谨的韵律、沟通人心的特质，诱惑着我们"[1]。

费尔南多·雷特·科托的代表作《宣言》创作于1967年，诗人将诗歌作为言说的对象、对话的对象，表面上写诗歌的"无用"之处，不能像土地一样，生产出面粉和大米，也不能像步枪的子弹一样，射向目标；实际上诗人却巧妙地表达了诗歌以及文学的"无用之用"，以笔为犁，以笔为百灵鸟的歌唱，以笔为呐喊呼号的武器，像恶狗，像旗。这何尝不是诗人的自况以及对

---

[1] 费尔南多·雷特·科托编译的诗集《我是一颗极星》序，马普托：基拉出版社，2011。

诗人天职的描画。

宣 言

> 诗歌，我不求你麦粉
> 因为我知道你不是麦田
> 你也不是耕田
> 我只要听麦田中的百灵鸟
> 听它夜里的歌声
>
> 没吃的人
> 你没面包喂他们
> 你只能变成他们的呐喊
> 你会咆哮，你会哭泣
> 你是饿狗的吠叫
> 路障旗
> 我们血管的愤怒
> 但是你不是耕田或麦田
> 你不是步枪的子弹
> 我只要听麦田中的百灵鸟
> 我血液的亲密声音①

费尔南多·雷特·科托有不少表现莫桑比克风情的诗歌，但这些诗作绝不是单纯意义上的风光掠影，那些本该美丽的风光，在诗人的眼里，都带上了被殖民统治者践踏、扭曲的形象，触目惊心。《非洲的景色》（*Paisagem Africana*）和《非洲的夏天》（*Verão Africano*）就是其中具有代表性的两首。凤凰树，是莫桑比克的国花，是莫桑比克常见的行道树，盛放季节夹道而开，如火如荼，仿佛要燃烧至天边，映衬着浓密的羽状树叶、辽阔的印度洋和碧蓝的天空，显得耀眼夺目。绵延广阔的海岸线、细腻的沙滩，是马普托及莫桑比克沿海城市的一道风景线。但在费尔南多·雷特·科托的笔下，曲线的沙丘，干旱的土地、森林、平原，莫桑比克常见的风景，都幻化成具有性别特征的被欺凌的意象，无可逃遁的刺痛感，逐渐推进，在最后的两句诗行中，达到刺目惊悚的顶峰："在刺激、残忍的太阳下/非洲之地就打开两瓣玫瑰花瓣。"

---

① 费尔南多·雷特·科托：《充满声音之音》，基拉出版社，2015。

非洲的景色

活跃的凤凰树花
着火似的那么橙色

可爱温暖的无耻沙丘
模仿女性曲线

从地上呼出的气息
中断的轻吻使他干渴

浓密的深绿色叶子
阴云重如未实现的愿望

只有腐殖质气味的森林
呼吸交媾的汗水酸味

坚实的糠屋顶
就像刺激的表皮

暴力的河流撕开平原之肉
就像入侵的士兵强奸被征服城市之女

在刺激、残忍的太阳下
非洲之地就打开两瓣玫瑰花瓣①

　　王国维说:"一切景语皆情语。"费尔南多·雷特·科托的写景诗,让我们联想到杜甫的"感时花溅泪,恨别鸟惊心"。尽管是葡萄牙人,但费尔南多·雷特·科托已然将莫桑比克作为自己的故乡,在《非洲的夏天》里,费尔南多·雷特·科托以人道主义的广阔视野和情怀,甚至为非洲的困顿、迷茫而警醒:

---

① 费尔南多·雷特·科托:《非洲的景色》,《水中的谣言》,基拉出版社,2007。

非洲的夏天

这种包围气息的平静色彩
灼烧肌肤的火热和热带干旱的草原
毫无瑕疵的迷茫的天空蓝
那被歌声吵醒的困倦
那大海就是一只沉睡的老狗①

费尔南多·雷特·科托在莫桑比克文学史中占据非常重要的地位,他的文学立场和文学追求,以及对莫桑比克的热爱,都对莫桑比克文坛和其他作家产生了深远的影响。2015年4月16日,米亚·科托及其兄弟费尔南、阿曼多为了纪念他们的父亲对莫桑比克文学及新闻事业所做出的贡献,在莫桑比克首都马普托金日成路成立了费尔南多·科托基金会,以赞助、培训和扶助莫桑比克青年作者,促进莫桑比克艺术及文学、文化的发展。科托基金会已经成为莫桑比克最重要的文化交流平台,每年组织百余场文学、艺术活动,是当地最有影响力的民间文学机构。

二、解放前的战斗诗歌

非洲大陆的欧洲殖民统治大大影响了非洲的思想、文化及整体的历史发展。莫桑比克人民遭受的苦难、剥削很多非洲国家也曾经历过。实际上,非洲大陆的分裂没有地理或传统文化历史的来源,而是出于欧洲人更好地控制非洲的政治经济的利益需要。15世纪末,葡萄牙殖民主义者的铁蹄踏上了莫桑比克,此后对莫桑比克进行了近五个世纪的压迫与剥削。1964年9月,莫桑比克人民在莫桑比克解放阵线的领导下,拿起武器,给葡萄牙殖民主义者以沉重的打击。经过近10年的战争,莫桑比克于1975年终于获得独立。

在400多年的统治中,葡萄牙人通过各种手段摧残了莫桑比克的民族文化。很多莫桑比克人失去了自己的文化认同,甚至有一部分莫桑比克人认为自己是葡萄牙人,这些人就是所谓的"同化的非洲人"。同化主义思想和政策,是葡萄牙和法国这两个西方殖民国家常用的文化灭绝手段。在这样的背景之下,莫桑比克的挣扎就超越了国家解放,最重要的是,要首先找回莫桑比克的文化价值。

毫无疑问,葡萄牙人占领莫桑比克近500年,不会自己轻易离开。20世纪30年代的"黑人性""泛非主义"思潮和运动,对莫桑比克知识分子产生了深刻的影响。20世纪五六十年代,很多非洲国家先后获得解放,这在被殖

---

① 费尔南多·雷特·科托:《非洲的夏天》,《水中的谣言》,基拉出版社,2007。

民统治的莫桑比克人民心中埋下了战斗的种子。一直以来，诗歌被视为一种十分重要的武器，诗歌是装满子弹的枪，而此时，子弹就是老百姓的梦——自由梦，解放梦。

在这个时期，莫桑比克涌现出大量的战斗诗歌。战斗诗又可以称为"改革诗"，既包括直接表达对敌人的仇恨与抗击敌人的诗歌，也有大量抒发渴求自由、热爱祖国情感的诗作。值得注意的是，当时的莫桑比克人民包括参加解放阵线的战士并不会阅读，由受过教育的莫桑比克革命诗人为大家高声朗读诗歌。通过这样的手段，"文明人"与"普通人"之间的距离被拉近了，加强了莫桑比克的民族凝聚力。

第一批在莫桑比克战斗诗歌创作中作出贡献的诗人，无疑也为国家的独立作出了很大的贡献，这就是所谓的"战争诗人"。实际上，这些人并不是普通的诗人，他们是莫桑比克解放阵线的英雄。他们的诗对莫桑比克的解放战斗发挥了旗帜和号角的作用，对莫桑比克后代诗人产生了无比深远的影响。其中包括萨莫拉·马谢尔、萨莫拉·马谢尔的夫人乔谢娜·马谢尔、马·多斯·桑托斯、若热·雷贝洛、塞尔吉奥·维埃拉以及莫桑比克独立后的第三位总统阿尔曼多·卡布扎等。

1. 领袖诗人萨莫拉·马谢尔

莫桑比克解放之前最著名、影响最广泛的是"战斗诗"（Poesia de Combate），这是莫桑比克自由战士的诗歌，从各个角度生动而形象地再现了莫桑比克人民在莫桑比克解放阵线领导下紧握枪杆子、争取民族独立的战斗生活；抒发了莫桑比克人民敢于斗争、敢于胜利的英雄气概；反映了他们不屈不挠、勇往直前的革命精神，先后出版了三集，最后于1975年结集。1975年莫桑比克独立，当年中莫两国建立正式邦交，中国人民文学出版社于当年7月即翻译出版了《莫桑比克战斗诗集》，译者为王连华和许世铨。其中第一首是由萨莫拉·马谢尔写给妻子的《乔谢娜，你没有死》。

莫桑比克三部"战斗诗集"

萨莫拉·马谢尔 1933 年出生于莫桑比克加扎省的一个农民家庭，亲身经历了殖民主义者对非洲人的歧视和压迫。萨莫拉是莫桑比克解放运动的领导人，他曾经在 1960 年代总结了莫桑比克革命的三重性质，认为这是"一场旨在摧毁殖民法西斯国家的反殖民斗争；一场反帝国主义的斗争，旨在摧毁跨国公司的控制，结束帝国主义把莫桑比克作为侵略进步的非洲政权和保护种族主义及法西斯主义堡垒的跳板；一场旨在摧毁剥削许多人的制度的斗争，以一种新的社会秩序取代它，为广大劳动人民服务"①，立志毕生为民族解放而斗争。1964 年，他率领游击队打响了莫桑比克反殖民统治武装斗争的第一枪。1975 年 6 月，莫桑比克独立后，萨莫拉·马谢尔任总统兼人民解放军总司令。② 1967 年，为了让莫桑比克的妇女参与到解放斗争中，萨莫拉成立了"女子游击队"（简称为 DF），1969 年他与受过中等教育的游击队员乔谢娜正式结婚。乔谢娜代表了为了民族自由而努力奋斗的莫桑比克女性形象，她是莫桑比克的历史英雄，负责解放阵线党外交部的社会事务和女性事务工作，此外，她还积极创立儿童中心来帮助德尔加杜角省的孤儿。在《乔谢娜，你没有死》中，萨莫拉·马谢尔开头就以振聋发聩的声音向妻子呼喊道："乔谢娜，你没有死，因为我们承担了你的责任，而这些责任将与我们长存。/你并没有死，因为你为之而奋斗的事业，我们已全部继承。"将妻子已逝的生命投射到仍在进行的革命战斗中而得到精神上的延续，肯定了妻子的牺牲对"我"以及其他战士们无穷的激励作用，"你离开了我们，而你遗留下的武器、背包和劳动工具，成了我的行装的一部分"。正如诗歌中所写到的，虽然在反抗殖民斗争汇流成河的鲜血中，乔谢娜的死只是其中的一滴，但乔谢娜牺牲的意义仍是独特的、非凡的，是具有值得学习的榜样性质的，因为"革命从它最优秀、最可爱的儿女们身上获得了新的活力"。在萨莫拉·马谢尔看来，乔谢娜"你不只是妻子，你还是姐妹、朋友和战友"，诗歌用了对话式的风格，而不是第三人称，因此感染力和感召力更加强烈。最后在以歌当哭的哀悼中感情得到了进一步的升华："我的泪水从同一源头流来，它曾给我们以爱情、意志和革命的一生。/这些泪水既是怀念的表示，也是战斗的誓言。花儿从树上凋谢了，那是为明年开放出新的、更加鲜艳的花朵准备土地。/你的生命正在

---

① 张永蓬：《历史的遭遇 共同的斗争——中国支持莫桑比克及非洲民族解放斗争的历史视角》，在中国驻莫桑比克大使馆与莫桑比克革命史研究中心合办的"中莫友谊与合作"主题研讨会上的发言，马普托，2019 年 7 月 11 日。

② 萨莫拉总统是中国人民的老朋友，他曾先后于 1968 年、1971 年、1975 年、1978 年和 1984 年五次访华。1986 年 10 月 19 日，萨莫拉总统在从赞比亚首都卢萨卡返回马普托途中，因乘坐的专机坠毁而不幸身亡。

继续革命的人们身上延续。"①

莫桑比克货币－梅蒂卡尔（METICAL）上开国总统萨莫拉·马谢尔头像

2. 解放诗人何塞·克拉韦里尼亚

除了战士的自由诗，莫桑比克寻求民族独立和解放过程中，也出现了不少抵抗葡萄牙殖民统治的诗人，其中有代诗性的是何塞·克拉韦里尼亚（José Craveirinha）和娜奥米亚·郑萨（Noémia de Sousa）。

何塞·克拉韦里尼亚是莫桑比克最伟大的诗人，1922年5月28日出生于马普托，2003年2月6日逝世于南非约翰内斯堡。他的父亲阿尔加维来自葡萄牙最南的一个大区，曾经也是随着当时的打工潮流来到莫桑比克谋生的，母亲是莫桑比克当地人。何塞从年轻时候起就开始反对种族歧视，作品也多反映反殖民主题。他曾因参与莫桑比克解放阵线党的活动，被葡萄牙国家防卫国际警察（由安东尼奥·德·奥利维拉·萨拉查领导的一党专政新国家政权时期的葡萄牙情报部门）抓捕，1964至1968年被监禁。年轻的何塞曾经在莫桑比克 *O Notícias*（《消息报》）报社工作，在新闻工作中发出反对种族主义的呼声，处理当地最脆弱人口的保护事宜。

何塞·克拉韦里尼亚很早就开始了写作生涯，但是他的诗很晚才发表，第一本诗集《鼓》（*Chigubo*）1964年在里斯本出版。1982年至1987年，何塞·克拉韦里尼亚担任莫桑比克作家协会（AEMO）主席。1983年，他被非洲作家协会授予莲花奖。1991年，何塞·克拉韦里尼亚获得卡蒙斯文学奖，他是第一个获得此奖的非洲作家。同年，他受到葡萄牙总统若尔热·桑帕约（Jorge Sampaio）和莫桑比克总统若阿金·希萨诺（Joaquim Chissano）颁发的荣誉。2002年，他获得莫桑比克作家协会颁发的终身文学成就奖，2002年因此被莫桑比克政府称为"何塞·克拉韦里尼亚年"。

---

① 中文翻译参见《莫桑比克战斗诗集》，王连华、许世铨译，人民文学出版社，1975年7月。

何塞·克拉韦里尼亚的诗歌主要分为三类。一类是描写黑人性运动与泛非主义的作品，以 1964 年的诗集《鼓》和 1974 年的诗集《很久以前》（*Karingana ua Karingana*）为代表。这两部诗集表达了诗人对过去非洲传统的审视，以及对非洲价值观的强烈重申。第二类主要是记录牢狱生活的日记和诗歌，以《第一牢房》（*Cela* 1980）和《诗意的制作》（*Obra poética* 1999）为代表；第三类是爱情诗，表达了他坐牢期间对妻子深厚的爱，以《玛丽》（*Maria* 1988）为代表。

在何塞·克拉韦里尼亚的第一类诗歌中，"黑色"的意象出现得最为频繁，它们是黑夜、沥青、煤、黑色的皮肤……《奴隶之歌》① 这样写道："我爱你/以我的黑人之歌向你表示我的爱/在我黑夜的眼睛里。"让人联想起顾城的名诗句："黑夜给了我黑色的眼睛，我却用它寻找光明。"在这里，黑夜的眼睛看到的，是饥饿"在我青铜手掌/慢慢地生长"，是祖辈们顺着"忐忑不安的海洋"，从码头"向奴隶制半球前往"，但是诗人也忧虑"如果这黑夜/在我被侵犯的轨道/唤醒古代的根源"，也渴望那眼睛充满爱情的女人，会用"成熟的 mampsincha② 的嘴巴/轻吻我的血液"，表达了双重血统下对殖民记忆的反思。《沥青神之歌》③ 全诗三节，每节都以"机器已经启动了"开头，直指西方帝国主义殖民者的工业文明机器在莫桑比克土地上大肆掠夺的斑斑劣迹和无可挽回的破坏，"采了黄金/采了石头/采了一艘装满了黑人的船/采了死亡小伙子的新闻，煤炭玩具/采了老板凯迪拉克"。如果说前面是写实的罗列，那么，最后短小的一节则将压抑的情感喷吐而出，"机器已经启动了/机器一直在工作/直到忍不住的那一天/直到玉米粥吃不下去的那一天"。玉米和豆子是莫桑比克人民赖以生存的主食，但殖民者已经发动就难以停止下来的机器，将劳动力连同玉米地和豆子田都掠夺殆尽，"玉米粥吃不下去的那一天"，莫桑比克将会落入何种境地？

《黑色的呐喊》（*Grito Negro*）是何塞·克拉韦里尼亚的代表作，在莫桑比克可谓家喻户晓，也是众多诗歌朗诵会的常选诗篇。这是一首饱含着愤怒之情的诗歌，诗人采取拟人手法，用第一人称"煤"的口吻，向"老板"发出最强烈的抗议：

---

① 何塞·克拉韦里尼亚：《文学之作》，马普托：蒙德拉内大学出版社，2002。文中所引诗句，由塞尔翻译。
② 一种攀缘植物的果实。
③ 何塞·克拉韦里尼亚：《沥青神之歌》，意大利语/葡语，意大利米兰：莱里奇出版社，1966。文中所引诗句，由塞尔翻译。

研究篇

我是煤！
你残忍地把我从地下挖出来
让我成为你的矿，老板！

我是煤！
你点燃了我，老板
总是让我作为你的动力而服务
但不是永远，老板！

我是煤！
我必须燃烧，是的
用我的力量烧尽所有

我是煤！
我被开采时必须燃烧
直到烧成被诅咒的灰烬
像我的兄弟焦油一样燃烧
直到我不再是你的矿，老板！

我是煤！
我必须燃烧
用我的火焰烧尽所有

是的！
我将成为你的煤，老板！①

诗歌记录了煤从被开采出来到燃烧至灰烬的一生。第一节中，作者开句即称，"我是煤！"煤以一个呼喊者的形象跃然纸上，它既是写实的被开采的煤，又是象征的被剥削的非洲人民、被开采的黑土地。而对"老板"的抗议，一开始就已经喷涌而出，达到高潮。这里的"老板"，也是既写实又具象征性，是指煤矿的老板，也是侵略黑土地的殖民者形象。第二节，煤自述被老板"点燃"，总是作为"动力而服务"，作为奔驰的汽车的燃料，作为启动的

---

① 何塞·克拉韦里尼亚：《很久以前》，里斯本：Edições 70 出版社，1982。文中所引诗句，由塞尔翻译。

| 351 |

机器的燃料，作为工业文明在非洲土地上所向披靡的燃料。第一、二节的煤是处于被动状态的："你残忍地把我从地下挖出来""让我成为你的矿""总是让我作为你的动力而服务"，无论是"把"，还是两次出现的"让"，都凸显了煤作为一个被动者的形象。第二节最后，煤郑重地宣布："但不是永远，老板！"这个短小有力的句子，在"但"的引领下，开辟了下面的言说空间。在接下来的第三、四、五节中，主语由"你"变成了"我"，语态由被动变成了主动，高频词"燃烧"一共出现了4次，"燃尽"出现了3次，一个"必须燃烧"的煤的主体形象从诗行间站立起来，"用我的力量烧尽所有"，"用我的火焰烧尽所有"。有了前面三节层层推进的宣言，最后一节的"是的！/我将成为你的煤，老板！"就产生了另外一番意义。表面上看，"我"似乎回到了被开掘、被利用、被践踏的命运，与第一节的"让我成为你的矿，老板！"形成了循环呼应；实际上，最后一句的重点，落在了"你的煤"这三个字上，内部关系已经由被动形态巧妙地转化成了主动形态，仿佛"你的坟墓"，煤将用自己的全部力量，把老板连同他的殖民统治者，全部烧为灰烬，达到了诗人情感的凝聚点。

　　这首诗构思自然新颖，诗人运用浪漫主义的独特想象，以煤自况，寄寓着诗人反抗殖民统治、以身许国的爱国情怀，表现了当时普通民众和知识分子民族国家意识的觉醒。全诗除最后一节外，每节以"我是煤"领起，从不同侧面倾诉表达，这种复唱的手法，有一唱三叹的节奏韵律和情感效果，每节三行，形式上统一、完整、和谐，有我国古典诗歌"比兴"之妙。

　　何塞·克拉韦里尼亚另一首妇孺皆知的代表作是《未来公民之歌》。诗歌以未来公民为第一人称抒情主人公，展望新生的国家和新生的整个非洲大陆：

我来自世界四方
从一个即将诞生的国家。
我来了，就在这里

我的出生，不是孤立的自己
你也不是，他也不是，你们都不是
我们，生而为兄弟

但是
我的双手充满着爱，给予他人的爱
我就是爱
别的，什么都不是。

而
我心中充满着
我的和别人的哭泣
因为我来自一个即将诞生的国家
啊！我的爱足够分享给每一个人
我！
普通人
来自那个即将诞生国家的公民①

何塞·克拉韦里尼亚留给莫桑比克甚至全世界的遗产远远不止他的诗歌，更为重要的是他的精神。除了2002年称为"伟大的诗人之年"外，自他逝世至今，莫桑比克经常举办纪念何塞的诗歌交流会，马普托在何塞的故居开辟了博物馆，2019年，何塞之子扎克·克拉韦里尼亚发表了诗人健在时未发表的不少诗歌。在莫桑比克仍在探索民族国家富强之路的漫漫征程中，何塞的诗一如既往地被人民阅读和吟诵。

3. "莫桑比克诗人之母"娜奥米亚·德·邹萨（Noémia de Sousa）

娜奥米亚·德·邹萨，1922年9月20日出生于马普托对岸的卡滕贝，2002年逝世于葡萄牙卡斯凯什，是莫桑比克第一位女诗人，因其对莫桑比克诗歌发展作出的杰出贡献，被尊称为"莫桑比克诗人之母"。娜奥米亚是个混血儿，父亲是莫桑比克岛出生的葡萄牙后裔，母亲是德国人和莫桑比克若加人的女儿。娜奥米亚受父亲影响，5岁已经能够阅读。但不幸的是，她8岁时父亲去世，为了帮助弟弟妹妹，她16岁开始工作。尽管如此，娜奥米亚没有因为生活的艰难而放弃文学道路，她希望通过文学，像当时的一些知识分子那样，追求更公平、更和谐、无歧视的社会。

1948年，娜奥米亚发表诗作《兄弟之歌》（Canção Fraterna），引起了何塞·克拉韦里尼亚等当时莫桑比克革命俊杰的关注。娜奥米亚因为所写的政治和战斗性诗遭到流放，因表示对葡萄牙殖民制度的抗议被葡萄牙人逮捕，1951年被流放于葡萄牙，1952年和1972年被流放到法国巴黎。但娜奥米亚从未停止写作，她还从事记者及翻译工作，一生为莫桑比克自由与解放而战斗。

娜奥米亚·德·邹萨最有代表性的49首诗写于1948—1951年间，大多刊

---

① 何塞·克拉韦里尼亚：《未来公民之歌》，选自《鼓》第四版，马普托：Alcance Editores出版社，2008。此诗中文由塞尔和罗丹翻译。

登在当时的报纸上，后于 2001 年被整理成诗集《黑色之血》（*Sangue Negro*）出版，这也是她唯一的一部诗歌作品，表达了被压迫的女性的呐喊。

娜奥米亚·德·鄢萨不仅是代表女性的诗人，也是代表一个时代的诗人。她的诗歌表达了救赎的主题和立场，希望将力量传递给被压迫的人民，希望通过笔尖为黑人兄弟的解放与自由呐喊。实际上，她的作品涉及在非洲、在美洲、在全世界的黑人。这一点，在她的长诗《放了我的人》（*Deixa passar o meu povo*）中得到了淋漓尽致的表达，体现了哈莱姆文艺复兴①的精神：

> 莫桑比克温暖的夜晚
> 来自遥远的马林巴琴节奏传到我这里
> ——又精准又恒定——
> 旋律的来源我并不知
> 在我铁皮瓦屋子里
> 让我随着旋律欢快地起舞……
> 但是那些来自美国的声音打动我的灵魂、打动我的脑海

---

① 哈莱姆文艺复兴，又称"黑人文艺复兴"，是 20 世纪 20 年代到经济危机爆发这十年间，美国纽约黑人聚居区哈莱姆的黑人作家所发动的一种文学运动。它的内容主要可以概括为两点：第一，在黑人的觉悟和民族自尊心大为提高的情况下，一些黑人青年知识分子开始重新评价自己的艺术创造才能，并要求在文学艺术中塑造"新黑人"的形象——一个不同于逆来顺受的汤姆叔叔型的、有独立人格和叛逆精神的新形象；第二，在报刊上广泛开展了"是艺术还是宣传"的讨论，大多数作家都认为必须加强黑人文艺作品的艺术表现能力。这一运动的主要领袖艾兰·洛克曾说："美是最好的牧师，赞美诗比布道更有效果。"有一些黑人作家在运动中趋向极端，走上"为艺术而艺术"的道路；也有少数作家强调"黑人艺术"的特点，用自然主义笔触宣扬哈莱姆区黑人"特殊情调"的生活，他们就被称为"哈莱姆派"。哈莱姆文艺复兴运动提高了黑人文学艺术的水平，从中涌现出一批优秀的诗人和小说家，对促进黑人文化事业的发展、提高黑人民族自尊心产生了深远的影响。（摘自百度百科）

研究篇

保罗·罗伯森①和玛丽安·安德森②为我唱着
代表哈莱姆精神的黑人
"放了我的人（Let my people go）"③
——哦，放了我的人
放了我的人——他们说
我张开眼睛，我睡不着
在我的心里，我能听到安德森和保罗的声音
他们的歌唱并不愉快
放了我的人！

我很紧张，
就坐在我桌子前开始写
在心里面，
放了我的人
哦，让我的人走……

我写着……
在我桌上，我熟悉的影子就开始呈现
我的满手疙瘩、无精神的母亲
叛乱，痛苦，羞辱
黑色的痕迹留在纯粹的纸上

---

① 保罗·罗伯森（Paul Robeson，1898—1976），美国著名男低音歌唱家、演员、社会活动家，美国哈莱姆文艺复兴运动的重要人物，认为艺术和文化是美国黑人克服种族主义并在白人主导文化中取得进步的最佳途径。1928年，他在美国音乐剧《游览船》中演唱歌曲《老人河》诉说黑人痛苦和忧伤的心灵，歌颂自由自在奔腾不息的密西西比河，一举扬名世界，成为家喻户晓的歌唱家。罗伯森通过歌唱"把黑人民歌和劳动生活的美给人民表现出来"，获得成功。他在20世纪30至40年代曾亲临西班牙内战前线，并赴苏联访问演出。中国抗日战争爆发后，他曾用汉语演唱《义勇军进行曲》，以示同情和支持。

② 玛丽安·安德森（Marian Anderson，1897—1993），美国黑人女低音歌唱家。生于费城，6岁参加教堂唱诗班，歌喉出众。1925年获纽约声乐家比赛一等奖，1925—1935年赴欧洲演出。1933年在伦敦举行首次访欧独唱会。1939年受总统罗斯福邀请到白宫演唱，是黑人女歌唱家中第一人。他曾在法国、德国、北欧、荷兰、比利时、意大利、苏联、南美等地举行音乐会，曾荣获总统勋章，担任亲善大使。

③ Let my people go（《放了我的人》）是保罗·罗伯森曾经唱过的一首宗教歌曲，主题是摩西出埃及记，内容为以色列人在埃及的时候，被压迫得无法忍受，勇敢的摩西以耶和华的名义告诉法老："放了我的人！"

我不认识的那个保罗
跟我有一样都属于莫桑比克祖国的血统，属于一样的根
心里充满着怨恨的我
就想起我窘迫的生活，我的家
想起苦力的告别、想起那些白人伙伴们让我们经历的痛苦
想起我的哥哥们——泽和萨乌尔
我甜美的、蓝眼睛的朋友
这一切让我下笔开始写
夜幕降临而我不停地写
在我肩膀上，我能听到收音机里玛丽安和罗伯森的声音
——"放了我的人
哦！让我的人走！"

但当从哈莱姆唱出的哀歌
来到我这里
我那么熟悉的形象来临
在漫长的不眠之夜
我不会在施特劳斯的圆舞曲中摇摆
我将会继续写下去
我会随罗伯森和玛丽安呐喊：
"放了我的人，
哦！让我的人走！"①

　　娜奥米亚·德·郑萨在罗伯森和玛丽安歌唱摩西反抗法老、带以色列人出埃及记的歌声中产生了共鸣，并汲取了灵感，代表哈莱姆文艺复兴精神的黑人歌唱家们"不愉快"的歌声，让诗人辗转难眠，她想起"满手疙瘩、无精神的母亲""窘迫的生活，我的家"，想起"苦力的告别"及在葡萄牙统治时期所经历的痛苦，还有"我甜美的、蓝眼睛的朋友"，这一切，使诗人"紧张"地伏案书写，夜幕降临也难以停笔。在罗伯森的歌唱中，"放了我的人"，是摩西在与法老对峙中的宣言，而在娜奥米亚·德·郑萨的演绎中，显然是莫桑比克人民与殖民者的尖锐对峙。在当时的莫桑比克社会，"放了我的人"这句往复出现的口号，成了挑战殖民者统治权威的一把利剑，一声振聋发聩的号角。
　　娜奥米亚·德·郑萨的另一首名诗是《如果你想认识我》（*Se me quiseres*

---

① 塞尔译。

研究篇

conhecer)。

  如果你想认识我
  你就仔细观察
  这块被一位陌生的马孔德①哥
  雕刻、加工的黑木
  在遥远的北方
  用他神赐的妙手塑造了我

  啊，那就是我
  空洞的眼窝渴望着生命
  被痛苦的伤口割破的嘴
  被棍子打破的大手掌
  像乞求和威胁似的扶起来，
  这被奴役的鞭疤
  伤痕累累的身体
  饱受折磨而壮丽，
  骄傲而神秘，
  从头到脚的非洲
  那就是我！

  如果你想了解我
  靠近我的非洲灵魂
  在码头上黑人的呻吟声中
  在马索佩族疯狂的舞蹈中
  在山甘纳族的反抗中
  在奇异的忧郁蒸发中……
  在深夜里来自本土的歌声……

  如果你想知道我……
  那什么都不用再问我了

---

  ① 马孔德人，居住在莫桑比克东北部和坦桑尼亚东南部，即鲁伍马河流域，说班图语，马孔德在斯瓦西里语中意为"田园"。有"男人从雕"的传统，4 岁男孩便随父学雕刻，用乌木制作的雕塑作品风靡全世界。

因为我只是一块蚌肉
贝壳上是非洲反殖主义的纹
它肿胀着希望的哭声

诗歌通过莫桑比克最具代表性的手工艺黑木雕制品，一座没有明显性别特征的人物木雕，来象征莫桑比克乃至整个非洲的命运。以第一人称对话体的方式，"我"向试图了解"我"的外来者展现了遍体鳞伤的身体："空洞的眼窝""割伤的嘴""被打破的手掌""奴役的鞭痕"，这"伤痕累累的身体"既是写实经过斧削刀刻的身体，更是写意的象征，就像第二节最后两句诗行，"从头到脚的非洲/那就是我！"莫桑比克盛产的黑木并非从里到外全黑，树皮与其他树木无异，为褐色，树心则为乌黑色。雕刻时，一般会将树皮完全剥去，以树心为材料。诗歌的第三节诗人写到，"如果你想了解我/靠近我的非洲灵魂"，这既符合黑木雕工艺的物理特点，也遵循由外在到内在的认识规律。与第二节相呼应，第三节也用了几行排比，书写了"非洲灵魂"深处的声音："码头上黑人的呻吟声""马索佩族疯狂的舞蹈""山甘纳族的反抗""深夜里来自本土的歌声"。最后一节娜奥米亚·德·郑萨运用了另外一个意象——"蚌壳"。在有着漫长海岸线的莫桑比克，印度洋终日拍击着这片土地，跟黑木雕一样，海蚌是最常见的海产。诗歌的最后一节，第一人称由黑木雕转移至海蚌，由陆地转向海洋，贝壳上历历在目的是"非洲反殖民主义的纹"，里面的蚌肉"肿胀着希望的哭声"，这个奇诡的意象，将非洲人民在殖民主义压迫下的哭泣以及对未来的希望，全部包孕其中。

莫桑比克最辉煌的诗人都是在葡萄牙殖民统治时期出现的。这些诗人写的作品一方面反映了百姓在历史上最黑暗时期的遭遇，另一方面也代表了一个时代的写作风格及浓厚的文化意识。跟战士诗人们一样，何塞·克拉韦里尼亚与娜奥米亚·德·郑萨生活在葡萄牙的侵略与压迫之下，当时的莫桑比克遭受了葡萄牙殖民制度带来的沉重苦难，作为最具代表性的两位诗人，他们的诗歌倾诉了对祖国和人民浓烈的热爱，以及对敌人深重的仇恨。在表达对民族国家命运之忧思的同时，视野也越出了莫桑比克的土地和海洋，放眼整个非洲的解放，展现了诗人宏阔的胸怀和爱，大大影响了莫桑比克后期诗歌的主题和风格。

三、莫桑比克当代诗人

1975年莫桑比克独立，由莫桑比克民族解放阵线党（"莫解阵党"）执政。独立后，莫桑比克并未顺利走上建国之路，反对派"全国抵抗运动"（简称"抵运"）一直进行反政府武装活动，国家陷入内战深渊，从1976年至1992年，长达17年的内战让本就饱受葡萄牙殖民统治蹂躏的莫桑比克，陷入民不聊生的境地。1992年，莫桑比克终于摆脱内战的困扰，转入和平发展的新阶段。

20世纪90年代以来，莫桑比克文坛最著名的作家是米亚·科托。米亚·科托原名安东尼奥·埃米里奥·雷特·科托（António Emílio Leite Couto），1955年出生于莫桑比克第二大城市贝拉，是费尔南多·雷特·科托的儿子。米亚·科托是当今葡语文学界最具影响力的非洲作家，莫桑比克世界级的著名作家，近年来一直是诺贝尔文学奖的热门人选之一。米亚·科托以长短篇小说而闻名，1992年发表的首部长篇小说《梦游之地》获得巨大声誉，入选"20世纪最伟大的12部非洲小说"。米亚·科托是莫桑比克在海外译作最多的作家，他的小说被翻译成十几种语言，在世界20多个国家发行。

但世界读者对米亚·科托的诗歌写作生涯恐怕不是很了解。事实上，米亚·科托最初创作的是诗歌，14岁开始就在当地的报纸上发表诗作，1983年出版了第一本诗集《露水之根》（*Raiz de orvalho*），这也是他的第一部作品。在他的28部作品中有3本是诗集：《露水之根及其他诗歌》（*Raiz de orvalho e outros poemas*，1999）、《年龄、城市、神》（*Idades, cidades, divindades*，2007）和《雨水译者》（*Tradutor de chuvas*，2011）。

米亚·科托在为父亲费尔南多·科托编译的诗集《我是一颗极星》撰写的前言中这样表达了被诗歌尤其是爱情诗击中的感觉："青春时期，我的许多同学从未接触过诗歌。对他们来说，诗人是一种奇怪的生物，一个脱离世界，没有生活能力的人。诗意的文本是为别人准备的，就像爱情是一个遥远的、最为荒谬的领土一样。然而，就在特定时刻，几乎所有年轻人都会偶然间在卡蒙斯（Cames①）的诗歌——《看不见的燃烧火焰》中沉迷。突然间，那些青少年开始颤抖。有人说有一种感觉，这种感觉只能通过诗歌表达出来。那时，我发现每个人都缺乏一种能让我们与生活更加亲密的语言。在这种令人不安的想法出现时，诗歌和爱情来到我们面前，张开拥抱的双臂，并指出我们的深

---

① Luís de Camões（路易·德·卡蒙斯，又译为路易·德·贾梅士，1524/1525—1580），葡萄牙著名诗人，以文学成就而被尊称为"葡萄牙国父"。卡蒙斯创作了大量的诗歌和剧作，最著名的作品是史诗《路济塔尼亚人之歌》（《葡国魂》），其地位堪比荷马、维吉尔、但丁、莎士比亚。

切需要,即将情感与言语分离。"①

爱情诗,即使在葡萄牙殖民时期,也是莫桑比克诗歌的一个重要题材,呈现了这个饱受殖民统治压迫的民族对爱和幸福不倦的追求与描述。米亚·科托创作了大量的爱情诗,富于迷幻色彩:在恋人的眼里,"月亮爬上来/就在你的眼前/把石头磨成花"(《一夜之诺》②,*Promessa de uma noite*);在永恒的瞬间感到无话可说的词穷,在拥有一切之际感到空虚(《为你》,*Para ti*);"花儿啊/从我手中掉下来/使你升上来的土地更加五彩六色""我们一起变成一条河流/水漫漫的河变成大海"(《等待》,*A Demora*)等,与米亚·科托富有非洲特质的魔幻现实主义小说有异曲同工之妙。

为 你

为了你
我落下了雨水
我挖出地下的香味
失去一切
而都是为了你
为了你我创造一切美丽的话语
但我品尝永恒滋味的那个瞬间
却无可说的话

为了你
我给了我的双掌新的声音
暴露时间的秘诀
夺走世界
因为我以为都是为我们俩
在这甜蜜的虚假想象中
我们拥有了一切
我们手中却是空的
在黑夜里
我们无法睡眠
我在你怀里发现了自己

---

① 米亚·科托:《寻找天堂的恒星》,费尔南多·雷特·科托编译的诗集《我是一颗极星》前言,马普托:基拉出版社,2011。

② 《一夜之诺》选自《露水之根及其他诗歌》,里斯本:Editorial Caminho 出版社,1999。

> 黑暗覆盖我们之前
> 眼中只有你我一个人
> 我们拥抱了生命①

米亚·科托是个具有高度的诗人自觉意识的作家，借为父亲编选的女性爱情诗选撰写前言的机会，米亚·科托探讨了一个诗人必须面对却难以回答的问题：在无法通过笔和纸表达爱情，无法将恋人之间的感情转化为写作主题于文字中陈述时，"如何谈论爱情诗"？米亚·科托认为，爱情诗作为一种浓缩的"情感的写作"，只能源于作家对"写作的情感"，表面上看，是"一种独特的抒情现象"，但最重要的是表达了"与世界和其他人的迷人关系"。换而言之，爱情诗的诗句讲述了一种"崇高的状态"，一种不真实和被迷惑的状态，一种在被光芒蒙蔽眼睛却在火焰中思考的状态。米亚·科托将悲伤视为爱情诗的最大动力，就像痛苦之于故事一样，爱情诗开始于爱人的失去和爱而不得。通过对跨国界和跨语境爱情诗的解读，米亚·科托对语言和诗歌有了更深层次的思考，在他看来，"语言正是从世界另一端走过来的爱人"，因为"恋人们在世界和时间消逝的地方相遇，而在这个地方，他们只能用语言来拯救自己"；而诗人就像天际的恒星，在高温的燃烧下发光发亮，寻找永恒的天堂，"这个天堂被称为'诗歌'"。

莫桑比克是个热爱诗歌的国度，除了一直为莫桑比克文学作出重要贡献的这些著名诗人外，莫桑比克还有很多年轻的诗人。对莫桑比克诗歌的全面研究会给我们带来很大的启发，从中可以了解非洲，了解莫桑比克的历史，看到对美丽非洲的描述，不少诗作的维度已经远远超过莫桑比克一个国家的边界，代表了全非洲人民经历过的磨难挫折与反抗的声音。

参考文献：

1. http://www. kapulana. com. br/noemia-de-sousa-grande-dama-da-poesia-mosambicana-por-carmen-lucia-tindo-secco/.
2. https://en. wikipedia. org/wiki/Jo% C3% A3o_Albasini.
3. Luís Carlos Patraquim. Centenário de Rui de Noronha, Poeta do ser e do tempo. In Revista Indíco, Edição de Março e Abril de 2019, no 54.
4. http://www. elfikurten. com. br/2015/05/fernando-leite-couto. html.

---

① 米亚·科托：《为你》，选自《露水之根及其他诗歌》，里斯本：Editorial Caminho 出版社，1999。塞尔翻译。

5. https://www.pluraleditores.co.mz/o-nosso-pais/autores/autor/ver/?id=32888.

6. https://www.escritas.org/pt/autores.

7. Elsa de Noronha, editor. África, surge et ambula: Rui de Noronha—poeta moçambicano. Maputo: Espaço Rui de Noronha – Associação, 2006.

8. http://devezenquandario.blogspot.com/2014/02/eu-sou-estrela-polar.html?m=1.

9. https://pt.wikipedia.org/wiki/Rui_de_Noronha.

研究篇

依托孔子学院建设汉语专业的经验与挑战
——以莫桑比克蒙德拉内大学为个案①

刘鸣宇

【内容摘要】依托孔子学院建设汉语专业,是非洲高校汉语专业的普遍模式。莫桑比克蒙德拉内大学汉语专业的设置既参考中国国内针对外国留学生的汉语言专业,又遵循所在高校语言专业的统一规定。因蒙德拉内大学教育资源匮乏、管理能力有限,汉语专业的建设,包括课程、师资、教材和管理等各方面,主要依托孔子学院的力量。汉语专业在课程的具体实施和衔接、教材尤其是文化教材的建设、师资的配置与协调、学生的专业教育与德育培养等方面,积累了一定的经验,也存在不足,面临着挑战。蒙德拉内大学汉语专业的办学特点,在非洲乃至南美、东南亚等国家高校汉语专业中具有典型性和普遍性,总结探索蒙大依托孔子学院建设汉语专业的经验、不足与挑战,对这些国家汉语专业的发展以及孔子学院的办学具有启示意义。

【关键词】莫桑比克 孔子学院 汉语专业

【作者简介】刘鸣宇,北京师范大学汉语国际教育硕士。2011年任教于泰国瓦来伊隆功皇家大学,志愿者教师;2013至2016年任教于厄瓜多尔基多圣佛朗西斯科大学孔子学院,2018至2019年任教于莫桑比克蒙德拉内大学孔子学院,专职教师。

面向外国学生的汉语专业,分为两类:一类是在中国高校开设的汉语言专业②,一类是在国外高校开设的汉语专业。国外高校的汉语专业,又大致有两种情况:一种是欧美和埃及等有悠久汉学历史的国家的汉语专业,如普

---

① 本文的写作得到了郭建玲教授的指导和支持,孔院志愿者汉语教师冯思雨、专职教师毛荀提供了蒙大汉语专业教材使用方面的相关信息,在此表示感谢。

② 1978年,北京语言大学(原北京语言学院)正式创办了针对来华留学生的现代汉语专业,并于1993年改名为"汉语言专业"。

林斯顿大学东亚系的汉语专业、艾因斯夏姆大学的汉语专业等；还有一种是主要依托孔子学院在当地合作院校设立的汉语专业。前者历史更为悠久，主要依托汉学研究的深厚基础；后者是近年来随着孔子学院在全球的推广发展起来的，方兴未艾。

莫桑比克蒙德拉内大学（以下简称"蒙大"）的汉语专业属于后一种情况。蒙大汉语本科专业于2015年通过莫高教部审批设立，2016年2月正式招生，隶属蒙大文学院，课程大纲依据莫桑比克高等教育的相关规定制定，但在汉语课程的设置、汉语师资、教材、专业管理等方面，基本上依靠蒙德拉内大学孔子学院中方合作院校浙江师范大学所派遣的师资。浙江师范大学承建的另外两所非洲孔院的合作院校——喀麦隆雅温得第二大学、坦桑尼亚达累斯萨拉姆大学均开设汉语专业，两个专业也都主要依托孔子学院的师资力量。可以说，依托孔子学院建设汉语专业，是非洲高校汉语专业建设的一个较为普遍的模式。

目前，仍缺乏专门就上述模式汉语专业建设的研究。围绕汉语专业如何依托孔子学院在课程的具体实施和衔接、教材尤其是文化教材的建设、师资的配置与协调、学生的专业教育与德育培养等方面，进行实际性的建设，围绕所在高校和孔子学院就汉语专业如何进行协同管理等问题，未得到应有的关注，而这些，正是本文试图解决的关键点。希望从实践出发，明确依托孔子学院在外方合作院校设立汉语专业时应该注意的问题，并提供一些经实践检验后行之有效的方法，是本文的主要目的。

一、蒙大汉语专业课程设置情况

（一）《蒙大汉语专业中文课程大纲》①（以下简称"《蒙大大纲》"）的课程设置

蒙大汉语专业的人才培养目标为"培养汉语专业人才（包括汉教、翻译、语言研究者等）"，内容比较宽泛，具体为：培养汉语教师；培养汉葡、汉法、汉英、汉班②翻译人才；培养汉语语言编辑者。在符合莫桑比克高等教育相关规定的前提下，根据培养目标，蒙大汉语专业设置了相关课程③。其中，文学院所有语言类专业都必须设置的公共必修课程有：葡语、研究方法与生

---

① 《蒙大汉语专业中文课程大纲》是蒙德拉内大学孔子学院内部资料，由蒙大孔院中方院长郭建玲女士提供，特此感谢。

② 班图语。

③ 目前在翻译人才的培养上，汉语专业只开设了汉葡翻译的相关课程，其他语种与汉语之间翻译人才的培养还需和蒙大其他专业（如法语和班图语专业）进一步协商、合作来实现。

活技能、翻译方法理论，共计 30 学分，其中葡语课 20 学分，分两学年四学期完成，三门课均由蒙大安排授课教师，但不与其他专业混班上课。除此之外，根据培养目标设置的专业课程分为五类：语言技能课、语言知识课、文化课、选修课和实习，合计 210 学分。

  蒙大汉语专业的课程设置，在语言技能课板块，采用的是分技能这一较为传统的课程设置办法，除了汉语综合课外，还设置了汉语听力课、口语课、汉字课、写作课等，主要集中在第一、二学年①，合计 129 学分。语言知识课，如汉语教学法、语言学概论等课程，分布在第二、三、四学年，合计 19 学分。文化课有两门：中国概况、中国文化概况，共 8 学分，分别安排在第一学年的第一、二学期。选修课五门，30 学分，分布在第三、四学年，每门选修课可从四到五门课程里面选择，如"选修课Ⅰ：中国书法；中国武术；现代汉语语音、汉语水平考试 1、2 级辅导"。五门选修课可选择的课程既有技能类课程，如新闻听力、汉语写作等，又有语言知识类课程，如现代汉语词汇，还有文化类课程，如中国书法、中国武术等。选修课根据汉语专业学生实际水平以及孔院当年师资而定，有很大的灵活性。实习，24 学分，安排在第四学年，分两个学期完成。

蒙大汉语专业各类课程占比表		
课程名称	占总学分比例	占总课时比例
蒙大公共课	12.5%	13.2%
语言技能课	53.8%	54.9%
语言知识课	7.9%	7.7%
文化课	3.3%	4.4%
选修课	12.5%	11%
实习	10%	8.8%

  综上可知：(1) 蒙大汉语专业的课程专业性明显。语言技能课、语言知识课、文化课、选修课四部分在 240 个总学分中占比 77.5%，在总学时上占比 78%。蒙大汉语专业非常重视学生汉语知识的习得，在客观条件允许的情况

---

① 其中综合课贯穿前三个学年、六个学期。

下，蒙大汉语专业最大限度地保障了学生汉语专业知识的学习。(2)课程设置符合培养目标的要求。大量的汉语专业性课程的学习是培养汉教人才、汉语言研究者的基础。在夯实汉语基础的前提下，侧重培养学生的教学和翻译能力。(3)重视学生的实习。实习24学分，256课时，在第四学年总学分及总课时量中的占比均为40%，在四学年总学分、总课时量中占比分别为10%和8.8%，在学分及课时上的分量仅次于汉语综合课，可见蒙大汉语专业对其重视程度。(4)选修课占比较高，但分类模糊。从选修一到选修五，每个级别的选修课都至少包含技能类课程、语言知识类课程、文化类课程中的两类，增加了汉语专业课程的不确定性。

（二）与国内汉语言专业及《高等学校外国留学生汉语言专业教学大纲》①（以下简称"《大纲》"）的对比及分析

20世纪70年代末，国内正式创办针对留学生的汉语言专业，至今已历经40多年。近半个世纪里，汉语言专业经过初期的探索，积累了较为丰富的经验，几经调整，日渐完善。依托孔院在合作院校设立的汉语专业虽与国内的汉语言专业所处的国家、语言大背景不同，但其两者在培养对象、培养目标②上则具有很大的一致性。国内汉语言专业的经验对国外合作院校汉语专业的完善可以起到借鉴参照作用。

2002年，国家汉办主编的《大纲》为规范汉语言专业的建设与发展提供了理论指导。《大纲》里对汉语言专业四年的课程内容、学分、课时、课程时间安排等内容做了详细全面的介绍。《大纲》里的课程可分为三类：语言技能课、语言知识课、文化课，每部分占总课时量的比例分别为88%~88.9%、7.7%~7.8%、3.3%~4.3%。据余求真③调查，北京师范大学、北京外国语大学的语言技能类课程的课时占比分别为94%和92%，语言知识类课程的课时占比均为5%，而文化类课程的课时占比分别为1%和3%。国内高校汉语言专业的课程设置基本与《大纲》要求一致，但是比《大纲》更加重视语言技能类课程。

---

① 国家汉办：《高等学校外国留学生汉语言专业教学大纲》，北京语言大学出版社，2002。

② 《高等学校外国留学生汉语言专业教学大纲》中的培养目标为"培养适应现代国际社会需要、具备良好综合素质、全面发展的汉语专门人才"。

③ 余求真：《中韩汉语专业课程设置之比较》，《国外汉语教学动态》，2003。

蒙大汉语专业各类课程占汉语专业课①比例表		
课程名称	占专业课学分比例	占专业课课时比例
语言技能课	69.4%	70.4%
语言知识课	10.2%	9.9%
文化课	4.3%	5.6%
选修课	16.1%	14.1%

综上可知：(1)《大纲》里面涉及的三类课程蒙大汉语专业都开设了，与《大纲》要求一致。(2)相比《大纲》和国内汉语言专业，蒙大汉语专业文化类课程占比相对合理，语言技能类课程占比较低，语言知识类课程占比较高。国内汉语言专业的学生由于处于目的语环境中，学生在课后的日常生活中自然而然会接触到一些中国文化，而国外汉语专业的学生却没有这些便利，因此，相比于《大纲》和国内汉语言专业文化课3%~4%的课时占比，蒙大汉语专业文化类课程课时占比略多一些（5.6%）是合理的。另一方面，国内高校汉语言专业学生的起点普遍高于蒙大汉语专业的学生②，在这种情况下，《大纲》和国内汉语言专业中技能类课程的课时占比仍在88%及以上，而汉语知识类课程课时占比不足8%，可见，对外国留学生来说，本科阶段对汉语的学习仍应以听、说、读、写等基础技能的获得为主。两相对比，蒙大汉语专业语言技能类课程课时占比仅为70%左右，显然是不够的；而汉语知识类课程课时占比10%左右，又相对过高。

（三）实际教学中发现的课程设置方面的问题

自2016年至今，蒙大汉语专业已经完成了四届招生工作，并且从第一、二届的每届一个班，每班30人，发展到第三、四届的每届两个班，早晚班各30人。2020年2月，莫桑比克和蒙大迎来第一批汉语专业本科毕业生。在这四年的人才培养实践中，结合汉语教学的一线经验，蒙大孔院的汉语教师们发现《蒙大大纲》需要在以下一些地方做出调整：(1)各类课程的课时量与学分对应不统一。《蒙大大纲》中除"语言学概论"7学分、96课时，"实习"12学分、128课时之外，其他课程不论是3学分、4学分、5学分还是6

---

① 除蒙大课程30学分，实习24学分，按总学分186学分计算各类专业课占比。课时比例同理。

② 国内汉语言专业一般要求学生入学时汉语达到汉语水平考试三级及以上水平，如《北京师范大学2019年本科留学生招生简章》里规定"报考汉语言专业的考生汉语水平须达到新汉语水平考试四级180分"；2019年教育部规定，留学生本科入学需达到汉语水平考试四级水平。而蒙大汉语专业在招生时对学生的汉语水平是没有要求的，新生多为汉语零基础者。

学分,学期的课时量均为64课时。对非课堂授课学时与学分没有清晰说明。(2)个别课程,如中国概况、中国文化概况、汉语教学法,学期安排不合理。文化类的两门课程均安排在第一学年,因学生零起点入学,受学生汉语水平所限,这两门课均为英语授课。这一方面对授课老师的英语水平有很高的要求,另一方面加大了学生的学习负担。莫桑比克官方语言为葡语,即使是高校的大学生,英语虽然普及,但仍有相当比例的学生英语能力未达到听课水平。对一些英语水平欠佳甚至是完全不会英语的学生来说,想要通过这门课,其难度可想而知。这种不合理性从四年来该课程任课教师学生评价普遍偏低这一结果也可得到印证。"汉语教学法"一方面需要教师教授相关的理论知识,另一方面也需要学生把所学理论知识应用到实际课堂教学中,因此,教师一般会用"试讲"的形式来检验学生的学习成果。《蒙大大纲》中把该课程安排在第二学年第一学期,这时学生只学习了一年汉语,汉语水平仅为汉语水平考试三级左右,根本不足以支持学生进行"试讲"。(3)一些课程前后衔接不合理、不连贯,达不到人才培养循序渐进的要求。譬如,第一学年开设了单独的汉字课,第二学年开设了汉语写作基础课。汉字课上教师会教授学生一些关于汉字的理论知识,如笔顺、笔画、部件等,汉语写作基础课会教授组词、造句和简单的成段表达,但之后《蒙大大纲》没有安排相应的中高级写作课程,没有像综合和听说课程延续下去,学生的书面表达能力,尤其是篇章表达能力,没有得到应有的训练,导致实习报告的撰写和毕业论文的撰写,缺乏前期足够的书写训练。(4)部分课程,如语言学概论、汉语语言描述学等,不适合在本科阶段开设。首先,这两门课程对国外汉语专业的本科生来说过于高深,不适合在本科阶段开设。其次,现有的语言学概论、汉语语言描述学的相关教材,主要是面向中国学生的,不适用于外国学生,也没有针对外国学生的相应教材。最后,汉语专业的教师多为国内高校相关硕士专业的毕业生,承担这些课程的教学能力比较有限。

(四) 解决问题的相关办法及建议

通过以上论述和分析,我们可以看出,蒙大汉语专业的课程设置应在以下几方面做出一些调整和改进:(1)提高语言技能类课程占比,降低语言知识类课程占比。根据蒙大汉语专业教师的实践及《大纲》和国内高校汉语言专业的一些经验,语言技能类课程在汉语专业课中的课时占比应调整到90%左右,语言知识类课程课时占比应调整为3%~4%较为合适。(2)减少选修课数量,明确选修课类型。目前,汉语专业四届学生,加起来的总人数约为180人,除去客观经济原因造成的学生流失,汉语专业学生的总人数在150人左右。此外,汉语专业学生从二年级下学期到四年级上学期会有相当一部分通过合作办学、汉语水平考试奖学金等政策到中国留学,实际课堂上的学生数量会更少。孔子学院本部教师及志愿者维持在20人左右，无论是从学生的数量还是教师的数量上来看，现阶段，蒙大汉语专业都不适合开设过多的选修课。综上，建议三年级不开或只开设一门选修课，四年级开设一到两门选修课，选修课总量删减为两到三门较为合理。确定选修课数量后，应根据需要明确每门选修课的课程类型，比如，既然《蒙大大纲》在课程设置上已经存在汉语技能类课程不足而语言知识类课程占比过高的问题，选修课中就不应再出现汉语知识类的课程。在排除汉语知识类的课程后，某一选修课（如选修一）具体是语言技能类选修课还是文化类选修课进行明确划分。(3)提高重点课程的学分占比及学期课时量。如作为重中之重的汉语综合课，虽贯穿三学年、六学期，但每学期只占5学分；而汉语翻译实践课虽然只有两个学期，每学期却占8个学分。从课时量上来看，汉语综合课每学期64课时，和只占3学分的中国概况课是一样的课时量。学分比重安排不合理，课时量与学分比重脱节的情况影响教学目标的实现。以汉语综合课为例，既然是重中之重，首先在学分上应体现其重要性，安排为6学分，相应的每学期的课时量安排为96课时较为合理。(4)把"中国概况"和"中国文化概况"调整到第二或第三学年，"汉语教学法"调整到第三学年第二学期。用英语来教授具有葡语母语背景的学生中国文化相关的课程，同时加大了教师和学生的负担，教学效果并不理想，文化课的教授应更加纯粹，用汉语来教授文化课更加合理。"汉语教学法"调整到第六学期，此时学生已经基本完成汉语综合课以及相关汉语技能课程的学习，课堂上的试讲既是对学生三年汉语基础知识学习的检验，又是学生第四年实习的提前演练。(5)增设相关课程的过渡、后续课程。对于零起点的学生来说，从听说合并到做单独的听、说训练，再回归听说是一个相对合理的螺旋上升的过程。在写作训练方面，在汉语写作基础课程后面安排相应的中级汉语写作、高级汉语写作等课程，做到教学和学习上的循序渐进更为合理。(6)删除、替换不合理课程。"语言学概论""汉语语言描述学"对中国中文专业的本科生来说都是有很高难度的课程，在蒙大这类以培养复合应用型人才为目标的国外高校汉语专业内没有必要开设。如果能把这两门课程中的一门转换成语言技能类课程，另一门改为汉语基础知识类课程，课程的设置会更加合理。

二、蒙大汉语专业教材使用情况

（一）蒙大孔院教材现状分析

蒙大等莫桑比克高校，教师用书一般由教师本人选择、购买，学生教材向来紧缺，一般通过复印。蒙大汉语专业的教师用书主要来自汉办赠书和孔院购买。根据课程的设置可以分为三大类：语言技能类教材、语言知识类教材和文化类教材。

语言技能类教材分为综合、听、说、读、写、译六类。(1)综合类教材。孔院现有《新实用汉语课本》《快乐汉语》《非洲人学汉语》等十几种综合类教材，其中《新实用汉语课本》《汉语水平考试标准教程》《发展汉语》《博雅汉语》四种是可作为汉语专业本科教材的系列教材。目前蒙大汉语专业一年级使用的是第三版的《新实用汉语课本1》，二年级使用的则是第二版的《新实用汉语课本2》。和第二版相比，第三版的编排更加合理、内容更加丰富，因此，出现二年级综合课教材过于简单的情况。到三年级，教师改用难度更高、更符合学生实际水平的《发展汉语·中级综合》。总体而言，综合类的教材虽各有优劣，但由于其种类丰富，孔院现有的综合课教材基本能满足汉语专业教学所需。(2)听力和口语教材。孔院目前有《发展汉语》(听力)、《汉语听力速成》两套听力教材，《发展汉语》(口语)、《汉语口语速成》两套口语教材，以及一套把听力和口语综合起来的《会通汉语·听说》。因蒙大汉语专业一年级听力和口语课单独设课，所以教师多选用《汉语听力速成(入门篇)》和《汉语口语速成(入门篇)》作为教材；到二年级听、说合并开课，教师改选《会通汉语·听说2》作为教材。据教师反馈，《汉语听力速成(入门篇)》和《汉语口语速成(入门篇)》都存在语料趣味性不足，练习形式单调的问题，此外，《汉语听力速成(入门篇)》的录音语速过慢、语气不真实。相比而言，《会通汉语·听说2》语料贴近生活、板块安排合理、图片丰富，可以满足教师的教学需求。(3)阅读和写作教材。孔院现有《发展汉语(阅读)》《汉语系列阅读》两套系列阅读教材，还有《报纸上的中国》《报刊语言基础教程》《看杂志学汉语》《汉语小小说选读》等有专门针对性的阅读教材。上述教材只有《发展汉语》有专门的写作教材，另有两本把阅读和写作综合起来的教材：《会通汉语·读写》和《汉语阅读与写作教程》。蒙大汉语专业在第二学年单独开设写作课，在第二学年以及第三学年的第一学期单独开设阅读课，第三学年第二学期开设汉语报刊阅读，第四学年开设中国名著选读一和二。在写作课方面，《发展汉语·中级写作》基本可满足二年级的教学需求；在阅读教材方面，《发展汉语·中级阅读》也基本可满足单独阅读课的需求；但汉语报刊阅读课和中国名著选读课基本找不到合适的教材。北京大学出版社分别于2004年、2005年出版的《报纸上的中国》和《报刊语言基础教程》距今已十几年，其中的很多文章已经过时。高等教育出版社2010年出版的《汉语小小说选读》明确说明针对北美学习者，且其收录的小小说也并不是名家作品，不适合用来作为中国名著选读课的教材。(4)翻译教材。目前孔院没有适用于教授葡语母语学习者的中葡翻译类教材，由本土教师自选材料。

与翻译教材情况一样，在孔院现有的书籍中也找不到汉语知识类的教材。孔院现有的《当代中国文化》和"三常"读本系列，如《中国文化常识》等书籍，不是理论性太强，就是系统性不足，不适合作为国外高校汉语专业的教材来使用。

我们可以看出：（1）整体来说，孔院语言技能类教材相对丰富，而语言知识类和文化类教材短缺。（2）在语言技能类教材内部，综合、听说、写作教材基本可以满足教学所需；单独设课的初级听力、初级口语教材不够丰富，仍需教师进一步选择；初、中级阅读课教材基本可满足教学需要，但高年级的汉语报刊阅读、中国名著选读等课程教材匮乏；而适合国外高校汉语专业学生使用的中葡翻译教材匮乏。

（二）蒙大汉语专业教材使用情况分析

	蒙大汉语专业教材使用细表	
第一学年	初级汉语综合Ⅰ、Ⅱ	《新实用汉语课本（第三版）》
	汉语听力Ⅰ、Ⅱ	《汉语听力速成（入门篇）》
	汉字Ⅰ、Ⅱ	《张老师教汉字·汉字识写课本》
	汉语口语Ⅰ、Ⅱ	《汉语口语速成（入门篇）》
	中国概况、中国文化概况	《中国文化概况》
第二学年	中级汉语综合Ⅰ、Ⅱ	《新实用汉语课本（第二版）》
	汉语听说Ⅰ、Ⅱ	《会通汉语（听说）》
	汉语阅读Ⅰ、Ⅱ	《会通汉语读写2》《发展汉语·中级阅读1》
	汉语写作基础Ⅰ、Ⅱ	《发展汉语·中级写作1》
	汉语教学法	无
	翻译方法理论	无
第三学年	高级汉语综合Ⅰ、Ⅱ	《发展汉语（中级）》
	汉语阅读Ⅲ	《发展汉语·中级阅读2》
	翻译实践Ⅰ、Ⅱ	教师参考：《葡汉翻译》
	汉语写作Ⅲ	《发展汉语·中级写作2》
	汉语报刊阅读	无
	汉语视听说	无
第四学年	现代汉语语法	《现代汉语虚词讲义》
	中国名著选读Ⅰ、Ⅱ	《故事中国·中国当代短篇小说》

综上可知：(1)总体来说，蒙大孔院现有教材严重满足不了蒙大汉语专业的需求。汉语专业有多达四门课程找不到合适的教材，教材的短缺给课程的开展带来了极大的不便，进而影响到教学效果。(2)有国别针对性的汉语教材还有待开发。蒙大汉语专业现在所使用的教材全部来自国内，从质量上来说，这些教材良莠不齐；从使用效果来说，即使是在国内使用得很好的教材，在国外也可能会出现"水土不服"的情况。针对不同国别、不同母语的学生开发有针对性的汉语教材是十分必要且意义深远的。(3)针对国外汉语专业的专业性汉语教材有待开发。蒙大开设了教学法、翻译实践等课程，但实际上，这些课在具体实施时的难处之一是没有合适的教材。国内经典的《对外汉语教学概论》（刘珣）里介绍了很多可以借鉴的教学法，但是由于其理论性太强，对汉语水平要求太高，国外汉语专业不能直接拿来使用。随着汉语不断地被更多的国家纳入国民教育体系，有针对地加强开发适用于国外汉语专业的高质量教材已是势在必行。(4)国外高校汉语专业的教材选择应该更加严谨稳定。受制于客观情况，蒙大汉语专业一些课程在选择教材时很难硬性要求教师必须使用哪本教材。一方面，这有利于教师在选择教材时能够根据实际情况有所应变；但另一方面，由于教师自身水平差异，没有固定教材也容易产生教师选择的教材不适合学生水平，或者教材内容不适合当地学生使用的情况。

（三）蒙大汉语教材短缺问题的解决办法

对外汉语教学经过这些年的蓬勃发展，已经进入到一个从量变到质变的关键期。我们从实践里获得的真知已经足够把"组建一支高素质的能参与到教材编写的中外汉语教师队伍"这一理念从想法变为现实。蒙大汉语专业的教师们为了解决教材短缺的现状，根据自身需求编写了面向高年级专业学生的文化阅读教材。

1.《故事中国：中国当代短篇小说》

《故事中国：中国当代短篇小说》由郭建玲编著，是李贵苍主编的"'中国风'文化读本系列"中的一本，已于2018年10月由清华大学出版社出版。这本书收集了20世纪80年代以来中国当代小说界知名作家，如余华、苏童、王蒙等发表的九篇作品。这九篇作品从各个角度反映了"现代化、商业化和都市化不可避免地给中国社会带来的变化"，以"给读者提供一个窗口，使他们透过这个窗口，进一步了解今日的中国社会与文化"。该书每课的"课前思考"给读者提供了一条理解课文的引线，课后的词语和练习帮助读者全面、正确地理解课文内容，练习最后的"进一步思考和讨论"则是对课文内容做了纵向引申，让学生进一步思考现象背后的一些相关问题。该书已被选用为"中国名著选读I"课的教材，经一个学期的使用，收到良好的反馈，及时缓解了蒙大汉语专业高年级阅读课和名著选读缺乏教材的困境。

2.《文学里的人生——中国当代小小说选读》

针对国外高校汉语专业学生高级阅读教材严重短缺这一问题，郭建玲于2017年开始主持编写"外国学生汉语专业教材·高级阅读教程"系列丛书。《文学里的人生——中国当代小小说选读》即为其中一本，该书由郭建玲、张爽编著，于2019年7月由蒙德拉内大学出版社出版。该书收集了汪曾祺、冯骥才等20位当代名家的20篇小小说佳作，"将对外汉语教学与中国当代文学教学有机地结合起来，旨在为学习汉语的高年级学生提供一些内容新、语言好的学习和阅读材料"。与《故事中国：中国当代短篇小说》相比，这本书里的文章篇幅更短，适合汉语专业本科生作为高级阶段一的阅读教材。

3.《历史里的智慧——中国历史经典选读》

《历史里的智慧——中国历史经典选读》由程郁华、刘鸣宇编写，是"外国学生汉语专业教材·高级阅读教程"系列中的另外一本，于2019年7月由蒙德拉内大学出版社出版。该书精选十二篇"贯穿中国历史且对中国今天的现实仍有重大影响的传说、事件与制度"，"力求帮助外国学生以点带面、纵深地了解与把握中国历史最为本质的东西"。其中的《管鲍之交》讲述了中国式的友谊；《百善孝为先》和《孟母教子》对应地展现了中国式父母与子女之间赡养与教育的模式和理念；《苏武牧羊》展示了中国人对"爱国"的理解……全书尽可能多地涵盖了中国人对仁、义、礼、智、信等方面的见解，每篇文章最后的"思考与讨论"中会提出诸如"你同意'百善孝为先'这个观点吗？你们国家有什么关于孝顺的故事"之类既具有中国本土性又具有全球普世性，值得世界各国学生参与探讨的问题。通过阅读经典的形式，该书架起了中国现在与过去、中国和外国之间的桥梁。该书既可以作为"中国历史与社会""中国历史经典选读"等课程的教材，又可以丰富有志于了解中国历史的华裔人士的书单。目前，该书已经被选修二课程作为试用教材投入使用，受到学生欢迎。

以上三本教材在一定程度上缓解了蒙大汉语专业教材紧缺的现状，但对于改变教材紧缺现状仍是杯水车薪。国外高校汉语专业教材短缺的情况要想得到彻底改善，需要更多工作在教学一线的、专业的汉语教师加入到教材编写的队伍中来。

三、蒙大汉语专业管理情况

（一）教师管理

蒙大汉语专业的教师分为两类：公共课程由蒙大指派教师，其余汉语课程、文化课程、实习指导等，则由蒙大孔院统一安排教师。由于语言、管理

等各方面的原因，孔院教师几乎很少被邀请参加蒙大文学院的教工例会，汉语专业教师与文学院及公共课教师接触、交流非常有限。在教师的管理上，汉语专业公共课教师按照蒙大的相关管理规定，蒙大教师迟到、缺课的情况时有发生，而汉语专业课教师严格按照孔院的管理规定。在同一个专业，两套教师管理制度，对学生和班级管理的协调，是一个现实的挑战。

中、外方院长合作管理是孔子学院的一大特色，这一模式有效地保证了孔子学院在当地的发展，也有利于依托孔子学院建设汉语专业的管理。蒙大汉语专业隶属文学院语言系，孔院外方院长担任语言系系主任，因此，在蒙大校方教师的管理沟通上较为便利，比如，葡语课程、翻译法课程教师的选择等，也便于与语言系下面不同语言专业各自的协调人沟通协商，解决师资问题。担任汉语专业教学的孔院教师分为四类：公派教师、专职教师、本土汉语教师、志愿者教师。这些教师主要由中方院长管理，由拥有高等学历和高级职称的公派教师担任专业负责人，负责课程的安排、教师的选用、教材的选择、教学例会的召开、教学测评等工作。

在教师管理上，蒙大孔院制定了《蒙德拉内大学孔子学院教师守则与班级管理条例》（以下简称《蒙大管理条例》），规定教师应热爱本职工作、关心学生，不得迟到、早退，不得随意调停课，每个月末发一份完整教案至汉语专业系主任邮箱等细则。同时，每学期末学生填写的"教师考评表"也鞭策着汉语教师们在工作上做得更好。此外，根据孔院教师的结构特点，孔院制定了《志愿者导师工作职责》和《志愿者工作职责》管理规定，实行"志愿者导师制"，这些规定对汉语专业的教师管理起到了非常有效的规范作用。志愿者导师由曾经做过两年及两年以上志愿者的专职教师担任，其职责是全面指导志愿者的教学、文化活动组织及生活等各个方面。每名导师指导2~3名志愿者，需跟进志愿者的教学情况，每月至少听1次志愿者的课，并撰写听课报告，给志愿者答疑、解惑；以项目制带领志愿者负责1~2次文化活动的组织，包括活动方案的设计与执行；帮助志愿者解决海外工作生活中遇到的各种困难和问题；参与孔院对志愿者的考核工作，志愿者任期结束后，导师对志愿者任期的工作表现给予评分，有实习任务的志愿者，由导师鉴定实习材料。"志愿者导师制"的管理方式，充分发挥了专职教师的能动性和积极性，使志愿者在各方面有所指导的情况下迅速成长，减少适应摸索过程，既保证了教师和志愿者之间合理的工作安排，又有力地促进了专职教师和志愿者的个人成长，极大地提高了管理的效果。

（二）班级管理

"高等教育是人生受教育的一个重要阶段，是人的人格、心理形成，以及生存、创造能力形成的至关重要的阶段。这一阶段教育的成败，将对受教育者的一生产生难以改变的影响。教育的这一性质或功能,不应因学习者的国籍和学习地点而不同。""汉语言专业虽然以外国学生为教育对象,但也应当跟培养中国学生一样,不仅要有智育目标,也要有德育、体育、美育目标,以促进学生的全面发展,培养其健全的人格。"①《蒙大大纲》中对"专业简介"的描述分为三个层次:(1)知识掌握;(2)专有技能;(3)态度。对"态度"的详细描述为:(1)性格开朗、善于合作交流并分享从其中得到的经验;(2)能够适应新的工作环境;(3)从历史、艺术、文学的角度对自己的国家有所了解;(4)能够制定符合其专业有关领域的道德和审美标准;(5)能够主动做出选择并承担相应的责任;(6)有创新能力、乐于接受新的挑战。可以看出,在专业知识的传授之外,蒙大汉语专业对学生的"德育"非常重视。也就是说,面向外国学习者的汉语教学,同样包含了德育的育人目标和内涵,作为主要教育工作者的孔院教师在汉语专业教学过程中,也需要承担这一"育人"功能。

蒙大汉语专业每年在全校开学典礼之后,专门面向汉语专业的新生举办专业典礼,以增强学生的专业意识、专业认同感和专业凝聚力。在班级管理上,孔院的公派教师多担任汉语专业的班主任,除负责专业课的教学外,还负责通知和组织学生参加各种活动,通过设置班长和课代表等"中国化"的班级管理方法,发挥班干部功能,协助教师进行班级的自我管理,制定明确的班规,包括如何处理迟到、早退、旷课,上课闲聊、抄袭作业等情况,班主任和任课教师学期初进行新生家访,让困难生申请补助等。这些班级管理手段有效地改善了学生缺课、早退等情况,加强了教师和学生之间、学生和学生之间的凝聚力,提高了教学效果。

汉语专业始终将如何使学生在学到汉语的同时,也能学习到优秀的中国文化,在大学阶段成长为一个有责任、有担当、知华友华的社会人作为重要的育人目标。在这一思想的指导下,蒙大汉语专业主任程郁华博士借鉴中西方教育手段,开创了独具特色的"班主任主导,任课教师配合,学生为主体"的"文化月"活动模式,将德育功能有机融合在活动的组织与实施过程中。汉语专业每学期四个月,从四年级开始,每个月月末由一个年级进行面向全部专业学生的文化汇演,并举行当月优秀学生颁奖仪式。学生的汇演包括中文诗歌朗诵、中文歌曲、小品等,将课堂通过"输入"所学的知识,在活动中"输出",而且提高了学生的沟通、合作能力以及班级的凝聚力,提高了人们对中国文化和本国文化的跨文化理解,达成了培养目标中的育人目标。

---

① 崔永华:《关于汉语言(对外)专业的培养目标》,《语言教学与研究》,1997年第4期。

(三) 成绩管理

蒙大汉语专业成绩管理按照蒙大规定执行，并输入蒙大成绩系统。成绩采用20分制：平时成绩（包括出勤、作业、课堂表现、期中考试以及至少一次平时小考等）20分，低于10分者不合格，10至（含）13分需参加期末考试，14分及以上免考。免考者的平时成绩即为最终成绩。参加考试者，如果期末成绩高于（含）10分，则平时成绩和期末成绩（20分制）各按50%计算最终成绩；低于10分，需参加补考，如果补考成绩大于（含）10分，则平时成绩和补考成绩（20分制）各按50%计算最终成绩；如果补考成绩仍低于10分，则不合格，需重修。同时，学校规定，免考比例为20%左右。此外，蒙大汉语专业每年都有一批学生通过孔院奖学金赴中国留学，学生在中国期间的成绩由孔院审核，通过转学分的方式，由蒙大认定，录入蒙大成绩管理系统。

(四) 活动管理

除教学活动外，蒙大孔院每年都会举办丰富的文化活动，如"新春庙会""中文歌曲大赛""中文诗歌朗诵大赛""汉字书写大赛"等，也会给学生提供"来华夏令营""汉语桥"大赛等总部项目。这些活动的主力军是汉语专业的学生。这些活动和比赛不仅给学生提供了锻炼汉语、增进文化理解的机会，也给学生提供一定的奖励，包括孔院T恤、书本、笔记本、笔、U盘等价值50~200元人民币的礼品。这对一些家庭有困难的莫桑学生来说是一个极大的激励。

除为活动的获胜者提供奖励之外，学生对活动的参与度本身也是奖学金评选的一个考量。孔院的奖学金项目有：孔子学院奖学金、大使奖学金和维克多奖学金。其中，维克多奖学金由 Victory International, S. U., LDA 公司赞助，自2018年起为期10年，每年有6000美金的奖励额度，下设全勤奖、优秀班干部奖、文化活动积极分子奖、学习进步奖、学习卓越奖、"孔院之星"奖以及汉语水平考试奖学金等七个奖项，2019年首届"维克多奖学金"获奖学生达到100人次。

(五) 培养效果

蒙大汉语专业的培养效果体现在三个方面：(1)学业成绩普遍高于其他专业。蒙大成绩的相关要求和设置是根据当地的实际情况制定的，从合格和免考的标准可以看出当地高校对学生的成绩要求相对比较低，但是这一标准却给汉语专业带来了困扰。由于汉语专业对教师和学生都有清晰而严格的管理制度，加之教师秉持着"教书育人"这一理念，在遵守管理制度的同时，通过班会、个人谈话、奖优等各种手段，从课堂教学和课下辅导等多方面加强对学生的引导和管理，汉语专业的学生在出勤、作业、课堂表现等各方面均大大超出蒙大标准，学生的平时成绩高于14分达到免考的比例，往往超过了学校规定的20%。学校的"硬"规定和专业教学的"硬"实力之间的"矛盾",需要教师"因地制宜""因材施考",调整教学难度和考试难易度。(2)汉语水平考试取得好成绩。蒙大孔院每年7月和12月分别举行一次汉语水平考试,2018年12月份汉语专业在校的80多名学生中,有36人分别参加了汉语水平考试二至五级考试,25人参加了汉语水平口语考试初级和中级考试,汉语水平考试平均通过率为88%,其中二级和五级通过率为100%,汉语水平口语考试平均通过率为96%。(3)比赛取得佳绩。汉语专业2016级的欧佳获得2017年莫桑比克选拔赛的总冠军,代表莫桑比克首次参加全球大学生"汉语桥"比赛;汉语专业2017级的奇迹在世界大学生"汉语桥"大赛中斩获全球三十强、非洲第六的好成绩。(4)获得更多留学机会。蒙大汉语专业获得孔子学院奖学金,前往中国留学的学生,从2016年的0人,发展到2017年的12人、2018年的7人①、2019年的20人,整体势头良好。(5)就业趋势良好。目前,除3名刚从中国留学回来、4名即将赴中国留学的学生外,蒙大汉语专业四年级的其他学生均已在相关单位实习,实习月工资1万莫币②(相当于人民币1200元)以上,工作类型以汉-葡口译为主。因汉语专业培养出来的学生品行端正、成绩优异,备受用人单位欢迎,汉语专业的毕业生已收到来自四达时代、Victory International、S. U.、LDA、烟建集团等国际大公司的用人请求。

四、结语

国外高校的汉语专业建设都有各自高校的特点,但具体到非洲,很大程度上依托孔子学院的办学力量,这一具有相对普遍性的专业建设方式,涉及孔院师资力量与当地高校师资力量之间的管理协调和沟通问题,课程组织管理和教材建设问题,涉及人才培养目标的达成等问题,都需要深入探讨。蒙德拉内大学汉语专业依托孔子学院的办学力量,经过四年的建设与发展,遭遇了不少问题和挑战,也经历了调整和完善,在这一过程中所积累的经验,可能会对主要借助孔子学院建设汉语专业的高校有所助益,也为孔子学院有机融入当地高校提高办学水平提供了借鉴。

---

① 蒙大汉语专业的学生可以通过"汉语桥"大赛和孔子学院奖学金去中国留学。孔子学院奖学金留学生,需要通过汉语水平考试三级及以上的考试。2018年孔子学院奖学金政策调整,要求汉语水平考试三级成绩达到290分及以上,方可申请,难度比往年提高很多。

② 2018年,莫桑比克人均年收入为440美元。另外通过学生了解到,2018年,莫桑比克银行、警局普通职员月工资约为6000莫币,相当于人民币约650元。

附录一

《蒙大汉语专业中文课程大纲》中的"课程安排"

	第一学期	Hr/S	CD	Tl	Cr	第二学期	Hr/S	CD	Tl	Cr
第一学年	葡语 I	4	64	86	5	葡语 II	4	64	86	5
	研究方法与生活技能	4	64	56	4					
	初级汉语综合 I	4	64	86	5	初级汉语综合 II	4	64	86	5
	汉语听力 I	4	64	56	4	汉语听力 II	4	64	56	4
	汉字 I	4	64	86	4	汉字 II	4	64	86	5
	汉语口语 I	4	64	116	5	汉语口语 II	4	64	116	6
	中国概况	4	64	86	3	中国文化概况	4	64	86	5
	总计	24	384	516	30	总计	24	384	516	30
第二学年	葡语 III	4	64	86	5	葡语 IV	4	64	86	5
	中级汉语综合 I	4	64	86	5	中级汉语综合 II	4	64	86	5
	汉语听说 I	4	64	116	6	汉语听说 II	4	64	116	6
	汉语阅读 I	4	64	56	4	汉语阅读 II	4	64	56	4
	汉语写作基础 I	4	64	116	4	汉语写作基础 II	4	64	56	4
	汉语教学法	4	64	116	6	翻译方法理论	4	64	116	6
	总计	24	384	516	30	总计	24	384	550	30

续表

	第一学期	Hr/S	CD	TI	Cr	第二学期	Hr/S	CD	TI	Cr
第三学年	高级汉语综合 I	4	64	86	5	高级汉语综合 II	4	64	86	5
	汉语阅读 III	4	64	56	4	汉语报刊阅读	4	64	56	5
	翻译实践 I	4	64	176	8	汉语视听说	4	64	116	6
	语言学概论	6	96	114	7	翻译实践 II	4	64	176	8
	选修课 I	4	64	116	6	选修课 II	4	64	86	6
	总计	22	352	548	30	总计	20	320	580	30
第四学年	汉语描述语言学	4	64	116	6	实习 II	8	128	232	12
	中国名著选读 I	4	64	116	6	中国名著选读 II	4	64	116	6
	实习 I	8	128	232	12	选修课 IV	4	64	116	6
	选修课 III	4	64	116	6	选修课 V	4	64	116	6
	总计	20	320	580	30	总计	20	320	580	30

注：Hr/S：每周课时；CD：直接教学课时；TI：自习课时；Cr：学分

选修课 I：中国书法，中国武术，现代汉语语音，HSK1,2 级辅导

选修课 II：中国音乐，新闻听力，中国绘画，中国当代话题，HSK3 级辅导

选修课 III：现代汉语词汇，中国当代文学，简明中国近现代史，HSK4 级辅导

选修课 IV：中国现代文学，中文电脑编辑，汉语写作，HSK5 级辅导

选修课 V：中国古代文学，现代汉语修辞与写作，中国哲学概要，简明中国古代史

拟调整后的"课程安排"

		Hr/S	CD	TI	Cr		Hr/S	CD	TI	Cr
第一学年	**第一学期**					**第二学期**				
	葡语I	4	64	86	5	葡语II	4	64	86	5
	研究方法与生活技能	4	64	56	4	初级汉语综合II	6	96	116	6
	初级汉语综合I	6	96	116	6	汉语听力	4	64	86	5
	汉语听说入门	4	64	86	5	汉语口语	4	64	86	5
	汉语读写入门	4	64	86	5	汉语写作积累	4	64	56	4
	汉字I	4	64	86	5	汉字II	4	64	86	5
	总计	22	416	516	30	总计	22	416	516	30
第二学年	**第一学期**					**第二学期**				
	葡语III	4	64	86	5	葡语IV	4	64	86	5
	中级汉语综合I	6	96	116	6	中级汉语综合II	6	96	116	6
	汉语听说I	4	64	86	5	汉语听说II	4	64	86	5
	汉语阅读I	4	64	86	5	汉语阅读II	4	64	56	4
	初级汉语写作	4	64	86	5	中级汉语写作	4	64	86	5
	中国概况	4	64	56	4	翻译方法理论	4	64	86	5
	合计	22	416	516	30	合计	22	416	516	30

续表

	第一学期	Hr/S	CD	TI	Cr	第二学期	Hr/S	CD	TI	Cr
第三学年	高级汉语综合 I	4	64	86	5	高级汉语综合 II	4	64	86	5
	汉语阅读 III	4	64	56	4	汉语报刊阅读	4	64	56	5
	翻译实践 I	6	96	116	6	翻译实践 II	6	96	116	6
	新闻听力	4	64	86	5	汉语视听说	4	64	116	5
	高级汉语写作	4	64	86	5	汉语教学法	4	64	56	4
	中国文化概况	4	64	86	5	现代汉语语法 I	4	64	86	5
	合计	22	416	516	30	合计	22	416	516	30
第四学年	现代汉语语法 II	4	64	116	6	中国古典名著选读	4	64	116	6
	中国现当代名著选读	4	64	116	6	实习 II	8	128	232	12
	实习 I	8	128	232	12	选修课 II	4	64	116	6
	选修课 I	4	64	116	6	选修课 III	4	64	116	6
	合计	20	320	580	30	合计	20	320	580	30

公共选修课

选修课 I:现代汉语语音,中国历史经典选读,简明中国近现代史,汉语演讲,HSK4 级辅导

选修课 II:现代汉语词汇,中文电脑编辑,中华诗词诵读,中国当代话题,HSK5 级辅导

选修课 III:中国古代文学,中国哲学概要,简明中国古代史

莫桑比克电影发展史初探

陈 远 杨 帆

【内容摘要】莫桑比克解放斗争至今的电影史，见证并参与了莫桑比克近代史上最为重要的历史时期。在解放斗争时期，以反帝反殖民为主题的电影被视为打破殖民文化霸权、重构文化认同和实现政治统一的教育工具，在本国和外国电影人的努力下，电影推动了莫桑比克初期的社会转型。在20世纪90年代后，莫桑电影延续了重视记录和教育的传统，电影从各种维度对社会变迁进行考察，成为各个历史时期最完整的视觉遗存。梳理莫桑比克电影发展的历史脉络，考察莫桑比克电影史上不同时期的重要作品，探讨莫桑比克电影的国家特色以及在社会转型过程中扮演的角色，可以更深入地理解莫桑比克的历史以及电影参与莫桑比克历史发展的方式。

【关键词】莫桑比克 电影 解放斗争

【作者简介】陈远，历史学硕士，浙江师范大学非洲研究院历史学2017级研究生。2019年任莫桑比克蒙德拉内大学孔子学院汉语教师志愿者；杨帆，法学硕士，中国传媒大学马克思主义学院2018级研究生。

1980年，英国记者保罗·福维特（Paul Fauvet）来到莫桑比克，在他的描述里，莫桑比克最引人注目的莫过于马普托街头色彩缤纷的反殖民壁画。壁画里的人民握紧拳头、拿着钢枪，"马克思列宁主义万岁"的字眼显示出独立后的莫桑比克正在用社会主义意识形态完成这个新生政权的政治和文化统一。而进入21世纪之后，壁画仍然是莫桑比克城市和乡镇的特殊风景线，但壁画的内容已经变成了千篇一律的可口可乐和移动运营商的广告。同样，在电影领域，20世纪80年代曾经产生过重要影响的莫桑比克电影在今天逐渐式微，年轻人对本国电影知之甚少，热衷于通过各种方式下载观看好莱坞商业影片。透过这些现象,我们可以看出莫桑比克独立后的意识形态变迁。

许多非洲国家,尤其是法国殖民下的西部非洲,电影业的产生和发展深受西方宗主国的影响。独立前,法国在殖民地制作影片,培养当地的电影制作人;独立后,法国通过文化合作,进一步加深和原殖民地国家电影机构的联系。相比其他非洲国家,莫桑比克由于独立时间较晚,本土电影的出现晚了将近十年,经过武装斗争或大规模群众运动后取得独立的非洲国家通常在独立后选择社会主义道路,反帝反殖民的斗争历史为莫桑比克电影的政治用途开辟了道路。偏重记录和教育的电影逐渐成为莫桑比克电影的国家特色,使莫桑比克的电影得以摆脱西方的影响,找到自身的文化立足点,从而在非洲国家电影业中具有独特的文化价值。

一、莫桑比克解放阵线与国家电影研究院

15世纪末,葡萄牙殖民者在开辟新航线的过程中发现了莫桑比克并对其进行殖民统治,莫桑比克人民随即展开了英勇的斗争。第二次世界大战后,随着非洲民族独立运动的兴起,莫桑比克的民族主义政党——莫桑比克解放阵线(Frelimo)领导人民开展武装斗争,最终于1975年6月25日实现了国家独立。非洲民族解放的经验表明,非洲国家取得政权的方式通常决定了国家独立后的意识形态路线。通过与宗主国谈判,和平交接政权的非洲国家一般都会采用西方宗主国的政治模式;而通过激进的武装斗争获得政权的国家一般会走上社会主义道路。莫桑比克解放阵线在与葡萄牙殖民者艰苦的游击战争中获得了来自苏联、中国和古巴等社会主义国家的声援和帮助。莫桑比克开国总统萨莫拉·莫伊塞斯·马谢尔(Samora Moisés Machel)在莫桑比克解放战争期间两次访华,向毛泽东学习革命经验。1977年,莫桑比克解放阵线在第三次全国代表大会上正式宣布改建为莫桑比克解放阵线党,成为工农联盟的马克思列宁主义先锋党,并提出在莫桑比克建立科学社会主义。

在莫桑比克独立之前,莫桑比克解放阵线就已经意识到电影作为独立后国家精神文明和物质文明建设的载体作用。解放战争时期,外国电影制作人来到莫桑比克,拍摄了莫桑比克解放阵线的游击战画面。在一个文盲率高达90%的国家,电影这种形式更容易起到教育民众的作用。莫桑比克解放阵线认为,反映解放斗争和反帝反殖民的电影可以打破殖民地时期西方电影形成的文化霸权,加速莫桑比克民众的文化认同和身份认同。鉴于电影最初被认为是去殖民化的重要工具,莫桑比克独立后,国家电影研究院(Instituto Nacional de Cinema,INC.)也就顺势得以成立。

1975年，莫桑比克成立了国家电影研究院。在接下来的20年里，它成为莫桑比克重要的文化机构，推出了一系列的故事片和纪录片，以及非洲电影史上著名的电影报道——由395部电影新闻短片组成的《电影的诞生》（*Kuxa Kanema*）。在20世纪70年代和80年代，莫桑比克国家电影研究院成为撒哈拉以南地区重要的电影制作中心之一，吸引了来自苏联、巴西和西方国家的电影制片人、技术人员和摄影师，并培训了大量的年轻电影人。

2019年7月，为了获得莫桑比克国家电影研究院的历史资料，笔者前往莫桑比克首都马普托的国家电影视听研究院（INAC），与该机构的负责人玛丽安娜·坎杜马（Mariana Kanduma）女士进行交流。玛丽安娜女士工作期间接待了大量研究莫桑比克历史的专家学者，对该机构的历史十分了解。上世界70年代末和80年代初，是莫桑比克国家电影研究院发展的鼎盛时期，1976年到1991年，公司制作了13部电影和专题片、119部短片和395部电影报道。1987年，国家电影研究院毁于一场大火，几乎抹去了莫桑比克电影业十年辉煌的全部痕迹。直到2000年，国家电影研究院（INC）改名为国家视听和电影研究院（INAC），重新出现在公众面前，但是新成立的国家视听和电影研究院已经不复往日辉煌，也不再是莫桑比克电影制作中心。

据玛丽安娜女士介绍，独立之前，莫桑比克解放阵线就提出了发展电影的政策。独立后，国家电影研究院成为电影人聚集和创作的平台。但因为莫桑比克的经济和政治原因，研究院的发展并非一帆风顺。莫桑比克独立后，由于政治分歧，莫桑比克国内的民族抵抗运动（Renamo）组织开始与执政党莫桑比克解放阵线党进行军事斗争。常年内战严重破坏了莫桑比克的政治和经济结构，加之执政党的经济建设路线方针出现严重失误，使莫桑比克陷入严重的经济困难。20世纪80年代后期，莫桑比克电影行业资金缺乏、产量严重下滑，国家电影研究院一度没落。

今天的莫桑比克国家视听和电影研究院，虽然不再承担电影制作的功能，但它成为见证莫桑比克电影历史和培训年轻电影人的重要文化机构。2010年，在葡萄牙文化机构的帮助下，研究院完成了大量影片的数字化修复和保存工作，大量的电影海报和光盘可以帮助人们了解莫桑比克电影史上的重要作品。笔者还看到了大量珍贵的电影文物，包括独立初期电影人使用的摄像机和放映机。研究院二楼的墙壁上挂有国家电影研究院及国家视听和电影研究院的历任负责人肖像。二楼的教室成为电影爱好者的聚集地，每周定期举办培训，供爱好者们免费学习电影创作理论，由社会人士捐赠的摄像机和剪辑电脑吸引了年轻人定期来学习拍摄和剪辑技巧。可以说，莫桑比克解放阵线建立的国家电影研究院的影响力一直持续到今天，成为莫桑比克重要的文化遗产。

二、莫桑比克反帝反殖民电影

莫桑比克反帝反殖民电影的出现深受列宁电影理论的影响。列宁对电影的评价集中于一句话："所有艺术中最重要的是电影。"列宁认为在社会主义国家中，电影要为社会教育工作服务，应该生产宣传教育性质的影片。莫桑比克解放阵线党作为马克思主义政党，接受了列宁的电影理论，认为电影是一种自由工具和教育手段，因为解放斗争既是一个政治和军事过程，也是一个文化过程。清除殖民时期的各种残余，树立莫桑比克人民的身份认同感和国家自豪感都需要电影这种直观的表达工具。莫桑比克独立初期，人民因为教育程度低下而无法阅读。电影可以通过通俗、生动的视听语言来教育民众，促进国家的地理、政治和文化统一，让人民理解并支持莫桑比克解放阵线的社会主义思想。莫桑比克的反帝反殖民电影与执政党宣布以马列主义为指导思想同时出现，并且随着1990年莫桑比克走上资本主义道路而消失。反帝反殖民电影本质上是一种宣传教育性质的电影，通过严肃、真实和有教育意义的影片，使莫桑比克国家与人民的身份和文化特征合法化。可以说莫桑比克反帝反殖民电影是从政治宣传和文化教育的角度对电影功能的一种拓展。

（一）反帝反殖民电影三部曲

莫桑比克独立后的解放电影主要有三部代表作，包括1979年鲁伊·盖拉（Ruy Guerra）导演的《穆埃达，大屠杀的记忆》（*Mueda, Memória e Massacre*）、1985年兹德拉夫科·维利米罗维奇（Zdravko Velimirovi）导演的《豹子时代》（*O Tempo Dos Leopardos*）和1987年何塞·卡多索（José Cardoso）导演的《风从北方吹来》（*O Vento Sopra do Norte*）。这三部电影展现了莫桑比克从南到北广袤的地理空间和争取民族解放的壮丽历史，通过解放战争的宏大叙事，在文化层面上突破西方殖民文化的遮蔽，重构了一种社会主义国家的审美经验。

《穆埃达，大屠杀的记忆》被认为是莫桑比克第一部真正意义上的电影，这也是国家电影研究院成立后推出的第一部有影响力的电影，它开启了莫桑比克电影长片的先河，并影响了后续一系列反帝反殖民电影。影片重现了莫桑比克近现代史上的标志性事件——1960年6月16日葡萄牙军队在穆埃达进行的大屠杀。这一事件大大促进了莫桑比克人民的民族觉醒，人民开始坚定地认为，只有通过武装斗争才能赢得独立。解放斗争被认为是一个持续的文化过程，而这部电影就是起点，它打破了殖民者电影

的文化垄断，以新的莫桑比克美学形式表达了国家和人民的政治理想和莫桑比克传统的文化特征。这部电影在1980年苏联的塔什干电影节上获得"电影与文化"和"人民友谊联盟"奖。

《豹子时代》是一部史诗性的长片，也是第一部直接讲述莫桑比克解放战争的电影长片，由莫桑比克和南斯拉夫电影人合作拍摄，电影还原了1971年莫桑比克游击队和葡萄牙殖民者作战的历史。故事的主线是一个莫桑比克本地人和葡萄牙殖民者在孩童时代是好朋友，但当他们长大后，莫桑比克正在为独立而战，两个儿时的朋友也走到了对立面。虽然电影剧情略显俗套，但是具有文化层面上的突破意义，它表现了莫桑比克在去殖民化过程中本土文化表达方式的转变，影片中有大量莫桑比克的风光镜头，还有莫桑比克解放阵线游击队的战士手持步枪跳舞的镜头。电影将莫桑比克争取独立自由的理想和传统文化的表达相结合，达到了美学和政治的统一。

《风从北方吹来》是第一部完全在莫桑比克制作的电影，导演是莫桑比克人，拍摄和剪辑都在莫桑比克完成。电影记录了葡萄牙的殖民暴行。电影的故事时间设定在1968年，葡萄牙殖民占领的末期。随着解放战争的逐步发展，在殖民者和伊斯兰教徒之间存在普遍的不信任，民众出现困惑和恐慌。"风从北方吹来"的含义是莫桑比克解放战争首先在北方打响。这部电影的制作全部由国家电影研究院的技术人员完成。值得一提的是，这部电影的女主演帕科·卢克雷希亚（Lucrecia Paco）后来成为莫桑比克著名的电影明星之一，参演了许多国际电影。

（二）外国电影人的参与

在莫桑比克解放电影三部曲中，只有《风从北方吹来》的导演是莫桑比克人。《豹子时代》的导演是前南斯拉夫人，《穆埃达，大屠杀的记忆》的导演是巴西人。由此可见，在莫桑解放电影发展的历史上，来自外国的电影人的帮助起到了重要作用。在莫桑比克独立初期，由于断绝了和葡萄牙的联系，意识形态的亲和力使得莫桑比克倾向于向苏联和古巴等国寻求电影技术援助。出于共同的马克思主义信仰，解放战争期间，苏联和古巴的电影人扛着摄影机和步枪，同莫桑比克的士兵一起前往国家北部，拍摄士兵们战斗的场景。苏联对莫桑比克电影最重要的影响是传播了苏联电影的意识形态和价值观，同时苏联还向莫桑比克提供了移动电影放映设备，用以培训电影人和在偏远地区播放电影。电影人深入村庄，在农村开展电影教学和实践，拍摄农村风光和村民生活的小纪录片，并将拍好的视频在幕布上为村民放映。这种实践产生了莫桑比克电影的萌芽，成为莫桑比克电影的国家特色。

继苏联之后，来自巴西的电影人在莫桑比克的电影史中书写了浓墨重彩的一笔。巴西在历史上同为葡萄牙的殖民地，部分巴西电影人出于对这个新生国家的同情和支持来到莫桑比克，参与到莫桑比克电影发展的历史进程中，鲁伊·盖拉就是其中最具代表性的一位。作为一位电影制作人，他长期在巴西、莫桑比克和葡萄牙生活，具有多重的文化身份。20 世纪 70 年代，他离开巴西回到莫桑比克进行电影创作。在了解莫桑比克殖民时期的历史后，他意识到穆埃达大屠杀在莫桑比克民族觉醒过程中的象征意义，与莫桑比克国内的电影人合作拍摄了影片《穆埃达，大屠杀的记忆》。通过重温莫桑比克的反殖民斗争，用电影讲述后殖民时代莫桑比克的现在和未来。另一位巴西电影人塞尔索·马丁内斯（Celso Martinez）是"第三世界电影运动"的支持者，他于 20 世纪 70 年代来到莫桑比克，用电影支持莫桑比克的反帝反殖民斗争。在莫桑比克解放阵线的帮助下，他制作了电影《二十五》，通过歌颂莫桑比克的解放斗争向莫桑比克人民和战士致敬，电影受到了莫桑比克人民的欢迎。

毫无疑问，外国电影人的参与对莫桑比克电影发展起到了推动作用。一大批本土电影人通过与外国导演的合作逐渐成长为莫桑比克电影的中流砥柱，例如卡米洛·德索萨（Camilo de Sousa）。在莫桑比克独立之前，他是一名报刊记者，1980 年加入国家电影研究院后，他开始与国外的导演合作，历任助手、编辑、制片人和导演。1981 年，他制作了 11 分钟的记录短片《伊博，沉默的血液》（*Ibo, Sangue silencioso*），讲述了莫桑比克北部的伊博岛被用作监狱，葡萄牙政治警察对莫桑比克民族主义者进行的迫害和莫桑人民的抵抗运动。1985 年他与兹德拉夫科·维利米罗维奇共同创作了《豹子时代》。在国家电影研究院工作的时间里，他参与了数百部电影的制作，成为莫桑比克重要的电影制片人。

三、莫桑比克电影的新发展

2000 年以来，莫桑比克电影迎来新的发展，一批优秀的电影作品开始在国际电影节上崭露头角。2004 年莫桑比克电影《马拉宾娜的故事》（*Marrabenta Stories*）在众多国际电影节上展出，包括葡萄牙、西班牙、荷兰和南非等国的电影节。马拉宾娜是莫桑比克的一种传统音乐，影片讲述了两位年长的莫桑比克马拉宾娜音乐家带领一群年轻音乐人去南非演出的故事，通过音乐展现了莫桑比克的传统文化和人们的生活状态。《诺拉》（*Nora*）是 2008 年由莫桑比克和南非、津巴布韦、美国、英国的电影人合作创作的一部电影，讲述了一个舞蹈家的故事，描绘了众多当地表演者和各个年龄段的舞者。这部电影在南非拍摄，由津巴布韦的音乐家制作原声音乐,获得了美国、英国的技术支持,是莫桑比克电影跨国制作的成功案例,这部电影2009年参加了美国、加拿大等国的电影节。

除了重视挖掘和记录莫桑比克本土文化元素,莫桑比克电影人也开始用更为多元的视角来观察莫桑比克社会的各个方面,尤其是普通民众在历史变迁中的生存状态和弱势群体的内心世界,创作的题材更加丰富。2010年的电影《身体和灵魂》(*Corpo e Alma*)讲述了居住在莫桑比克马普托郊区的三名残疾的年轻人,他们面对身体、生理和情感障碍,最终以自己的方式找到了与内心和解的方式。这部电影探讨了如何接受自己以及如何在社会中找到自己的位置等普遍性问题,成为一部具有人性关怀的佳作。2016年的《盐糖火车》(*The Train of Salt and Sugar*)入围戛纳电影节主竞赛单元,电影通过一列从莫桑比克出发的跨国列车的视角,讲述了莫桑比克内战对人民带来的巨大创伤,成为莫桑比克电影近年来的优秀代表作。

因为非洲电影工业和电影市场长期落后,非洲本土电影人只能想方设法获得西方资助,寄希望于在电影节获奖,进而以此为跳板,进入西方国家电影行业。比较典型的例子就是获得了第40届法国电影凯撒奖最佳电影的《廷巴克图》(*Timbuktu*),由西非电影人阿伯德拉马纳·希萨柯执导,在非洲拍摄,但是最终却在法国上映和评奖。由此可见,原西方宗主国对于非洲国家电影行业仍有十分重要的影响。一方面,我们看到,非洲本土电影制作技术和电影人才欠缺,非洲电影院数量稀少,几乎没有电影市场,西方国家对非洲电影人的支持在客观上起到了积极作用;另一方面,非洲电影人这种"文化两栖"的身份也会导致非洲优秀电影人才的流失和非洲电影逐渐失去本土文化元素。

值得一提的是,近年来,随着中非合作持续深化,中非影视交流也逐渐升温。2017年,由中国援助的莫桑比克国家电视台(TVM)节目制作中心开始动工,项目完工后将大大提升莫桑比克电视电影节目数字化制作的能力。中国大使馆和孔子学院还在莫桑比克启动了"电影周"等文化活动,通过两国优秀影片展映,推动影视交流。2018年,莫桑比克蒙德拉内大学举办了首届中国影视剧葡萄牙语配音大赛,10名获胜的选手前往中国接受影视翻译培训,参与中国国产影视剧的配音工作。随着莫桑比克电影通过电影节逐渐走向世界,中国的有关人士正在关注莫桑比克电影的发展。中国影视剧和影视制作团队走向海外,也将为莫桑比克电影的国际化制作和传播提供新的平台。

四、结语

　　莫桑比克电影在近半个世纪的发展过程中，始终扎根于国内政治思想和美学观念的土壤，形成了重视纪录和教育的传统。它重新讲述了殖民时期的历史，重构了莫桑比克国民的民族认同，最终使莫桑比克电影成为非洲国家电影制作的重要参考对象。如今，莫桑比克电影早已告别了支援民族解放斗争的历史使命，正在通过年轻的电影制作人向非洲和世界展示莫桑比克丰富的自然和人文景观。略有遗憾的是，目前莫桑比克国内关于电影发展本身的记录和研究仍然十分匮乏。在时代飞速发展的今天，电影应当以其独特的视听语言见证和承载本国家、本民族的文化多样性。如何在一个新的解释框架中以电影的方式将这种多样性表现出来，并转化为一种新的视听记忆和文化景观，是值得莫桑比克电影人思考的问题。

附录

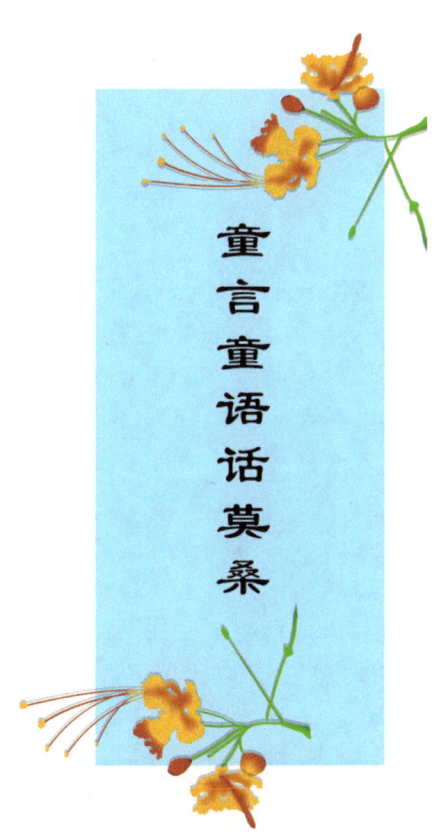

童言童语话莫桑

非洲上学记

郭建玲

【题记】

果果一年级第一学期都没来得及参加期末考试，就跟随我们到莫桑比克，第二天就到马普托国际学校上学。在马普托国际学校从一年级读到五年级，跟学校、老师、同学结下了深厚的感情，但也遭遇到不小的挑战。马普托国际学校很快发展成了孔院重要的教学点，5~11年级在法语和葡语外，开设了汉语选修课，中国武术纳入全校体育课，果果也成了在马普托国际学校传播汉语和中国文化的小使者。

刚到莫桑比克时，果果的个头刚到我的腋窝；我们离任回国时，他已经跟我一般高了。回到浙江师范大学附属小学继续读五年级，参加校运会，果果获得了60米、100米和接力赛的冠军，同学笑称："不愧是非洲回来的！"这篇文章是应硕士同学之邀而写，发表在《上海教育》2017年第32期上。

"下马威"

2016年1月15日，我跟先生匆匆忙忙结束学校的课程，飞往莫桑比克，开始在孔子学院的工作。果果来不及参加一年级的期末考试，就跟我们"赴任"了。莫桑比克位于非洲东南部，濒临印度洋，毗邻南非，与不产企鹅的马达加斯加隔海相望，古称"莫三鼻给"，盛产腰果。虽然出国前做过功课，也教过莫桑比克的留学生，有充分的心理准备，但刚到首都马普托，这个"热情"的国家还是给了我们全家着实不小的一个"下马威"。

时差还没倒过来，第二天，果果就发烧了，38度多，一直退不下来。"不会是得了疟疾吧？"这种在中国已经销声匿迹的致命病，在莫桑比克可是高发！莫不是昨晚那只让我们不得安宁的蚊子是带疟疾病毒的？我们不敢大意，到医院挂了急诊，就让验血查疟。在等待血检报告的三个多小时里，我们把出国培训和掌握的"防疟"知识在脑子里都过了一遍，幸好，结果让我们长舒一口气。从中国的冰天雪地，一下子到近40度的非洲盛夏，加上17个小时1万多公里的长途飞行，别说孩子，我们大人都有点儿吃不消。不过，一场小小的感冒发烧，就花了100多美元，也让我们体会到了在这个医疗资源严重匮乏的国家看病的"代价"！果果后来在《非日记》里自嘲："六点就睡觉，一来就发烧，看病贵得不得了！"

"小联合国"里的中国娃

果果的学校叫马普托国际学校，简称"MIS"，是莫桑比克1975年独立当年设立的一所公立国际学校，隶属教育部和外交部。学校像个"小联合国"，什么肤色的孩子都有，小到兜着纸尿裤的小屁孩，大到青春期长胡茬的高中生，从学前到大学前，所有年级段全覆盖。一个妈妈带几个孩子、哥哥姐姐牵着弟弟妹妹一起上学的情景，并不少见。

莫桑比克是葡语国家，但MIS采用的是剑桥教育体制，新学年从1月中旬开始，一年三个学期，学三个月，休一个月。按照MIS的学制，果果还得再做一回"一年级新生"。班里只有果果一个中国孩子，因为是全英文授课，我们有点担心他跟不上。事实证明我们多虑了，孩子的适应能力比家长想象的强得多。两年前在美国积累的那点忘得差不多的英语"老底"，这次也发挥了点儿作用。更重要的是，果果不像第一次出国时那么"怯生"了，很快就跟班里的孩子"打成了一片"。

第二学期刚开学，在老师和年级主任的评估建议下，果果"跳"到了二年级，第一周的晨会上还获得了"适应新环境"特别奖的奖状。但果果在新的班级并不开心，同学们都是一年级跟读上来的"老生"，有自己的"朋友圈"，有点排挤半路来的"插班生"。是足球使果果有了新朋友。不久，果果入选了校低年级段足球队，代表学校参加四校联赛，周末还参加了班里一位男生的"生日足球派对"。在尽情奔跑和挥洒汗水的足球场上，在和同伴们"give me five"击掌庆祝的时刻，我们家的小男子汉已经不知不觉地融入了这个新的集体。感谢足球！

文化冲突的烦恼

果果跟二年级班里的一个印巴女孩好像"犯冲"一样，始终合不来，两人时有"恶语相向"，甚至偶有肢体冲突，老师也只能尽量拉开两人的物理距

离。有一段时间，果果带午餐都要问"有猪肉吗？"在学校吃饭的时候，也尽可能离印巴孩子远远的。原来印巴女生说中国人吃猪、吃狗、吃蛇，什么都吃，果果很生气。其实，我们在孔子学院工作，也经常碰到这样的"文化冲突"。怎么办呢？我告诉果果，印巴人信仰伊斯兰教，认为猪是不洁净的动物，不吃猪肉，但你最爱看的《百问百答》上不是说，猪其实是很爱干净的动物，而且智商甚至超过狗吗？不是还有缉毒猪、导盲猪吗？我们尊重印巴人不吃猪肉的信仰，但我们也有吃猪肉的自由，"和而不同"，互相尊重就可以了。而且，中国也有很多人养狗，把狗当作忠实的朋友，我们家就不吃狗肉、蛇肉啊！其实，每个国家都有一些独特的饮食习惯，印巴人不理解我们吃猪肉，就像我们不理解有的非洲人吃蝙蝠、阿拉伯人吃骆驼一样啊！学期近一半的时候，有一天，果果回家悄悄告诉我，他觉得那个印巴女孩其实也挺友善的，他在操场摔伤时，是这个印巴女孩第一个跑上来安慰他、鼓励他。也许时间是磨合文化差异最好的润滑剂，而文化冲突也是果果在这个"小联合国"必须继续修习的重要一课。

落选"朗读者"

　　MIS小学阶段的语文课、数学课都没有课本，每周的作业也只有薄薄的三四页纸，但课外书阅读却是每天必不可少的常规作业，要家长监督签字。果果每天放学回家，书包里都有一本老师提前放好的 Oxford Reading Tree 系列分级绘本，从薄薄8页的一级开始，现在已经读到四十几页的八级了。

　　除了日常的阅读，小学段的晨会还组织了"世界读书日"主题活动，每班选派3名代表到舞台上朗读。果果信心百倍地认为自己一定是不二人选，因为他读得最大声，所以，在班级朗读者公投中落选的结果让他很失望。晨会结束回家的路上，我问果果"谁是最好的朗读者"。他说，读《哈利·波特》和最后介绍非洲鳄鱼的两个姐姐最好，不仅读得响，读得清楚，而且读得很有感情，特别是读到小哈利无意间在动物园用魔法让玻璃消失，放出蟒蛇的那段，把大家都逗乐了！小家伙有板有眼的点评何尝不是对自己阅读习惯的一种反省呢？

探险者露营

　　进入三年级，果果从KS1（学前及小学低段）升入了KS2（小学中高段），这意味着开始进入一个新的成长阶段，需要变得更独立、更自主。探险者露营是学校专门为三年级孩子组织的课外活动，目的是使孩子们实际体验历史课上学过的探险者的生活方式，同时，也给他们提供一个培养团队精神、独立意识和责任感的机会。

从开学第一周就期盼的校园露营终于到了。星期六一大早，果果就起床收拾露营的装备：被子、睡衣、洗漱用品、防蚊剂、手电筒、水，还有《百问百答》。下午四点，他和来自黎巴嫩的"死党"阿里早早赶到学校，开始支帐篷。有的孩子还煞有介事地打扮成15、16世纪探险家甚至海盗的模样，挥舞武器，在帐篷间左右奔突，开辟新的航线。在寻宝游戏中，"探险家们"分成十个小组，根据各自的线索，收集十个岛屿的印章，获得藏宝拼图，完成拼图后，即可到"宝岛"挖掘糖果宝藏，观看探险家纪录片。虽然家长志愿者们准备了各具特色的本国餐点和睡前故事，但哪能拴得住"探险家们"驰骋世界的雄心？

"在学校操场过一夜，什么感觉？"回家的路上，果果一直跟我巴拉巴拉，分享露营的发现，草棚里眼睛贼亮的蝙蝠，手电照到夜空消失了的光束，男孩子们在帐篷里的恶作剧，说着说着，就睡着了。嗨，激动了一星期，兴奋了整晚上，只睡了三小时的露营，应该会在他的梦里继续吧。

"什么是孩子最重要的品质？"这是我第一次参加MIS家长工作坊的讨论主题。我和同组的葡萄牙妈妈、德国妈妈、两个印巴爸爸一致认为，同情心、自信心和好奇心是孩子最重要的品质，几乎所有组都把"雄心壮志"和"把握机遇"排在不太重要甚至最不重要的位置。是啊，还有什么品质比真的相信自己、一直处于好奇的状态和开放的心态更可贵的呢？

芒果花落了，又开了，我们到莫桑比克已经一年有半。这个刚刚获得"对学习保持好奇心和探索精神"特别奖的小家伙，已经开始憧憬四年级的南非之旅了！

我和书的故事

程 果

【题记】
　　程果回国后，谈起他在非洲读书的经历，于是写了一篇小文，回忆阅读如何帮助他适应非洲生活的经历，发表在《全国优秀作文选 小学综合阅读》2019 年第 4 期上。

　　我今年 11 岁，可我和书的交情已经有 10 年半了。
　　我还在地上爬的时候，妈妈就给我买了第一套布书，那时我只知道"吃书"——放在嘴巴里又咬又嚼，口水还流了一地。好在妈妈没有灰心，锲而不舍，很有耐心地每天坚持给我读书，让我养成了一个习惯——每天睡前必须读点书，否则不肯睡觉。
　　读书给我带来了无穷的乐趣。可是没有想到，书有时候还会像一个好朋友那样，能帮我解开生活中的难题。
　　三年前，我带着兴奋的心情来到非洲莫桑比克的一所国际学校读书。没有想到一开始，班上黑人同学处处取笑我，排挤我。他们用滑稽的发音"chin chan chon"（意思是中国人）嘲笑我。他们踢足球的时候，我一跑过去，就有人冲我喊："傻瓜，你玩你自己的！别到我们这儿来！"这让我既难堪，又伤心。
　　我和同学们之间仿佛隔着一堵厚厚的墙。我知道，因为我和他们长得不一样，语言不一样，所以他们排斥我。可是我没有办法变得和他们一样啊！我好想回国！
　　在伤心欲绝的时候，我想起了小时候读过的绘本《小绿狼》。小绿狼是森林里唯一一只颜色不同的狼，别的灰狼都不愿意跟它玩。它想方设法想把自己变成灰色的，不仅没成功，反而把自己弄得灰头土脸，最后发现做自己才是最开心的。

　　小绿狼的经历告诉我：不一样，没关系！哪怕自己和别人不一样，也可以交到朋友，只不过要主动一点，友善一点。有一次，我发现一个同学忘了带点心，眼巴巴地看着别人吃，就主动把自己的饼干分给他一半，他有点吃惊地说："谢谢！"从此，我们成了好朋友。我对每个对我抱有"敌意"的同学都热情相待，慢慢地我和他们都成了好朋友。

　　读书不仅可以给我带来快乐，有时候也会给我带来生活的智慧与启迪呢！

瓜瓜语录

程 实

【题记】

2016年4月26日，为解思念之苦，我的小儿子瓜瓜也随同外婆一起来到了莫桑比克。小家伙的到来，给我们在莫桑比克并不轻松的工作和生活带来了无穷的快乐。至2019年8月14日随我们离任回国，瓜瓜在莫桑比克度过了近三年半的时间。从初来乍到、腼腆害羞、不善言语的小小班唯一的中国娃，到能跟来自世界各国的小朋友一起party，这段经历对小家伙的成长是不小的挑战与考验，也是值得纪念的成长印记。在莫桑比克，华人并不多，瓜瓜同龄的玩伴也很少，刚到莫桑比克的时候，近半年时间，瓜瓜没跟同龄孩子一起玩过。有一次，在蒙大校园偶然见到一个同龄的当地男孩，瓜瓜不好意思地躲到外婆身后，探出脑袋，悄悄地说："阿婆，有个小男孩。"外婆回家说起来，让我也不由心酸。瓜瓜思维活跃，语言能力也渐长，时不时会有"惊人之语"，工作之余，我将小家伙偶尔冒出的"童言童语"记录下来，一来给孩子在异国他乡的生活留个纪念，二来无忌的童言也保留了我们成年人往往忽略的莫桑生活的鲜活细节。

2017年10月某日
此"溪边"非彼"西边"。

老爸夏令营回来，从国内带了《快乐的农场主》系列绘本，瓜瓜超爱。某日，读到农场停水，农场主弗瑞德到"溪边"给小猪拎水洗澡。瓜瓜问阿婆，为什么不到"东边"拎水？阿婆无言以对。

2017年11月11日　星期六　马普托　晴
我们家真穷，连个鲜花都没有！

瓜瓜特别喜欢花，尤其是玫瑰花。今天全家去印巴超市，回来的路上，经过拐角的鲜花摊，瓜瓜突然有感而发，感叹了一句，"哎，我们家真穷，连个鲜花都没有！"让我们汗颜哪！小子，要知道，马普托的鲜花，都是从南非进口的，一朵玫瑰花，100 梅蒂卡尔，相当于 10 元人民币啊！

2017 年 12 月 3 日　星期日　马普托　大晴　40 度
听又不是用嘴巴听，怎么也有个"口"啊？

瓜瓜在看识字图片，"吃""喝""听"。他突然问阿婆："吃是用嘴巴吃，喝是用嘴巴喝，听又不是用嘴巴听，怎么也有个'口'啊？"

阿婆不知如何回答，只好说："等妈妈监考完汉语水平考试回来，问妈妈吧！"

小家伙不识几个字，汉字思维倒是可以达到汉语水平考试三级了。哈哈，难道是老爸在家备汉字课的成果？

吃过午饭，瓜瓜在厨房里玩哥哥的沙漏，看着黄色的细沙一点一点漏下来，突然问："老妈，为什么用沙子，不用外面的土呢？"

"因为土太粗了，不容易漏下来。"

"那是多长时间呢？"

于是，老妈拿来手机，计时开始。瓜瓜开始兴奋地数数："1，2，3，……29，30，31，……39，40……"越数越快，连平时逢 9 便愣的地方，也顺利通过了。

吃过午饭，瓜瓜在厨房"逗留"，突然煞有介事地说："垃圾桶都满了，怎么还往里装啊？"

看老妈把垃圾袋系好，瓜瓜赶忙拿来一个新垃圾袋，还自告奋勇要去扔垃圾。出门穿鞋子的时候，他又好像突然想起什么，说："昨天你去倒垃圾的时候，那个人就站在垃圾桶旁边，嘘嘘嘘……地撒尿，太难看了！为什么嘘嘘嘘啊？"

"他一定来不及了呗！"老妈趁机教育瓜瓜，"你不能在外面撒尿哟，要不太难看了！对吧？"

2017 年 12 月 24 日　江西永丰乡下　星期天　晴
白赶了！

瓜瓜、果果跟爷爷去放鸭子。瓜瓜学着爷爷的样子，持着细竹竿，把鸭子往田里赶。不料，哥哥往前一冲，把鸭子吓到了田埂下边。

瓜瓜生气极了："赶了半天，白赶了。哥哥真是个十筒闭（十岁的孩子，耳朵堵住了，什么都听不进去）。"

冬至前四后三。瓜瓜、果果、表哥陈欣、堂哥程瀚跟爷爷去给祖爷爷和祖奶奶上坟。瓜瓜最喜欢扔石头，不小心砸到了程瀚，左鼻梁砸出了乌青。

一路上，晓之以理、动之以情，跟瓜瓜说扔石子的危害，他知错就改，终于答应说"对不起"。小家伙嘴硬，明知有错，故意转移话题。一会儿说，都追不上他们了，还怎么道歉啊？等追上大家，又有了新理由，这么多哥哥，怎么知道是哪一个啊？不道歉的理由千千万啊！

补记：2019年6月15日，给瓜瓜读这段日记，瓜瓜解释当时扔石头的原因：程瀚朝我哥哥扔橘子皮，我那时候很喜欢我哥哥，就朝程瀚扔石头了。敢情是给哥哥"报仇"啊！

2018年1月9日　马普托　星期二　一夜大雨

五点多醒来，瓜瓜说："生气又没用，咬才有用。"莫名其妙的开场白。我问："为什么生气没用，咬才有用？""小男孩生气，猫还会扑上来；狗咬的话，肉撕下来，骨头就剩在地上了。"哦，原来是昨晚一个人看《青蛙与男孩》的"领悟"，不会也是和哥哥斗智斗勇的经验总结吧？！

2018年1月22日　马普托　星期一　晴

晚饭后全家到蒙大散步，回家路上，瓜瓜说走不动，太累了。老爸抱了一会儿，要他亲下老爸，再亲下老妈。他很乖很甜地亲了一口，立刻就伸手过来，振振有词地说："我都亲你了，你怎么还不抱我啊？"

老妈说自己也很累。瓜瓜开始摆事实，讲道理。"第一，我这么小，走了这么久，累了，要抱。第二，我不要男人抱，只要女人抱。"看来是非老妈莫属啊！

2018年1月29日　马普托　星期一　晴

午睡到晚上六点。妈妈说起来啦，都傍晚了。瓜瓜说，又没有晚霞。妈妈说，抱你看一下。老爸过来了，想要亲瓜瓜。瓜瓜不乐意。老爸问，你是谁的孩子啊？

瓜瓜：老妈的，我又不是你生的。

爸爸：孩子是爸爸和妈妈一起生的。

瓜瓜：两个孩子，一个是爸爸生的，一个是妈妈生的，两个都妈妈生，妈妈不痛啊？

2018年3月27日　星期二　马普托　晴

瓜瓜要给老妈新画的蜥蜴人涂颜色，在笔筒里找不到蜡笔，一下子想起来放的地方了："我恍然大悟，蜡笔被我装在笔袋里，放进书包了！"然后一脸得意地重复了一句，"我恍然大悟了！"

2018 年 5 月 30 日　　星期三　马普托

一早起床，瓜瓜睡眼惺忪地问："老妈，今天星期几？"

"星期三。"

瓜瓜不禁感慨道："日子过得好快！"

2018 年 5 月 31 日　　星期四　马普托

一片光明！

哥哥一早到瓜瓜床上，想赖一会儿床。

瓜瓜一骨碌爬下床，打开灯，得意地说："一片光明。"然后自得其乐地玩起了乐高。

死亡就是国王死了！

上学路上，都要经过蒙大中心医院旁的殡仪馆。哥哥问起了死亡的事，老妈解释，生老病死是人生的过程，死亡是正常的事。

瓜瓜立刻问："死亡什么意思？"

老妈想起巩俐演的一部电影，用龙虾死了来解释，瓜瓜好像懂了。自言自语道："死亡就是国王死了。"

2018 年 6 月 15 日　　马普托　马普托中国酒楼

为什么不给他们一人一个球呢？

晚上到马普托酒楼看"世界杯"葡萄牙和西班牙的小组赛，在葡萄牙的前殖民地莫桑比克看前宗主国踢球，不知道是什么滋味。反正当地人是很嗨，绝对支持前宗主国。

瓜瓜第一次看足球赛，刚开始还不觉得无聊，问题一串串。为什么穿黄色衣服的人不踢球？他是哪个队的？这么多人跑来跑去，抢一个球，太没劲了，为什么不给他们一人一个球呢？

2018 年 6 月 19 日　　星期二　马普托　晴

会发光的灯笼裤！

最近几天都在给瓜瓜画"天龙八部"，连续画了摩呼罗迦、夜叉、迦楼罗，今天画乐神紧那罗。涂颜色的时候，我征求他意见："给灯笼裤涂紫色吧？"瓜瓜听到一个新词，立刻问："什么是灯笼裤？"我给他打比方："你看，他的裤子肥肥大大的，像个灯笼一样。"瓜瓜若有所悟道："哦，我知道了，灯笼裤就是会发光的裤子，晚上会像灯笼一样亮。"

你把我大便都抱没了！

瓜瓜要拉大便，让老妈陪着上楼，还提要求，要抱着上楼。好吧，满足他一下。新校裤打滑，一会儿人就滑溜下来了。瓜瓜很委屈："你把我大便都抱没了！"

2018年6月20日　星期三　晴　马普托　MIS旁边酒吧

莫斯牛。

下午3点，哥哥学校召开期中家长会，老爸要跟班主任面谈10分钟。在学校吃过午饭，老爸、老妈和瓜瓜到Galaxy旁边的一家酒店稍事休息，顺便看葡萄牙和摩洛哥的小组赛。

印有莫斯科城市名"MOSCOW"的硕大的红色横幅在草坪上徐徐展开，瓜瓜一下子被吸引住了。"这是什么？"老妈读了一遍，解释说："莫斯科，这是俄罗斯的首都。就像马普托是莫桑比克的首都一样。世界杯就是在那儿踢的。"瓜瓜要求老妈再读一遍。然后若有所悟："COW不是牛吗？就是莫斯牛，母牛！"可惜了，旁边看球的葡萄牙人、当地人听不懂汉语！

葡萄牙换了白色球衣，上一场跟西班牙踢的时候，穿的是红色球衣。但瓜瓜对踢进去三个球、马路广告牌上随处可见的C罗已经脸熟了。比赛四分多钟时，C罗接队友角球，跃身顶入球门。瓜瓜立刻解说："这个白叔叔真厉害！"

2018年6月21日　星期四　马普托　晴

太没节制了！

中午在学校吃饭，瓜瓜要求，吃完饭要喝果汁。

已经好几次了，都快成惯例了。老妈妥协，默许了。

又去跟老爸说。老爸用场景法试图说服他："你看，旁边有谁喝果汁啊？"

瓜瓜环视了一圈，看到不远处两个高年级女生在有滋有味地喝果汁，振振有词地评价了一句："她们太没节制了！"

2018年6月23日　星期六　马普托　晴

You give me read story！

早上醒来，瓜瓜在床上赖着，突然问老妈："'读书'的'读'英语怎么说？"

老妈说："read。"

又问："'故事'怎么说？"

老妈说："story。"

瓜瓜慢条斯理地说："You give me read story！"（你给我读故事！）

小家伙已经掌握"母语翻译法"了！

2018年6月28日　星期四　马普托　晴转阴

老妈说："哎呀，变天了！"

瓜瓜很好奇："天就在天上，怎么还会变呢？"

老妈解释道："刚才还是大太阳的，现在被云遮住了，不是变天了嘛！"

瓜瓜打破砂锅问到底："那为什么被云遮住了？"

老妈一时答不上来了。

2018年7月1日　星期日　马普托　晴

别工作来工作去的啦！

午后瓜瓜照例"每日一画"，从起床就念叨了，今天要画个大蜘蛛。两人约定，老妈负责画，瓜瓜负责涂颜色。

老妈画好，轮到瓜瓜上场了。瓜瓜振振有词地拒绝："我是造桥的工程师，又不是涂颜色的工程师。"前几天上马普托大桥参观，回家后他兴致勃勃地画了一幅悬索桥，老妈大赞他是个小工程师，瓜瓜得意地自夸："我是小曹博士！"这次实地参观看来效果显著，负责大桥设计的曹博士一定很欣慰，祖国的桥梁事业有接班人了！

手头还有事情没完成，老妈一边看手机，一边涂颜色，瓜瓜很不满意，抢白了一句："别工作来工作去的啦！"

突然又想起昨晚的世界杯赛，问："葡萄牙是跟谁踢的？"

老妈说："乌拉圭对葡萄牙，葡萄牙回家了。"

瓜瓜说："我喜欢乌拉圭，乌拉圭就是乌龟。"

乌拉圭本次世界杯一路绿灯，小组赛三场全胜，又2:1力压葡萄牙，率先进入8强，不知对这个小球迷的评价做何感想？

涂了没一会儿，瓜瓜又懈怠了。老妈问："怎么不涂了？"

瓜瓜毫不犹豫地回了一句："我懒啊！我好吃懒做！"不知哪本书里听来的新词语，倒是活学活用了！

2018年8月6日　星期一　马普托

这不是最重要的！

老妈在厨房煎荷包蛋和火腿肠，给哥哥换换口味。哥俩不知道为什么鸡毛蒜皮的小事，又起冲突了，还把战场蔓延到了厨房。瓜瓜先挑衅，踢了哥

哥两脚；哥哥发起火来，推了瓜瓜一把，差点把他推到煤气灶台上，烫到手。老妈气得不行，第一次打了哥哥屁股。

坐在沙发上，老妈给瓜瓜讲道理，让他明白打了哥哥不代表他没错："虽然妈妈没有罚你，但你也有错，你先踢了哥哥。"

瓜瓜振振有词地反驳："我做的不是最重要的。哥哥推我差点烫到，这才是最重要的！"

嘿，他倒能分清青红皂白、责任轻重，为自己开脱了！

2018年8月8日　星期三　晴　马普托
我想长大，不想长老，更不想长死！

今天白雨瑶（豆豆）7岁生日，邀请哥俩参加。唱生日歌的时候，不知道为什么，豆豆突然不高兴起来，还流了眼泪。

哥俩都觉得很奇怪，问老妈："她为什么哭啊？"

老妈解释："也许她不想长大吧！"

哥哥说："我想长大，不想长老！"

瓜瓜立刻接话："我想长大，不想长老，更不想长死！"

2018年8月16日　星期四　马普托　晴
我的眼睛又不是灯笼！

瓜瓜不爱吃蔬菜，老妈只好变着法子说服他。

晚饭吃胡萝卜和西兰花。老妈晓之以理："胡萝卜和西兰花里面都有很多胡萝卜素，吃了能让眼睛变得亮亮的。"

瓜瓜一副嗤之以鼻的表情："我的眼睛又不是灯笼！"

2018年9月16日　星期日　马普托　晴
女巫过节了！

老妈饭后带瓜瓜到蒙大散步。学生宿舍旁边高高的水塔里，飞出一群群的蝙蝠。

老妈指给瓜瓜看："这么多蝙蝠！"

瓜瓜不相信："应该是鸟！"

老妈解释道："蝙蝠喜欢白天睡觉，晚上出来活动。你看，水塔下面黑黑的洞，就是它们的家。"

瓜瓜凝视了一会儿，突然一本正经地说："看来女巫过节了！"

小家伙第一次见到这么多的蝙蝠，叽叽地叫，还是不太敢相信：如果不是女巫过节，怎么会有绘本里才有的如此阴冷凄厉的场景？

2018年10月5日　星期五　马普托　晴
这么多爆米花广告有什么用啊！

莫桑比克10月10日进行五年一届的地方选举，全国53个城市选举市长，大街小巷铺天盖地到处是执政党——莫桑比克解放阵线党（FRELIMO，简称"解阵党"）的竞选海报，与反对党RENAMO和MDM相比，优势明显。

家对面小摊贩的墙上一夜之间也糊满了海报，一片红。解阵党俗称"玉米党"，竞选海报上大大的玉米格外醒目。瓜瓜早上起床，趴在沙发上，一眼被窗外的海报墙吸引，大呼小叫："这么多爆米花广告！"

老妈给瓜瓜解释，海报可以帮助玉米党当上市长。瓜瓜煞有介事地评论："这么多爆米花广告！有什么用啊！"

上学放学的路上，沿途见到玉米党的海报，瓜瓜都兴奋异常，高呼："VOTA FRELIMO！"为满城的爆米花欢呼！

马普托街道上铺天盖地的莫桑比克解放阵线党的宣传海报

2018年10月10日　星期三　马普托　晴
那它怎么不长胡子呢？

马陆是瓜瓜在莫桑比克的最爱。这种长满脚的黑乎乎的爬虫，给他在莫桑比克少有小伙伴的生活带来了无穷的乐趣。

今天莫桑比克地方选举，放假一天。担心安全问题，全家都窝在家里。雨后的院子成了马陆的天下，也成了瓜瓜的乐园。三角梅篱笆墙脚，大水箱旁，芒果树和牛油果树下，不时有粗壮的马陆爬出来。

瓜瓜把矿泉水瓶装上一层细沙，要把马陆大军全部"收编"进来！抓马陆可有技巧！马陆有个特点，一碰它，它就蜷成一个螺旋形的圆饼，过好一会儿才会打开。瓜瓜先用挖沙的铲子轻轻碰一下马陆，等它蜷成饼，再用两把铲子把马陆轻轻兜住，放进瓶口。马陆如果个头太大，就会卡在瓶口，要轻轻晃一下,才能掉进去。有时马陆贴着墙爬,他就用铲子抵着墙,把马陆舀进勺里。最难搞定的是不蜷的马陆,用树枝、铲子怎么拨弄它,它就是不蜷起来,几十条细腿还是一个劲儿地爬。不过瓜瓜也有办法:把矿泉水瓶口挨着地,朝着马陆爬行的方向,马陆就乖乖地"请君入瓮"了!

大的养着,小的放生,不到一小时的工夫,瓜瓜就抓了10来条马陆,还给他们喂了些嫩豆荚。非洲马陆的块头,个顶个,有十几厘米长,黑油油的!

看着马陆在瓶底的细沙上爬来爬去,瓜瓜突然问老妈:"马陆也会像人一样老了,死掉吗?"

"会啊!只不过它们没有人长寿,活得久。"

"那这些马陆多老了?"

"应该挺老了,你看它们都长这么长了!"

"这么老了,那它们怎么不长胡子呢!"

爸爸总是说,等瓜瓜长胡子了,就长大了。看来,胡子是瓜瓜衡量所有动物年龄的一个标志。

雨后院子里硕大的马陆

2019 年 1 月 14 日 星期一 马普托蒙大校园 晴

回莫桑比克已有一周时间,天天艳阳,高温酷暑。

傍晚全家到蒙大散步。瓜瓜和果果骑自行车。月牙当空,穿云而行。

骑到蒙大校医院,有段短短窄窄的下坡道,瓜瓜冲下去,刹住车,回头朝我们看,兴奋地喊起来:"老妈,你看,月亮在跟着我们呢!"

绕着大草棚,果果练习刚刚掌握的双手脱把技术,瓜瓜用刚买的水枪追击。

回去的路上,下坡道变成了上坡道。抬头又看到那弯月牙。瓜瓜高兴地喊:"老妈,你看,月亮在等着我们呢!"

老妈立刻夸奖:"瓜瓜,你是个诗人啊!"

瓜瓜骑车哼哧哼哧地上坡,甩给我们一句:"什么是诗人?"

全家大笑。

2019年6月14日　　星期五　　马普托　　晴
我喜欢他们那样的人！

老妈说，吃过晚饭一起去刘鸣宇和王国庆家接哥哥。瓜瓜高兴地说："那我要去他家借点零食。"老妈逗他："借，是要还的哟！"瓜瓜不假思索地说："他们对我很热情的！"敢情，热情，就不用有借有还了。

瓜瓜意犹未尽，一本正经地接着说道："我很喜欢他们那样的人，不喜欢你们这样凶巴巴的！"言外之意，去他们家，看中的不是零食，而是为人。

2019年6月15日　　星期六　　马普托　　晴
谁扔的香蕉皮?!

早上瓜瓜在床上跳来跳去，一不小心，抱着不离手的花花被，掉下了床。还没等哥哥和老妈取笑他，他立刻自我解嘲道："谁扔的香蕉皮啊?!"

2019年6月17日　　星期日　　晴　　马托拉
老妈，你今天好嗨啊！

下午，王国庆、刘鸣宇夫妻俩带我们全家去看火烈鸟。

出马普托市区，经过马托拉收费站，下了主路，往左拐到一片芦苇地，就到了。原来在马普托大桥的西侧，海湾附近有一片盐场，大大小小的湖，十几个挨连着。成群的野鸭、火烈鸟、鹈鹕，在这里栖息。

近处的湖里有几十只火烈鸟，还都是白白的翅膀，偶尔有一两只扇动翅膀时，仔细看，能见到翅膀尖淡淡的粉色。据说，火烈鸟幼鸟刚出生时，毛色是黑的，像野鸭。等长一段时间，毛色渐渐转白。成鸟的羽毛才是粉红色的。远处的湖里，成片白色的火烈鸟，黑色的野鸭，还有大嘴的鹈鹕。空中飞过一大群学飞的幼鸟，有近百只，细细长长的脖子，嘎嘎的叫声，飞成一字形，又变换成人字形，连字形也是细细长长的，往远处的池塘落脚。

我们蹑手蹑脚地沿着塘埂，往鸟最多的池塘走。塘埂上卧着的野鸭，机敏得很，离着还有十米远左右，就扑棱棱地都飞了起来。有一只野鸭，扑腾了一下，又落下来。我们更走近些，它受到惊吓，扑腾得更厉害，却怎么也飞不起来。老妈以为它受伤了。仔细看，原来脚被鱼绳缠住了。哪个家伙居然在这里设了捕鸟的陷阱！一根铁丝上穿了二三十个线圈，鸟儿一踩进去，就被套住，越挣扎，套得越紧。老妈指挥解救行动：王国庆轻轻按住野鸭的身体，刘鸣宇解脚上的绳子。绳子很细，套得很紧，半天解不开来。老爸按捺不住了，上场"解围"。他可是捕鸟的老手。据说小时候在江西老家的树林里，他就是凭着这样的招数，捕过野斑鸠、猫头鹰。去年12月回国休假，还手痒痒，"故伎重演"，让老妈和儿子们陪着，到树林里放陷阱，结果空手而

归，怅惘现在的鸟也变精明了。三下两下，老爸就松开了绳圈，把野鸭捧在手里，往空中一送，野鸭扑棱棱地飞往高空。

火烈鸟是莫桑比克的"国鸟"。莫桑比克航空公司就以火烈鸟命名，可惜准点率几乎为零。莫桑比克最著名的作家米亚·科托有本小说名叫《火烈鸟最后的飞行》，还改编成电影，魔幻现实主义色彩浓烈。可惜，到莫桑比克三年多，快要离任了，才见识到火烈鸟。老妈兴奋地学火烈鸟啼叫，为它们美丽的身形鼓掌，惊起一滩粉红色的身影。

在回去的路上，老妈问瓜瓜："火烈鸟好看吗？"

瓜瓜说："好看！"又接了一句，"老妈，你今天好嗨啊！"

老妈不解地问："为什么觉得老妈很嗨啊？"

瓜瓜解释道："你今天又是叫，又是跳的！"

敢情老妈平时太严肃了，一副老师的样子。以后要多嗨嗨！

2019年6月19日　星期四　马普托　晴
"Me too"就是"我俩"！

段伊若是2016年1月16日跟我们全家一起到孔院任教的，结束在孔院三年半的工作，明天要离任回国，下午到家里跟我告别。

瓜瓜让老妈读书，正听在兴头上，看老妈要撇下他，跟段伊若说话，一百个不乐意。没办法，怎么着也要让他有点参与度，话语权。

段伊若问他："瓜瓜，你想回国吗？"

瓜瓜毫不犹豫地回答："想！"

"那你回国，还回莫桑比克吗？"

这次更不假思索："不想！"

段伊若应和道："Me too！"

老妈逗瓜瓜："Me too是什么意思？"

瓜瓜百分百自信地说："就是我俩！"

小家伙把此"too"当成了彼"two"。不过，好像意思也没大错。

2019年6月20日　星期五　黄金角　晴
哥哥的眼睛又不长角，怎么会尖呢？

和王国庆、刘鸣宇夫妻俩一起去黄金角。

路上，要经过自然保护区。路标提醒路人，注意有牛、羚羊出没，注意大象掀翻车辆。大家都期盼着能见到点什么。

突然，王国庆的车在前面靠路边停了下来。果果说，他看到了一种很奇怪的像牛一样的东西。我们也赶紧停下来。果然，在不远处的树下，有一群斑马，大大小小，有十几匹。再往前看，还有一群羚羊旁若无人地在欢跳。虽然离得有五六十米远，我们也大气不敢出，生怕惊吓了它们。

回到车上，妈妈夸果果哥哥眼睛真尖。瓜瓜听了，很不以为然地问："哥哥的眼睛又不长角，怎么会尖呢？"全车哄堂大笑。

2019年6月21日　星期六　黄金角　晴
醋是醋味！

瓜瓜、果果放期中假，休息三天，又逢周末，全家决定到毗邻南非的黄金角休闲一下。马普托大桥开通半年多，我们还没亲自体验一下中国技术呢！因为有马普托大桥，到黄金角的路程大大缩短，只要两个小时，而且一路坦途，是柏油大道。

住的家庭旅社，厨房用品一应俱全。早上吃酸辣粉，老妈说醋包就不放了，随口问瓜瓜："醋是什么味道的？"

瓜瓜吃着方便面，脱口回答："咸的！"

老妈说："醋怎么会是咸的呢？！你想想，醋是什么味道的？"

瓜瓜漫不经心地回答："醋是醋味！"

这话没问题！

2019年6月22日　星期日　晴　马普托
哥哥你是我的接班人！

瓜瓜早上起来尿急，上厕所都洒到裤子上了。他把自己脱得精光，等着老妈换衣服。

他突然问老妈："什么是'接班人'？"

老妈打了个比方："爸爸是老师，如果你以后也当了老师，爸爸就说，'瓜瓜是我的接班人了'。"

瓜瓜的理想可不是当老师，马上接话："我以后是昆虫学家，哥哥如果也当昆虫学家，哥哥就是我的接班人了。"

老妈大笑，哥哥无语。

2019年6月29日　星期六　马普托　晴
再不行，我就像你们一样当老师！

上周六，瓜瓜的好朋友小熙邀请我们去家里吃火锅。北方烧炭的铜火锅，自制的四川麻辣酱，口味地道，意犹未尽。

今天中午，我们也邀上几位老师到家里吃火锅。果果去水上乐园参加同学Hugo十一岁的生日party，上周错过了，等他回来，怎么也得给补上。晚上

又接着涮丸子、羊肉、木耳、蔬菜。两顿火锅，实在撑得不行。

饭后，老妈游说瓜瓜一起到蒙大去转一圈，消消食。

走到蒙大男生宿舍楼前，瓜瓜跟老妈分享了个秘密。他最喜欢班里的女生 Ilyina，还一起玩打针吃药的游戏。突然，他话锋一转，一本正经地说："老妈，我长大以后要当医生。"矢志不渝要当昆虫学家的，怎么突然改变了人生志向？老妈好奇："为什么要做医生啊？"

"因为医生可以帮助别人，给人看病。"

然后，他煞有介事地描述了未来的人生规划："如果医生当不成，我还是做昆虫学家吧；昆虫学家当不了，我就做海底探险家；海底探险家当不成，我就做世界杯（刚在男生宿舍看了女足世界杯德国对瑞典、非洲杯喀麦隆对加纳的比赛）的足球员；再不行，我就像你和老爸一样当老师！"

这地位，让老妈欲哭无泪啊！

2019 年 7 月 16 日　星期二　马普托　晴
到中南海坐什么船？

瓜瓜看到英文版 China Daily 头版上习近平主席的照片，兴奋地说："这是我们中国的主席。"接着问了一句："老妈，主席住哪儿啊？"

老妈有问必答："主席住在中南海。"

瓜瓜好奇地刨根问底："那坐什么船到中南海呢？"

老妈连忙解释："中南海在北京。中南海不是大海，是一个湖，不用坐船去。可以坐飞机，或者坐火车到北京，然后坐地铁。"

"那你见过主席吗？"

"没有啊！主席很忙的，要管整个国家，中国那么大，他每天都很忙，不是谁都能见啊！"

瓜瓜一脸失望，首先是到中南海不能坐船，其次，不能见到主席。

2019 年 8 月 3 日　星期六　马普托　晴
你老婆又不珍贵！

今天新志愿者到任，按照惯例，在 Galaxy 简餐欢迎。餐后时间尚早，瓜瓜邀请王国庆、刘鸣宇夫妇一起到蒙大遛弯儿。

瓜瓜要玩三个字游戏，我们个个"脑满肠肥"，脚蹬皮鞋，无法配合。王老师特别解释，刚吃过饭就跑，刘姐姐要吐的。

瓜瓜轻描淡写："你老婆又不珍贵！"

不知他哪儿学来的？

图书在版编目(CIP)数据

莫失莫忘莫桑事 / 郭建玲, 程郁华编著. —南京：江苏凤凰文艺出版社, 2020.12
ISBN 978-7-5594-4990-0

Ⅰ.①莫… Ⅱ.①郭…②程… Ⅲ.①散文集—中国—当代 Ⅳ.①I267

中国版本图书馆CIP数据核字(2020)第110517号

莫失莫忘莫桑事

郭建玲　程郁华　编著

责任编辑	刘洲原
特约编辑	陈　菊　封　潇
装帧设计	杭州紫金港
责任印制	刘　巍
出版发行	江苏凤凰文艺出版社
	南京市中央路165号, 邮编: 210009
网　　址	http://www.jswenyi.com
印　　刷	广东虎彩云印刷有限公司
开　　本	710mm×1000mm　1/16
印　　张	27
字　　数	498千字
版　　次	2020年12月第1版
印　　次	2020年12月第1次印刷
书　　号	ISBN 978-7-5594-4990-0
定　　价	138.00元

江苏凤凰文艺版图书凡印刷、装订错误, 可向出版社调换, 联系电话025-83280257